O ANO DO DILÚVIO

Margaret Atwood

O ANO DO DILÚVIO

Tradução
Márcia Frazão

Rocco

Título original
THE YEAR OF THE FLOOD

Copyright © 2009 *by* O.W. Toad Ltd.

Todos os direitos reservados.Nenhuma parte desta obra pode ser reproduzida ou transmitida por qualquer forma ou meio eletrônico ou mecânico, inclusive fotocópia, gravação ou sistema de armazenagem e recuperação de informação, sem a permissão escrita do editor.

PROIBIDA A VENDA EM PORTUGAL

Direitos para a língua portuguesa reservados
com exclusividade para o Brasil à
EDITORA ROCCO LTDA.
Av. Presidente Wilson, 231 – 8º andar
20030-021 – Rio de Janeiro – RJ
Tel.: (21) 3525-2000 – Fax: (21) 3525-2001
rocco@rocco.com.br
www.rocco.com.br

Printed in Brazil/Impresso no Brasil

preparação de originais
FÁTIMA FADEL

Esta é uma obra de ficção. Nomes, personagens, lugares e incidentes são produtos da imaginação da autora ou foram usados de forma fictícia.

CIP-Brasil. Catalogação na fonte.
Sindicato Nacional dos Editores de Livros, RJ.

A899a	Atwood, Margaret, 1939- O ano do dilúvio / Margaret Atwood; tradução de Márcia Frazão. – Rio de Janeiro: Rocco, 2011. Tradução de: The year of the flood: a novel ISBN 978-85-325-2632-8 1. Ficção canadense. I. Frazão, Márcia, 1951– II. Título.
10-6704	CDD-813 CDU-821.111(73)-3

O texto deste livro obedece às normas do
Acordo Ortográfico da Língua Portuguesa.

Para Graeme e Jess

SUMÁRIO

O Jardim 9

O ANO DO DILÚVIO 11

O DIA DA CRIAÇÃO 21

O BANQUETE DE ADÃO E TODOS OS PRIMATAS 65

O FESTIVAL DAS ARCAS 105

SANTO EUELL DOS ALIMENTOS SILVESTRES 143

O DIA DA TOUPEIRA 181

O PEIXE DE ABRIL 219

O BANQUETE DA SERPENTE DA SABEDORIA 259

O DIA DA POLINIZAÇÃO 303

SANTA DIAN, MÁRTIR 341

O DIA DO PREDADOR 375

SANTA RACHEL E TODOS OS PÁSSAROS 401

SANTO TERRY E TODOS OS CAMINHANTES 437

SANTA JULIANA E TODAS AS ALMAS 457

O JARDIM

Quem cuida do Jardim,
Do Jardim verde demais?

Ele foi o mais belo Jardim,
Que visto não fora jamais.

E nele os seres por Deus tão amados
Nadavam, voavam e brincavam.

Mas então chegaram os perdulários malvados,
Que tudo que viam à frente matavam.

E todas as árvores plantadas,
Que nos davam a comida,

Por vagas de areia foram enterradas,
Folhas, galhos e raiz da vida.

E toda a água resplandecente
Em lama e lodo se tornou,

E a ave de penas refulgentes
Nunca mais em coro alegre trinou.

Oh, Jardim, oh, meu Jardim,
Por você hei de sempre chorar.

Até surgirem novos jardineiros
E sua vida se restaurar.

do *Hinário Oral dos Jardineiros de Deus*

O ANO DO DILÚVIO

1

TOBY

ANO 25, O ANO DO DILÚVIO

No início da manhã, Toby sobe ao terraço para ver o sol nascer. Ela se equilibra com um esfregão; o elevador está parado faz algum tempo e o excesso de umidade torna os degraus da escada dos fundos bastante escorregadios, de modo que se ela escorregar não haverá ninguém para ampará-la.

À medida que os primeiros raios de sol despontam, a neblina emerge no meio de uma fileira de árvores entre ela e a cidade abandonada. No ar, um leve cheiro de queimado, de caramelo, alcatrão e molho rançoso de churrasco, e um cheiro esfumaçado e gorduroso de cinzas de lixo esturricado e encharcado após a chuva. Ao longe, as torres abandonadas parecem um antigo recife de corais – esbranquiçado e descorado, destituído de vida.

Mas ainda há vida. Os pássaros cantam, talvez sejam pardais. Os pequenos trinados são claramente audíveis sem o rumor do tráfego para abafá-los. Será que eles percebem a quietude, a ausência de motores? E se percebem, isso os deixa mais felizes? Toby não faz a menor ideia. Ao contrário de outros jardineiros – mais naturalistas e provavelmente mais exaltados –, ela nunca teve a ilusão de que podia conversar com os pássaros.

O sol brilha ao leste, avermelhando a névoa azul-acinzentada que marca o distante oceano. Os urubus empoleirados nos postes hidráulicos sacodem as asas para enxugá-las, abrindo-as como negros guarda-chuvas. Vez por outra um deles levanta voo e sobrevoa o lugar em círculos. Quando eles dão um súbito mergulho vertical pelo ar, é sinal de que avistaram carniça.

Os urubus são nossos amigos, ensinavam os jardineiros. *Eles purificam a terra. Eles são anjos negros de Deus, necessários à*

Toby está preparada. As portas estão trancadas e as janelas, vedadas. Mesmo assim, as barreiras não garantem nada; qualquer espaço vazio é um convite para uma invasão. Ela sempre está à escuta, como um animal, mesmo quando está dormindo – atenta a toda quebra de padrão, aos sons desconhecidos, aos silêncios que se abrem como uma rachadura na rocha.

Adão Um costumava dizer que, quando as pequenas criaturas diminuem o canto, é sinal de que estão com medo. É preciso estar atento ao som do medo dessas criaturas.

2

REN

ANO 25, O ANO DO DILÚVIO

Cuidado com as palavras. Cuidado com o que você escreve. Não deixe pistas.
Os jardineiros me ensinaram isso quando eu era criança. Eles nos ensinavam a confiar na memória, porque só se deve confiar no que não está escrito. O espírito viaja de boca em boca, não de coisa em coisa: livros podem ser queimados, documentos podem ser rasgados, computadores podem ser destruídos. Somente o espírito vive para sempre, e o espírito não é uma coisa.

Os Adãos e as Evas diziam que escrever era perigoso porque os inimigos poderiam rastreá-lo pela escrita, e caçá-lo, e usar suas próprias palavras para condená-lo.

Mas agora que o Dilúvio Seco se abateu sobre nós, meus escritos estarão a salvo porque aqueles que poderiam usá-lo contra mim talvez estejam, em sua maioria, mortos.

Sendo assim, posso escrever o que quiser.

Escrevo meu nome, Ren, com um lápis de sobrancelha, na parede ao lado do espelho. Tenho escrito isso um monte de vezes. *Renrenren*, como uma canção. Você não pode esquecer quem é você quando está sozinho há muito tempo. Amanda me ensinou isso.

Não posso olhar pela janela; é de vidro blindado. E não posso sair pela porta porque está trancada pelo lado de fora. Ainda tenho bastante ar, e água, enquanto o sistema de energia solar durar. Ainda tenho comida.

Tenho sorte. Realmente tenho muita sorte. Conte com sua sorte, Amanda sempre dizia. E eu também. Primeiro, tive muita sorte por estar trabalhando aqui, na Scales, quando o dilúvio desabou. Depois, tive mais sorte ainda por ter ficado confinada desse jeito na zona de segurança, já que isso me manteve a salvo. Fizeram um rasgão na minha malha de biofilme – um cliente se empolgou, bateu em mim e fez vazar as lantejoulas verdes –, e eu estava esperando pelo resultado do meu teste aqui. Como não era um corte que envolvia secreções e membranas, mas um corte seco perto do cotovelo, não me preocupei. Mesmo assim, aqui na Scales eles checavam tudo. Havia uma reputação a zelar: nós éramos conhecidas como as garotas sujas mais limpas da cidade.

Eles realmente cuidavam de você. Quer dizer, caso você tivesse talento. Comida boa; médico quando era preciso e ótimas gorjetas, isso porque os homens mais influentes da Corps vinham aqui. Era um lugar bem administrado, se bem que situado numa área caída, como todos os outros clubes. Era uma questão de imagem, diria Mordis: era uma boa área para os negócios, pois, a menos que houvesse um algo a mais – algo sensacional ou empolgante, um sopro de refinamento –, o que diferenciaria a nossa marca do feijão com arroz que o sujeito tinha em casa, com um rosto cheio de creme e calcinhas brancas de algodão?

Mordis acreditava na franqueza. Já estava no negócio desde rapazinho e, quando proibiram a cafetinagem e o comércio nas ruas – para a saúde pública e a segurança das mulheres, foi o que alegaram – e a SeksMart passou a ser controlada pela CorpSeCorps, ele deu o pulo do gato pela experiência que tinha.

– O importante é quem você conhece – dizia Mordis. – E o que você sabe deles – depois, ele abria um sorriso largo e lhe dava uma palmada matreira... matreira, porém amistosa, pois nunca se aproveitou de nós. Ele tinha uma ética.

Mordis era um sujeito magro, mas vigoroso, de cabeça raspada e olhos negros, atentos e cintilantes bem parecidos com cabeças de formigas, e ele não esquentava a cuca. Mas nos defendia com unhas e dentes quando algum cliente se tornava violento.

– Ninguém encosta a mão em minhas garotas – dizia. Isso era uma questão de honra para ele.

Além do mais, ele não gostava de desperdício. Nós éramos muito preciosas, ele dizia. Éramos o que havia de melhor, top de linha. Depois que a SeksMart chegou, qualquer uma que ficasse fora do sistema não só era ilegal como patética. Algumas poucas mulheres velhas, acabadas e doentes vagavam pelos becos, praticamente mendigando clientes. Nenhum homem com um pouco de cérebro aceitaria acompanhá-las. Nós, as garotas da Scales, as chamávamos de "lixo perigoso". Não devíamos ter sido tão debochadas; devíamos ter tido mais compaixão. Mas a compaixão exige trabalho, e éramos jovens.

Naquela noite, quando o Dilúvio Seco começou, eu estava esperando pelo resultado de meus exames: eles a mantinham durante semanas na zona de isolamento, caso você apresentasse alguma doença contagiosa. A comida era introduzida por uma escotilha lacrada com toda segurança, mas havia uma pequena geladeira com petiscos e água filtrada que era sempre reabastecida. Você tinha tudo o que precisava, mas era muito chato ficar ali. É bem verdade que podia se exercitar em diversos aparelhos de ginástica, e era o que eu sempre fazia, porque uma dançarina trapezista precisa se manter em forma.

Você podia assistir à TV ou a filmes antigos, ouvir música e telefonar. E também podia visitar virtualmente os outros recintos da Scales que eram exibidos numa tela. Às vezes estávamos trabalhando e, em meio aos gemidos, começávamos a piscar na direção das câmeras, para a garota que estava presa na zona de isolamento. Sabíamos que havia câmeras escondidas no teto, por entre uma decoração feita com pele de cobra ou com penas de pássaros. Formávamos uma grande família na Scales, e por isso Mordis fazia questão de que quem estivesse na zona de isolamento se sentisse participando.

Eu me sentia muito segura com Mordis. Sabia que podia contar com ele para qualquer problema. Tive pouca gente assim em minha vida. Amanda, na maioria das vezes. Zeb, às vezes. E Toby. Você nem imagina do que Toby era capaz de fazer – ela era tão brigona e tão dura. Mas no fim das contas, quando você está se afogando, nunca é bom se agarrar em algo macio. Você precisa de algo mais sólido.

O DIA DA CRIAÇÃO

DIA DA CRIAÇÃO

ANO 5

DA CRIAÇÃO E DA NOMENCLATURA DOS ANIMAIS.
DITO POR ADÃO UM.

Caros amigos, caras criaturas amigas; caros mamíferos amigos:
No Dia da Criação, cinco anos atrás, este nosso terraço florido do jardim do Edencliff não passava de um terreno baldio abrasador, cercado pelos bairros miseráveis da cidade e pelos covis de malfeitores, mas agora ele floresceu como a rosa.

Cultivando esses terraços abandonados, estamos fazendo uma pequena parte na redenção da criação de Deus, em meio à decadência e à infertilidade que nos rodeia, e tendo a chance de nos nutrirmos com alimentos não poluídos. Alguns consideram nossos esforços fúteis, mas se todos seguissem nosso exemplo poderíamos operar uma grande mudança nesse nosso amado planeta. Ainda temos muito trabalho à frente, mas não se intimidem, meus amigos; nós seguiremos em frente, bravamente.

Estou feliz por termos lembrado de nossos sombreiros.

Agora, voltemos nossa atenção a nossa devoção anual do Dia da Criação.

As palavras humanas sobre Deus falam da criação em termos que podiam ser entendidos pelos antigos. Não há referências nem a galáxias nem a genes porque tais vocábulos poderiam confundi-los demais. Mas por isso devemos aceitar como fato científico o absurdo de que o mundo foi criado em seis dias? Deus não pode ser entendido a partir de interpretações tão literais e materialistas, assim como não pode ser mensurado pelas medidas humanas, pois os dias Dele são a eternidade e milhares de eras do tempo humano correspondem a uma noite para Ele. Ao contrário de outras religiões, não achamos que mentir para as crianças sobre a geologia sirva a um propósito mais elevado.

Lembrem-se das primeiras sentenças das palavras humanas sobre Deus: a Terra é sem forma e vazia, e Deus, então, dá vida à luz. É o momento que a ciência chama de Big Bang, como se isso fosse uma orgia sexual. No entanto, as duas narrativas se conciliam em essência: primeiro, a escuridão; depois, numa fração de instante, a luz. Acontece que a criação está sempre em processo, ou será que se pode negar que se formam novas estrelas a cada momento? Os dias de Deus não são sucessivos, meus amigos; eles passam concomitantemente, o primeiro com o terceiro, o quarto com o sexto. Como nos foi ensinado: "Primeiro, enviastes Vosso espírito, eles foram criados; e Vós renovastes a face da Terra."

Aprendemos que no quinto dia das atividades criadoras de Deus, as águas deram as criaturas à luz, e no sexto dia a terra seca foi povoada de animais, plantas e árvores; e todos eles foram abençoados e orientados para se multiplicar; e por fim criou-se Adão – ou seja, o gênero humano. Segundo a ciência, as espécies surgiram em nosso planeta nessa mesma ordem, com o homem ao final de tudo. Ou mais ou menos nessa mesma ordem. Ou o mais próximo possível.

E o que acontece depois? Deus cria os animais antes do homem, "para que o homem os nomeasse". Mas por que Deus desconhecia os nomes que Adão daria a eles? A resposta só pode ser: Deus concedeu o livre-arbítrio para Adão e este acabou fazendo coisas que nem o próprio Deus podia imaginar. Portanto, procurem refletir na próxima vez em que forem tentados pela gula de carne ou pela ambição de bens materiais! Nem Deus sabe o que poderá acontecer depois com vocês!

Talvez Deus tenha reunido os animais e falado diretamente com eles, mas em que língua? Não em hebreu, meus amigos. Nem em latim, nem em grego, nem em inglês, nem em francês, nem em espanhol, nem em árabe, nem em chinês. Nada disso. Ele falou na própria língua dos animais. Para as renas, Ele falou em renês; para as aranhas, em aranhês; para os elefantes, em elefantês; para os mosquitos, em mosquitês; para as centopeias, em centopeitês, e para as formigas, em formiguês. Deve ter sido assim.

E as primeiras palavras pronunciadas por Adão foram os nomes dos animais – o primeiro momento da linguagem humana. Nesse instante cósmico, Adão clama por sua alma. Nomear é – esperamos que seja – saudar; trazer o outro para si. Imaginem Adão designando os nomes dos animais com ardor e alegria, como se dissesse: *Aí está você, meu querido! Seja bem-vindo!* O primeiro ato de Adão para com os animais foi então um ato de amor e gentileza, até porque o homem ainda não tinha decaído, não era carnívoro. Os animais sabiam disso e não fugiam. Talvez tenha sido nesse dia, um dia de confraternização pacífica que nunca mais se repetiu, que cada ser vivo da Terra foi abraçado pelo homem.

Quão imensa foi nossa perda, queridos companheiros mamíferos, queridos companheiros mortais! Quão imensa foi nossa destruição! E ainda temos muito que restaurar dentro de nós mesmos!

O tempo da nomeação ainda não acabou, meus amigos. Na visão de Deus, talvez ainda estejamos vivendo o sexto dia. Como uma meditação, imaginem que vocês estão sendo embalados nesse momento de proteção. Estendam as mãos para esses olhos gentis que os fitam com tanta confiança – uma confiança que ainda não foi violada pela sanguinolência, pela gula, pelo orgulho e pelo desprezo.

Digam o nome deles.
Cantemos.

QUANDO O PRIMEIRO ADÃO

Quando o sopro de vida o primeiro Adão respirou
E todos daquele dourado lugar,
Em paz com os pássaros e as feras ele ficou,
E o rosto de Deus ele pôde olhar.

O espírito do primeiro homem na fala se revelou
Para nomear cada querida criatura;
Amistosamente Deus os chamou,
E eles vieram sem agrura.

Eles brincavam, e cantavam e voavam –
Cada movimento só trazia alegrias
Para a grande criatividade de Deus
Que enchia aqueles primeiros dias.

Como diminuiu, como encolheu, em nossa época,
A poderosa semente da criação –
Pois o homem maculou a amizade
Com assassinato, luxúria e ambição.

Ó queridas criaturas, que sofrem aqui,
Como podemos o amor restaurar?
Nós os nomearemos dentro de nossos corações,
E de amigos de novo os iremos chamar.

do *Hinário Oral dos Jardineiros de Deus*

3

TOBY. O DIA DE PODOCARPUS

ANO 25

É aurora. Romper do dia. Toby brinca com a frase: rompe, rompido, rompeu. O que se rompe para romper o dia? Noite? Ou será o sol que se rompe em dois no horizonte, como um ovo que se parte em dois, cuspindo luz? Ela gira o binóculo. As árvores parecem inocentes como de costume, mas ela tem a sensação de que está sendo observada por alguém – como se até mesmo uma pedra ou um toco mais que inerte pudessem sentir a presença dela com desconfiança.

O isolamento produz efeitos como esses. Ela foi treinada para esse tipo de situação durante as vigílias e os retiros dos Jardineiros de Deus. O flutuante triângulo alaranjado, a barulheira dos grilos, as colunas retorcidas da vegetação, os olhos na folhagem. Mesmo assim, como distinguir ilusão e realidade?

O sol pleno no meio do céu – menor, mais quente. Toby se prepara para sair do terraço, se cobre com o sombreiro cor-de-rosa, aplica o SuperD, um repelente de mosquitos, e ajeita o sombreiro cor-de-rosa. Agora, destranca a porta da frente e sai para cuidar da horta. Era ali que eles cultivavam as saladas orgânicas que as mulheres apreciavam no Spa Café – além das guarnições, legumes exóticos e chás de ervas. No alto, uma cobertura de tela para afastar os passarinhos e uma cerca para impedir a entrada dos coelhos verdes, gatinhos e quatis que chegavam do parque. Eles não eram numerosos antes do dilúvio, mas é surpreendente como depois se multiplicaram com tanta rapidez.

Toby conta com a horta: as provisões estão se tornando escassas. Durante anos, armazenou e escondeu o que considerava útil para emergências como a de agora, mas subestimou o fato e ultimamente sobrevive quase só à base de uns poucos produtos de soja. Felizmente, tudo corre bem na horta: as ervilhas começam a esburgar, os feijões estão em flor, e as moitas de diversas frutinhas se cobrem de minúsculos brotos marrons de diferentes formas e tamanhos. Ela colhe um pouco de espinafre, sacode os besouros verdes iridescentes de cima das folhas e os esmaga com os pés. Logo se sente culpada e cava um pequeno túmulo para eles; reza pela libertação de suas alminhas e pede perdão. Mesmo sem ninguém por perto, é difícil quebrar hábitos tão arraigados.

Ela realoca algumas lesmas e caramujos e arranca as ervas daninhas, deixando a salvo alguns pés de beldroega; mais tarde, poderá cozinhá-los. Nas delicadas copas dos pés de cenoura, encontra duas larvas azuis da mosca kudzu. Embora desenvolvidas para controlar biologicamente a erva daninha kudzu, as moscas parecem preferir os legumes e as verduras da horta. Em um daqueles gestos engraçados tão comuns nos primeiros anos das experiências genéticas, o criador fez essas moscas com uma cara pequenina de bebê, olhos grandes e um sorriso feliz, o que as torna incrivelmente difíceis de matar. Ela tira as larvas de cima das cenouras e, quando vê mandíbulas mastigando com avidez atrás de rostinhos, ergue a ponta da tela e as joga para fora da horta. Sem dúvida, logo estarão de volta.

No retorno ao prédio, Toby se depara com um rabo de cachorro – parece pertencer a um setter irlandês – cheio de carrapichos e pequenos galhos. Deve ter sido um urubu que o jogou ali, deve ter sido mesmo um urubu; eles estão sempre jogando coisas. Ela tenta não pensar nas outras coisas que eles lançaram nas primeiras semanas do dilúvio. Os dedos foram o pior.

Suas próprias mãos estavam ficando calejadas – duras e acastanhadas, como raízes. Ela tem cavado demais a terra.

4

TOBY. DIA DE SÃO BASHIR ALOUSE

ANO 25

Toby toma banho de manhã cedo, antes de o sol esquentar. Mantém baldes e tigelas no terraço para recolher a água da chuva da tarde. O spa tem seu próprio poço, mas o sistema de energia solar está quebrado e as bombas estão inutilizadas. Ela também lava as roupas no terraço, deixando as peças secando em cima dos bancos. E usa a água da lavagem na descarga do vaso sanitário.

Ela se esfrega com sabão – ainda resta muito sabão, todos cor-de-rosa – e esponja. Meu corpo está minguando, ela pensa. Estou franzida e encolhida. Logo não passarei de uma radícula. Mas ela sempre foi magra – *Oh, Tobiatha*, diziam as mulheres, *se ao menos eu tivesse seu corpinho*.

Ela se enxuga e veste um guarda-pó cor-de-rosa. Nele está escrito *Melody*. Já não é mais preciso procurar um guarda-pó com seu nome porque não há mais ninguém para ler as tarjas, então experimenta os uniformes das outras: *Anita, Quintana, Ren, Carmel, Symphony*. Essas garotas eram tão calorosas, tão cheias de esperança. Mas não Ren; Ren era triste. Acontece que Ren se foi muito cedo.

Depois, todas elas se foram assim que o problema começou. Foram para casa, para junto de suas famílias, acreditando que o amor podia salvá-las.

– Vocês vão primeiro. Eu vou trancar tudo – disse Toby às outras. E ela realmente trancou tudo, mas ficou lá dentro.

Ela esfrega seus longos cabelos negros, e os enrola em um coque molhado. Esses cabelos precisam ser cortados. O clima está muito quente e eles estão muito volumosos. Sem falar que cheiram a carneiro.

Enquanto enxuga o cabelo, ela escuta um som esquisito. Caminha cautelosamente até a balaustrada do terraço. Três porcos enormes estão fuçando ao redor da piscina – duas porcas e um varrão. A luz da manhã brilha naqueles corpos cinza-rosado; eles cintilam como lutadores. São muito grandes e bulbosos para serem normais. Já tinha visto porcos como esses lá no campo, mas nunca tinham chegado tão perto. Talvez tenham escapado de alguma fazenda experimental ou de outra qualquer.

Os porcos se agrupam perto da extremidade rasa da piscina e, com os focinhos agitados, olham para ela como se estivessem arquitetando. Talvez estejam sentindo o cheiro do quati morto que boia na água suja da piscina. Será que tentarão pegá-lo? Eles soltam doces grunhidos entre si e depois viram de costas; a coisa deve estar putrefata demais até para esses bichos. Eles dão uma pausa para uma última fuçada, e logo saem em trotes e entram por um canto do prédio.

Toby segue pela balaustrada, no encalço dos porcos. Eles encontraram a cerca da horta; olham lá para dentro. E agora um deles começa a cavar. Eles vão cavar um túnel.

– Saiam daí! – grita ela. Eles a esquadrinham e não lhe dão a mínima.

Ela desce a escada correndo, não a ponto de escorregar. Idiota! O rifle devia estar sempre à mão. Está ao lado da cama, e ela então o pega e sai correndo de volta ao terraço. Mira um dos porcos – o macho, um tiro fácil, ele está de lado – e depois hesita. Eles são criaturas de Deus. Nunca mate sem uma causa justa, dizia Adão Um.

– Eu estou avisando! – grita. Surpreendentemente, eles parecem entender as palavras dela. Já devem ter visto uma arma antes – uma pistola de espalhar tinta, um morteiro. Eles se apavoram, soltam um guincho agudo, se viram e saem em disparada.

Eles já percorreram um quarto do campo e só agora Toby se dá conta de que poderão voltar. Cavarão à noite e darão cabo da

horta com muita rapidez, e isso será o fim do estoque de alimentos. Ela terá que atirar neles, em legítima defesa. Cede à pressão e tenta novamente. O varrão tomba no chão. As duas porcas continuam correndo. Só param quando chegam à entrada do bosque, e olham para trás. Depois, se misturam à folhagem e somem de vista.
As mãos de Toby tremem. Você extinguiu uma vida, diz a si mesma. Foi muito cruel, agiu movida pela raiva. Devia se sentir envergonhada. Mesmo assim, pensa em pegar uma faca de cozinha e cortar o pernil. Ela se tornou vegetariana quando se juntou aos jardineiros, embora a perspectiva de um sanduíche de bacon seja agora irresistível. Mas resiste à tentação: proteína animal, só em último caso.
Ela murmura as palavras habituais de desculpas, se bem que não se sente arrependida. Ou não tão arrependida assim.

Toby precisa praticar um pouco. Atirar no varrão, perder o primeiro tiro, deixar as porcas fugirem... tudo tinha sido frustrante.
Nas últimas semanas relaxou em relação ao rifle. E agora o carrega para onde quer que vá – para o terraço, quando vai tomar banho, e para o banheiro. Até mesmo para a horta –, especialmente quando vai para a horta. Os porcos são espertos, não vão tirá-la da cabeça, não a perdoarão. Será que deve trancar a porta ao sair? E se tiver que voltar correndo para o spa? Mas se a porta ficar destrancada, alguém ou outra coisa qualquer poderá entrar sorrateiramente enquanto ela estiver trabalhando na horta, para esperá-la dentro do prédio.
Ela terá que pesar cada ângulo. *Um Ararat sem muro não é um Ararat*, como costumavam cantar os filhos dos jardineiros. *Um muro que não pode ser defendido leva mais tempo para ser construído que para ser terminado.* Os jardineiros amavam os versos instrutivos.

5

Alguns dias depois das primeiras erupções, Toby saiu em busca do rifle. Foi na noite em que as garotas fugiram do AnooYoo, deixando seus uniformes cor-de-rosa para trás.

Não foi uma pandemia comum, a doença não pôde ser contida nem mesmo depois de milhares de mortes, nem apagada com instrumentos biológicos e água sanitária. Foi o Dilúvio Seco sobre o qual os jardineiros tanto alertaram. Foram enviados todos os sinais: ele viajou pelo ar como se tivesse asas e, como fogo, fez as cidades arderem, disseminando um número incalculável de germes, terror e matança. As luzes se apagaram em tudo quanto é lugar, as notícias tornaram-se esporádicas: os sistemas começaram a falhar à medida que seus provedores morriam. Foi como um apagão geral, e ela então se deu conta de que precisava de um rifle. Uma semana antes os rifles eram ilegais e, se alguém fosse pego com um, isso poderia ser fatal, mas agora as leis já não tinham a menor importância.

Seria uma jornada perigosa. Ela teria que caminhar até seu velho bairro miserável – nenhum meio de transporte funcionava – e localizar a desprezível casinha de vila que pertencera a seus pais por muito pouco tempo. E depois teria que desenterrar o rifle, torcendo para que ninguém a visse.

Percorrer essa distância a pé não seria problema, estava em perfeita forma. O problema eram as outras pessoas. Segundo as notícias esparsas – que ainda não tinha entendido muito bem –, os baderneiros espalhavam-se por todos os lados.

Ela saiu do spa na escuridão, tratando de deixar a porta bem trancada. Cruzou um amplo gramado em direção à entrada ao norte, ao longo de uma alameda arborizada onde as pessoas costumavam passear e onde estaria menos visível. Algumas marcas luminosas que indicavam o caminho continuavam funcionando.

Ela não encontrou ninguém, mas foi surpreendida por um coelho verde que surgiu de dentro dos arbustos e por um gato que atravessou seu caminho, encarando-a com olhos bruxuleantes.

O portão de entrada estava entreaberto. Ela o atravessou com cuidado, pronta para qualquer desafio. Em seguida, tomou seu rumo pelo parque Heritage. As pessoas passavam apressadas, sozinhas ou em grupos, na tentativa de sair da cidade, na esperança de passar pela vasta região miserável e encontrar um refúgio no campo. Soou uma tosse e o lamento de uma criança. Ela quase tropeçou em um corpo estendido no chão.

Quando finalmente alcançou a extremidade exterior do parque, já estava escuro como breu. Moveu-se pelas sombras de árvore em árvore ao longo dessa margem. A rua estava apinhada de carros, caminhões, bicicletas e ônibus, com motoristas nervosos que buzinavam e gritavam. Alguns veículos tinham capotado e estavam em chamas. Os saqueadores faziam a festa nas lojas. Não se via os homens da CorpSeCorps. Devem ter sido os primeiros a desertar, devem ter fugido para a fortaleza da corporação a fim de salvar a própria pele, levando consigo o vírus letal – certamente Toby desejou isso.

Foram ouvidos tiros vindos de algum lugar. Então, outros quintais já foram cavados, pensou Toby; ela não era a única a ter um rifle.

Um pouco mais à frente, uma barricada feita de carros enfileirados na rua. Os entrincheirados estavam armados com o quê? Ela só conseguiu avistar os cilindros metálicos que empunhavam. A multidão soltava gritos furiosos para esses homens, atirando tijolos e pedras: as pessoas queriam passar, queriam fugir da cidade. E o que queriam os guardiões da barricada? Pilhagem, sem dúvida alguma. Estupro, dinheiro e outras coisas inúteis.

Quando as Águas Secas chegarem, costumava dizer Adão Um, o povo vai tentar se safar do afogamento. Eles se agarrarão na tábua que estiver à frente para se salvar. Cuidado, não sejam essa tábua, meus amigos, pois uma vez agarrados ou até mesmo tocados, vocês também se afogarão.

Toby se esquivou da barricada, rodeando-a. De novo na escuridão, esgueirou-se atrás da vegetação e margeou o parque. Alcançou o espaço aberto onde os jardineiros sempre armavam uma feira, e topou com a cabana onde as crianças costumavam brincar. Escondeu-se atrás dessa cabana, à espera de uma ocasião propícia. Não demorou muito e a um estampido seguiu-se uma explosão e, enquanto todas as cabeças se viravam para ver do que se tratava, ela saiu em frente às esquivas. É melhor não correr, era o que Zeb ensinara: fugir em disparada faz de você uma presa.

As calçadas estavam lotadas de gente; ela se esquivava de todos. Estava com luvas cirúrgicas, uma roupa de seda à prova de balas feita com um material extraído de aranhas e bodes obtida na casa de guarda do AnooYoo no ano anterior e uma máscara negra que filtrava o ar. E também carregava uma pá e um pé de cabra da horta que podiam se tornar letais se utilizados com decisão. No bolso levava um frasco de Total Shine Hairspray AnooYoo, uma arma eficaz se usada contra os olhos. Aprendera nas aulas de Zeb um bocado de coisas sobre prevenção de matanças urbanas. De acordo com ele, a primeira morte a ser evitada era a do próprio indivíduo.

Ela seguiu na direção nordeste, passando pelos mercados de Fernside e depois pelo Big Box, em meio a casinhas construídas de maneira rudimentar e a ruas estreitas, escuras e vazias. Cruzou com um grande número de pessoas, cada qual transparecendo suas próprias histórias. De repente teve a nítida impressão de que dois adolescentes pretendiam assaltá-la, mas começou a tossir, emitiu um débil "socorro!" e eles se afastaram.

Por volta da meia-noite, depois de ter errado o caminho algumas vezes – as ruas de Big Box eram muito parecidas –, chegou à antiga casa dos pais. As luzes estavam apagadas, a garagem estava aberta e a grande janela de vidro da frente estava quebrada, e ela então concluiu que não havia ninguém lá dentro. Os atuais moradores estavam mortos ou evadidos. A casa vizinha apresentava o mesmo cenário, e era lá que o rifle estava enterrado.

Toby se deteve por um instante para se acalmar, ouvindo o sangue bombear a cabeça: *katoush, katoush, katoush*. O rifle ainda estava ou não. Se estivesse, teria um rifle. Se não estivesse, não teria um rifle. De todo jeito, não havia razão para pânico.

Ela abriu o portão do jardim da casa vizinha, furtivamente, como um ladrão. Tudo estava escuro e imóvel. Aroma de flores noturnas: lírios, nicotianas. Mesclado a isso, cheiro de fumaça de alguma coisa que queimava a quarteirões de distância; dava para ver as chamas. Uma mosca kudzu pousou no rosto dela.

Fez uso do pé de cabra para erguer uma pedra do jardim, o que repetiu em três outras pedras no pátio. Depois, pôs-se a cavar com a pá.

O coração pulsou descompassado.

A arma estava lá.

Não chore, disse a si mesma. É só cortar o plástico protetor, pegar o rifle e a munição e se mandar daqui.

Foram precisos três dias para retornar ao AnooYoo, esquivando-se dos saqueadores. Mesmo com marcas enlameadas na entrada do prédio, ninguém o invadira.

6

Era um rifle primitivo – Ruger 44/99 Deerfield. Era do pai dela, que a ensinara a atirar quando ela estava com doze anos, e voltar agora àquela época era como uma viagem mental em tecnicolor induzida por cogumelos. Mire no centro do corpo, dizia o pai. Não desperdice o tempo mirando na cabeça. Ele dizia isso apenas em relação aos animais.

Eles viveram no campo até que a urbanização se estendeu até lá. Moravam numa casa branca rodeada por dez acres de árvores, com esquilos e os primeiros coelhos verdes. Os quatis ainda não tinham se agrupado na região. Os cervos sempre entravam na horta da mãe. De vez em quando, Toby atirava neles; ela ainda lembrava do cheiro e da viscosidade brilhante das vísceras. A família comia carne de cervo ensopada, e com os ossos a mãe fazia uma sopa. Mas na maior parte das vezes o pai e a filha atiravam em latinhas e em ratos do lixo – naquele lugar ainda havia lixo. Toby praticava muito, o que deixava o pai tremendamente feliz.

– Ótimo tiro, camarada – dizia ele.

Será que ele queria um filho? Talvez. Ele alegava que todo mundo devia saber atirar. A geração dele acreditava que se houvesse algum problema com alguém, era só atirar e tudo ficaria bem.

Depois, a CorpSeCorps proibiu as armas de fogo em nome da segurança, reservando para si as armas de spray inventadas recentemente, e de repente as pessoas se viram oficialmente desarmadas. O pai de Toby enterrou um rifle e um suprimento de munição debaixo de uma estaca solta da cerca e mostrou o lugar a ela, caso precisasse utilizá-lo um dia. A CorpSeCorps poderia ter encontrado a arma com seus detectores de metal, porque havia rumores de que estavam fazendo uma varredura, mas não podiam procurar em todos os lugares. Além do mais, o pai dela não passava de um zero à esquerda. Ele era um vendedor de aparelhos de ar-condicionado. Era um peixe pequeno.

Então, uma empreendedora quis comprar a terra dele. Era uma oferta boa, mas ele se recusou a vender. Gostava do lugar em que estava, disse na ocasião. E a mãe, que gerenciava uma franquia dos suprimentos da HelthWyzer próxima à área comercial, também se opôs à venda. Eles ainda rejeitaram uma segunda oferta e uma terceira. Construiremos ao redor de sua propriedade, disse o empreendedor. O pai de Toby disse que não se importava, para ele o assunto passou a ser uma questão de princípios.

Ele achava que o mundo continuava como cinquenta anos antes, pensou Toby. Não devia ter sido tão teimoso. Na ocasião, a CorpSeCorps estava consolidando seu poder. Começou como uma firma de segurança privada para atender às corporações, mas acabou assumindo o poder quando a força policial local entrou em colapso por falta de verbas. A princípio, as pessoas gostaram porque as corporações pagaram, mas logo a CorpSeCorps estendeu os tentáculos a todas as áreas. O pai devia ter se dobrado.

Primeiro, ele perdeu o trabalho na firma de ar-condicionado. Empregou-se como vendedor de janelas térmicas, mas com um salário menor. Depois, a mãe foi atingida por uma estranha doença. Nem ela conseguiu entender, já que sempre fora muito cuidadosa com a saúde. Era uma mulher ativa, ingeria muitas verduras e legumes e diariamente tomava uma dose do suprimento Hi-Potency Vital Vite, da HelthWyzer. Tanto os detentores da franquia da HelthWyzer como os executivos da empresa recebiam um pacote especial de suprimentos.

A mãe de Toby passou a tomar mais suprimentos, mas apesar disso ficou ainda mais fraca e confusa e foi perdendo peso com muita rapidez: era como se o corpo tivesse se voltado contra si próprio. Nenhum médico conseguiu dar um diagnóstico, embora as clínicas da HelthWyzer tenham feito inúmeros testes. Eles se interessaram pelo caso porque ela era uma consumidora assídua dos produtos de sua linha. Os próprios médicos da empresa se incumbiram de fazer um tratamento especial. No entanto, mesmo com os descontos que beneficiavam os membros da família que integravam a franquia da HelthWyzer, o tratamento era muito caro e, como a doença dela era desconhecida, o modesto plano de saúde dos pais se recusou a cobrir as despesas. Ninguém conseguia uma cobertura completa de saúde, a menos que tivesse dinheiro para custear o tratamento.

E não adiantaria nada se ela tivesse ido a um daqueles consultórios públicos imundos, pensou Toby. Eles se limitavam a pedir que você colocasse a língua para fora, presenteando-o com novos germes e viroses, e depois o mandavam para casa.

O pai de Toby hipotecou a propriedade pela segunda vez, e gastou o dinheiro com médicos, remédios, enfermeiras contratadas e hospital. Mas a mãe dela continuou enferma.

Depois, o pai teve que vender a casa, só que dessa vez por um valor bem abaixo do que fora oferecido na primeira vez. Um dia depois do fechamento da venda, as máquinas de terraplanagem já estavam a todo vapor. O pai comprou outra casa, uma casinha geminada em outro subdistrito – o lugar se chamava Big Box porque era ladeado por fileiras de grandes lojas de departamento. Ele desenterrou o rifle de debaixo da tábua solta da cerca da antiga casa e o enterrou novamente sob o pátio de pedras do pequeno quintal nos fundos da casa.

Logo ele perdeu o emprego de vendedor de janelas térmicas porque a doença da esposa o fazia faltar demais ao trabalho. Seu carro solar teve que ser vendido. Depois, a mobília se foi, peça por peça, e nem assim o pai de Toby juntou um dinheiro razoável. As pessoas farejam o desespero alheio, ele disse a ela. E se aproveitam disso.

Essa conversa foi pelo telefone, porque Toby já estava cursando a faculdade, apesar da dificuldade financeira da família. Ela conseguiu uma parca bolsa da Academia Martha Graham, que complementava com o serviço de garçonete na cantina dos estudantes.

Ela quis voltar para cuidar da mãe, que já tinha saído do hospital e estava dormindo no sofá da sala da casa porque não conseguia subir a escada, mas o pai não permitiu, alegando que ela não poderia fazer nada e que era melhor que ficasse na universidade.

O funeral da mãe foi curto e melancólico. Ao terminar, o pai e Toby sentaram-se à mesa da mísera cozinha. Beberam uma embalagem inteira de seis cervejas; Toby, duas, e o pai, quatro. Depois, Toby foi para a cama e o pai entrou na garagem vazia, enfiou o cano do rifle na boca e puxou o gatilho.

Ela ouviu o tiro. E entendeu na mesma hora. Vira o rifle encostado atrás da porta da cozinha e achou que ele o desenterrara por algum motivo, mas não se atreveu a imaginar que motivo era esse.

Toby nem ousou olhar o que havia na garagem. Deitou-se na cama, tentando imaginar o que viria à frente. O que fazer? Se chamasse as autoridades, mesmo que fosse um médico ou uma ambulância, eles veriam o ferimento à bala, pediriam o rifle e ela estaria em apuros porque era filha de um assumido transgressor da lei – alguém que possuía uma arma proibida. Isso seria o mínimo que ela enfrentaria, já que também poderia ser acusada de assassinato.

Passado um tempo que lhe pareceu uma eternidade, ela se obrigou a se levantar. Lá na garagem, tentou não olhar a cena de perto. Embrulhou o que sobrara do pai com um cobertor, reforçou o embrulho com sacos de lixo de plástico, fixou o pacote com fita adesiva e o enterrou no pátio de pedras. Sentiu-se muito mal ao fazer isso, mas o pai compreenderia. Era um homem prático, se bem que ele era sentimental debaixo dessa praticidade – ferramentas no galpão, rosas nos aniversários. Se ele fosse apenas prático, teria ido ao hospital com os papéis de divórcio, uma atitude tomada por muitos homens quando as esposas contraíam alguma coisa grave e dispendiosa. Ele teria deixado que jogassem a mulher na rua. Teria optado por manter o dinheiro. Mas em vez disso gastou todos os recursos financeiros.

Toby não era religiosa. Ninguém da família era. Frequentavam a igreja local porque os vizinhos frequentavam e porque seria péssimo para os negócios se não o fizessem, mas privadamente e depois de alguns drinques ouvia o pai dizer que havia muitos escroques no púlpito e muitos ingênuos nos bancos. Apesar disso, ela murmurou uma pequena prece lá no pátio de pedras: *do pó ao pó*. Depois, cobriu as rachaduras com areia.

Enrolou o rifle no plástico novamente e o enterrou no pátio de pedras da casa ao lado, que parecia estar vazia, sem luz nas janelas e sem rastros de carro. Talvez a casa estivesse penhorada.

Era preciso aproveitar a oportunidade; ela teria que invadir o terreno vizinho porque se enterrasse o rifle ao lado do corpo, alguém poderia cavar o quintal e encontrar a arma, e ela não queria isso.

– Nunca se sabe quando se vai precisar de um rifle. – Era o que o pai dela sempre dizia, e ele estava certo. Nunca se sabe.

Mesmo que alguns vizinhos a tivessem visto cavando, ela sabia que ficariam de boca fechada. Eles não gostariam de atrair as autoridades e também terem seus quintais vistoriados.

Toby lavou a garagem, tirou todo o sangue do chão e foi tomar um banho. E depois foi se deitar. Ficou deitada na escuridão, querendo chorar, mas só sentiu frio. Muito frio. E naquele dia nem estava fazendo frio.

Ela não poderia vender a casa sem revelar que era a nova proprietária porque o pai tinha falecido, atraindo assim para si um montão de lixo. Onde, por exemplo, estava o cadáver, e como foi que ele morreu? Então, quando amanheceu, depois de um frugal café da manhã, ela pôs a louça dentro da pia e saiu de casa. Nem mala levou. Afinal, o que havia para ser levado?

Talvez a CorpSeCorps não se desse ao trabalho de rastreá-la. Eles não tinham interesse algum naquela casa. De um jeito ou de outro, um dos bancos da corporação estaria lá dentro. O desaparecimento dela não despertaria o interesse de ninguém, a não ser na universidade – onde ela poderia estar? Será que tinha adoecido? Será que tinha sofrido um acidente? A CorpSeCorps espalharia a notícia de que a tinham visto pela última vez ao lado de um cafetão que andava em busca de novas recrutas, o que se esperava de uma jovem como ela, uma jovem com sérios problemas financeiros, sem amigos nem recursos aos quais recorrer. As pessoas se limitariam a balançar a cabeça – uma vergonha, mas não se podia fazer nada, se bem que pelo menos a garota tinha algo de valor no mercado, uma bunda viçosa, e assim ela não morreria de fome e ninguém se sentiria culpado. A CorpSeCorps sempre tapava os rumores com ação, caso a ação não lhes custasse nada. Eles acreditavam em resultados.

Quanto ao pai dela, todo mundo acharia que tinha mudado de nome e se evadido em meio ao populacho para não pagar o enterro da esposa porque estava sem dinheiro. Esse tipo de coisa acontecia o tempo todo.

7

O período que se seguiu não foi nada bom para Toby. Embora tivesse ocultado as evidências e tratado de sumir de vista, ainda restava uma chance de ser procurada pela CorpSeCorps por conta das dívidas do pai. Ela não tinha um centavo no bolso, mas circulavam histórias sobre mulheres em débito que eram arrendadas para o sexo. Se ela tivesse que ganhar a vida dessa maneira, pelo menos queria ter o direito de ficar com a grana.

Toby já tinha queimado a identidade e estava sem dinheiro para comprar outra – nem mesmo um tipo mais barato, sem inclusão de DNA e mudança da cor de pele –, e dessa maneira não podia ter um emprego legalizado, que era em grande parte controlado pelas corporações. Mas se você decaísse de verdade, a ponto de ter o nome apagado e uma história falsa, a CorpSeCorps deixava de se importar com você.

Ela alugou um quartinho com o dinheiro poupado durante o tempo em que trabalhou na cantina. Era um quartinho só dela, onde os poucos pertences que tinha estariam a salvo de uma companheira possivelmente ladra. Ficava na cobertura de um prédio caindo aos pedaços em um dos bairros mais miseráveis da cidade – Acres dos Salgueiros, era o nome do lugar, mas os moradores o chamavam de Lagoa dos Dejetos porque ali desembocavam muitos esgotos. Ela dividia um mesmo banheiro com seis imigrantes tailandeses ilegais que eram muito silenciosos. Era voz corrente que a CorpSeCorps chegara à conclusão de que expulsar imigrantes ilegais era muito caro, e que a partir daí adotara o método praticado pelos fazendeiros quando encontravam uma vaca doente no meio do rebanho: atirar, enterrar e fechar o bico.

No andar debaixo do quartinho, uma confecção refinada chamada Slink utilizava espécies ameaçadas de extinção. No balcão eles vendiam fantasias de Dia das Bruxas para enganar os extremistas que defendiam os direitos dos animais, mas nos fundos curtiam as peles. A fumaça escoava pelo sistema de ventilação; bem que Toby tentava abafar a ventilação com travesseiros, mas o cubículo tinha cheiro de gordura e de produtos químicos. De vez em quando também se ouviam rugidos e balidos; eles matavam os animais no prédio porque a freguesia não queria que bode se passasse por órix ou que lobo tingido virasse carcaju. A mercadoria tinha que ser genuína.

As carcaças eram vendidas para a Rarity, uma elegante cadeia de restaurantes. Nas salas comuns dos restaurantes, eram servidos bifes de carneiro, veado e búfalo, com um selo de qualidade que garantia o controle de doenças, e assim podiam servir carnes malpassadas – era o que a marca Rarity indicava. Mas nas salas privadas, de acesso exclusivo aos sócios e fortemente guarnecidas, eram servidas as espécies ameaçadas. O lucro era imenso: uma garrafa, uma única garrafa de vinho de osso de tigre, valia tanto quanto uma gargantilha de diamantes.

Tecnicamente, o tráfico de espécies ameaçadas de extinção era ilegal – as multas eram altas para os transgressores –, mas era extremamente lucrativo. A vizinhança estava ciente do que ocorria, mas todos tinham suas próprias preocupações – e quem se atreveria a abrir a boca sem correr risco? Então, eram bolsos enfiados em bolsos, com a mão da CorpSeCorps enfiada em cada um desses bolsos.

Toby arranjou um emprego de propagandista ambulante de peles. Salário mínimo, mas não se exigia identidade. Os propagandistas vestiam macacões de pele artificial de animais, tendo à cabeça um cabeção estilizado de animal, e portavam cartazes informativos dependurados ao pescoço enquanto circulavam pelos grandes shoppings e lojas de varejo das ruas. Dentro da fantasia era quente e úmido, e o campo de visão era limitado. Na primeira semana, ela sofreu três ataques de fetichistas que a esmurraram e rodaram o cabeção de modo a não deixá-la enxergar enquanto esfregavam as genitálias no macacão de pele, emitindo ruídos estranhos entre os quais os mais reconhecíveis eram miados. Não foram propriamente estupros, uma vez que ela não teve qualquer parte do corpo de fato tocada, mas foram assustadores. Além disso, não era nada agradável ter que se fantasiar de urso, tigre, leão e outras espécies ameaçadas quando os ouvia sendo mortos no andar de baixo. Então, deixou de fazer isso.

Em seguida, conseguiu dinheiro rápido vendendo o próprio cabelo. O mercado de cabelo ainda não tinha sido dominado pelos criadores de cabra angorá, o que só foi acontecer alguns anos mais tarde, de modo que muita gente escalpelava o cabelo de qualquer um sem fazer perguntas. O cabelo de Toby estava muito comprido e, embora fosse castanho médio – não era o melhor tom, a preferência era pelo louro –, rendeu uma boa soma.

Depois que o dinheiro do cabelo acabou, ela vendeu os próprios óvulos no mercado negro. As mulheres jovens podiam ganhar uma grande quantia em dólares cedendo os óvulos a casais que não tinham dinheiro suficiente para pagar suborno, ou para aqueles que eram tão incompatíveis que nenhum órgão oficial se dispunha a lhes vender a licença de paternidade. Mas ela só pôde vender os óvulos duas vezes, isso porque na segunda vez a agulha da seringa que coletava os óvulos estava infectada. Na época os mercadores de óvulos ainda pagavam o tratamento quando alguma coisa dava errado, mas ela só conseguiu se recuperar um mês depois. E quando tentou uma terceira vez, ouviu a explicação de que tinha tido complicações e que não poderia mais doar óvulos, e que talvez até não pudesse mais ter filhos.

Até então Toby não pensava em filhos. Stan, seu namorado do tempo em que cursava a Martha Graham, sempre falava em casamento e filhos, mas ela alegava que ainda eram jovens e pobres demais para pensar nessas coisas. Ela estudava saúde holística – os estudantes chamavam o curso de loções e poções – e Stan estudava planejamento criativo para problemas de entradas quaternárias, curso em que se saía muito bem. A família do rapaz não era rica. Se fosse, ele não estaria numa instituição de terceira como a Martha Graham, mas era ambicioso e estava disposto a se tornar próspero. Nas tardes tranquilas, Toby esfregava no corpo do namorado alguns preparados de flores e extratos de ervas que ela mesma criava, e a isso se seguia uma rodada de sexo ardente, botânico e medicinal que era acompanhado de uma tigela de pipocas sem sal e sem gordura. Mas depois que a família de Toby entrou em bancarrota, ela se deu conta de que não podia continuar com Stan. E também se deu conta de que seus dias na universidade estavam contados. Então rompeu o contato. Não respondia nem mesmo às mensagens de texto que recebia dele porque não era mais possível uma reaproximação. Ele queria um casamento entre dois profissionais, e ela dificilmente se formaria. É melhor sofrer agora que mais tarde, disse a si mesma.

Lá no fundo, porém, ela queria ter filhos, tanto que, quando soube que tinha sido esterilizada acidentalmente, foi como se uma luz se apagasse dentro dela.

Ela recebeu a notícia e resolveu torrar o dinheiro ganho com a doação de óvulos em férias regadas a drogas e esquecimento da realidade. Mas a rotina de se ver acordando com homens que nunca vira antes logo perdeu o encanto, sobretudo quando percebeu que eles tinham o hábito de roubar os poucos trocados que ainda lhe restavam. Depois da quarta ou quinta vez, decidiu que tomaria uma decisão: queria viver ou morrer? Se o caso era morrer, havia meios mais rápidos. Se o caso era viver, precisava viver de maneira diferente.

Por intermédio de um dos seus parceiros de noitadas, um homem que apesar de ser da Lagoa dos Dejetos mostrava uma alma delicada, conseguiu um emprego em uma empresa do populacho. Os negócios empreendidos na ralé não exigiam identidade nem referências. Se alguém praticasse algum roubo, simplesmente tinha os dedos cortados.

* * *

O novo emprego de Toby era na SecretBurgers, uma cadeia de lanchonetes. O segredo da SecretBurgers é que ninguém sabia de que tipo de proteína animal eram feitos os hambúrgueres. As garotas do balcão vestiam camisetas e bonés com o slogan: *SecretBurgers! Porque todo mundo ama um segredo!* O empregado recebia um salário mínimo pelo trabalho, mas tinha direito a dois SecretBurgers por dia. Depois que se juntou aos jardineiros e se tornou vegetariana, ela apagou da memória esse tempo em que se alimentou de hambúrguer. Mas como Adão Um costumava dizer, a fome é um poderoso reorganizador da consciência. Os moedores de carne não eram 100% eficientes. Você podia encontrar um pedaço de pele de gato com pelo ou um fragmento de rabo de rato no seu hambúrguer. Uma vez foi encontrada uma unha humana?

É possível. Os comerciantes da ralé pagavam para que os homens da CorpSeCorps fizessem vista grossa. Em troca, a CorpSeCorps permitia que esses mesmos comerciantes gerissem sequestros e assassinatos, cultivo de skunk, laboratórios de crack e comércio de drogas nas ruas, com barracões de madeira que serviam de depósito. Eles também controlavam as funerárias e a coleta de órgãos para transplantes, e as carcaças dos cadáveres eram aproveitadas nos moedores de carne da SecretBurgers. E circulavam rumores bem piores. Durante os dias de glória da SecretBurgers, muito poucos corpos foram encontrados nos terrenos baldios.

Se naquele tempo houvesse os famosos reality shows da TV, a CorpSeCorps faria uma pretensa investigação. Logo catalogariam o caso como "insolucionável" e o descartariam. Eles tinham que preservar a própria imagem entre os cidadãos que ainda os viam com os olhos dos velhos ideais: defensores da paz, mantenedores da segurança pública, guardiões da segurança nas ruas. Era uma piada, mas grande parte da população achava a CorpSeCorps melhor que uma anarquia generalizada. Até Toby achava isso.

No ano anterior, a SecretBurgers acabou indo longe demais. A CorpSeCorps fechou os postos de venda quando um dos seus oficiais altamente graduados desapareceu depois de uma inspeção na Lagoa dos Dejetos e seus sapatos foram vistos nos pés do operador do moedor de carne. Mas alguns meses depois as familiares barracas estavam de novo em pleno funcionamento. Afinal, quem diria não a um negócio de custos tão baratos?

8

Toby ficou feliz quando soube do trabalho na SecretBurgers. Poderia pagar o aluguel, não morreria de fome. Mas depois descobriu em que perigo tinha se metido. O perigo era o gerente. O cara se chamava Blanco, mas as garotas da SecretBurgers o chamavam pelas costas de Borracho. Rebecca Eckler, que trabalhava no turno de Toby, foi logo dando a ficha dele.

– Fique longe desse radar – disse. – E talvez nada lhe aconteça... Ele está de caso com uma das garotas, a Dora, e só fica com uma de cada vez. Se bem que você está esquelética e ele prefere as mulheres cheias de curvas. Mas se for chamada para ir ao escritório dele, cuidado. O cara tem olho grande. E deixará a outra garota de lado.

– Ele já te chamou? – perguntou Toby. – Lá na sala dele?

– Deus me livre – disse Rebecca. – Sou muito escura e feia para o gosto dele, e além do mais ele só gosta de gatinhas e não de gatas velhas. Talvez seja melhor você tentar parecer mais velha. Franzir a cara, querida.

– Você não é feia – disse Toby. Rebecca era, na verdade, uma beleza exótica, de pele morena, cabelos ruivos e nariz egípcio.

– Não me refiro a esse tipo de feiura – disse Rebecca. – Sou uma pessoa feia de se lidar. Nós, os Jelacks, temos dois tipos de amigos com quem não vale a pena se meter. Esse cara sabe muito bem que eu colocaria a Blackened Redfish atrás dele, e isso significa a gangue inteira. E mais os lobos isaístas. É coisa demais para ele se lamentar!

Toby não tinha uma retaguarda como essa. Abaixava a cabeça quando Blanco estava por perto. Conhecia a história dele. Segundo Rebecca, ele tinha sido leão de chácara na Scales, a boate mais elegante da Lagoa. Os leões de chácara tinham status; passeavam pelas redondezas com um ar gentil, vestidos em ternos pretos e de óculos escuros, mas eram valentões e sempre tinham mulheres em volta. Mas Rebecca disse que ele jogara tudo para o alto. Foi violento com uma garota lá na Scales: não uma das garotas contrabandeadas ilegalmente, que sofriam agressões constantes, mas uma garota mais talentosa, uma estrela na *pole dance*. Era impossível ter um sujeito como Blanco por perto, alguém que podia atrapalhar o andamento dos negócios, e então o despediram. Felizmente, ele tinha amigos na CorpSeCorps, se não, no mínimo, teria terminado com pedaços do corpo em algum terreno baldio. Os amigos intercederam e o colocaram para gerenciar o mercado da Secret-Burgers na Lagoa dos Dejetos. Era um emprego decadente e ele não aceitou de bom grado. Por que teria que ser punido por causa de uma vagabunda? Ele odiou o novo trabalho. Mas via as garotas como suas bonecas. Sempre andava com dois amigos, antigos leões de chácara como ele, que eram seus guarda-costas e ficavam com as sobras. Isso quando sobrava alguma coisa.

Blanco ainda mantinha um porte alongado e pesado de leão de chácara, se bem que já estava engordando – segundo Rebecca, devido a muita cerveja. Ele também conservava o característico rabo de cavalo dos leões de chácara na base da nuca de uma cabeça careca, e tinha tatuagens nos braços: cobras ao redor dos braços, braceletes de caveiras ao redor dos punhos, e veias e artérias nas costas das mãos que pareciam esfoladas. Em volta do pescoço, a tatuagem de uma corrente, com um cadeado na forma de um coração vermelho aninhado nos pelos do peito que o decote em V de sua camiseta deixava à vista. Circulavam rumores de que essa corrente descia pelas costas e rodeava a imagem de uma mulher nua e virada de bruços com a cabeça enfiada na bunda dele.

Toby ficou de olho em Dora, uma recém-contratada que assumia o lugar dela quando terminava o turno. A garota começou cheia de vida e otimista, mas foi emagrecendo e perdendo o viço à medida que as semanas passavam; sob a pele branca dos braços se acumulavam feridas.

– Ela quer fugir – confidenciou Rebecca –, mas está com medo. Talvez seja melhor você sair daqui o quanto antes. Ele está de olho em você.

– Pode deixar, tudo ficará bem – disse Toby. Ela não estava se sentindo nada bem: estava apavorada. Mas o que mais podia fazer? Precisava daquele emprego. Estava sem dinheiro.

Na manhã seguinte, Rebecca acenou para Toby.

– Dora está morta – disse. – Tentou fugir. Encontraram o corpo dela em um terreno baldio, de pescoço quebrado, cortada em pedaços. Estão dizendo que foi obra de algum psicopata.

– Mas foi ele, não foi? – perguntou Toby.

– Claro que foi ele. – Rebecca deu uma fungada. – O cara está se gabando.

Ao meio-dia daquele mesmo dia, Blanco chamou Toby ao seu escritório. Seus dois amigos chegaram com a mensagem. Ela foi escoltada por eles para que não mudasse de ideia e fugisse. Enquanto caminhavam pelas ruas, as cabeças se viravam para olhá-los. Ela se sentiu como se estivesse caminhando para o cadafalso. Por que não tinha se mandado quando teve uma chance?

O escritório ficava nos fundos de um depósito de lixo reciclável e tinha uma porta imunda. Era uma salinha com escrivaninha, porta-arquivos e um sofá de couro caindo aos pedaços. Blanco se levantou da cadeira giratória, escancarando um sorriso.

– Cadela magricela, estou te promovendo – disse. – Vamos, me agradeça.

Toby agradeceu com um sussurro. Sentiu-se sufocada.

– Está vendo este coração? – continuou ele, apontando para a tatuagem. – Isso significa que amo você. E agora você também me ama. Entendeu?

Toby fez que sim com a cabeça.

– Garota esperta. Vem cá. Tira minha camisa.

A tatuagem nas costas era exatamente como Rebecca descrevera: uma mulher nua e acorrentada, com o rosto invisível. Seus longos cabelos se espraiavam como labaredas.

Blanco agarrou o pescoço de Toby com suas mãos tatuadas.

– Se me sacanear, te arrebento toda – disse.

9

Desde o tempo em que a família de Toby teve um triste fim, ela desapareceu para as autoridades oficiais e deixou de pensar na vida que levava até então. Cobriu-se de gelo, congelou-se. Mas agora se refugiava desesperadamente no passado, até mesmo nas piores partes, até mesmo no sofrimento, porque a vida presente era uma tortura. Ela tentava se lembrar dos dias que tinha os pais como espíritos guardiões, mas à frente tudo era neblina.

Não fazia nem duas semanas que estava nas mãos de Blanco e Toby já tinha a sensação de que eram anos. Ele achava que uma mulher com uma bunda magricela como a sua devia agradecer por um homem querer comer o rabo dela. E devia dar mais graças ainda pelo fato de ele não a ter vendido para a Scales como uma temporária, o que significava temporariamente viva. Devia dar graças pela sorte que tinha. Melhor, devia agradecer a ele, logo ele, que exigia agradecimentos depois dos atos mais aviltantes. O sujeito não queria o prazer, mas a submissão.

E também não dava a menor folga a ela. Até durante o intervalo de meia hora para o lanche ele a obrigava a trabalhar. Ou seja, ela ficava sem comer.

Os dias passavam e ela se sentia cada vez mais faminta e exaurida. Agora tinha suas próprias feridas, como as feridas da pobre Dora. O desespero a dominava e ela já podia ver como tudo acabaria; era como se estivesse num túnel escuro. Não ia demorar muito para ser descartada.

Para piorar ainda mais as coisas, Rebecca tinha ido embora para lugar nenhum. Ela partira com um grupo religioso, comentavam na rua. Blanco não deu a mínima, porque ela não fazia parte do harém dele. E sem demora preencheu a vaga dela na Secret-Burgers.

* * *

Toby estava trabalhando no turno da manhã quando uma estranha procissão aproximou-se ao longo da rua. Pelos cartazes que carregavam e as músicas que cantavam, só podia ser alguma coisa religiosa – se bem que não era a primeira seita que avistava. Uma corrente interminável de cultos circulava pela Lagoa dos Dejetos em busca de almas atormentadas. Frutos conhecidos, petrobatistas e outras crenças de gente rica se mantinham a distância, mas os segmentos das antigas bandas do Exército da Salvação desfilavam pelas ruas com pesados tambores e trompetes. Por ali passavam os grupos da Irmandade Sufi, com turbantes à cabeça, os integrantes da Igreja dos Velhos Dias, ambos vestidos de negro, e os bandos de Hare Krishna vestidos em túnicas cor de açafrão, atraindo os pedestres com cantorias e sinos. Os leões e os lobos isaístas pregavam nas esquinas e sempre se enfrentavam quando se viam frente a frente. Nunca chegavam a um consenso sobre quem se deitaria com a ovelha quando chegasse o Reino da Paz, se os leões ou os lobos. Durante as arruaças, às vezes, as gangues dos ratos da plebe – Tex-Mexes, morenos; Lintheads, pálidos; Fusão Asiática, amarelos; e Blackened Redfish – se juntavam em enxames e invadiam as fazendas à cata de alguma coisa valiosa ou simplesmente fácil de carregar.

A procissão se aproximou e Toby pôde ter uma visão melhor. O líder tinha uma barba e vestia uma túnica comprida, como se confeccionada pelos elfos das velhas histórias. Atrás dele seguia um bando de crianças de todos os tamanhos e cores, mas todas em trajes escuros – seguravam lousas onde se lia: *Jardineiros de Deus para o Jardim de Deus! Não coma cadáveres! Os animais somos nós!* Eram como anjos enfurecidos, ou algo parecido com anões. Eram elas que entoavam as canções. *Carne, não! Carne, não! Carne, não!* Era o que cantavam agora. Toby já tinha ouvido falar desse culto. O que se dizia é que tinham uma horta em algum lugar, em algum terraço. Um monte de lama seca, umas poucas calêndulas enlameadas, uma esquálida fileira de patéticos feijões grelhando debaixo de um sol implacável.

A procissão se deteve na frente de uma barraca da Secret-Burgers. Uma pequena multidão se comprimiu, preparando-se para as zombarias.
– Meus amigos – dirigiu-se o líder a todos. A pregação não demoraria muito porque os moradores da Lagoa dos Dejetos não tolerariam aquilo. – Meus queridos amigos. Meu nome é Adão Um. E um dia também fui comedor de carne, materialista e ateu. Como vocês, eu achava que o homem é a medida de todas as coisas.
– Cale a boca, seu ecomaluco de merda – gritou alguém.
Adão Um ignorou o xingamento.
– De verdade, queridos amigos, eu achava que a medição é a medida de todas as coisas! Sim... eu era um cientista. Estudava as epidemias, contava as doenças e os animais que morriam, e também as pessoas, como se fossem meras pedrinhas. Eu achava que somente os números seriam capazes de fazer uma descrição verdadeira da realidade. Mas então...
– Cai fora, cabeça de pinto!
– Mas então, uma vez eu estava de pé exatamente onde vocês estão devorando... sim!... devorando um SecretBurger, eu me fartava na gordura quando vi uma grande luz. Ouvi uma voz potente. E essa voz disse...
– Ela disse pra você se empanturrar!
– A voz disse: poupe suas caras criaturas! Não coma nada que tenha um rosto! Não mate sua própria alma! E então...
Toby sentiu que a turba se agitava. Aquela gente jogaria aquele pobre tolo e aqueles pequeninos jardineiros no chão.
– Se manda daqui – gritou ela o mais alto que pôde.
Adão Um lhe fez uma pequena reverência, sorrindo amavelmente.
– Minha criança – disse –, você faz alguma ideia do que está vendendo? Acredito que você não comeria seus parentes.
– Comeria, sim – disse Toby –, se estivesse morrendo de fome. Por favor, vai embora!
– Estou vendo que tem atravessado tempos difíceis, minha filha – disse Adão Um. – Você criou uma concha sólida ao seu redor.

Mas essa concha não é seu verdadeiro eu. Dentro dessa concha há um coração caloroso e gentil, e uma alma delicada...
— Ele estava certo em relação à concha. Ela sabia que tinha se endurecido. Mas a concha era uma armadura. Sem essa armadura, ela teria sido esmagada.
— Esse babaca está te incomodando? — perguntou Blanco, colocando-se atrás dela como de costume. Pegou-a pela cintura, e ela nem precisou olhar para ver as veias, as artérias. Carne crua.
— Está tudo bem — disse ela. — Ele é inofensivo.
Adão Um não deu sinal de que sairia dali. Continuou como se ninguém mais tivesse falado.
— Você tem muita coisa boa para fazer neste mundo, minha filha...
— Não sou sua filha — retrucou Toby. Ela sabia perfeitamente que já não era mais filha de ninguém.
— Todos somos filhos uns dos outros — disse Adão Um, com um olhar tristonho.
— Some daqui — disse Blanco. — Antes que eu arrebente tua cara!
— Por favor, vai embora, senão você vai acabar machucado — disse Toby, o mais rápido que pôde. Aquele homem não tinha medo. Ela abaixou a voz e sibilou. — Vai embora! Agora!
— É você que vai acabar machucada — disse Adão Um. — E vai se machucar cada vez mais por ficar aqui diariamente, vendendo a carne mutilada das amadas criaturas de Deus. Junte-se a nós, minha querida... somos seus amigos, temos um lugar para você.
— Tire essas patas fodidas de cima da minha funcionária, seu pervertido de merda! — gritou Blanco.
— Estou incomodando você, minha querida? — perguntou Adão Um, ignorando Blanco. — Claro que não toquei...
Blanco saiu de trás da chapa e avançou, mas Adão Um parecia estar acostumado a ataques. Deu um pulo para o lado e Blanco projetou-se para frente, na direção das crianças cantoras, derrubando algumas antes de se estatelar no chão. Um adolescente da gangue Linthead desfechou-lhe um golpe certeiro na cabeça com uma garrafa vazia — Blanco não era benquisto na vizinhança — e

ele tombou nocauteado, com o sangue vertendo de uma fenda na cabeça.

Toby saiu da frente da chapa de fritar hambúrguer. Seu primeiro impulso foi o de ajudá-lo a se levantar, já que teria um grande problema mais tarde se não fizesse isso. Um bando da Redfish começou a espancá-lo enquanto alguns integrantes da Fusão Asiática o descalçavam. A turba se movia ao redor, mas agora ele lutava para se recompor. Onde estavam os dois guarda-costas? Os sujeitos tinham evaporado.

Toby curiosamente se animou. E logo chutou a cabeça de Blanco. Fez isso sem pensar, num impulso. Ela sentiu que sua boca se escancarava como a de um cachorro quando desfechou um pontapé no crânio dele: era como uma pedra coberta por uma toalha. E quando fez isso se deu conta do erro que tinha cometido. Como pôde ser tão estúpida?

– Vamos embora, minha querida – disse Adão Um, pegando-a pelo cotovelo. – É o melhor a fazer. Afinal, já perdeu mesmo seu emprego.

Os dois bandidos e comparsas de Blanco já estavam de volta e começavam a dispersar a confusão. Embora ainda atordoado, ele estava de olhos abertos e fixos em Toby. Aquele pontapé tinha doído. Pior, ela o humilhara publicamente. Ele tinha perdido o prestígio. A qualquer momento se levantaria e faria picadinho dela.

– Vadia! – vociferou ele. – Vou cortar seus peitos em pedacinhos!

Logo Toby foi cercada por um bando de crianças. Foi pega pelas mãos por duas delas enquanto as outras formavam uma espécie de guarda de honra à frente e atrás.

– Rápido, rápido – disseram as crianças, empurrando-a e puxando-a ao longo da rua.

Um berro explodiu.

– Volte aqui, sua vadia!

– Rápido, por aqui – disse um menino maior. Adão Um cobriu a retaguarda e eles atravessaram as ruas da Lagoa dos Dejetos.

Parecia uma parada: os transeuntes se detinham para olhar. Além do pânico, Toby se sentia fora da realidade e um pouco zonza. Agora, as pessoas ficavam cada vez menores para trás, o cheiro se atenuava e já não havia tantas lojas.

– Mais rápido – disse Adão Um. Eles cruzaram uma avenida em disparada e viraram diversas esquinas em vertiginosa sucessão, até que os gritos cessaram.

O grupo atingiu uma edificação outrora moderna de tijolinhos vermelhos. À frente se via uma placa, PACHINKO, e abaixo, outra placa menor onde se lia, MASSAGEM RELAXANTE, SEGUNDO ANDAR, INCLUÍDAS AMOSTRAS, RINOPLASTIAS EXTRAS. As crianças correram para a lateral do prédio e começaram a subir pela escada de incêndio, e Toby as seguiu. Já estava sem fôlego, e aquelas crianças subiam como macacos. Até que chegaram ao terraço e a garotada gritou em uníssono.

– Bem-vinda ao nosso jardim.

Ela se viu abraçada e envolvida pelo odor doce e salgado de crianças ainda sem banho.

Toby não conseguiu lembrar da última vez que tinha sido abraçada por uma criança. Para a criançada, aquele abraço talvez tenha sido uma formalidade, como a de abraçar uma tia, mas para ela foi algo indefinível: felpudo, docemente íntimo. Era como ser aninhada por coelhos. Mas coelhos de Marte. Mesmo assim, foi tocante; ser apalpada de um modo impessoal, e ao mesmo tempo carinhoso, sem cunho sexual. Levando em conta a forma como ela vivia antes, com as mãos de Blanco sendo as únicas a tocá-la, a sensação que teve deve ter sido em parte de estranheza.

Isso sem falar nos adultos, que apertavam as mãos dela em cumprimentos calorosos – as mulheres, em trajes folgados e escuros, e os homens, vestidos em macacões. E então, de repente, ela se viu frente a frente com Rebecca.

– Você conseguiu, querida. Fui eu que contei a eles. Eu tinha certeza de que eles a tirariam de lá.

* * *

A horta e o jardim não eram nada daquilo que Toby esperava encontrar, nada daquilo que lhe tinham dito. Não tinha nada a ver com terra seca e coberta de legumes e verduras podres. Ela olhou em volta, admirada: tudo era tão bonito, tão cheio de flores e plantas que nunca tinha visto. Muitas borboletas coloridas, e de algum lugar próximo vinha um zumbido de abelhas. A vida estava presente em cada pétala e em cada folha que despertavam com brilho para os olhos dela. Até o ar do jardim era diferente.

Toby se deu conta de que estava chorando de alívio e gratidão. Era como se uma grande mão benevolente a tivesse tirado de um buraco e a salvado. Mais tarde, ela ouviu com muita frequência Adão Um dizer a frase "ser inundado pela luz da criação de Deus", e mesmo não sabendo agora o que era isso, foi justamente essa sensação que teve.

– Estou muito feliz por você ter tomado a decisão que tomou, querida – disse Adão Um.

Mas Toby não achava que tinha tomado uma decisão. Alguma coisa intercedera por ela. Apesar de tudo o que aconteceu depois, ela nunca mais se esqueceu desse momento.

Naquela primeira noite fez-se uma celebração modesta em homenagem à chegada de Toby. Formou-se um grande alvoroço em torno da abertura de um vidro de conservas das primeiras frutas vermelhas colhidas, e apresentou-se um pote de mel como se fosse o Santo Graal.

Adão Um fez um pequeno discurso sobre resgates providenciais. Foi mencionado o exemplo de um tição retirado de um incêndio e de uma ovelha perdida – dos quais ela ouvira antes na igreja – e de outros resgates desconhecidos: o caramujo recolocado em seu lugar, a pera decaída. Depois, todos comeram uma espécie de panqueca de lentilhas e um prato chamado mistura de cogumelos condimentados da Pilar, acompanhados de fatias de pão de soja cobertos de compotas de frutas vermelhas e mel.

Passada a alegria inicial, Toby começou a se sentir assustada e desconfortável. Como tinha parado naquele lugar estranho e de certa forma perturbador? O que estava fazendo entre aquelas pessoas amistosas, porém bizarras, com uma religião excêntrica e, naquele exato momento, com dentes manchados de frutinhas vermelhas?

10

As primeiras semanas de Toby junto aos jardineiros não foram promissoras. Adão Um não lhe deu instrução alguma, limitando-se a observá-la, o que a fez pensar que estava sendo posta à prova. Ela tentava se adaptar, ajudar quando necessário, mas era completamente ineficaz para as rotinas diárias. Não conseguia costurar com tanto capricho como queria Eva Nove, a Nuala, e depois de ter sangrado em cima de algumas saladas, Rebecca achou melhor que não cortasse mais os legumes.

– Quando quero que a salada fique parecida com beterraba, coloco beterrabas nela – disse na ocasião.

Burt – o Adão Treze, encarregado da horta – desencorajou-a a capinar depois que a viu arrancando algumas alcachofras por engano. Mas ela podia fazer a limpeza das bioletas-violetas. Era uma tarefa simples, que não exigia qualquer treinamento especial. Então, era isso que fazia.

Adão Um estava bem atento aos esforços de Toby.

– As bioletas não são tão desagradáveis, não é? – disse um dia para ela. – Afinal, somos estritamente vegetarianos.

Ela se perguntou sobre o que ele queria dizer, mas depois percebeu o que era: menos fedor. Mais para vaca que para cachorro.

Levou algum tempo para ela compreender a hierarquia dos jardineiros. Adão Um insistia na tese de que todos os jardineiros eram espiritualmente iguais, mas havia diferenças na prática: Adãos e Evas ocupavam as posições mais altas, se bem que a numeração deles indicava áreas de excelência e não alguma ordem especial de importância. No ponto de vista de Toby, alguns aspectos os tornavam parecidos com um monastério. Primeiro, organização interna, depois, irmãos leigos. E as irmãs leigas, é claro. O que diferia é que não se exigia castidade.

Já que estava desfrutando a hospitalidade dos jardineiros sob falsas alegações para tal, uma vez que não era realmente uma convertida, Toby achou que devia retribuir a hospitalidade com muito trabalho. E acrescentou outras tarefas ao serviço que fazia nas bioletas-violetas. Levava terra fresca para o terraço pela escada de incêndio – os jardineiros dispunham de um suprimento de terra coletada de edificações e terrenos baldios – para que depois fosse misturada aos compostos e aos produtos desenvolvidos pelas bioletas-violetas. Derretia as sobras de sabão e decantava e etiquetava o vinagre. Empacotava minhocas para os materiais que seriam vendidos na feirinha da Árvore da Vida, esfregava o chão da academia Moinhos de Corrida para a Luz e varria os minúsculos dormitórios do andar embaixo do terraço, onde os membros solteiros do grupo dormiam em colchonetes estofados com plantas secas.

Após alguns meses nessa rotina, Adão Um sugeriu que ela colocasse seus outros talentos em prática.

– Que outros talentos? – perguntou Toby.

– Você não estudou terapia holística? Lá na Martha Graham?

– Estudei, sim – disse ela. Não faria sentido questionar como ele sabia disso. Ele simplesmente sabia, e pronto.

E assim ela se lançou no trabalho de produção de loções e cremes. Não era preciso usar a faca e não lhe faltavam braços fortes para trabalhar no pilão. Logo depois de ter iniciado esse trabalho, Adão Um lhe sugeriu que partilhasse os conhecimentos que tinha com as crianças, e ela então acrescentou algumas aulas em sua rotina diária.

Já estava usando as vestes largas e escuras que as outras mulheres usavam.

– Você terá que deixar o cabelo crescer – disse Nuala. – Livre-se dessa aparência de cabeça escalpelada. Nós, as jardineiras, todas nós, temos cabelos compridos.

Toby quis saber qual era a razão disso e ficou subentendido que era uma preferência estética de Deus. Um certo sorriso de santidade mandona, especialmente entre as mulheres da seita, também era um pouco desconfortável para ela.

De vez em quando ela pensava em desertar. Simplesmente porque às vezes era possuída pela vergonhosa necessidade de ingerir proteína animal.

– Você nunca imagina que está comendo um SecretBurger? – perguntou uma vez à Rebecca. Era uma amiga dos velhos tempos e podia conversar sobre esse tipo de coisa com ela.

– Devo admitir que sim – respondeu Rebecca. – Também tenho esses pensamentos. Eles devem colocar alguma coisa naquele hambúrguer. Alguma coisa que vicia.

A comida até que era agradável, já que Rebecca fazia o melhor que podia com o pouco de que dispunha, mas era repetitiva. Além disso, as pregações eram maçantes e a teologia era confusa – por que se preocupar tanto com detalhes de estilo de vida quando se acredita que a qualquer momento se será varrido do planeta? Os jardineiros estavam convencidos da iminência de uma tragédia, se bem que Toby não fazia ideia de como tinham chegado a essa conclusão. Talvez usando vísceras de aves como oráculo.

Grande parte da raça humana estava condenada tanto pela superpopulação como pela perversidade, mas os jardineiros se viam fora disso; eles pretendiam flutuar sobre o Dilúvio Seco, acompanhados dos alimentos que armazenavam em depósitos ocultos chamados Ararat. Nesse projeto flutuante de atravessar o dilúvio, eles próprios construiriam arcas estocadas com coleções de animais, ou pelo menos com os nomes desses animais. E sobreviveriam para repovoar a Terra. Ou alguma coisa parecida com isso.

Toby indagou a Rebecca se ela realmente acreditava na catástrofe geral alardeada pelos jardineiros, mas a outra se esquivou.

– Eles são gente boa – respondeu assim. – Quanto ao que possa acontecer, só posso dizer: "relaxa." – Deu uma rosquinha de soja e mel para Toby.

Sendo ou não gente boa, o fato é que Toby não se imaginava vivendo por muito tempo com aquela gente alienada da realidade. Mas não podia simplesmente dar as costas a todos e sair dali. Isso seria uma tremenda ingratidão. Afinal, tinham salvado a pele dela.

E assim ela se imaginava descendo pela escada de incêndio, atravessando o andar dos dormitórios, o interior da pachinko e as cabines de massagem no térreo, e correndo para fora até se perder na escuridão, e depois pedindo carona para alguma cidade distante do norte. Aviões estavam fora de questão, porque as passagens eram caríssimas e severamente supervisionadas pela CorpSeCorps. Mesmo que tivesse dinheiro, não poderia adquirir uma passagem porque checavam as identidades e isso ela não tinha. Como se não bastasse, Blanco e seus dois capangas poderiam estar à procura dela pelas ruas da plebelândia. Ele se gabava de nunca ter deixado uma mulher escapar. Cedo ou tarde a encontraria e a faria pagar. E o preço seria altíssimo. Ou seria estuprada publicamente por alguma gangue ou teria a cabeça exibida no alto de um poste.

Será que Blanco realmente não sabia onde ela estava? É claro que não, as gangues dos ratos da plebe já lhe teriam comunicado, da mesma forma que lhe vendiam todo tipo de informação. Ela evitava as ruas, mas como impedi-lo de subir a escada de incêndio e de alcançar o terraço para pegá-la? Por fim, ela confidenciou seus temores a Adão Um. Ele sabia do que Blanco era capaz e o conhecia muito bem... já o tinha visto em ação.

– Não quero pôr os jardineiros em perigo – disse Toby.

– Minha cara, você está a salvo conosco – disse Adão Um. – Ou pelo menos a salvo dentro do possível. – Ele explicou que Blanco estava na Lagoa dos Dejetos, enquanto os jardineiros estavam em Sinkhole, uma região vizinha. – Populações diferentes, quadrilhas diferentes – acrescentou. – Eles não ultrapassam os limites, a não ser que haja uma guerra entre as quadrilhas. De qualquer forma, quem comanda as quadrilhas é a CorpSeCorps e, segundo nossos informantes, eles declararam que estamos fora do alvo.

– Por que se importariam em fazer isso? – perguntou Toby.

– Seria ruim para a imagem deles estripar qualquer coisa que esteja envolvida com o nome de Deus – disse Adão Um. – As corporações não aprovariam isso, considerando que recebem influência dos petrobatistas e dos frutos conhecidos. Eles proclamam o respeito ao espírito e à tolerância religiosa, desde que as religiões não cometam excessos. O que eles não suportam é a destruição da propriedade privada.

– Talvez não *gostem de nós* – disse Toby.

– É claro que não gostam – disse Adão Um. – Eles acham que não passamos de uns loucos fanáticos que misturam um nutricionismo extremista com um tipo de pensamento fora de moda e uma atitude puritana frente ao consumismo. Mas não temos nada que interesse a eles e por isso não somos qualificados de terroristas. Durma tranquila, querida Toby. Você está protegida pelos anjos.

Anjos curiosos, ela pensou. Nenhum deles era anjo de luz. Mas ela dormiu tranquila sobre um colchonete farfalhante.

O BANQUETE DE ADÃO
E TODOS OS PRIMATAS

∽ O BANQUETE DE ADÃO E TODOS OS PRIMATAS

ANO 10

DA METODOLOGIA DE DEUS NA CRIAÇÃO DO HOMEM.

DITO POR ADÃO UM.

Queridos companheiros jardineiros da Terra, o jardim de Deus: Como é maravilhoso vê-los reunidos aqui, neste maravilhoso jardim no terraço do Edencliff! Fico feliz por ver a excelente Árvore das Criaturas que nossas crianças fizeram com os objetos de plástico que elas próprias recolheram – que belo exemplo de como usar os materiais nocivos de uma boa maneira! E olho mais adiante e deparo com a refeição de nossa irmandade, e vejo o estoque de nabos da colheita do ano passado deliciosamente transformado em tortas de nabo por Rebecca, sem mencionar a mistura de cogumelos condimentados gentilmente cedidos por Pilar, a nossa Eva Seis. Também celebramos a promoção de Toby ao posto de professora plena. Por seu trabalho e dedicação, Toby tem mostrado que qualquer pessoa pode superar as experiências dolorosas e os obstáculos internos quando vê a luz da verdade. Estamos muito orgulhosos de você, Toby.

No banquete de Adão e todos os primatas, afirmamos nossa ancestralidade primata – uma afirmação que tem atraído para nós a cólera de todos aqueles que arrogantemente persistem em negar o evolucionismo. Mas também afirmamos a intervenção divina que nos causou e nos criou da maneira que somos, e isso tem enraivecido os cientistas tolos, que insistem em dizer que "Deus não existe". Tal clamor para provar a inexistência de Deus se deve ao fato de que não podem colocá-lo em tubos de ensaio, nem pesá-lo, nem medi-lo. Deus, no entanto, é puro espírito. Então, como o fracasso em medir o imensurável poderia provar sua inexistência? Na verdade, Deus é a não coisa, o nada pelo qual todas as coisas materiais existem, pois, se não houvesse esse nada, a existência se abarrotaria de tanta materialidade que não se poderia distinguir uma coisa da outra. A mera existência de coisas materiais separadas é uma prova da impossibilidade de coisificar Deus.

Onde estavam esses cientistas tolos quando Deus lançou as fundações da Terra, interpondo Seu próprio espírito entre uma bolha de matéria e outra, e assim nos dando forma? Onde eles estavam quando "as estrelas matinais cantaram em uníssono"? Porém é melhor tirá-los de nossos corações, já que hoje não é dia de críticas, mas de contemplação de nosso estado terreno em toda a sua humildade.

Deus podia ter criado o homem a partir do puro verbo, mas Ele dispensou esse método. Ele também podia ter criado o homem a partir do pó da terra, o que de algum modo o fez, pois o que significa "pó" senão átomos e moléculas, os tijolinhos de todas as entidades materiais? Além disso, Ele nos criou por meio de um longo e complexo processo de seleção natural e sexual, o que não passou de outro dos Seus estratagemas engenhosos para instilar humildade no homem. Ele nos fez "ligeiramente inferiores aos anjos", mas por outro lado – e a ciência trata disso – temos um parentesco estreito com nossos companheiros primatas, o que é bastante desagradável para a autoestima dos arrogantes deste mundo. Nossos apetites, nossos desejos e nossas emoções mais incontroláveis são todas de primatas! Nossa queda do jardim original se deu de um estado de inocência desses padrões e impulsos para um estado de consciência e vergonha disso, e daí advém nossa tristeza, nossa ansiedade, nossa dúvida e nossa raiva contra Deus.

Na verdade, como os outros animais, fomos abençoados e instruídos a crescer e multiplicar, a repovoar a Terra. Mas a que ponto de humilhação, agressão e sofrimento chega esse repovoar! Não é de estranhar a culpa e a desgraça que sentimos ao nascer! Por que Ele nos fez puro espírito, iguais a Ele? Por que Ele nos embebeu de matéria perecível, uma matéria desafortunadamente semelhante à do macaco? Assim diz o antigo clamor. Qual é o mandamento que desobedecemos? O mandamento de viver a vida animal em toda a sua simplicidade – sem roupas, por assim dizer. Mas suplicamos pelo conhecimento do bem e do mal, e obtivemos tal conhecimento e agora estamos colhendo a tempestade. Em nossos esforços por alcançarmos uma altura superior à nossa, caímos e não paramos mais de cair porque a Queda também é eterna, tal como a Criação. Nossa queda é a ambição. Por que sempre temos de achar que tudo na Terra nos pertence, quando na realidade nós é que pertencemos a tudo? Traímos a confiança dos animais e maculamos nossa sagrada tarefa de zeladores. O mandamento de Deus segundo o qual devemos "repovoar a Terra" não significa que deveríamos repovoá-la apenas de humanos, exterminando assim qualquer outra criatura. Quantas outras espécies já dizimamos? Quando isso é feito à menor das criaturas de Deus, também é feito contra Ele. Meus amigos, por favor, pensem nisso na próxima vez em que esmagarem uma minhoca na terra ou matarem um besouro!

    Oremos, então, para não cairmos no erro do orgulho e nos considerarmos excepcionais, os únicos da Criação que possuem alma. E que não imaginemos que somos superiores a todos os demais e que podemos destruí-los, ao nosso bel-prazer, sem sermos punidos.

    Nós Vos agradecemos, ó Deus, por nos ter criado de maneira a não nos esquecermos de que não somos apenas inferiores aos anjos, mas também atados pelos laços do DNA e RNA a nossas queridas criaturas.

    Cantemos.

OH, NÃO ME DEIXE SER ORGULHOSO

Oh, não me deixe ser orgulhoso, querido Deus,
Nem mais alto me dispor
Dos outros primatas de cujos genes
Nos formamos em Vosso amor.

Em Vossos dias, há milhões e milhões de anos,
Vossos métodos passam discernimento,
Pela Vossa mistura de vários DNAs
Vieram a paixão, o senso e o entendimento.

Não podemos sempre trilhar o Vosso caminho
Junto aos gorilas e aos macacos,
Porém, sob o Vosso guarda-chuva celestial
Estamos todos abrigados.

E se nos gabarmos e nos inflarmos
Cheios de orgulho e desamor,
Chame o australopiteco,
Nosso animal interior.

Dos piores traços nos mantenha afastados,
Da raiva, da cobiça, da agressão;
Que das pequeninas aves não desdenhemos,
Nem da nossa semente primata abramos mão.

do *Hinário Oral dos Jardineiros de Deus*

11

REN

ANO 25

Quando trago aquela noite à mente, aquela em que o Dilúvio Seco começou, não consigo lembrar de nada extraordinário. Por volta das sete horas senti fome, peguei uma Joltbar na geladeira e comi metade dela. Sempre como as coisas pela metade, porque uma garota que tem o corpo que tenho não pode engordar. Uma vez perguntei ao Mordis o que aconteceria se eu engordasse um pouco, e ele me disse que debaixo de uma luz escura eu poderia fazer o papel de uma adolescente porque a demanda pela apresentação de colegiais era forte.

Lembro que fiz exercícios nas barras e logo uma série Kegel de solo, e depois Mordis me chamou pelo videofone para ver se tudo estava bem. Ele sentia minha falta porque nenhuma outra garota cativava o público como eu.

— Ren, com você eles soltam uma montanha de grana — disse ele, e lhe mandei um beijo. — Você está uma gostosura — acrescentou. Mesmo quando uma garota se sentia feia, ele a fazia se sentir linda.

Depois sintonizei o vídeo no Snakepit para checar a atuação e a dança ao longo da música. Foi estranho assistir ao desenrolar da apresentação sem minha presença, como se eu tivesse sido apagada. Crimson Petal se exibia de maneira provocante no poste, Savona me substituía no trapézio. Ela parecia bem — cintilante, verde e sinuosa, com uma nova peruca prateada de pelo de cabra angorá. Eu estava pensando em adquirir uma dessas para mim: eram bem melhores que as perucas comuns e quase nunca se desprendiam, mas algumas garotas me disseram que cheiravam como costeletas de carneiro, e mais ainda na chuva.

Savona estava um pouco desnorteada. Ela não era uma garota do trapézio, mas do poste, e estava acima do peso – inflada como uma bola de praia. Fincada em saltos altíssimos e estimulada pelas costas, ela faria uma manobra radical.

– Qualquer coisa funciona – diria ela. – E, querida, como isso funciona!

Ela estava fazendo o movimento de abertura das pernas, de cabeça para baixo, com um meio giro. Não me convenceu, mas os homens presentes não estavam interessados em arte. Eles curtiam Savona, desde que não gargalhasse, em vez de gemer, e não caísse do trapézio.

Deixei de lado o Snakepit e sintonizei o vídeo dos outros recintos, mas não estava acontecendo nada de interessante. Nenhum sinal de fetichistas, ninguém que quisesse ser coberto de penas, ou ter o corpo lambuzado de mingau ou amarrado com cordas de veludo, ou se contorcer com o corpo sendo tocado por peixinhos de aquário. Enfim, só a chatice rotineira.

Então, telefonei para Amanda. Somos a família uma da outra. Acho que nós duas fomos vira-latas quando crianças. Isso por si só já é um laço.

Amanda estava no deserto de Wisconsin, ajeitando uma das instalações de bioarte que tinha feito e que chamava de arte travessa. Dessa vez, eram ossos de vaca. O deserto já estava coberto de ossos desde a grande seca de dez anos antes, quando as pessoas descobriram que ficava mais barato abater as vacas lá mesmo do que transportá-las por navios – as vacas que não tinham morrido de forma natural. Ela estava junto a um par de retroescavadeiras e dois tex-mexicanos ilegais que tinha contratado, e empilhava os ossos tão alto que a obra só podia ser identificada de cima: grandes letras que formariam uma palavra. Mais tarde, cobriria a pilha com xarope de panqueca e esperaria que os insetos caíssem em cima e depois filmaria lá do alto, para exibir os vídeos nas galerias. Ela gostava de assistir ao movimento de coisas crescendo e depois desaparecendo.

Amanda sempre conseguia dinheiro para sua arte travessa. Era famosa nos círculos que financiavam a cultura. Círculos que, embora não fossem amplos, eram muito ricos. Dessa vez tinha feito um trato com um cara importante da CorpSeCorps: ele a levaria de helicóptero e ela filmaria.

– Troquei o senhor Big por uma volta – disse para mim. E deixamos de mencionar as palavras CorpSeCorps e helicóptero ao telefone. Eles tinham robôs que rastreavam as conversas.

A obra que ela fez em Wisconsin integrava uma série intitulada A palavra viva – ela dizia em tom de brincadeira que a série se inspirara nos jardineiros porque eles nos reprimiam muito em relação à escrita. Ela começou com palavras compostas de duas letras – *Eu* e *Aí* e *Ou* – e depois passou a fazer palavras com três e quatro letras como *Isso*, e logo com cinco. Agora estava trabalhando numa palavra com seis letras. As palavras eram feitas com diferentes materiais, como vísceras de peixes, dejetos tóxicos de pássaros mortos e privadas apanhadas em demolições, com muito óleo de cozinha usado e em chamas.

Kaputt era a nova palavra. Ela me revelou isso algum tempo antes e disse que estava enviando uma mensagem.

– A quem? – perguntei na ocasião. – Às pessoas que frequentam as galerias? Aos senhores Rico e Big?

– A toda essa gente – disse ela. – E aos senhores Rico e Big também.

– Você vai se meter em encrenca, Amanda.

– Fique tranquila. Eles não vão entender.

Ela disse que o projeto estava se desenvolvendo bem: as flores tinham florescido com a chuva e havia muitos insetos, e isso seria bom quando despejasse o xarope. Já tinha terminado a letra K e estava a meio caminho de terminar a letra A. Mas os tex-mexicanos estavam começando a se entediar.

– E com isso o trabalho fica para nós duas – disse eu. – Não vejo a hora de sair daqui.

– Três – disse Amanda. – Eles dois... os tex-mexicanos. Mais você. Três.

– Ah. Entendi. Você está me parecendo ótima com essa roupa cáqui. – Ela é alta e estava parecendo mesmo uma desbravadora. Sua aparência era de alguém forte e firme.

– Você também não está nada mal – disse ela. – Se cuide, tá, Ren?
– Você também se cuide. Não deixe os tex-mex pularem em cima de você.
– Eles não farão isso. Acham que sou louca. Mulheres loucas cortam o pinto dos homens.
– Eu não sabia disso! – Eu já estava rindo. Ela adorava me fazer rir.
– E por que saberia? – continuou. – Você não é maluca. Nunca viu uma dessas coisas se contorcendo no solo. Bons sonhos.
– Bons sonhos para você também – falei. Mas ela já tinha desligado.

Já perdi a conta dos dias dos santos – não consigo me lembrar que dia é hoje, mas consigo contar os anos. Tenho usado meu lápis de sobrancelha para marcar na parede há quanto tempo conheço Amanda. Faço como naqueles velhos desenhos animados de prisioneiros – quatro traços cortados por um outro traço para indicar cinco.

Já faz muito tempo, mais de quinze anos, desde que ela se juntou aos jardineiros. Muita gente de meu passado era de lá – Amanda, Bernice, Zeb, Adão Um, Shackie, Croze, a velha Pilar e Toby, é claro. Eu me pergunto o que pensavam de mim – pensavam naquilo que acabei fazendo para viver. Alguns ficariam decepcionados, como Adão Um, por exemplo. Bernice diria que sou uma pecadora e que o serviço me cabe como uma luva. Lucerne diria que sou uma prostituta, e eu diria que uma reconhece a outra. Pilar me veria com olhos sábios. Shackie e Croze ririam. Toby ficaria furiosa por ser na Scales. E quanto a Zeb? Acho que ele tentaria me resgatar porque isso seria um desafio.

Amanda já sabe. Ela não julga. Diz que você negocia o que tem para negociar. E que nem sempre você tem escolhas.

12

Não gostei muito quando Lucerne e Zeb me tiraram do Mundo Exfernal para viver com os jardineiros. Eles sorriam muito, e mesmo assim me assustavam; só se interessavam pelo destino trágico, pelos inimigos e por Deus. E falavam demais sobre a morte. Os jardineiros eram rígidos em relação a não matar a vida, mas por outro lado diziam que a morte é um processo natural, o que não deixava de ser uma contradição, agora que me dou conta disso. Eles pensavam que virar esterco seria bom. Não é todo mundo que acha uma boa ideia ser comido pelos urubus, mas os jardineiros achavam. E quando começavam a falar sobre o Dilúvio Seco que exterminaria a todos na Terra, exceto talvez eles, aquilo me dava pesadelos.

Nada disso assustava as crianças jardineiras. Elas até faziam uso disso. E inclusive brincavam com isso, pelo menos os garotos maiores... Shackie, Croze e seus companheiros.

— Todos vamos morrerrrr — diziam, imitando cadáveres. — Ei, Ren. Quer fazer parte do ciclo da vida? Deite naquele lixo que você pode virar esterco. Eei, Ren. Uma larva você quer ser? Então minha ferida vem lamber!

— Quietos — dizia Bernice. — Ou vocês é que vão para aquele lixo quando eu os jogar lá! — Ela era malvada e cumpria o que dizia, e a maioria das crianças dava no pé quando ela ralhava. Até mesmo os garotos maiores. Mas depois eu ficava em dívida com ela, e tinha que fazer tudo o que me pedia.

Mas quando Bernice não estava por perto, Shackie e Croze não perdiam a chance de me atormentar. Eles eram asquerosos, nojentos. Faziam de tudo para tirar você do sério. Eles eram en-

crenca... era assim que Toby se referia a eles. Um dia a ouvi dizendo para Rebecca:
— Lá vem encrenca.

Shackie era o mais velho; era alto e magricela, e tinha uma tatuagem de aranha que ele mesmo fez, com agulha e fuligem de vela, no lado interno do braço. Croze, troncudo, tinha uma cabeça redonda e um dente lateral faltando. Ele dizia tê-lo perdido numa briga de rua. Eles tinham um irmãozinho cujo nome era Oates. Não tinham pais; já tinham tido um dia, mas o pai saiu com Zeb numa jornada especial a Adão Um e nunca mais voltou, e depois a mãe partiu prometendo para Adão Um que voltaria para buscá-los quando estivesse estabelecida. No entanto, nunca mais voltou.

A escola dos jardineiros era uma edificação diferente do terraço. Chamava-se Clínica do Bem-estar porque no passado fora isso. Ainda sobraram algumas caixas cheias de bandagens de gaze que eram usadas pelos jardineiros nos projetos de artesanato. Cheirava a vinagre porque a sala onde os jardineiros produziam vinagre ficava no mesmo corredor das salas de aula.

Os bancos da Clínica do Bem-estar eram duros. Nós os dispúnhamos em fileiras. Escrevíamos em lousas que tinham que ser apagadas no final do dia. Os jardineiros diziam que as palavras não deviam ser deixadas para trás porque os inimigos poderiam encontrá-las. Além disso, o papel era considerado um pecado, já que era feito de carne de árvores.

Passávamos muito tempo memorizando coisas, e entoando-as em voz alta. A história dos jardineiros, por exemplo, era mais ou menos assim:

Ano 1, o jardim começou; ano 2, ele ainda é novo; ano 3, Pilar começou a criar abelhas; ano 4, Burt chegou; ano 5, Toby foi resgatada; ano 6, Katuro aderiu; ano 7, Zeb chegou a nosso paraíso.

É preciso que se diga que também cheguei no ano 7, junto com minha mãe Lucerne, e que o lugar não era um paraíso, mas os jardineiros gostavam de ritmar seus cantos.

Ano 8, Nuala encontrou sua sina; ano 9, Philo começou a brilhar.

Eu gostaria que o ano 10 tivesse Ren, mas acho que não teve. As outras coisas que memorizávamos eram mais difíceis. Matemática e ciências eram as piores. E também tínhamos que memorizar o santo de cada dia, e todo dia tinha pelo menos um santo – e às vezes mais –, ou talvez um banquete, o que perfazia um total de mais de quatrocentos lembretes. Afora isso, tínhamos que saber o que os santos fizeram para se tornar santos. Alguns eram fáceis. Santo Yossi Leshem do celeiro das corujas: bem, o nome já indicava a resposta. E santa Dian Fossey, porque tinha uma história muito triste, e santo Shackleton, porque tinha uma história heroica. Mas alguns eram realmente muito difíceis. Afinal, quem conseguia lembrar de são Bashir Alouse, ou de são Crick, ou do dia de Podocarpus? Sempre achei estranho esse nome, dia de Podocarpus, o que podia ser Podocarpus? Era uma antiga espécie de árvore, mas soava como se fosse peixe.

Tínhamos diversos professores. Nuala dava aulas aos pequeninos, regia o Coral dos Brotos e Flores e também dava aulas de reciclagem. Rebecca lecionava artes culinárias, o que significava cozinhar. Surya ensinava corte e costura. Mugi dava aulas de aritmética mental. Pilar dava duas matérias, abelhas e micologia. Toby lecionava terapia holística com plantas medicinais. Burt dava aulas de vida selvagem e hortas botânicas. Philo ensinava meditação. Zeb dava aulas de relacionamento entre predador e presa e de camuflagem animal. Havia outros professores – estávamos com treze anos quando tivemos aulas de emergência médica, com Katuro, e de sistema reprodutor humano, com a parteira Marushka, porque até então só tínhamos aulas sobre ovários de sapos. Mas esses eram os principais.

As crianças jardineiras botavam apelidos em todos os professores. O de Pilar era Fungo, Zeb era o MaddAddão, Stuart era o Parafuso porque construía os móveis. Mugi era Músculo, Marushka era Mucosa, Rebecca era Sal e Pimenta, Burt era Maçaneta porque era careca. Toby era Bruxa Seca. Bruxa porque sempre estava remexendo o caldeirão e colocando misturas em garrafas, e Seca porque era magra e dura como um palito, o que a tornava diferente de Nuala, a Bruxa Molhada, que tinha a boca sempre molhada, um andar vacilante e chorava à toa.

Além daqueles aprendidos nas aulas, as crianças jardineiras tinham seus próprios cantos, quase sempre rudes. Elas cantavam docemente – Shackleton, Crozier e os garotos mais velhos começavam até que todos nós os acompanhávamos:

Bruxa Molhada, Bruxa Molhada,
Cadela gorda e babada,
Se vendê-la ao açougue, você ganha uma bolada,
E poderá comer salsicha de Bruxa Molhada.

A menção ao açougue e à salsicha tornava o canto especialmente rude, já que para os jardineiros qualquer carne era uma verdadeira obscenidade.

– Parem com isso – dizia Nuala, mas depois ela começava a fungar e os garotos mal se continham de satisfação.

Nunca conseguimos fazer Toby, a Bruxa Seca, chorar. Os meninos diziam que ela era cadeira-dura – ela e Rebecca eram duas cadeiras-duras. Rebecca era simpática por fora, mas ai de quem se metesse com ela. Quanto a Toby, era dura por dentro e por fora.

– Nem tente fazer isso, Shackleton – dizia ela, mesmo que estivesse de costas.

Nuala era muito gentil com a gente, mas Toby nos levava em conta e confiávamos mais nela, até porque uma pedra é mais confiável que um bolo molenga.

13

Eu morava com Lucerne e Zeb em um prédio distante, a cerca de cinco quarteirões do Jardim. Chamava-se Fábrica de Queijo porque no passado fora isso, tanto que ainda havia um ligeiro cheiro de queijo no lugar. Depois de ser usado para fazer queijo, passou a ser moradia de artistas, mas não havia artistas naquele prédio e ninguém sabia quem era o proprietário. Os jardineiros se apropriaram dele. Era bem melhor morar em lugares onde não tivessem que pagar o aluguel.

Nosso espaço era uma sala ampla, com cubículos demarcados por cortinas – um para mim, um para Lucerne e Zeb, um para a bioleta-violeta e um para o chuveiro. As cortinas divisórias dos cubículos eram tecidas a partir de tiras de sacos plásticos com uma fita adesiva resistente, e não eram à prova de som. Isso não era bom, especialmente quando o som vinha da bioleta-violeta. Os jardineiros diziam que a digestão era sagrada e que não havia nada de engraçado no cheiro e no barulho que faziam parte do produto final do processo nutricional, mas onde morávamos era difícil ignorar esses produtos finais.

Fazíamos as refeições na sala principal, na mesa feita de uma porta. Louças e panelas eram rescaldos-catados, como diziam os jardineiros, exceto algumas travessas e canecas. Estas tinham sido feitas pelos jardineiros no tempo em que eles produziam, antes de terem decidido que as fornalhas consumiam muita energia.

Eu dormia num colchonete estofado com palha de milho e outros tipos de palha. Tinha uma colcha feita com retalhos de jeans e de tapetes de banheiro usados, e a cama era a primeira coisa que fazia pela manhã, isso porque os jardineiros apreciavam camas bem-feitas, se bem que não obrigavam ninguém a fazer isso.

Depois, tirava minhas roupas dependuradas no gancho da parede e as vestia. Eram lavadas de sete em sete dias, os jardineiros desaprovavam o desperdício de água e sabão. Minhas roupas nunca estavam completamente secas, não só pela umidade, mas porque os jardineiros desaprovavam as secadoras.

– Deus criou o sol por uma razão – Nuala sempre dizia, e de acordo com ela essa razão era secar nossas roupas.

Lucerne ficava em seu lugar favorito, a cama. Antes, no tempo em que vivemos com meu pai verdadeiro em HelthWyzer, ela raramente ficava em casa, mas nessa casa nova quase nunca saía, a não ser para ir ao terraço ou à Clínica do Bem-estar, ou nas saídas para ajudar as outras jardineiras a descascar bardanas ou fazer cobertas horrorosas ou tecer cortinas de plástico ou qualquer outra coisa.

Zeb tomava banho de manhã: *a proibição de banhos diários* era uma das muitas regras dos jardineiros que ele ignorava. A água do nosso chuveiro descia pela mangueira de um tonel de água de chuva e era alimentada pela gravidade, de modo que nenhuma energia era utilizada. Era a justificativa de Zeb para a transgressão. Ele cantava debaixo do chuveiro.

Ninguém dá bola,
Ninguém dá bola,
E por isso a água da calha rola,
E ninguém dá bola!

Ele cantava bem animado, e de alguma forma todas as canções que cantava no chuveiro soavam pessimistas naquele vozeirão de urso russo.

Eu tinha sentimentos confusos em relação a Zeb. Se por um lado ele podia ser assustador, por outro era reconfortante ter alguém tão importante em minha família. Zeb era um Adão – um Adão líder. Isso era logo notado pela forma como os outros o olhavam. Era um cara grandalhão, sólido, com uma barbicha e longos cabelos castanhos levemente grisalhos, um rosto duro como couro e sobrancelhas cerradas. Você o olhava e achava que ele tinha um dente de prata e uma tatuagem, mas não tinha. Era forte como um leão de chácara, e tinha uma fisionomia ao mesmo tempo ameaçadora e cordial. A impressão que ele passava era a de que quebraria seu pescoço se fosse necessário, mas nunca por diversão.

Às vezes nós dois jogávamos dominó. Os jardineiros eram sovinas quanto aos brinquedos – *a natureza é nosso playground* –, e os únicos brinquedos aprovados eram os de pano, costurados por eles próprios a partir de retalhos ou tricotados com linhas coletadas nos rescaldos, bonecos que pareciam velhos enrugados com cabeças feitas de maçã seca. Mas os dominós eram permitidos porque também eram eles próprios que os confeccionavam. Toda vez que eu vencia o jogo, Zeb ria e dizia:

– Garota esperta. – E logo me sentia invadida por um sentimento gostoso, cálido como capuchinhas.

Lucerne sempre me falava que eu devia ser boazinha com ele porque embora não fosse meu pai verdadeiro, era *como se fosse* meu pai verdadeiro, e que ele se sentia magoado quando eu era rude com ele. Mas ela não gostava quando ele era legal comigo. Então, era complicado saber como eu devia me comportar.

Enquanto Zeb cantava no banheiro eu pegava alguma coisa para comer – soja desidratada ou algum pastel de legumes que tinha sobrado do jantar. Lucerne era uma péssima cozinheira. Depois eu saía para a escola. Geralmente saía de casa ainda faminta, mas podia contar com o lanche da escola. O lanche não era lá essas coisas, mas era comida. Como Adão Um costumava dizer, não há molho melhor que a fome.

Não consigo lembrar de ter sentido fome durante o tempo em que morei no complexo HelthWyzer. Eu realmente queria voltar para lá. Queria meu pai verdadeiro que, sem dúvida, ainda me amava. Se ele soubesse onde eu estava, é claro que me pegaria de volta. Queria minha casa de verdade, onde tinha meu próprio quarto, com uma cama, cortinas cor-de-rosa e um armário entupido de roupas. E mais do que qualquer outra coisa, eu queria que minha mãe voltasse a ser como era antes, quando me levava para fazer compras, para jogar golfe no clube ou para passar o dia no AnooYoo Spa, e depois voltava cheirosa para casa. Mas quando eu mencionava alguma coisa sobre a vida que tínhamos, ela dizia que tudo aquilo pertencia ao passado.

Minha mãe teve um monte de motivos para fugir com Zeb e juntar-se aos jardineiros. Ela dizia que eles pensavam de um jeito que era o melhor para a humanidade e para todas as outras criaturas da Terra, e que agira por amor, tanto a Zeb como a mim, porque queria que o mundo fosse curado de maneira a não deixar a vida fenecer de todo, e que eu devia ficar feliz por saber disso.

Ela não demonstrava toda essa felicidade. Enquanto escovava os cabelos, se sentava à mesa e se mirava no espelhinho com um ar taciturno e crítico, ou, quem sabe, até trágico. Seus cabelos eram longos como os das outras jardineiras e era árduo o trabalho de escová-los, penteá-los e prendê-los. Nos seus dias ruins, ela os penteava umas quatro ou cinco vezes.

Minha mãe praticamente não falava comigo nos dias em que Zeb estava fora. Ou então agia como se eu o estivesse escondendo.

– Quando foi que o viu pela última vez? – perguntava. – Ele estava na escola? – Era como se quisesse que eu o espionasse. Depois se arrependia e acrescentava: – Como você está se sentindo?

– Como se ela tivesse feito algo de errado comigo.

E não prestava atenção quando eu respondia. Voltava toda a atenção apenas para Zeb. Aos poucos, a ansiedade aumentava e ela andava de um lado para outro pela sala, enquanto olhava pela janela e reclamava de como ele a tratava mal, mas se desmanchava toda quando ele finalmente chegava. E depois o azucrinava – onde ele estava, quem estava com ele, por que ele não tinha voltado mais cedo. Ele encolhia os ombros, dizendo:

– Está tudo bem, querida, já estou aqui. Você se preocupa demais.

Logo o dia desvanecia por trás da cortina de plástico que delimitava nossos quartos, e minha mãe iniciava uma série de ruídos dolorosos e abjetos que me deixavam mortificada. Nessas horas, eu a odiava, porque ela não tinha orgulho nem compostura. Era como se estivesse correndo nua no meio da rua. Por que ela cultuava tanto o Zeb?

Hoje, imagino o que deve ter acontecido. Você pode se apaixonar por qualquer tipo – um louco, um criminoso, um zé-ninguém. Não existem regras.

Outra coisa que me desagradava nos jardineiros eram as roupas. Eles próprios eram de todas as cores, mas suas roupas, não. Se a natureza era linda, como alardeavam Adãos e Evas, se os lírios do campo deviam nos servir de exemplo, por que então não podíamos nos parecer mais com borboletas do que com estacionamentos de carros? Nossas roupas eram tão largas, tão compridas, tão amassadas, tão escuras...

Os garotos de rua – os ratos da plebe – não eram ricos, mas eram cintilantes. Eu invejava aquelas coisas brilhantes, cintilantes, como os celulares munidos de TV, microfone e câmera cor-de-rosa, roxa e prateada que faiscavam nas mãos daqueles garotos como cartas de mágico, sem falar nos fones de ouvido Sea/H que eles enfiavam na orelha para ouvir um som. Eu desejava aquela liberdade espalhafatosa.

Éramos proibidos de fazer amizade com os ratos da plebe, e eles, por sua vez, nos tratavam como párias, ou virando a cara ou nos xingando ou atirando coisas em cima da gente. Os Adãos e as Evas diziam que éramos perseguidos pela nossa fé, mas é provável que a perseguição tivesse a ver com nossas roupas. Os ratos da plebe eram muito antenados na moda e vestiam as melhores roupas que conseguiam roubar e negociar. E não podíamos nos misturar com eles, mas isso não nos impedia de bisbilhotá-los. De alguma maneira acabávamos pegando o conhecimento que eles tinham – como se estivéssemos pegando germes. Olhávamos para aquele mundo proibido como se por detrás de uma cerca de tela de arame.

Certa vez achei um celular com uma linda câmera na calçada. Estava enlameado e com o sinal apagado, mas mesmo assim o levei para casa e as Evas me flagraram com ele.

– Você já não está careca de saber? – disseram. – Você pode se ferir com esse troço! Isso pode queimar seu cérebro! Nem ouse olhar pra esse troço. Se olhar pra isso, isso pode olhar pra você.

14

Eu estava com dez anos na primeira vez que encontrei Amanda no ano 10; minha idade sempre coincidia com a numeração dos anos, e assim posso lembrar de quando foi.

Era o dia de são Farley dos lobos – dia dos jovens garis bioneiros, ocasião em que tínhamos que amarrar uma bandana verde no pescoço e sair pelas ruas atrás de materiais recicláveis para os jardineiros. De vez em quando carregávamos cestos de vime para coletar restos de sabonete, e fazíamos uma ronda pelos bons hotéis e restaurantes, onde as sobras de sabonete eram abundantes. Os melhores hotéis ficavam na parte rica da região – Fernside, Golfgreens e, o mais rico de todos, SolarSpace – e era preciso pegar carona para chegar lá, se bem que isso era proibido. Os jardineiros eram assim: eles diziam que você tinha que fazer algo, e depois proibiam a maneira mais fácil de fazê-lo.

Os sabonetes com perfume de rosas eram os melhores. Eu e Bernice levávamos alguns para casa, e os meus eram colocados no meio da roupa de cama para tirar o fedor de mofo de meu cobertor. Os outros restos eram levados para os jardineiros e derretidos em caixas negras que captavam o calor solar no terraço, e depois viravam geleia, esfriavam e eram cortados em barras. Os jardineiros estavam sempre se limpando com essas barras de sabonete porque eram excessivamente preocupados com micróbios, mas algumas eram deixadas à parte. Elas eram embrulhadas em folhas, amarradas em cipó e depois vendidas aos turistas e aos embasbacados na feirinha dos jardineiros, chamada Árvore da Vida de Materiais Naturais, junto com sacos de minhocas, nabos, abobrinhas orgânicas e outros legumes e verduras que não tinham sido consumidos pelos jardineiros.

* * *

Naquele dia não estávamos à cata de sabonetes, mas de vinagre. Vasculhávamos as latas de lixo nos fundos dos bares, clubes noturnos e inferninhos, atrás de sobras de vinho que transferíamos para um recipiente dos jovens bioneiros. Levávamos esse vinho para o prédio da Clínica do Bem-estar, de onde era transportado para os grandes tonéis da sala de vinagre, para ser fermentado até virar vinagre, produto usado pelos jardineiros na limpeza doméstica. O restante do vinho era decantado em garrafinhas coletadas nas incursões às lixeiras, e depois rotulado com a marca dos jardineiros. Tanto as garrafinhas como os sabonetes eram vendidos na feirinha da Árvore da Vida.

Esperava-se que nosso trabalho de jovens bioneiros nos ensinasse lições úteis. Por exemplo, nada devia ser desperdiçado, nem mesmo o vinho oriundo de locais pecaminosos. Não havia coisas tais como lixo, sujeira e entulho, mas materiais a serem reciclados. E o mais importante é que todos tinham que contribuir para a vida comunitária, inclusive as crianças.

Às vezes Shackie, Croze e os garotos mais velhos bebiam todo o vinho que encontravam pela frente. E quando bebiam muito, não se aguentavam em pé e vomitavam, ou então se metiam em brigas com os ratos da plebe e atiravam pedras nos mendigos beberrões. Por vingança, os mendigos mijavam dentro das garrafas de vinho vazias a fim de nos enganar. Nunca bebi nem uma gota de urina, bastava cheirar o gargalo da garrafa. Mas os garotos já estavam com o olfato comprometido de tanto fumar guimbas de cigarros, charutos e até skunk, e despejavam o conteúdo da garrafa goela abaixo. Logo estavam cuspindo e xingando. Desconfio que bebiam aquelas garrafas com urina de propósito, uma desculpa para poder xingar a esmo, o que era terminantemente proibido pelos jardineiros.

Tão logo sumiam de vista do Jardim, Shackie, Croze e os outros garotos tiravam as bandanas de jovens bioneiros do pescoço e amarravam na cabeça, como faziam os garotos da gangue dos asiáticos.

Eles também queriam ser uma gangue de rua – até inventaram uma senha.

– Gangue! – dizia um deles.

– Grena – respondia o outro.

"Gangue" da senha se devia ao fato de que eles eram uma gangue, e "grena", ao "green", o verde das bandanas que usavam à cabeça. Eles achavam que a senha era secreta, reservada apenas aos membros da gangue, mas todos a conhecíamos. Bernice dizia que era uma ótima senha para o grupo, porque gangrena é carne podre e eles eram totalmente podres.

– Grande piada, Bernice – dizia Crozier. – Uma observação: você é um bagulho.

As coletas deviam ser feitas em grupo para que pudéssemos nos defender das gangues de rua dos ratos da plebe, ou dos mendigos que investiam contra nosso grupo para surrupiar o vinho, ou dos eventuais sequestradores de crianças, que poderiam nos agarrar para nos vender no mercado de sexo infantil. Mas o fato é que nos separávamos em pequenos grupos de dois ou três porque assim cobríamos o território com mais rapidez.

Nesse dia eu tinha começado a coleta com Bernice, mas depois tivemos uma briga. Vivíamos brigando, o que para mim era sinal de amizade porque depois sempre fazíamos as pazes, mesmo quando as brigas eram muito feias. Éramos unidas por um laço que não era duro como um osso, mas era maleável como uma cartilagem. O mais provável é que nos sentíssemos inseguras entre as crianças jardineiras. Ambas tínhamos medo de ficar sem um aliado.

Dessa vez nossa briga era por causa de uma bolsinha de contas com uma estrela-do-mar estampada que eu tinha achado em um monte de lixo. Nossa cobiça se voltava para coisas como aquela e sempre estávamos procurando por elas. Tanto os Adãos como as Evas diziam que os moradores da região jogavam muitos objetos fora porque não tinham nem atenção, nem moral.

– Eu vi primeiro – disse eu.

– Da última vez foi você que viu primeiro – retrucou Bernice.
– E daí? Mesmo assim eu vi primeiro!
– Sua mãe é uma vadia – disse ela. Não era justo, porque eu mesma tinha essa opinião e Bernice sabia disso.
– E a sua é um legume – retruquei. A palavra legume não devia ser um insulto entre os jardineiros, mas era. – Veena legume – acrescentei.
– Bafo de carne! – disse ela. Já estava com a bolsinha e ficaria com ela.
– Tá legal. – Virei de costas e saí andando. Andei devagar, mas sem olhar para trás, e ela não saiu correndo atrás de mim.

Isso aconteceu no centro comercial chamado Esquina das Maçãs. Era o nome de nosso bairro, se bem que todos o chamavam de Sinkhole, Buraco Fundo, porque as pessoas sumiam lá dentro sem deixar rastros. Sempre que tinham uma chance, as crianças jardineiras perambulavam naquele centro comercial apenas para olhar.

Como tudo o mais no nosso bairro, um dia aquele centro comercial fora elegante. Naquele lugar tinha um chafariz quebrado com muitas latas de cerveja vazias, jardineiras recobertas de latas de Zizzy Froot, guimbas de cigarros e camisinhas que, segundo Nuala, eram um foco de germes pustulentos. Lá também tinha uma barraca de projeção de hologramas que no passado projetava sóis, luas, animais raros e a própria imagem dos espectadores que pagavam para entrar e assistir, mas agora não passava de uma barraca abandonada e vazia. Às vezes a gente entrava lá e puxava a cortina rasgada e salpicada de estrelas para ver as mensagens escritas que os ratos da plebe deixavam nas paredes. *Mônica chupa. Darf também, só que melhor. Precisa pagar? Pra você é grátis, ba-Bc8s! Brad, você está morto.* Os ratos da plebe eram ousados demais, escreviam qualquer coisa em qualquer lugar. E sem se preocupar se alguém estava vendo.

Os ratos da plebe de Sinkhole se drogavam na barraca de hologramas – o lugar fedia a droga – e faziam sexo lá dentro, isso era evidente pelas camisinhas e vez por outra pelas calcinhas que eram deixadas para trás. Não se esperava que as crianças jardineiras fizessem essas coisas – os alucinógenos eram reservados para fins religiosos, e o sexo, para aqueles que já tinham trocado as folhas verdes e pulado a fogueira... mas os garotos mais velhos diziam que tinham feito.

As lojas cujas construções não eram de tábuas eram lojas de vinte dólares chamadas Tinsel's, Wild Side e Bong's... nomes assim. Elas vendiam chapéus de penas, lápis para desenhar no próprio corpo e camisetas com estampas de dragões e caveiras com frases cruéis. E também vendiam Joltbar, chicletes que faziam a língua brilhar no escuro, antigos cinzeiros vermelhos com dizeres como Me Deixe Soprar Isso Pra Você, e tatuagens para serem gravadas na pele – que segundo as Evas queimavam a pele até as veias. Nessas lojas você encontrava mercadorias caras vendidas a preço de banana porque eram roubadas nas lojas chiques da Solar Space, como dizia Shackie.

Tudo lixo de mau gosto, diziam as Evas. Se você pretende vender sua alma, pelo menos venda por um preço bem alto! Eu e Bernice não dávamos a mínima para isso. Não estávamos interessadas em nossa alma. Olhávamos aquelas vitrines cheias de desejo, e perguntávamos uma à outra: *o que você compraria? A varinha luminosa? Acertou, amiga! O vídeo* Sangue e rosas? *Muito grosseiro, isso é para os meninos! A mulher de verdade com peitos bioimplantados e mamilos durinhos? Ren, você é nojenta!*

Naquele dia deixei Bernice para trás e acabei me sentindo desnorteada. Cheguei a pensar em voltar porque não me sentia segura sozinha. Até que de repente avistei Amanda de pé no outro lado do centro comercial, com um grupo de garotas tex-mexicanas. Eu já conhecia o grupo de vista, mas nunca vira Amanda com elas.

As garotas vestiam as roupas que geralmente vestiam, minissaias, tops de lantejoulas, boás felpudos em volta do pescoço, luvas prateadas, borboletas de plástico presas nos cabelos. Estavam com headphones nos ouvidos, celulares brilhantes e pulseiras de medusas, e era evidente que se exibiam. Elas dançavam sintonizadas na mesma música, rebolando as bundas e empinando os peitos. E transpiravam um ar de enfado, como se possuíssem tudo o que havia nas lojas. Eu invejava aquela atitude e me mantive plantada na calçada, só invejando.

Amanda também dançava, só que muito melhor. Depois de algum tempo parou, pôs-se de lado e começou a digitar sei lá o quê no celular. Até que ela me olhou e sorriu, e fez um sinal com a mão prateada. Um sinal que significava *vem cá*.

Olhei em volta para ver se alguém estava olhando, e depois atravessei a rua.

15

— Você quer ver minha pulseira de medusa? – perguntou Amanda quando me aproximei. Devo ter parecido patética, com minhas roupas de orfanato e meus dedos imundos. Ela ergueu o pulso e lá estavam aquelas pequenas águas-vivas, abrindo e fechando como flores aquáticas. Eram tão perfeitas.
– Onde você conseguiu? – perguntei, sem saber o que dizer.
– Roubei. – Era assim que as garotas dos ratos da plebe conseguiam a maioria das coisas.
– Como é que elas ficam vivas aí?
Ela apontou para um botão de prata que trancava a pulseira.
– Isso aqui areja – disse. – Bombeia o oxigênio. E também é preciso alimentá-las duas vezes por dia.
– E o que acontece se você esquece?
– Elas comem umas às outras. – Ela abriu um sorrisinho. – Tem gente que não põe comida de propósito. E aí acontece uma pequena guerra, e depois de algum tempo só sobra uma medusa viva, que, no fim, também acaba morrendo.
– Que horrível! – exclamei.
Ela manteve o sorriso.
– É mesmo. É por isso que a garotada faz isso.
– Elas são muito lindas – disse eu, com uma voz neutra. Eu queria agradá-la e não tinha entendido se para ela o *horrível* era bom ou mau.
– Tome pra você. – Ela estendeu o punho. – Eu posso roubar outra.
Eu morria de vontade de ter uma daquelas pulseiras, mas não sabia se poderia comprar a comida e as medusas acabariam morrendo. Ou então a pulseira seria descoberta, por mais que tentasse escondê-la, e eu estaria encrencada.

– Não posso aceitar. – Dei um passo para trás.
– Você é um *deles*, não é? – disse ela. Não estava zombando, simplesmente parecia curiosa. – Os carolas. Os fanáticos. Dizem que há um grupo deles por aqui.
– Não. Não sou, não. – A mentira deve ter soado gritante. Os maltrapilhos se amontoavam em Sinkhole, mas não de um modo tão propositalmente maltrapilho como o dos jardineiros.
Amanda inclinou ligeiramente a cabeça para o lado.
– Engraçado – disse. – Você se parece com eles.
– Só vivo com eles – tentei explicar. – Estou mais ou menos de visita. Na verdade não sou como eles.
– É claro que você não é. – Ela sorriu. Deu um tapa carinhoso em meu braço. – Vem aqui. Quero mostrar uma coisa a você.

Amanda me levou até um beco que dava para os fundos da Scales & Tails. As crianças jardineiras eram proibidas de ir àquele lugar, principalmente as meninas. Um cartaz de néon acima de uma porta que, quando anoitecia, era guardada por dois grandalhões de ternos pretos e óculos escuros exibia a frase DIVERTIMENTO PARA ADULTOS. Uma vez uma das meninas jardineiras mais velhas disse que ouviu uma coisa daqueles homens.
– Volte aqui no ano que vem e traga sua doce bundinha.
Segundo Bernice, a menina só estava se gabando.
A Scales tinha cartazes nas laterais das entradas – holofotes luminosos. Eram fotos de garotas lindas, com o corpo todo coberto de lantejoulas verdes, menos os cabelos, que pareciam escamas de lagartos. Uma das garotas se equilibrava em uma perna enquanto a outra perna contornava o pescoço. Eu imaginava que devia ser doloroso ficar daquele jeito, mas ela sorria na foto.
A escama é definitiva ou apenas colada? Eu e Bernice discordávamos em relação a isso. Para mim era apenas colada. Para ela era definitiva porque as garotas tinham sido operadas, algo como um bioimplante. Eu rebatia dizendo que ela estava doida, porque ninguém faria uma operação como essa. Mas lá no fundo alguma coisa me fazia acreditar nela.

Uma vez vimos uma garota da Scales correndo pela rua em pleno dia, um cara de terno preto corria atrás. Ela cintilava de tantas lantejoulas verdes e a certa altura se livrou dos saltos altos e continuou a correr descalça, ziguezagueando por entre os transeuntes, mas depois pisou num caco de vidro e caiu. Foi agarrada pelo cara, que a colocou nos ombros e a levou de volta para a Scales, com aqueles braços de cobra bamboleando para baixo. Os pés dela estavam sangrando. Toda vez que me lembrava da cena um frio percorria minha espinha, como se eu estivesse observando alguém cortando um dedo.

No fundo do beco, ao lado da Scales, um pequeno terreno quadrado com lixo orgânico e outros tipos de lixo. Mais adiante, uma cerca de tábuas, e do outro lado da cerca, um terreno baldio com as ruínas de um prédio incendiado. Um prédio que já era quase pó, com placas de cimento, madeira queimada, vidros quebrados e mato crescendo por entre os destroços.

Às vezes os ratos da plebe apareciam naquele lugar e pulavam em cima da gente enquanto esvaziávamos as garrafas de vinho. Eles surgiam aos gritos:

– Carolas, carolas fedorentos.

Depois se apossavam de nossos recipientes e saíam em disparada, ou simplesmente entornavam o conteúdo em nossa cabeça. Isso aconteceu com Bernice, que cheirou a vinho por muitos dias.

Às vezes Zeb nos acompanhava até aquele terreno baldio, nos dias de aula ao ar livre. Segundo ele, aquilo era o que mais se assemelhava a uma campina em nosso bairro. Ninguém nos incomodava quando estávamos com ele. Zeb era como um tigre de estimação, manso com a gente, selvagem com os estranhos.

Uma vez encontramos uma garota morta lá. Sem cabelos e sem roupas, com umas poucas lantejoulas verdes dependuradas na pele. *Coladas*, pensei. *Ou algo parecido. Seja como for, não são definitivas. Então, eu estava certa.*

– Talvez ela esteja tomando sol – disse um dos meninos mais velhos, e os outros soltaram risinhos.

– Não toque nela – disse Zeb. – Tenha um pouco de respeito! A aula de hoje será na horta do terraço.

Na aula ao ar livre seguinte voltamos ao mesmo lugar e o corpo da moça não estava mais lá.

– Aposto que foi parar no depósito de lixo para virar óleo carbônico – cochichou Bernice em meu ouvido. O óleo carbônico era feito com todo tipo de lixo carbônico, restos de alimentos domésticos, legumes e verduras podres, sobras de restaurantes e até garrafas plásticas. Colocava-se o lixo em caldeiras e eram extraídos óleo, água e alguns metais. Oficialmente, era proibido enfiar cadáveres nos depósitos de lixo, mas a garotada fazia muitas piadas. Óleo, água e botões de blusas. Óleo, água e penas de canetas de ouro.

– Óleo, água e lantejoulas – cochichei para Bernice.

À primeira vista, o terreno baldio estava vazio: nenhum sinal de mendigos bêbados, nem de ratos da plebe ou de mulheres mortas. Fui com Amanda até o outro extremo do terreno, onde havia uma placa de concreto. Uma garrafa de melado fora parcialmente espremida em cima da placa.

– Olhe só isso – disse ela.

O melado tinha sido usado para escrever o nome dela na placa, e uma fileira de formigas se alimentava das letras, fazendo um contorno preto em torno de cada letra. Foi aí que fiquei sabendo que se chamava Amanda – as formigas tinham desenhado o nome. Amanda Payne.

– Não é legal? – ela disse. – Quer escrever seu nome?

– Por que está fazendo isso? – perguntei.

– É legal. Você escreve e elas comem o que foi escrito. E aí você aparece e depois desaparece. Assim ninguém encontra você. Por que será que isso fez sentido para mim? Não sei, mas fez.

– Onde você mora? – perguntei.

– Por aí – respondeu, com displicência. O que significava que na verdade não vivia em lugar nenhum. Ela devia estar dormindo em um buraco qualquer ou em algum canto pior. – Eu morava no Texas – acrescentou.

Então, ela era uma refugiada. Um grande número de refugiados texanos migrara depois dos furacões e da seca. Grande parte era de gente ilegal. Comecei a entender por que estava tão interessada em desaparecer.

– Você pode vir morar comigo – disse eu. Não tinha planejado isso, as palavras simplesmente brotaram de minha boca.

Nesse momento Bernice se espremeu pelo vão da cerca. Já estava arrependida e tinha voltado para me buscar, mas agora eu não queria vê-la.

– Ren! O que está *fazendo*?! – gritou. Atravessou o terreno baldio com passadas largas, da maneira autoritária que só ela conseguia ter. De repente, me flagrei achando os pés dela muito grandes, o corpo quadrado e o nariz pequeno demais, e também achei que o pescoço podia ser mais longo e mais fino. Mais parecido com o da Amanda.

– Sua amiga está vindo pra cá – disse Amanda, sorrindo. Eu me senti impelida a dizer "ela não é minha amiga", mas não era audaciosa o bastante para essa traição.

Bernice se aproximou de nós com o rosto totalmente vermelho. Ela sempre ficava rubra quando estava zangada.

– Vamos, Ren – disse. – Você não devia falar com essa garota. – Ela cravou os olhos na pulseira de medusa de Amanda, e eu podia jurar que a desejou tanto quanto eu. – Você é má – dirigiu-se a Amanda. – Rato da plebe! – Enfiou o braço em meu braço.

– Essa é Amanda – disse eu. – Ela vai morar comigo.

Achei que Bernice teria um dos seus ataques de raiva. Mas olhei para ela com meu olhar de pedra, e isso queria dizer que eu não desistiria. Se ela fincasse o pé, correria o risco de ser desmoralizada na frente de uma estranha, de modo que ela preferiu lançar um olhar silencioso e calculista a ter um ataque.

– Está bem, então – disse Bernice. – Ela pode ajudar a carregar o vinagre de vinho.

– Amanda sabe roubar – contei a Bernice quando voltávamos para a Clínica do Bem-estar. Falei isso como uma oferta de paz, mas ela se limitou a grunhir.

16

Eu sabia que não poderia levar Amanda para minha casa como se fosse um gatinho encontrado na rua. Minha mãe me mandaria levá-la de volta para onde a encontrara, já que Amanda era um rato da plebe e ela odiava os ratos da plebe. Ela dizia que todos eles eram ladrões, mentirosos e que desviavam as outras crianças, e que, uma vez desviada, a criança virava um cão selvagem que não poderia mais ser adestrado nem conduzido em segurança. Lucerne tinha medo de andar de um lugar para outro onde os jardineiros viviam, porque temia ser assaltada pelas gangues dos ratos da plebe, que sempre agarravam tudo que podiam. Ela não imaginava que poderia pegar pedras e atirá-las aos berros. Isso por conta da vida que levava antes. Zeb se referia a ela como uma cálida flor doméstica. Para mim, isso soava como um elogio pela palavra *flor*.

Dessa maneira Amanda corria o risco de ser despachada de volta, a menos que conseguisse permissão de Adão Um. Ele adorava quando as pessoas se juntavam aos jardineiros, principalmente crianças – ele vivia dizendo que os jardineiros deviam moldar as mentes jovens. Se permitisse que Amanda vivesse conosco, Lucerne não ousaria contradizê-lo.

Nós três encontramos Adão Um com uma garrafa de vinagre na mão lá na Clínica do Bem-estar. Logo lhe falei que resgatara Amanda.

– Foi recolhida por mim – expliquei que ela queria se juntar a nós e que tinha visto a Luz, e perguntei se podia morar em minha casa.

– Isso é verdade, menina? – disse Adão Um. A essa altura, os outros jardineiros tinham interrompido o trabalho e observavam a minissaia e os dedos prateados de Amanda.

– Sim, senhor – respondeu Amanda, em tom respeitoso.
– Ela será uma péssima influência para Ren – intrometeu-se Nuala. – Ren é bastante influenciável. É melhor alojá-la com Bernice.
Bernice me olhou com um ar triunfante: *veja só o que você fez!*
– Seria bom! – disse ela, com um tom neutro.
– Não! – repliquei. – Eu é que a encontrei.
Bernice me encarou. Amanda se manteve calada.
Adão Um olhou atentamente para nós três. Ele sabia das coisas.
– Talvez seja melhor Amanda decidir – disse. – Primeiro ela deve conhecer as famílias em questão. Isso vai ajudá-la a decidir. Vocês não acham mais justo assim?

Bernice morava no condomínio Buenavista. Os jardineiros não eram propriamente os donos do prédio porque condenavam a propriedade privada, mas de alguma forma o controlavam. Era um prédio com uma placa dourada desbotada onde se lia "Apartamentos Luxuosos para Solteiros", mas de luxo aqueles apartamentos não tinham nada. No apartamento de Bernice, o chuveiro estava entupido, os azulejos da cozinha estavam quebrados e com espaços vazios, o teto ficava cheio de goteiras quando chovia e o banheiro era infestado de mofo.

Nós três entramos no saguão do prédio e passamos por uma senhora que cumpria a tarefa de porteiro naquele dia – ela estava tão ocupada com um complicado trabalho de macramê que praticamente nos ignorou. Subimos seis lances de escadas para chegarmos ao andar de Bernice, isso porque os jardineiros desprezavam os elevadores, permitindo-os apenas para idosos e paraplégicos. Pelas escadas se esparramavam objetos proibidos: seringas, camisinhas usadas, colheres e tocos de velas. Os jardineiros diziam que escroques, assassinos e prostitutas da ralé faziam orgias naquelas escadas à noite. Nunca vimos isso, mas um dia flagramos Shackie, Croze e sua turma bebendo restos de vinho ali.

Bernice abriu a porta com uma chave de plástico e entramos. O apartamento cheirava a roupa suja largada no tanque, fraldas empapadas de urina e cocô. Em meio à fedentina se distinguia um odor de terra – um odor rico, fértil, aromático –, talvez espalhado pelos aquecedores ventilados dos canteiros de cogumelos que os jardineiros cultivavam no porão.

Mas tanto esse cheiro como os outros pareciam exalar de Veena, a mãe de Bernice, sentada em um sofá roto como se estivesse plantada, olhando fixo para a parede. Vestia o habitual traje folgado e sem forma, com um velho cobertor amarelo de bebê estendido nos joelhos. Os cabelos sem viço caíam pelos dois lados de seu rosto pálido e as mãos retorcidas davam a impressão de que seus dedos estavam quebrados. À frente, no chão, uma pilha de pratos sujos espalhados. Veena não cozinhava; quando não comia o que o pai de Bernice lhe dava, ficava sem comer. Ela nunca arrumava nada. Fazia tempo que não falava e naquela hora também não falou. Seus olhos se mexeram quando passamos por perto, então talvez tivesse nos visto.

– Qual é o problema dela? – cochichou Amanda em meu ouvido.

– Está alheia – cochichei de volta.

– É? – sussurrou. – Parece que está mesmo chapada.

Mamãe tinha dito que a mãe de Bernice estava "deprimida". Mas mamãe não era uma jardineira autêntica, como Bernice sempre dizia, já que uma jardineira autêntica nunca diria a palavra *deprimida*. Para os jardineiros, as pessoas que agiam como Veena estavam em estado de alheamento – um repouso, um retiro para dentro de si a fim de obter a visão espiritual, reunindo as energias para fazê-las emergir novamente no Mundo Exfernal como botões de flores na primavera. Acontece que as energias de Veena não pareciam estar fazendo nada. Alguns jardineiros mantinham-se por um longo tempo em estado de alheamento.

– Aqui é meu canto – disse Bernice.

– Onde vou dormir? – perguntou Amanda.

Estávamos observando o quarto de Bernice quando Burt Maçaneta chegou.

– Cadê minha garotinha? – disse ele.

– Fiquem quietas – disse Bernice. – Fechem a porta!

Nós o ouvimos enquanto se movimentava pela parte principal da casa, e logo ele entrou no quarto de Bernice e tirou-a do chão, agarrando-a pelas axilas e mantendo-a suspensa no ar.

– Cadê minha garotinha? – repetiu a frase, o que me fez encolher de medo. Já o tinha visto fazer isso antes, e não apenas com Bernice. Ele adorava as axilas das meninas. Gostava de encurralar as meninas que realocavam as lesmas e os caramujos atrás dos canteiros de feijão, fingindo que estava lá para ajudar. E depois vinham as mãos. O cara era mesmo uma maçaneta.

Bernice se contorceu de cara feia.

– Não sou sua garotinha – disse, e isso significava: *não sou pequena*, ou *não sou sua*, ou talvez *não sou garotinha*. Burt levou isso na brincadeira.

– Então pra onde foi minha garotinha? – disse com um tom desolado.

– Me põe no chão – gritou Bernice. Senti pena dela, mas também me senti sortuda... a despeito do meu sentimento por Zeb, ele nunca me constrangia.

– Agora quero ver sua casa – disse Amanda. Nós duas então descemos pelas escadas e deixamos Bernice para trás, mais rubra e irada que nunca. Eu me senti mal em relação ao ocorrido, mas não a ponto de desistir de Amanda.

Lucerne não ficou nada satisfeita quando viu Amanda agregada à nossa família, mas o que podia fazer depois que soube que a ordem tinha partido de Adão Um?

– Vai ter que dormir em seu quarto – disse mamãe, irritada.

– Ela não se importa – retruquei. – Você se importa, Amanda?

– É claro que não – respondeu. Amanda tinha uma maneira polida de se expressar, como se estivesse fazendo um favor a você. Isso deixou Lucerne irritada.

– E terá que se livrar dessas roupas berrantes – disse Lucerne.

– Mas ainda não estão gastas – disse eu com um ar inocente.

– Não podemos jogá-las fora! Isso seria um desperdício!

– Nós as venderemos – disse Lucerne com firmeza. – E, é claro, ficaremos com o dinheiro.
– Quem tem que ficar com o dinheiro é Amanda – repliquei. – As roupas são dela.
– Tudo bem – disse Amanda com doçura, mas com altivez. – Elas não me custaram nada mesmo.
Depois entramos em meu cubículo e nos sentamos na cama, rindo com as mãos tapando a boca.
Zeb chegou em casa naquela noite e a princípio não fez comentário algum. Jantamos juntos, e ele, enquanto mastigava um ensopado de soja e vagens, observava Amanda, que elegantemente degustava o que estava no prato com seu pescoço gracioso e seus dedos prateados. Ela ainda não tinha tirado as luvas. Por fim, ele lhe disse:
– Você é uma sonsa cheia de artimanhas, não é? – O tom da voz era amistoso, o mesmo que ele usava para dizer "garota esperta" quando jogávamos dominó.
Lucerne estava servindo um segundo prato para ele e se deteve no meio do movimento, com uma colher grande mantida no ar como uma espécie de detector de metais. Amanda o encarou de olhos arregalados.
– O que o senhor está querendo dizer com isso?
Zeb sorriu e disse:
– Você é muito boa.

17

Depois que Amanda passou a viver comigo era como se eu tivesse uma irmã, só que melhor. Com as roupas de jardineira ela já se parecia com o resto de nós, e algum tempo depois também já cheirava como nós.

Na primeira semana, mostrei-lhe os arredores. Fui com ela à sala de vinagre, à sala de costura e à academia Moinhos de Corrida para a Luz. Mugi estava encarregado do lugar; nós o chamávamos de Mugi Músculo simplesmente porque ele era só músculos. Amanda fez amizade com ele. Ela fazia amizade com todos apenas demonstrando interesse em aprender a fazer as coisas da maneira certa.

Aprendeu com Burt Maçaneta a realocar as lesmas e os caramujos da horta, passando-os por cima da cerca e deixando-os seguir para onde pudessem se reunir e encontrar novos lares – se bem que eu sabia que eles acabavam esmagados. E aprendeu a fazer a bomba funcionar com Katuro Chave Inglesa, que consertava os vazamentos e tomava conta do sistema hidráulico.

Philo Neblina não lhe disse muita coisa, limitou-se a sorrir. Os jardineiros mais velhos diziam que ele tinha transcendido a linguagem e estava viajando em espírito, mas Amanda comentou que o cara só tinha envelhecido. Stuart Parafuso era quem fazia móveis de lixo reciclado e não gostava muito de gente, mas gostou de Amanda.

– Essa garota tem um olho bom para a madeira – disse.

Amanda não gostava de costurar, mas fingiu que gostava e Surya se sentiu lisonjeada. Rebecca chamou-a de *querida* e disse que ela mostrava bom gosto para a culinária, e Nuala começou a arrulhar canções do coro à sua volta. Até Toby, a Bruxa Seca, se iluminou

quando viu Amanda chegar. Toby era mais dura que uma noz para quebrar, mas Amanda mostrou um súbito interesse pelos cogumelos, além de ter ajudado a velha Pilar a etiquetar o mel, e isso a agradou, mesmo fazendo força para não deixar transparecer.
– Por que você está puxando tanto o saco? – perguntei para Amanda.
– É assim que consigo as coisas – respondeu ela.

Nós trocávamos muitas confidências. Falei do meu pai e da minha casa no condomínio de HelthWyzer, e de como minha mãe tinha fugido com Zeb.
– Aposto que ela usava calcinhas sensuais para ele – disse ela.
À noite, cochichávamos todas essas confidências em nosso cubículo, com Zeb e Lucerne no cubículo ao lado, e isso quer dizer que ouvíamos uma barulheira danada quando faziam sexo. Antes da chegada de Amanda eu achava aquilo vergonhoso, mas depois passei a achar engraçado porque ela achava.

Amanda me falou das secas no Texas – os pais dela tinham perdido a franquia da cafeteria Happicuppa e não conseguiram vender a casa porque já não havia mais compradores, e com o desemprego geral todos terminaram em um acampamento de velhos trailers com um montão de tex-mexicanos. Depois um dos furacões destroçou o trailer da família e o pai dela morreu atingido por uma peça de metal. Muita gente se afogou, mas ela e a mãe se agarraram numa árvore e foram resgatadas por alguns homens que surgiram de barco. Amanda disse que eram ladrões em busca de coisas para roubar, e que eles disseram que as levariam até um abrigo em terra firme se elas fizessem uma troca.
– Que tipo de troca? – perguntei.
– Era só uma troca.
O abrigo era um campo de futebol entupido de tendas. Lá dentro aconteciam muitas trocas, disse Amanda. Fazia-se qualquer coisa por vinte dólares. Depois a mãe de Amanda caiu doente por causa da água, mas ela não adoeceu porque fazia trocas por refrigerantes. E como não tinha remédios naquele lugar, a mãe dela morreu.

– Morreu um montão de gente – disse ela. – Você nem imagina como aquele lugar fedia.

Amanda fugiu de lá porque muita gente estava adoecendo e ninguém mais se dispunha a retirar o lixo e arranjar comida. Ela trocou de nome porque não queria ser levada de volta ao campo de futebol. A ideia era que os refugiados trabalhassem em todo tipo de serviço.

– E sem almoço grátis – diziam por lá. Você tinha que pagar, de um jeito ou de outro.

– Qual foi o que você trocou? – perguntei. – Seu nome.

– Era um lixo de nome de branco. Barb Jones – disse ela. – Minha identidade era essa. Mas agora não tenho mais identidade. Portanto, sou invisível.

Era uma das muitas coisas que eu admirava nela – a invisibilidade dela.

Amanda caminhou em direção ao norte, junto com milhares de outras pessoas.

– Peguei uma carona com um cara que me falou que era granjeiro – disse ela. – Ele enfiou a mão entre minhas pernas. Você sabe, quando eles estão excitados começam a respirar de um jeito esquisito. Enfiei os polegares nos olhos do cara e saí correndo.

Ela fez parecer que furar os olhos dos outros no Mundo Exfernal era algo normal. Bem que eu queria aprender a ser assim, mas não tinha nervos para isso.

– Depois tive que atravessar o muro – continuou.

– Que muro?

– Você não assiste aos noticiários? O muro que eles estão erguendo para manter os refugiados texanos a distância, uma única cerca não foi o suficiente. Lá tem muitos homens com armas de spray... é um muro da CorpSeCorps. Mas é impossível patrulhar cada centímetro... a gurizada tex-mex conhece todos os túneis e eles me ajudaram a passar.

– Você podia ser baleada – disse eu. – E depois?

– Depois me virei por aqui. Pela comida e outras coisas. Isso levou um tempo.

No lugar de Amanda eu teria me enfiado em uma vala e chorado até morrer. Mas ela diz que, quando você realmente quer alguma coisa, tem que imaginar um meio de obtê-la. Diz que a covardia é uma perda de tempo.

Fiquei preocupada, achando que poderia haver problemas com as outras crianças jardineiras. Afinal, Amanda era um rato da plebe – um dos nossos inimigos. Bernice a odiava, é claro, mas não ousava dizer a verdade porque, como todos os outros, a respeitava. Além do mais, nenhuma criança jardineira sabia dançar e Amanda tinha um excelente balanço – era como se os quadris dela se deslocassem. Eu aprendia com ela quando Zeb e Lucerne não estavam em casa. Acompanhávamos a música de um celular vermelho que escondíamos debaixo de nosso colchão e, quando o cartão acabava, ela roubava outro. Ela também tinha algumas roupas escondidas e, quando precisava roubar alguma coisa, vestia uma dessas roupas e saía pelas ruas de Sinkhole.

Eu notava que Shackleton, Crozier e os meninos mais velhos estavam apaixonados por Amanda. Ela era muito bonita, com sua pele morena, seu pescoço longo e seus olhos enormes, mas uma menina podia ser bonita e mesmo assim ser chamada de chupadora de cenoura, buraco de carne nas pernas e outros apelidos nojentos que eles inventavam para as meninas.

Mas não para Amanda; eles a respeitavam. Ela carregava um caco de vidro escondido na bainha da roupa, e sempre dizia que esse caco lhe salvara a vida mais de uma vez. Ela nos ensinou a chutar os testículos de um sujeito, dar uma rasteira nele e depois esmurrar o queixo e partir o pescoço. Ela dizia que havia muitos truques como esses – truques que a gente podia usar quando necessário.

Mas nos dias de festival ou no ensaio do Coral dos Brotos e Flores ninguém era mais devoto que Amanda. Se você a visse, pensaria que tinha sido banhada em leite.

O FESTIVAL
DAS ARCAS

O FESTIVAL DAS ARCAS

ANO 10

DOS DOIS DILÚVIOS E DOS DOIS CONCÍLIOS.
DITO POR ADÃO UM.

Queridos amigos e companheiros mortais:
Hoje, as crianças construíram pequenas arcas e as lançaram no Arboretum Creek com mensagens sobre o respeito que se deve ter pelas criaturas de Deus para que outras crianças possam encontrá-las na praia. Um ato generoso neste mundo assustador e cada vez mais perigoso! Lembrem-se: é melhor ter esperança que desanimar!

Nesta noite de festival, nós desfrutaremos uma refeição especial – a deliciosa sopa de lentilhas de Rebecca, representando o primeiro dilúvio, e bolinhos de massa da Arca de Noé recheados com legumes esculpidos, representando os animais. Um desses bolinhos se acompanha de um nabo com o formato de Noé, e quem encontrar esse Noé ganhará um prêmio especial. Assim aprenderemos a não engolir o alimento de maneira descuidada.

O prêmio é um quadro de são Brendan, o viajante, representado com os itens essenciais que devemos incluir em nossos depósitos de Ararat na preparação para o Dilúvio Seco, pintado por Nuala, nossa talentosa Eva Nove. Nessa obra de arte, Nuala dá aos produtos de soja a proeminência que merecem. Mas é bom lembrar que devemos arejar o Ararat com regularidade. Ninguém aqui vai querer abrir uma lata de feijão em uma hora de necessidade e descobrir que o conteúdo está estragado.

Veena, a valorosa esposa de Burt, encontra-se em estado de alheamento e não estará conosco neste festival, mas esperamos tê-la em breve entre nós para saudá-la.

* * *

Agora voltemos à nossa devoção ao Festival das Arcas.

Neste dia cumprimos um luto, mas também nos regozijamos. Choramos por todas as mortes de todas as criaturas da Terra que foram destruídas no primeiro dilúvio de extinções. Isso ocorreu, mas nos regozijamos pelos peixes, corais, golfinhos, ouriços-do--mar, pelas baleias, tartarugas marinhas e, sim, também pelos tubarões... Todos nos sentimos felizes pelo fato de essas criaturas terem sido poupadas, com a ressalva de que uma mudança na temperatura e na salinidade do oceano, provocada pelo grande fluxo de água doce em suas águas, pode ter atingido e extinguido outras espécies desconhecidas para nós.

Choramos pela mortandade que ocorreu entre os animais. Evidentemente, Deus queria se livrar de inúmeras espécies, como atestam os registros fósseis, mas outras foram salvas e sobrevivem até hoje. São essas espécies que Ele deseja que preservemos. Se vocês tivessem composto uma sinfonia maravilhosa, gostariam que ela fosse esquecida? A Terra e a música que há nela, o Universo e a harmonia que há nele... são algumas das obras da criatividade de Deus, da qual a criatividade humana não passa de pura sombra.

De acordo com as palavras humanas sobre Deus, Noé recebeu a tarefa de salvar as espécies eleitas, simbolizando os seres conscientes em meio à espécie humana. Sozinho, ele se preveniu, assumiu a tarefa do Adão original, mantendo a salvo as amadas espécies de Deus até que as águas do dilúvio baixassem e ele pudesse aportar a arca no Ararat. Depois, ele resgatou as criaturas que estavam perdidas pela Terra, como se fosse uma segunda criação.

Na primeira criação, tudo era alegria, mas o segundo evento foi qualificado assim: Deus já não estava tão contente. Ele sabia que alguma coisa tinha saído errado em sua última criação, o homem, mas era tarde demais para consertá-la. "Não amaldiçoarei de novo a Terra por causa do homem, porque a imaginação do homem é má desde a juventude; nem castigarei de novo cada ser vivo, como já fiz", são as palavras do homem sobre Deus no Gênese 8:21.

Sim, meus amigos... qualquer maldição posterior para a Terra seria feita não por Deus, mas pelo próprio homem. É só pensar nas orlas ao sul do Mediterrâneo... um dia férteis, cheias de árvores, e hoje, um deserto. É só pensar no cenário de devastação na bacia do rio Amazonas, e no comércio assassino dos ecossistemas, cada qual um reflexo vivo da infinita atenção de Deus pelos detalhes... Mas isso é um assunto para outro dia.

Depois, Deus diz algo notável. Ele diz: "Terão medo e pavor de vós", quer dizer, o homem, "cada animal da terra, cada ave do céu... nas vossas mãos são entregues." Gênese 9:2. Isso não significa que Deus esteja dizendo que o homem tem o direito de destruir todos os animais, como alguns afirmam. Pelo contrário, é um aviso às amadas criaturas de Deus: *cuidado com o homem e com o coração malvado que ele tem.*

Depois, Deus realiza um concílio com Noé, os filhos dele *"e com toda criatura viva"*. Muitos recordam desse concílio com Noé, mas se esquecem do concílio com todos os outros seres vivos. Acontece que Deus não se esquece. Ele repete os termos "de carne" e "toda criatura viva" um sem-fim de vezes, para se certificar de que foi entendido.

Ninguém pode fazer um concílio com uma pedra, pois, para que um concílio se viabilize, é necessário que haja no mínimo duas partes vivas e responsáveis. Portanto, os animais não são desprovidos de senso, não são meros pedaços de carne. Pelo contrário, são seres providos de alma, porque se assim não fosse Deus não teria realizado um concílio com eles. As palavras dos homens a respeito de Deus confirmam isso: "Mas pergunta agora às feras", diz Jó 12, "e elas te ensinarão; e às aves do céu, e elas te farão saber... e até os peixes do mar te declararão." Lembremos hoje de Noé, aquele que foi escolhido para cuidar das espécies. Nós, Jardineiros de Deus, somos o plural de Noé. Também fomos escolhidos. Já podemos sentir os sintomas do desastre que se aproxima, como um médico que toma o pulso de um homem e detecta a doença. Precisamos estar preparados para o momento em que aqueles que quebraram o acordo com os animais – sim, aqueles que expulsaram os animais da face da Terra, onde Deus os tinha colocado – serão varridos pelo Dilúvio Seco, serão carregados pelas asas dos anjos negros de Deus que voam pela noite, e pelos aviões e helicópteros e trens-bala e caminhões e outros meios de transporte.

Nós, jardineiros, por outro lado, cultivaremos em nossa alma o conhecimento das espécies e o apreço que elas têm por Deus. Precisamos transmitir nosso conhecimento das águas secas, que de tão valioso não tem preço, como se dentro de uma arca.

Construiremos cada Ararat com todo zelo, meus amigos. E vamos abastecê-los com previdência e bens embalados e desidratados. E vamos camuflá-los.

Que Deus nos proteja das armadilhas dos caçadores de aves, e que nos cubra com suas penas, e que nos resguarde sob suas asas. Como diz o Salmo 91: "e tu não temerás a pestilência que habitará a noite, nem a destruição que devastará a terra em pleno dia."

Que eu possa relembrá-los da importância de lavar as mãos pelo menos sete vezes por dia e depois de cada encontro com um estranho. Nunca é cedo demais para praticar uma precaução tão essencial.

Evitem aqueles que estiverem espirrando.
Cantemos.

MEU CORPO É MINHA ARCA TERRENA

Meu corpo é minha arca terrena,
Contra o dilúvio ele é minha proteção;
Dentro dele estão todas as criaturas
Que por ele demonstram afeição.

De células e genes ele é firmemente construído,
E de neurônios que não se pode contar;
Minha arca abarca os milhões de anos,
Que Adão passou a descansar.

E quando a destruição fizer tudo girar
Para o Ararat irei me encaminhar;
Minha arca, a salvo, em terra há de estar
Pela luz do Espírito guia.

Com todas as criaturas em harmonia
Passarei meus dias mortais,
Enquanto cada voz em sintonia
Canta a glória do Criador.

do *Hinário Oral dos Jardineiros de Deus*

18

TOBY. DIA DE SÃO CRICK

ANO 25

O cadáver do varrão ainda jaz no prado ao norte. Os urubus estão em cima e se satisfazem com os olhos e a língua, já que não podem investir contra o corpo rijo. Eles terão que esperar o corpo apodrecer para depois devorá-lo.

Toby gira o binóculo para o céu, para os corvos que sobrevoam o cadáver em círculos. Gira o binóculo para baixo e avista dois leocarneiros cruzando o prado. Um macho e uma fêmea passeiam pela campina como se fossem donos do lugar. O par se detém junto ao cadáver e logo retoma o passo.

Toby olha fascinada para os animais. Nunca vira um leocarneiro ao vivo, só em fotografias. E se pergunta: será que estou imaginando coisas? De jeito nenhum, os leocarneiros são reais. Eles devem ter sido libertados de algum zoológico por alguma seita fanática daqueles últimos dias de desespero.

Eles não parecem perigosos, embora sejam. O cruzamento de leão e carneiro fora estimulado pelos leões isaístas com o propósito de forçar o advento do Reino da Paz. Deduziram que a única forma de fazer cumprir a profecia que se referia à convivência entre o leão e o carneiro sem que o primeiro devorasse o segundo era por meio de um cruzamento entre ambos. Mas o resultado não foi estritamente vegetariano.

Parados, com seus pelos dourados e encaracolados e o rabo balançando, os leocarneiros parecem extremamente dóceis. Mordiscam flores e não olham para o alto. Mesmo assim, Toby tem a sensação de que estão perfeitamente cientes da presença dela. De repente o macho abre uma boca com caninos longos e afiados, e chama. É uma estranha combinação de balido e rugido; um bagido, ela pensa.

A pele de Toby se arrepia. Ela estremece só de pensar naquelas criaturas saindo por trás de um arbusto e pulando em cima dela. Se ela estivesse destinada a ser estraçalhada e devorada, preferia que fosse por uma fera mais convencional. Mas elas são estarrecedoras. Toby as observa enquanto brincam, depois elas farejam o ar e se locomovem vagarosamente em direção à borda da floresta, até que desaparecem por entre as sombras.

Como Pilar teria gostado de ver isso, ela pensa. Pilar, Rebecca e a pequena Ren. E Adão Um. E Zeb. Agora, todos mortos.

Pare com isso, diz a si mesma. Pare já com isso.

Toby desce a escada com muito cuidado, usando um esfregão para se equilibrar. E se mantém – ainda – na expectativa de que as portas do elevador se abram, as luzes pisquem, o ar-condicionado comece a funcionar e alguém – quem? – apareça.

Ela percorre o longo saguão, caminhando suavemente sobre um tapete que se torna mais esponjoso a cada dia e ultrapassando uma fileira de espelhos. O spa nunca fez economia de espelhos; focos intensos de luz traziam à memória das mulheres o quanto elas estavam mal enquanto focos mais fracos mostravam que ficariam bem melhores graças a uma intervenção de preço relativamente acessível. Mas depois das primeiras semanas de solidão ela resolveu cobrir os espelhos com toalhas cor-de-rosa para não dar de cara com a própria imagem enquanto passava por eles.

– Quem vive aí? – diz ela em voz alta. Eu é que não sou, pensa. O que tenho feito não pode mesmo ser chamado de vida. Na verdade, estou hibernando, como uma bactéria em uma geleira. Dando um tempo. É isso.

Toby passa o resto da manhã em estupor. No passado, esse mesmo estado poderia ser chamado de meditação, mas agora não pode mais chamá-lo assim. Pelo que parece ela ainda pode ser assolada por uma raiva paralisante; é impossível prever quando será acometida. É uma raiva que começa como descrença e termina como sofrimento, mas entre as duas fases o corpo treme de raiva. Raiva de quem, de quê? Por que tinha que sobreviver? Em meio a tanta gente. Por que não alguém mais jovem, com mais otimismo e mais células frescas? Ela precisa acreditar que existe uma razão para estar ali – para ser uma testemunha, para transmitir uma mensagem, para pelo menos salvar alguma coisa da destruição geral. Ela precisa acreditar, mas não consegue.

Não é certo passar tanto tempo sofrendo, diz para si mesma. Sofrendo e se lamentando. Isso não leva a nada.

Ali pelo meio do dia ela tira um cochilo. É uma perda de energia tentar ficar acordada nesse calorão.

Dorme em cima de uma mesa de massagem de um dos cubículos onde as clientes do spa recebiam tratamentos orgânico-botânicos. Há lençóis e travesseiros, ambos cor-de-rosa, e cobertores também cor-de-rosa – se bem que ela não precisa de cobertores, não nesse calorão.

Ela tem dificuldade para acordar. Luta contra a letargia. Dormir é um desejo forte. Dormir para sempre. Ela não pode viver apenas no presente, como um arbusto. Mas o passado é uma porta fechada, e não consegue vislumbrar futuro algum. Talvez acabe passando dia após dia, ano após ano, até simplesmente murchar, se dobrar sobre si mesma, se atrofiar como uma aranha velha.

Talvez ela possa recorrer a um atalho. Na garrafa vermelha sempre tem papoula disponível, e também os mortíferos cogumelos amanita, os pequenos anjos da morte. Ainda vai precisar de quanto tempo para deixá-los se perder dentro dela, para deixá-los voar com asas brancas dentro dela?

Para se animar, ela abre um vidro de mel. É um mel remanescente que ela e Pilar extraíram tempos atrás no terraço do Edencliff. Durante todos esses anos o guardou como se fosse um amuleto de proteção. Mel não estraga, dizia Pilar, desde que o mantenha longe da água, não sem razão os antigos o chamavam de alimento da imortalidade.

Ela se serve de uma colherada perfumada, e depois de outra. Foi um trabalho duro colher esse mel, o fumego do enxame, a dolorosa remoção dos favos de mel, toda a extração. Um processo que exigia delicadeza e tato. Era preciso conversar com as abelhas e convencê-las, e nem é preciso dizer que elas eram temporariamente sedadas o que não impedia ferroadas ocasionais. Mas na memória a experiência em si é de completa felicidade. Ela sabe que está se iludindo, mas quer se iludir. Ela precisa acreditar com toda força que ainda é possível uma alegria genuinamente pura.

19

Aos poucos, Toby deixou de pensar que devia abandonar os jardineiros. Não acreditava piamente na crença que professavam, mas também não desacreditava. As estações se sucederam – chuvosas, tormentosas, quentes e secas, frias e secas, chuvosas e tépidas – e dessa maneira um ano entrava pelo outro. Ela ainda não era uma jardineira, mas por outro lado não integrava mais a ralé. Não era uma coisa nem outra.

Depois, aventurou-se a sair na rua, se bem que não se afastava muito do Jardim, mas para isso tinha que se cobrir muito bem e colocar uma máscara nasal e um sombreiro largo na cabeça. Já não tinha pesadelos com Blanco – com as cobras tatuadas nos braços dele, com as mulheres acorrentadas nas costas dele, e com as mãos descarnadas e cheias de veias azuis prestes a agarrá-la pelo pescoço. *Diz que me ama! Diz isso, vadia!* Durante os piores tempos com ele, nos momentos de mais terror e dor, vez por outra ela imaginava aquelas mãos se despregando dos punhos. As mãos e outras partes dele. Jorrava um sangue cinzento. Ela o imaginava agonizando num depósito de lixo. Eram pensamentos violentos, mas depois que se juntou aos jardineiros tentava apagá-los da mente. Mas os pensamentos insistiam em voltar. Os que dormiam nos cubículos ao lado lhe avisaram que enquanto dormia às vezes ela deixava transparecer o que eles chamavam de "sinais de sofrimento".

Adão Um estava ciente desses sinais. Com o tempo ela se deu conta de que seria um erro subestimá-lo. Mesmo com uma barba que com o tempo se tornou uma inocente penugem branca e com uns olhos azuis redondos e puros como os de um bebê, mesmo parecendo tão confiável e vulnerável, ele era a pessoa mais fortemente convicta de seu objetivo que ela já havia conhecido. Ele não brandia esse objetivo como uma arma, simplesmente se deixava ser invadido e docemente levado. Era algo difícil de se atacar; era como atacar a maré.

– Agora ele está na Painball, minha querida – disse Adão Um a ela em um dia de são Mendel. – Talvez não seja libertado nunca mais. Talvez ainda esteja preso quando retornar aos elementos.

O coração de Toby deu uma volta.

– O que ele fez?

– Matou uma mulher – respondeu Adão Um. – A mulher errada. A mulher de um membro da Corps que estava à procura de excitação na plebelândia. Achei que não fariam nada. Mas dessa vez a CorpSeCorps foi obrigada a agir.

Toby tinha ouvido falar da Painball. Era uma alternativa para os condenados, tanto por crimes políticos como comuns; eles podiam optar entre morrer pelas armas de spray ou cumprir um tempo na arena Painball, a qual não era propriamente uma arena, mas algo mais parecido com uma floresta fechada. O condenado recebia comida suficiente para duas semanas e uma arma Painball – uma pistola que atirava tinta como uma pistola de tinta comum, a diferença é que quando a tinta atingia os olhos, o sujeito ficava cego, e quando atingia a pele, ele começava a se deteriorar e se tornava um alvo fácil para os sanguinários do outro time. Os participantes eram inscritos em dois times, o vermelho e o dourado.

As criminosas raramente optavam pela Painball. Elas preferiam as armas de spray. Os criminosos políticos também. No fundo, eles sabiam que não teriam a mínima chance e preferiam morrer de uma vez. Toby entendia a posição deles.

A arena Painball foi mantida em segredo por um longo tempo, como as rinhas de galos e a Rendição Interna, mas já se dizia que se podia assistir a ela na tela. As câmeras instaladas na floresta da Painball, ocultas nas árvores e nas reentrâncias das rochas, geralmente não deixavam muito para ser visto, a não ser uma perna ou um braço ou um borrão porque compreensivelmente os participantes eram mantidos em sigilo. Mas de vez em quando se via um tiro desferido na tela. Se o participante sobrevivesse por um mês, ele era bom; se sobrevivesse por mais tempo, era ótimo. Alguns se ligavam tanto na adrenalina que se recusavam a sair de lá quando o tempo se esgotava. Até mesmo os profissionais da CorpSeCorps sentiam pavor dos participantes que tinham sobrevivido por muito tempo.

Alguns times dependuravam o adversário morto em árvores, por vezes com o corpo mutilado. Com a cabeça decepada, sem coração, sem rins. Era uma forma de intimidar o time oponente. Às vezes uma parte do corpo era comida, ou porque o alimento tinha acabado ou apenas para deixar evidente um alto grau de maldade. Depois de um tempo o cara não só rompe os limites como se esquece que eles existem, pensou Toby. E acaba fazendo o inimaginável.

Ela teve uma rápida visão de Blanco enforcado de cabeça para baixo, e sem cabeça. O que sentiu? Prazer? Pena? Sinceramente, nem ela soube explicar.

Ela então pediu para fazer uma vigília e durante horas tentou trocar experiências e conhecimentos com um punhado de ervilhas por telepatia. As vinhas, as flores, as folhas, as vagens. Tão verdes e macias. Isso quase funcionou.

Um dia a velha e enrugada Pilar, a Eva Seis, perguntou se Toby queria aprender sobre as abelhas. Abelhas e cogumelos – especialidades de Pilar. Toby gostava da gentileza e invejava a serenidade de Pilar, e respondeu que sim.

– Que bom – disse Pilar. – As abelhas são ótimas para você desabafar. – Isso queria dizer que não era só Adão Um que notara a preocupação de Toby.

Pilar levou-a até as abelhas e disse o nome de todas, uma a uma.

– Elas precisam saber que você é amiga – comentou. – Elas sentem o cheiro da pessoa. Só se mexa bem devagar – aconselhou enquanto as abelhas cobriam o braço nu de Toby como uma pele dourada. – Da próxima vez a reconhecerão. Ah... se derem uma ferroada, não bata nelas. Só tire o ferrão. Mas você não será picada, a menos que estejam assustadas, porque elas morrem depois da ferroada.

Pilar tinha um vasto repertório de tradições populares referentes às abelhas. Uma abelha dentro de casa é sinal de visita de um estranho, e se você matá-la, o visitante não será uma pessoa boa. Quando um apicultor morre, as abelhas precisam ser avisadas, senão elas se agrupam em enxame e vão embora. O mel ajuda a cicatrizar as feridas. Um enxame de abelhas em maio vale uma carga de feno. Um enxame de abelhas em junho vale uma colher de prata. Um enxame de abelhas em julho não vale a pena uma mosca. Todas as abelhas de uma colmeia são uma única abelha, por isso elas dão a vida pela colmeia.

— Igual aos jardineiros — acrescentou ela. Toby não conseguiu concluir se ela estava brincando ou não.

A princípio as abelhas ficaram agitadas com a presença de Toby, mas depois ela foi aceita. E pôde então coletar sozinha o mel, e só foi ferroada duas vezes.

— Elas se confundiram — disse Pilar. — Você tem que pedir permissão à rainha, e deixar bem claro que não tem intenção de machucá-las. — Acrescentou que era preciso falar em voz alta porque as abelhas não leem as mentes como os humanos. Então, Toby falou em voz alta, mesmo se sentindo uma idiota. Se alguém estivesse passando e a visse conversando com um enxame de abelhas, o que poderia pensar?

Segundo Pilar, fazia tempo que as abelhas do mundo inteiro passavam por muitos problemas. Ora os pesticidas, ora o clima quente, ora as doenças, e às vezes tudo isso junto — ninguém sabia precisar com exatidão. Mas todas as abelhas do terraço do Jardim estavam bem. Na verdade, estavam ótimas.

— Elas sabem que são amadas — disse Pilar.

Toby duvidou. Ela duvidava de muitas coisas. Mas mantinha as dúvidas consigo mesma. *Dúvida* era uma palavra que os jardineiros não costumavam usar.

Algum tempo depois, Pilar apresentou a Toby as adegas úmidas no porão do condomínio Buenavista, e mostrou onde os cogumelos eram cultivados. Abelhas e cogumelos trabalham juntos, disse

Pilar: as abelhas têm boas relações com o mundo invisível e são mensageiras dos mortos. Lançou esse pequeno factoide como se fosse algo que todo mundo soubesse, e Toby fingiu ignorar. Os cogumelos são as rosas do jardim do mundo invisível, já que o verdadeiro cogumelo fica debaixo da terra. A parte visível, a parte que a maioria das pessoas chama de cogumelo, não passa de uma breve aparição. Uma nuvem da flor.

Lá havia cogumelos comestíveis, cogumelos para usos medicinais e cogumelos para visões. Esses últimos só eram utilizados nas semanas de retiro e isolamento, se bem que eventualmente serviam para certas condições médicas e também para ajudar quem estava em estado de alheamento, quando a alma precisava de uma nova fertilização. Pilar disse que cedo ou tarde todo mundo passava pelo estado de alheamento. Mas ressaltou que era perigoso permanecer nisso por muito tempo, dizendo:

– É como descer uma escada e nunca mais subi-la. Mas os cogumelos podem ajudar nessas horas.

Pilar destacou três tipos de cogumelos – Nunca Venenosos; Use com Moderação e Atenção; Cuidado. Era preciso memorizar tudo. As espécies de bufa-de-lobo: Nunca Venenosos. Os psilocibinos: Use com Moderação e Atenção. E os amanitas, especialmente o amanita phalloides, o anjo da morte: Cuidado.

– Esses são muito perigosos, não são? – perguntou Toby.

Pilar sacudiu a cabeça.

– São muito perigosos.

– Então por que os cultiva?

– Deus não teria criado cogumelos venenosos se não quisesse que fossem utilizados em certas ocasiões – respondeu Pilar.

Ela era tão educada, tão gentil, que Toby custou a acreditar no que estava ouvindo.

– Você não vai envenenar ninguém! – disse.

Pilar olhou-a nos olhos.

– Nunca se sabe, querida, se vai ser preciso fazer isso.

* * *

Dali em diante Toby passava as horas livres com Pilar – cuidando das colmeias do Edencliff e dos canteiros de trigo-sarraceno e lavanda cultivados para as abelhas nos terraços adjacentes, extraindo o mel e engarrafando-os. Elas preferiam colar estampas de abelhas a usar rótulos escritos nos vidros, e deixavam alguns de lado para acrescentar aos mantimentos estocados em compotas e latas no Ararat que Pilar construíra atrás de um incinerador móvel embutido na parede da adega do Buenavista. Elas também tratavam dos pés de papoula, coletando o sumo espesso que escorria dos cortes feitos nas bagas das sementes, inspecionavam os canteiros de cogumelos na adega do Buenavista e preparavam elixires, remédios e emulsões de rosas e mel que seriam vendidos na feirinha da Árvore da Vida.

E assim o tempo passou. Toby parou de contá-lo. De um jeito ou de outro, o tempo não passa, dizia Pilar, o tempo é um mar onde você flutua.

À noite Toby, sentia seu próprio aroma. Seu novo eu. Sua pele cheirava a mel e sal. E a terra.

20

As pessoas continuavam se juntando aos jardineiros. Algumas eram genuinamente convertidas e outras não permaneciam por muito tempo. Elas davam tempo ao tempo, vestindo as mesmas roupas largas enquanto escondiam as outras roupas como os demais, fazendo as tarefas mais desprezíveis e, no caso das mulheres, chorando uma vez ou outra. Depois, sumiam. Eram pessoas sombras, resgatadas por Adão Um em meio às sombras, como ele fizera com a própria Toby.

Era uma suposição: não demorou muito e Toby notou que os jardineiros não apreciavam questões de cunho pessoal. De onde você vinha, o que você fazia antes – tudo isso era irrelevante, estava implícito nas maneiras de cada um. Somente o agora importava. Fale dos outros quanto quiser que eles falem de você. Em outras palavras, nada.

Muitas coisas despertavam a curiosidade de Toby. Por exemplo, Nuala nunca descansava. Por isso ela paquerava tanto? Onde Marushka, a parteira, aprendera seu ofício? O que Adão Um realmente fazia antes de virar jardineiro? Já tinha havido alguma Eva Um ou alguma senhora Adão Um ou algum filho dos Adãos? Às vezes Toby se aproximava demais desse território e recebia um sorriso em troca, uma mudança imediata de assunto e uma dica de que deveria evitar o pecado original de querer se apossar de muita informação ou talvez de muito poder. Já que os dois estão interligados... não é, querida Toby?

Depois, o Zeb. O Adão Sete. Toby não achava que ele fosse um verdadeiro jardineiro, pelo menos não mais que ela. Já vira muitos cabeludos com aquele mesmo estilo durante sua permanência na SecretBurgers, e apostava que ele escondia o jogo. Vivia em estado de alerta. Afinal, o que um cara como ele fazia no Edencliff?

Zeb ia e vinha; às vezes sumia por alguns dias e geralmente voltava vestindo as roupas usadas na plebelândia: jaquetas felpudas de ciclista de corrida e macacões negros. A princípio pensou que talvez ele tivesse uma ligação com Blanco e estava ali para espioná-la, mas não era nada disso. As crianças o chamavam de MaddAddão, mas ele parecia bastante sadio. Sadio demais para andar com aquele grupo de doces excêntricos, porém desiludidos. E o que havia por trás do laço que o unia a Lucerne? Na testa dela estava escrito que não passava de uma dondoca de condomínio: toda vez que quebrava uma unha, fazia um escândalo. Definitivamente, não era o tipo de mulher para um homem como Zeb – um cuspidor de balas, certamente ele seria chamado assim quando Toby era criança, quando as armas de balas eram comuns.

Talvez seja sexo, pensava Toby. Miragem de carne, obsessão impregnada de hormônios. Acontecia a muita gente. Ela ainda se lembrava que um dia desejou fazer parte dessa história, com o homem certo, mas quanto mais ficava com os jardineiros, mais esse tempo ficava para trás.

Ela não vinha fazendo sexo, nem sentia falta disso, se entupira de sexo quando esteve imersa na Lagoa dos Dejetos, se bem que não do tipo que alguém pudesse desejar. E ter se libertado de Blanco valia muito. Fora mesmo uma sortuda por não ter se fodido até o último caldo, e por não ter sido jogada e estraçalhada em um terreno baldio.

Depois que se juntou aos jardineiros, Toby se viu envolvida num episódio com sexo. Estava se exercitando na esteira da academia Moinhos de Corrida para a Luz, no antigo salão de festas no terraço do condomínio Boulevard, quando Mugi Músculo pulou em cima dela. O velho pulou, tirou-a da esteira, jogou-a no chão, escarrapachou com todo o peso em cima e começou a bolinar por debaixo da saia de brim dela, chiando como uma bomba defeituosa. Mas Toby se fortalecera depois de tanto subir e descer escadas carregando coisas, e Mugi já não era tão forte como fora um dia.

Então deu-lhe uma cotovelada no pênis e o deixou rolando de dor no chão.

Toby contou a Pilar – sempre fazia isso quando algo a intrigava.

– O que devo fazer? – perguntou.

– Nunca fazemos escarcéu com essas coisas – respondeu Pilar. – No fundo, Mugi é inofensivo. Ele já tentou isso com várias de nós... inclusive comigo, há alguns anos. – Soltou um risinho. – O antigo australopiteco pode emergir de todos nós. É melhor perdoá-lo, de coração. Ele não fará isso de novo, pode apostar.

E assim se deu, da mesma forma que o sexo se foi. Talvez seja temporário, pensou Toby. Talvez seja como ter um braço dormente. Minha conexão neurológica com o sexo está bloqueada. Mas por que não ligo?

Era uma tarde do dia de santa Maria Sibylla da metamorfose dos insetos, o que seria uma ocasião propícia para trabalhar com as abelhas. Toby e Pilar extraíam mel. Usavam grandes chapéus protegidos por um véu e carregavam um archote de madeira fumegante.

– Seus pais... estão vivos? – perguntou Pilar por trás de um véu branco.

Toby se surpreendeu com a pergunta, estranhamente direta para uma jardineira. Mas Pilar não teria perguntado se não tivesse um bom motivo. Toby não conseguiu falar do pai e resolveu contar o caso da misteriosa doença da mãe. O estranho, disse, é que a mãe sempre tinha sido muito cuidadosa com a saúde, metade do peso dela era quase todo devido a suplementos vitamínicos.

– Diga uma coisa – disse Pilar. – Que suplementos ela tomava?

– Ela gerenciava uma franquia da HelthWyzer e tomava os suplementos dessa empresa.

– HelthWyzer – repetiu Pilar. – Claro. Já ouvi algo a respeito disso.

– Ouviu o quê? – perguntou Toby.

– Um tipo de doença ligada a esses suplementos. Não é de espantar que o pessoal da HelthWyzer tenha assumido o tratamento de sua mãe.

– O que você quer dizer? – Toby sentiu uma onda de frio, mesmo com uma temperatura quente.

– Nunca lhe passou pela cabeça, minha querida, que sua mãe estivesse sendo uma cobaia de laboratório? – disse Pilar.

Isso não tinha passado pela cabeça de Toby, mas agora passava.

– Na ocasião cheguei a especular um pouco. Não sobre as pílulas, mas... achei que tinha alguma coisa a ver com a empresa, que queria as terras do meu pai. Cheguei a pensar que eles tinham colocado alguma coisa no poço.

– Se fosse o caso, todos vocês adoeceriam – retrucou Pilar. – Agora me prometa que nunca tomará essas pílulas feitas pelas corporações. Nunca adquira esse tipo de pílula, nunca aceite uma pílula que alguém lhe oferecer, seja lá o que digam a respeito. Eles podem apresentar fatos e cientistas, eles podem apresentar médicos... Mas, infelizmente, todos vendidos.

– Claro que nem todos. – Toby ficou chocada com a veemência de Pilar; ela geralmente era tão calma.

– Claro que não – repetiu Pilar. – Não todos. Mas todos os que continuam trabalhando para as corporações. Quanto aos outros... Alguns morreram de forma inesperada. Mas os que ainda estão vivos... Aqueles que ainda preservam a velha ética médica... – Fez uma pausa. – Esses são os verdadeiros médicos. Mas não aos olhos das corporações.

– E onde eles estão? – perguntou Toby.

– Alguns estão entre nós – disse Pilar, sorrindo. – Katuro Chave Inglesa era médico de doenças internas. Surya era oftalmologista, com especialização cirúrgica. Stuart era oncologista. Marushka, ginecologista.

– E os outros médicos? Se não estão aqui, onde estão?

– Digamos que estão a salvo, em algum lugar – disse Pilar. – Por enquanto. Mas agora você vai me prometer: essas pílulas das corporações alimentam os mortos, minha querida. Não os mortos conhecidos, mas um tipo horripilante. Os mortos-vivos. Nós temos que ensinar a nossas crianças a ficar longe dessas pílulas... Elas são o mal. E isso não é uma questão de fé pessoal, é uma questão de certeza.

– Mas como pode estar tão certa? – disse Toby. – Essas corporações... Ninguém sabe o que elas fazem. Ficam lá trancadas em conglomerados, ninguém sai...

– Você ficaria surpresa – disse Pilar. – Jamais se construiu algum barco imune a eventuais vazamentos. Agora me prometa.

Toby prometeu.

– Um dia – continuou Pilar –, quando você se tornar uma Eva, entenderá mais.

– Ora, acho que nunca serei uma Eva – disse Toby, fazendo Pilar sorrir.

Algumas horas depois, naquela mesma tarde, as duas já tinham terminado de coletar o mel e Pilar agradecia à colmeia e à rainha pela cooperação quando Zeb chegou pela escada de incêndio. Ele vestia a jaqueta felpuda dos ciclistas de corrida. Os ciclistas faziam rasgos nas jaquetas para deixar o ar circular enquanto pedalavam, mas havia alguns rasgões extras na jaqueta de Zeb.

– O que aconteceu? – perguntou Toby. – Posso fazer alguma coisa? – Zeb pressionava o próprio estômago com suas mãos enormes, o sangue escorria pelos seus dedos. Ela se sentiu ligeiramente mal e se apressou em dizer: – Não deixe pingar nas abelhas.

– Levei um tombo e me cortei – disse Zeb. – Num caco de vidro. – Ele respirava com dificuldade.

– Não acredito nisso – retrucou Toby.

– Não achei que você acreditaria. – Ele sorriu para ela. – Olhe – dirigiu-se a Pilar. – Eu trouxe um presente pra você. Um SecretBurger especial. – Enfiou a mão no bolso da jaqueta felpuda e tirou um punhado de carne moída. Por um momento Toby teve a terrível impressão de que a carne era do próprio Zeb, mas Pilar sorriu.

– Muito obrigada, querido Zeb – disse. – Sempre posso contar com você! Agora vem comigo que daremos um jeito nisso. Toby, você pode procurar a Rebecca e pedir que traga algumas toalhas limpas? E o Katuro também. – Ela não parecia nem um pouco perturbada com a visão do sangue.

Quanto tempo eu ainda terei que viver, pensou Toby, para ter essa mesma calma? Ela se sentia em frangalhos.

21

Pilar e Toby foram com Zeb até a Cabana de Recuperação de Alheamento, no canto noroeste do terraço. A cabana era usada pelos jardineiros que faziam vigília, pelos que emergiam do estado de alheamento ou pelos que estavam ligeiramente adoentados. Elas estavam fazendo Zeb se deitar quando Rebecca chegou do galpão dos fundos do terraço, com uma pilha de toalhas.

– Quem fez isso? – perguntou ela. – Isso é obra de vidro! Briga com garrafas?

Katuro chegou, tirou a jaqueta de cima do estômago de Zeb e lançou um olhar profissional.

– Aparados pelas costelas; cortes, não punhaladas. Felizmente... cortes sem profundidade.

Pilar estendeu a carne moída para Toby.

– É para as larvas – disse. – Você pode cuidar disso, querida? – Pelo cheiro da carne, estava quase podre.

Toby embrulhou a carne com gaze da Clínica do Bem-estar, exatamente como tinha visto Pilar fazer, e deixou a trouxinha pendurada na amurada do terraço por um barbante. Em alguns dias as moscas já teriam colocado ovos e os ovos já estariam chocados, e poderiam suspender a trouxinha e coletar as larvas, já que onde havia carne podre, havia larvas. Pilar sempre mantinha um suprimento de larvas à mão para uso terapêutico em caso de necessidade, mas Toby nunca as tinha visto em ação.

De acordo com Pilar, a terapia com larvas era muito antiga. Embora descartada junto com as sanguessugas e as sangrias, durante a Primeira Guerra Mundial os médicos notaram que os ferimentos dos soldados se curavam com muito mais rapidez por meio de larvas. Essas criaturas não só comiam a carne apodrecida como também matavam a bactéria da necrose, sendo, portanto, de grande valia na prevenção da gangrena.

Pilar dizia que as larvas produziam uma sensação de prazer – um suave formigamento, como mordiscadas de carpas – e que precisavam ser observadas com cuidado, já que poderia haver dor e sangramento se elas saíssem da área de carne putrefata e começassem a ingerir a carne fresca. Com uma observação rigorosa, o ferimento se curava e se mantinha limpo.

Pilar e Katuro limparam os cortes de Zeb com vinagre, e depois passaram mel por cima. Ele já não estava sangrando, se bem que estivesse pálido. Toby lhe ofereceu um gole de chá de sumagre.

Katuro disse que as brigas com vidro nas ruas da plebelândia eram notoriamente sépticas e que por isso deviam começar a aplicação de larvas na mesma hora para evitar uma infecção. Pilar pegou uma pinça e estocou-as dentro de uma garrafa para que depois fossem aplicadas em Zeb. A essa altura, as larvas já tinham ingerido a gaze e certamente Zeb seria um banquete muito mais atraente para elas.

– Alguém tem que ficar aqui para observá-las – disse Pilar. – Vinte e quatro horas por dia. Essas larvas podem comer nosso querido Zeb.

– E eu também posso comê-las – retrucou Zeb. – Camarão terrestre. A carne é igual. Frita, é deliciosa. Grande fonte de lipídios. – Ele ainda mantinha o bom humor, mas a voz estava fraca.

Toby fez plantão durante as cinco primeiras horas. Adão Um ficou sabendo do acidente de Zeb e foi visitá-lo.

– Discrição é a melhor parte do valor – disse ele com brandura.

– Claro, bem, era um monte de caras – disse Zeb. – De qualquer forma, mandei três para o hospital.

– Isso não é motivo de orgulho – retrucou Adão Um.

Zeb franziu a testa.

– Soldados usam os pés. Por isso uso botas.

– Falaremos disso quando estiver se sentindo melhor – disse Adão Um.

– Eu estou ótimo – resmungou Zeb.

Nuala irrompeu no recinto para assumir o posto de Toby.

– Já deu salgueiro a ele? – perguntou. – Ah, querida, como odeio essas larvas! Deixe-me ajudar! Podemos abrir a janela? Vamos precisar de uma boa brisa! Zeb, é assim que você entende a limitação da carnificina urbana? Você é tão travesso! – O exibicionismo às claras deixou Toby incomodada.

Logo depois Lucerne apareceu, derramada em lágrimas.

– Que coisa terrível! O que houve, quem fez...

– Ora, ele foi muito mau! – disse Nuala em tom conspiratório. – Não foi, Zeb? Entrando em luta com o pessoal da plebelândia – sussurrou, deleitada.

– É muito grave, Toby? – disse Lucerne, ignorando Nuala. – Ele vai... Ele vai... – Soou como uma atriz de TV dos velhos tempos, representando uma cena no leito de morte.

– Eu estou ótimo – disse Zeb. – Agora some daqui e me deixa sozinho!

Ele disse que não queria que ninguém o incomodasse. Exceto Pilar. E Katuro, se fosse necessário. E Toby, já que pelo menos ela ficava em silêncio. Lucerne se retirou, chorando de raiva, mas não havia nada que Toby pudesse fazer.

Os rumores circulavam diariamente entre os jardineiros. Os garotos mais velhos logo se inteiraram da batalha de Zeb – a essa altura a briga se tornara uma batalha – e na tarde seguinte Shackleton e Crozier foram visitá-lo. Ele estava dormindo – Toby adicionara um pouco de papoula ao chá de salgueiro – e os garotos então o rodearam na ponta dos pés, falando baixinho enquanto tentavam olhar o ferimento.

– Certa vez ele comeu um urso – disse Shackleton. – Foi quando voou para Bearlift, na época em que eles tentavam salvar os ursos-polares. O avião caiu e ele teve que andar a pé... Isso durou meses!

– Os garotos mais velhos tinham um vasto repertório de lendas heroicas sobre Zeb. – Ele disse que os ursos se parecem com os homens quando estão sem pele.

– Ele comeu o copiloto. Depois que o cara morreu, é claro – disse Crozier.

– Está vendo as larvas?

– Será que ele está com gangrena?

– Gangue! Grena! – gritou o pequeno Oates que chegara para se juntar aos irmãos.

– Cala a boca, Oatie!

– Ah! Seu fedorento!

– Fora daqui, os três, já – disse Toby. – Zeb, o Adão Sete, precisa descansar.

Adão Um insistia em pensar que um dia Shackleton, Crozier e o pequeno Oates melhorariam, mas Toby tinha lá suas dúvidas. O que se esperava é que Philo Neblina cumprisse o papel de pai dos garotos, mas nem sempre ele estava mentalmente disponível.

Pilar se incumbiu de observar durante o turno da noite. De qualquer forma, ela dizia que dormia muito pouco à noite. Nuala se apresentou como voluntária para o período da manhã. Toby ficou com o período da tarde. Ela checava as larvas de hora em hora. Zeb não estava febril e não havia sangramento.

Zeb começou a ficar irrequieto à medida que se convalescia, e com isso Toby passou a jogar dominó com ele, depois, cartas e, por fim, xadrez. O jogo de xadrez era de Pilar: as peças pretas eram formigas, e as brancas, abelhas; ela mesma esculpira as peças.

– Eles achavam que a rainha das abelhas era um rei – disse Pilar. – No momento em que você mata essa abelha, o resto perde o propósito. Por isso o rei não se move muito no tabuleiro do xadrez... É porque a abelha rainha sempre está dentro da colmeia.

Toby não estava lá muito certa se isso era verdadeiro. Será que a abelha rainha sempre ficava dentro da colmeia? É claro que ela saía com o enxame e para o voo nupcial... Ela olhou fixamente para o tabuleiro, tentando enxergar um padrão. A voz de Nuala soou do lado de fora da Cabana de Recuperação de Alheamento, junto aos gorjeios das crianças menores.

– Os cinco sentidos pelos quais percebemos o mundo... Visão, audição, olfato, tato e paladar... O que usamos para sentir o gosto das coisas? Está certo... Oates, mas não precisa lamber a Melissa. Trate de guardar a língua na boca agora mesmo e feche as tampas.

Uma imagem passou pela cabeça de Toby – não, um gosto. Ela sentiu o gosto da pele do braço de Zeb, um gosto de sal...

– Xeque-mate – disse Zeb. – As formigas ganharam outra vez.

– Ele sempre jogava com as formigas, para dar uma ampla vantagem a Toby.

– Oh! – exclamou ela. – Eu não estava prestando atenção. – Um pensamento bobo lhe passava pela cabeça, e ela se perguntava se havia alguma coisa entre Nuala e Zeb. Embora exibida demais, Nuala era exageradamente infantil. E alguns homens achavam tais atributos sedutores.

Ele retirou as peças do tabuleiro e recolocou-as nas devidas posições.

– Você me faz um favor? – perguntou. E não esperou pela resposta.

Ele disse que Lucerne andava com muitas dores de cabeça. Disse isso com uma voz neutra, mas deixou escapar uma ponta de irritação, o que fez Toby pensar que talvez as dores não fossem reais; ou melhor, que eram reais o suficiente para aborrecê-lo.

Ele então perguntou se Toby podia dar um jeito nessas dores, com as garrafadas que ela preparava, da próxima vez que Lucerne tivesse uma enxaqueca. Depois explicou que se sentia impotente em relação aos hormônios de Lucerne, se é que o caso era esse.

– Ela tem despejado tudo nas minhas costas – continuou. – É porque me ausento muito de casa. Ela morre de ciúmes. – Escancarou a boca, com um riso de tubarão. – Talvez você possa colocar um pouco de tino na cabeça dela.

Então o viço fugiu da rosa, pensou Toby. E a rosa não gosta nada disso.

22

São Allan Pardal do ar limpo; não era um dia que justificasse o nome. Toby seguia seu rumo pelas ruas movimentadas da plebelândia, carregando uma sacola de ervas secas e garrafadas medicinais sob as vestes largas. A tempestade da tarde dissolvera a fumaça, dividindo-a em partículas, mas por via das dúvidas ela usava uma máscara nasal negra, em homenagem a são Pardal. Como mandava a tradição.

Toby passou a se sentir segura nas ruas depois que Blanco foi mandado para a Painball. Mesmo assim, nunca passeava ou flanava, mas obedecia às instruções de Zeb e não andava apressada. Era melhor dar a impressão de que tinha um objetivo, como se estivesse em missão. Ignorava os olhares dos transeuntes e dos opositores dos jardineiros, mas ficava atenta a movimentos súbitos e a qualquer um que chegasse muito perto. Seus cogumelos já tinham sido roubados por uma gangue de ratos da plebe e, para a felicidade deles, ela não carregava cogumelos letais naquele dia.

Ela estava se dirigindo à Fábrica de Queijo para atender o pedido de Zeb. Era a terceira vez que ia àquele lugar. Se as dores de cabeça de Lucerne eram reais e não apenas uma forma de chamar a atenção, um analgésico/soporífero forte da HelthWyzer poderia resolver o problema – curando-a ou matando-a. Mas as pílulas das corporações eram um tabu entre os jardineiros e por isso Lucerne estava tomando uma tintura de salgueiro adicionada de valeriana e papoula, uma dosagem mínima de papoula para não causar dependência.

– O que tem nisso aí? – dizia Lucerne toda vez que era medicada por Toby. – A de Pilar tem um gosto melhor.

Toby se continha para não dizer que a beberagem tinha sido preparada por Pilar, e fazia Lucerne engoli-la. Depois, aplicava compressas frias na testa da paciente e sentava-se à cabeceira, sintonizando-se aos gemidos dela.

Os jardineiros faziam de tudo para não deixar transparecer os problemas pessoais. Encher os outros de lixo mental só servia para aborrecê-los. Há duas xícaras para a bebida da vida, dizia Nuala para as crianças menores. O que há em cada uma é exatamente igual, mas como o gosto é diferente!

A xícara do não é amarga, a do sim é docinha...
E então, qual delas vocês preferem na barriguinha?

Era uma crença básica dos jardineiros. Lucerne repetia os slogans, mas não interiorizava os ensinamentos. Toby sempre reconhecia uma farsa quando estava diante de uma porque ela mesma era uma farsa. Tão logo Toby se trancava na posição de servidora, todo o pus que havia dentro de Lucerne vinha para fora. Toby balançava a cabeça e não dizia nada, para passar uma impressão de empatia, se bem que no fundo calculava quantas gotas de papoula seriam necessárias para nocauteá-la, antes que seus piores instintos a fizessem estrangulá-la.

Enquanto andava apressada pelas ruas, Toby antecipava as queixas de Lucerne. Se continuassem cumprindo o padrão, seriam todas referentes a Zeb: por que ele nunca estava por perto quando ela mais precisava? Como ela se deixou levar para aquele tanque infecto de insanidade – *Não me refiro a você, Toby, você tem a cabeça no lugar* –, com um bando de sonhadores que não faziam ideia de como o mundo realmente funcionava? Ela estava enterrada viva naquele lugar, ao lado de um monstro egocêntrico, um homem que só olhava para o próprio umbigo. Falar com ele era como falar com uma batata – não, com uma pedra. Ele não ouvia ninguém, não comunicava seus pensamentos a ninguém, era duro como um sílex.

Não que Lucerne não tivesse tentado. Ela bem que se dispôs a ser uma pessoa responsável, acreditando que Adão Um estava certo a respeito de muitas coisas e amando os animais como ninguém, mas o fato é que havia um limite e ela não podia acreditar, por exemplo, que minhocas tivessem um sistema nervoso central, e dizer que tinham alma era zombar da própria ideia de alma, e isso a magoava porque ninguém tinha mais respeito pela alma que ela, até porque sempre fora muito espiritualizada. E quanto a salvar o mundo, ninguém queria salvar o mundo mais do que ela, e por mais que os jardineiros se privassem de comida, de roupas e até de banhos, por mais que se sentissem superiores em poder e virtude em relação a todos os outros, na prática isso não mudaria nada. Eles eram muito parecidos com aquelas pessoas que se autoflagelavam na Idade Média – os tais dos flagrantes.

– Flagelantes – corrigiu Toby na primeira vez que surgiu o assunto.

Depois Lucerne dizia que não estava se referindo aos jardineiros e que a dor de cabeça a deixava confusa. E além do mais eles a olhavam de alto a baixo porque saíra de uma corporação e porque abandonara o marido e fugira com Zeb. Eles não confiavam nela. Achavam que ela era uma vadia. Diziam piadinhas nojentas pelas costas dela. Ou eram as crianças que faziam isso – eram elas?

– Essas crianças fazem piadas sujas de todo mundo – diz Toby. – Inclusive de mim.

– De você? – pergunta Lucerne, com seus grandes olhos negros arregalados. – Por que fariam piadas sujas de você? – Não há nada sexy em você, é o que ela quer dizer. Lisa como uma tábua, tanto na frente como atrás. Abelha operária.

Pelo menos Lucerne não tinha ciúmes de Toby. A única entre as mulheres jardineiras que não se enquadrava nisso.

– Eles não olham você de cima a baixo – retruca Toby. – Eles não acham você uma vadia. Agora, relaxe, feche os olhos e imagine o chá de salgueiro se movendo por dentro de seu corpo e subindo até a cabeça, até o ponto onde está sentindo dor.

Era verdade que os jardineiros não olhavam Lucerne de cima a baixo, pelo menos não pelas razões que ela pensava. O que acontecia é que não gostavam de ver que ela fazia corpo mole nas tarefas e não conseguia aprender a cortar nem uma simples cenoura, e se a achavam desprezível pela bagunça que fazia em casa e pela patética tentativa de cultivar tomates no parapeito da janela, no longo tempo que passava na cama, não ligavam para a infidelidade ou o adultério ou seja lá como isso possa ser chamado.

Isso acontecia porque os jardineiros não davam a mínima para certidões de casamento. Eles estimulavam a fidelidade enquanto duravam os laços que uniam o casal, sem que por isso houvesse algum registro de casamento oficial entre o primeiro Adão e a primeira Eva. Dessa maneira, o grupo não reconhecia a autoridade de nenhum líder religioso e nenhum oficial secular para casar as pessoas. A CorpSeCorps, por outro lado, facilitava os casamentos oficiais apenas para se apossar da íris, da impressão digital e do DNA do indivíduo, e melhor rastreá-lo. Os jardineiros protestavam contra isso, e Toby concordava sem reservas com tal protesto.

Entre os jardineiros os casamentos eram episódios simples. As partes interessadas proclamavam o amor que sentiam um pelo outro diante de testemunhas. O casal trocava folhas verdes para simbolizar crescimento e fertilidade e pulava uma fogueira para simbolizar a energia do universo. Depois os dois se declaravam casados e iam para a cama. Os divórcios eram iguais, só que pelo caminho inverso: uma declaração de que não se amavam mais e que pretendiam a separação, a troca de galhos secos e um pulo sobre as cinzas frias de uma fogueira.

Uma queixa padrão de Lucerne, que fazia Toby pensar que não tinha sido eficaz no uso da papoula, era a de que nunca fora convidada por Zeb a fazer a cerimônia de troca das folhas verdes e o pulo da fogueira.

– Não que ache isso importante – dizia Lucerne. – Mas ele deve achar, porque é um deles, não é mesmo? Então, ao não fazer isso ele está se recusando ao compromisso. Não concorda comigo?

– Eu não consigo adivinhar o pensamento dos outros – retrucava Toby.

– E se fosse com você, não acharia que ele está fugindo da responsabilidade?

– Por que não pergunta a ele? – dizia Toby. – Pergunte a razão que o fez não... – A palavra certa seria *propor*?

– Isso só o deixaria furioso – suspirava Lucerne. – Ele era tão diferente quando o conheci...

Logo Toby se via enredada na história de Zeb e Lucerne – uma história que Lucerne não se cansava de contar.

23

Era uma história mais ou menos assim. Lucerne acabou por conhecer Zeb no parque do AnooYoo Spa. A essa altura, ela perguntava se Toby conhecia o AnooYoo. Oh. Bem, era um lugar fantástico para relaxar e recuperar a forma. Foi logo depois da construção do spa e eles ainda estavam montando a jardinagem. As fontes, o gramado, as plantas, os arbustos. As lumirosas. Toby não amava as lumirosas? Nunca as tinha visto? Oh. Bem, talvez qualquer dia...

Lucerne adorava acordar ao amanhecer, naquele tempo ela madrugava, adorava ver o sol nascer, e tudo isso porque ela sempre foi muito sensível à cor e à luz e prestava muita atenção nos detalhes estéticos de suas casas – casas que ela mesma decorava. Ela adorava acrescentar as cores do nascer do sol em um cômodo da casa, pelo menos – o espaço do sol nascente, era como o chamava.

Naquele tempo ela também era inquieta. Inquieta demais, porque o marido era frio como uma cripta, e os dois não faziam amor porque ele estava muito ocupado com a própria carreira. E ela era a própria sensualidade, sempre foi assim, e essa natureza sensual estava sendo ceifada. O que era péssimo para a saúde e ainda mais para o sistema imunológico. Já tinha lido estudos sobre o assunto!

Então, lá estava ela, vagando ao amanhecer em seu quimono cor-de-rosa, chorando aqui e ali e pensando em se divorciar do marido que trabalhava para a HelthWyzer, ou pelo menos em se separar dele, se bem que ela sabia que isso não seria bom para Ren, na ocasião ainda pequenina e apaixonada pelo pai, que não dava a menor atenção à filha. E de súbito lá estava Zeb, iluminado pelo alvorecer, como uma... bem, como uma visão, totalmente envolvido na tarefa de plantar uma mudinha de lumirosa, uma daquelas rosas que brilham no escuro. O perfume era tão divino – Toby conhecia esse perfume? Ela achava que não porque os jardineiros eram avessos a qualquer novidade, mas aquelas rosas eram completamente lindas.

Então, lá estava ele, em meio ao amanhecer, ajoelhado na terra, como se estivesse com um buquê de carvão em brasa na mão.

Que mulher inquieta resistiria a um homem com uma pá em uma mão e um ramo de rosas brilhantes na outra e um brilho um tanto louco nos olhos que de pronto se confundiria com amor?, pensa Toby. Da parte de Zeb deve ter havido certa curiosidade pela mulher de quimono cor-de-rosa displicentemente amarrado que vagava pelo gramado naquela alvorada perolada, e, ainda mais, chorando. Isso porque Lucerne era atraente. Pelo menos do ponto de vista da aparência, era muito atraente. Mesmo choramingando, como Toby a via na maioria das vezes.

Lucerne se deixou levar pelo gramado, sentindo a grama úmida e fria sob os pés descalços, sentindo o tecido que roçava nas coxas, sentindo uma compressão em torno da cintura e uma frouxidão embaixo da clavícula. Formando vagas, como ondas. Até que se deteve à frente de Zeb, que a observara enquanto caminhava em sua direção como uma sereia ou um tubarão, e ele, um marinheiro jogado ao mar por acidente. (Imagens introduzidas por Toby; destino, na visão de Lucerne.) Os dois estavam muito antenados, diz Lucerne para Toby; ela sempre foi antenada com outras pessoas antenadas, ela era como um gato, ou, ou... O fato é que tinha esse talento, um talento que às vezes parecia uma maldição – o de saber reconhecer. E pôde então sentir por dentro o que Zeb sentia enquanto a observava. Foi algo tão surpreendente!

É impossível explicar com palavras, diz Lucerne, como se algo assim jamais tivesse acontecido a Toby.

Enfim, lá estavam os dois, frente a frente, como se vislumbrando o que estava por vir – o que teria que acontecer. Atraídos e repelidos pelo medo e a luxúria, igualmente, como um ímã.

Lucerne não chamava isso de luxúria. Chamava de desejo.

A essa altura, vinha à mente de Toby a imagem de um galheteiro de sal e pimenta que ficava na mesa da cozinha da casa de sua infância: uma pequena galinha de porcelana, um pequeno galo de porcelana. O sal era colocado dentro da galinha e a pimenta era colocada dentro do galo. Uma Lucerne salgada à frente de um Zeb apimentado, sorrindo e olhando, e ela então lhe fez uma pergunta simples – quantas mudas de rosas ele plantaria ali, ou algo assim, ela não se lembrava mais, mas a verdade é que estava hipnotizada por ele... (Aqui Toby desviava a atenção porque já estava cansada de ouvir sobre bíceps, tríceps e outras atrações musculosas de Zeb. Será que ela era mesmo indiferente a isso? Não. Será que sentia inveja dessa parte da história? Sim. Nós precisamos estar sempre atentos às nossas tendências de natureza animal e aos nossos preconceitos, dizia Adão Um.)

E então, trazendo Toby de volta à história, continua Lucerne: aconteceu uma coisa estranha; ela reconheceu Zeb.

– Já o vi antes – diz. – Você não esteve na HelthWyzer? Mas na ocasião não trabalhava na terra! Você era...

– Você deve estar me confundindo com alguém – retruca Zeb. E depois a beija. Um beijo que entra por dentro dela como uma faca, e ela treme nos braços dele como... como um peixe morto... não... como uma anágua... não... como uma folha fina de papel úmido! E depois ela é agarrada e ele a deita na relva, bem ali, às vistas de qualquer um, e se dá uma química incrível entre os dois, e ele então tira o quimono dela e espalha pétalas de rosas no corpo dela, e depois um e outro... Foi como uma colisão em alta velocidade, diz Lucerne, acrescentando que chegou a pensar que não conseguiria sobreviver e que morreria ali mesmo, naquele instante. E ela ainda jura que ele tinha sentido o mesmo.

Mais tarde – bem mais tarde, já estavam morando juntos –, Zeb disse que Lucerne estava certa. Sim, ele tinha vivido na Helth Wyzer, de onde saíra às pressas por motivos que não queria detalhar, e tinha plena confiança de que ela não contaria nada a ninguém. E ela não contou a ninguém. A não ser agora, para Toby.

Voltando no tempo, durante uma estadia no spa – ainda bem que não tinha se submetido a procedimentos para descamar a pele porque só pretendia se revigorar –, Lucerne teve outros encontros com Zeb, nos quais eles se trancavam em uma das cabines de banho no vestiário da piscina do spa, e depois disso ela se grudou nele como uma folha molhada. E ele também se grudou nela, segundo ela. Por mais que ficassem juntos, nunca era o bastante.

    E depois as sessões no spa terminaram e isso a fez voltar para o badalado lar, mas ela sempre escapulia do condomínio com algum pretexto – saídas para compras; afinal, os produtos à venda no condomínio eram tão previsíveis... – e tinha encontros íntimos com ele – no início eram tão excitantes! – em lugares engraçados na plebelândia, em moteizinhos imundos onde você aluga um quarto por hora, bem longe da atmosfera tediosa do condomínio da HelthWyzer. E depois ele teve que sair de viagem às pressas – por algum problema, ela nunca soube a razão, mas ele saiu o mais rápido possível – e, bem, ela não conseguia se imaginar longe dele.

    Ela então abandonou o badalado marido que fez por merecer isso porque era muito frio. E viajou com Zeb de cidade em cidade, de estacionamento de trailer em estacionamento de trailer, já que ele recorrera ao mercado negro para obter novos procedimentos de impressões digitais, DNA e outras coisinhas. Depois eles se sentiram seguros e foram direto para os jardineiros. Isso porque Zeb explicou que já era jardineiro muito antes. Ou algo assim. Enfim, pelo que parecia, ele conhecia Adão Um muito bem. Eles tinham frequentado a mesma escola. Ou algo assim.

    Isso quer dizer que Zeb foi forçado a entrar, pensa Toby. Ele era um egresso das corporações em fuga, e talvez tenha vendido no mercado negro algum item proibido à venda, uma nanotecnologia ou uma amostra de gene, por exemplo. Isso era fatal quando o pegavam. E de repente deu de cara com Lucerne e talvez ela tenha se lembrado do antigo nome dele, e ele teve que distraí-la com sexo e depois teve que mantê-la por perto para garantir a lealdade dela. Era isso ou assassiná-la. Ele não podia deixá-la para trás; ela podia se sentir rejeitada e colocar os cães da CorpSeCorps atrás dele. De qualquer maneira, ele se arriscou. Lucerne era um carro-bomba amador; nunca se sabia quando jogaria tudo pelos ares, inclusive a si mesma. O que faz Toby se perguntar se Zeb chegou a pensar em asfixiá-la e jogá-la em algum depósito de lixo.

Mas talvez ele a amasse. Do jeito dele. Pensamento difícil para Toby digerir. Por outro lado, talvez o amor tivesse acabado porque ele já não se importava tanto com ela.

– Seu marido não saiu atrás de você? – perguntou Toby quando ouviu a história pela primeira vez. – O cara da HelthWyzer?

– Não vejo aquele homem como meu marido – disse Lucerne, ofendida.

– Desculpe. Seu ex-marido. A CorpSeCorps não... você deixou um bilhete para ele? – Se alguém seguisse o rastro de Lucerne, chegaria direto nos jardineiros... não só em Zeb, mas também em Toby e sua antiga identidade. O que seria inconveniente para ela; a CorpSeCorps não perdoava dívidas antigas. E se alguém tivesse desenterrado o pai dela?

– Por que gastariam dinheiro? – disse Lucerne. – Não sou importante para eles. E quanto ao meu ex-marido – ela fez uma careta –, ele deve ter se casado com alguma equação. Talvez nem tenha percebido que fui embora.

– E a Ren? – disse Toby. – É uma garota adorável. É claro que ele sente falta dela.

– Ah! – exclamou Lucerne. – É bem provável.

Toby pensou em perguntar por que ela não tinha deixado a filha com o pai. Levá-la sem deixar nenhuma informação... Isso parecia um ato de extrema crueldade. Mas a pergunta só deixaria Lucerne zangada... soaria como uma crítica.

A dois quarteirões de distância da Fábrica de Queijo, Toby topou com uma briga entre os ratos da plebe – Fusão Asiática contra Blackened Redfish, cercados pelos urros da Linthead. Eram garotos de sete ou oito anos que faziam um grande amontoado e, quando a viram, pararam de se xingar e começaram a berrar para ela. *Carola, carola, cadela branquela! Olhem os sapatos dela!*

Ela girou, colocou-se de costas contra uma parede e preparou-se para rechaçá-los. Seria difícil chutá-los, bem difícil, porque ainda eram crianças – Zeb tinha ensinado isso na aula de limitação da carnificina urbana, uma espécie de inibição em machucar crianças. Mas não tinha outro jeito, porque aquelas crianças podiam ser mortíferas. Eles miraram no estômago a fim de golpeá-la com suas cabecinhas. Os menores tinham o hábito nojento de se enfiar debaixo das saias das mulheres e, uma vez lá dentro, mordiam o que viam pela frente. Mas ela estava pronta para aqueles garotos; eles se aproximariam e teriam as orelhas torcidas ou as nucas esmurradas, ou então ela os agarraria em duplas e bateria as cabeças uma contra a outra.

Mas de repente eles debandaram como um cardume de peixes, passaram por ela em disparada e desapareceram em um beco.

Ela olhou em volta para ver o que era. Era Blanco. Ele não estava mais na Painball. Ou tinha sido solto. Ou simplesmente escapara.

O coração de Toby disparou de pânico. Ela viu as veias azuis tatuadas nas mãos, e seus ossos tremeram. Era seu pior medo.

Controle-se, disse a si mesma. Talvez ele não a reconhecesse, só estava passando pela rua e ela estava toda encoberta pela roupa e usava a máscara nasal. E ele não tinha dado sinal de que a tinha reconhecido. Mas ela estava sozinha e ele não era nem um pouco melhor que nenhum estuprador. Ela seria arrastada para aquele beco frequentado pelos ratos da plebe. Ele lhe arrancaria a máscara e a reconheceria. E isso seria o fim, mas não um fim rápido. Ele tornaria esse fim o mais lento possível. Faria dela um cartaz em carne viva – uma demonstração quase viva de seu grau de finura.

Ela se virou de supetão e saiu o mais rapidamente possível, antes que a malignidade se voltasse em sua direção. Já quase sem fôlego, virou a esquina, andou meio quarteirão e só então olhou para trás. Ele tinha sumido de vista.

Era a primeira vez que Toby se sentia mais que feliz por ter chegado à porta de Lucerne. Ela tirou a máscara de cima do nariz, esticou os músculos de um sorriso profissional, e bateu.

– Zeb? – soou a voz de Lucerne lá dentro. – É você?

SANTO EUELL DOS ALIMENTOS SILVESTRES

○ SANTO EUELL DOS ALIMENTOS SILVESTRES

ANO 12

DAS DÁDIVAS DE SANTO EUELL.
DITO POR ADÃO UM.

Meus amigos, minhas caras criaturas, minhas queridas crianças:
O dia de hoje marca o início da Semana de Santo Euell, durante a qual buscaremos as dádivas da colheita silvestre que Deus, por meio da natureza, colocou à nossa disposição. Pilar, nossa Eva Seis, nos guiará na perambulação em busca de cogumelos pelo parque Heritage, e Burt, o nosso Adão Treze, nos ajudará a reconhecer os matos comestíveis. E não se esqueçam... Em caso de dúvida, cuspam! Mas se algum camundongo comer, vocês também poderão comer. Se bem que não invariavelmente.

Zeb, nosso respeitado Adão Sete, mostrará às crianças mais velhas armadilhas de pequenos animais para alimento de sobrevivência em tempos de extrema necessidade. Não se esqueçam, nada é sujo para nós quando demonstramos gratidão e pedimos perdão, e quando nos oferecemos em troca à grande cadeia alimentar. Pois onde mais se encontra o profundo significado do sacrifício?

Veena, a querida esposa de Burt, ainda está em estado de alheamento, mas esperamos tê-la de volta entre nós o mais breve possível. Vamos então projetar uma luz para envolvê-la.

Hoje, meditamos sobre o santo Euell Gibbons, que floresceu na terra de 1911 até 1975, um tempo tão distante de nós e tão perto de nossos corações. Santo Euell ainda era menino quando o pai partiu de casa em busca de trabalho, e ele nutriu a família com o conhecimento natural que tinha. Não frequentou a universidade, mas frequentou a Vossa, Senhor. Ele encontrou seus mestres em vossas espécies, geralmente rigorosos, mas sempre verdadeiros. E depois compartilhou esse conhecimento conosco.

Ele nos ensinou o uso de vossa grande variedade de bufas de lobo e de outras espécies de cogumelos, e nos alertou sobre os perigos contidos nas espécies venenosas, as quais, no entanto, podem ter valor espiritual, desde que consumidas em quantidades moderadas.

Ele cantou as virtudes da cebola, do aspargo e do alho silvestres, os quais não dão trabalho, nem estão sujeitos a pragas, nem estão contaminados por pesticidas, desde que possam brotar com liberdade e distantes das lavouras do agronegócio. Ele conhecia os segredos medicinais: a casca do salgueiro para dores e febres, a raiz do dente-de-leão para desobstruir a retenção de líquidos, por isso mesmo um excelente diurético. Ele nos ensinou a não desperdiçar nada porque até mesmo a pobre urtiga, normalmente arrancada da terra e jogada fora, é fonte de muitas vitaminas. Ele nos ensinou a improvisar porque quando não encontramos a azedinha, podemos substituí-la por espardana; e se não encontramos mirtilo, podemos substituí-lo por framboesas silvestres.

Santo Euell, em espírito sentamos convosco em vossa mesa, cuja humilde toalha se estende pelo chão, e convosco jantamos morangos silvestres, brotos tenros de samambaia, vagens de algodãozinho-do-campo ligeiramente fervidos com um tiquinho de algum substituto da manteiga, caso seja encontrado.

E que vossa inspiração nos ajude a aceitar as eventualidades trazidas pelo destino nos tempos de maior necessidade, e que vosso sussurro no ouvido do nosso espírito nos dê os nomes das plantas com suas respectivas estações e os lugares onde podem ser encontradas.

Pois o Dilúvio Seco está a caminho e todo o comércio cessará, e teremos que nos virar com nossos próprios recursos em meio ao abundante jardim de Deus. Jardim que também é vosso.

Cantemos.

OH, AGORA CANTEMOS OS MATOS SAGRADOS

Oh, agora cantemos os matos sagrados
Que na vala florescem,
Pois eles são para os pobres necessitados,
E os rios não os merecem.

Pelo correio você não os pode comprar,
Nem no supermercado,
Desprezados eles são em todo lugar
Porque crescem para o necessitado.

O dente-de-leão brota na primavera
Antes de sua flor estar madura;
Em junho a raiz de bardana se esmera
Cheia de sumo e gordura;

No outono a bolota do carvalho está amadurecida,
A noz negra também;
A vagem do algodãozinho-do-campo é doce, se fervida,
E quando novos, os brotos um doce, gosto têm.

A casca interna do tronco da bétula e do abeto
De vitamina C está impregnada
Mas retire com parcimônia e afeto,
Pois caso contrário, a árvore será assassinada.

A beldroega, a azedinha, o forrageiro,
E também as urtigas são puro contentamento;
A roseira, o sumagre-sabugueiro, o pilriteiro...
Eles dão bagas que são completo alimento.

Abundantes são os matos sagrados
E maravilhosos de se ver –
De Deus são presentes que foram dados
Para o homem de fome não morrer.

do *Hinário Oral dos Jardineiros de Deus*

24

REN

ANO 25

Lembro do jantar naquela noite na zona de segurança: ChickieNobs. Deixei de lidar bem com carne desde que fiquei com os jardineiros, mas Mordis dizia que na realidade o ChickieNobs era vegetal porque brotava em caule e não tinha rosto. Então, comi a metade.

Depois, fui dançar um pouco para não perder a prática. Eu tinha meu próprio iPOD, um Sea/H/Ear Candy, e cantei junto com a música. Adão Um dizia que Deus instalara música dentro da gente e que podíamos cantar como pássaros e como anjos porque o canto é uma forma de louvor que vem do mais fundo da gente, bem mais fundo que o lugar da fala, e ele também dizia que Deus nos ouvia melhor quando cantávamos. Sempre procuro me lembrar disso.

Depois, fui dar outra olhada no Snakepit. Lá estavam três sujeitos vindos da Painball, os painballers – uns caras que tinham conseguido sair de lá. Eram facilmente reconhecíveis porque estavam de cabelos cortados e barbeados e com roupas novas, e olhavam de um modo aturdido como se estivessem trancafiados há muito tempo em algum armário escuro. Eles também tinham uma pequena tatuagem na base do polegar esquerdo – um pequeno círculo vermelho ou amarelo brilhante, ou seja, participantes ou do time vermelho ou do time dourado. Os outros fregueses se afastavam e abriam espaço, e isso de maneira bem respeitosa – como se eles fossem astros da rede ou heróis do esporte, e não criminosos egressos da Painball. O pessoal endinheirado se regozijava em se imaginar como jogadores da Painball. E ainda mais em apostar nos times de lá: vermelho contra dourado. Corria muita grana nas apostas da Painball.

Sempre havia dois ou três homens da CorpSeCorps de olho nos veteranos da Painball – eles podiam enlouquecer de uma hora para outra e fazer um grande estrago. Nós, as garotas da Scales, éramos terminantemente proibidas de ficar a sós com aqueles caras; eles não entendiam a simulação, nunca sabiam quando parar e eram capazes de quebrar muito mais que simples mobílias. Nós tínhamos que abastecê-los, e isso era feito com muita rapidez porque, do contrário, eles poderiam irromper em ataques de fúria.

– Bem que eu gostaria de barrar esses idiotas – dizia Morris. – Não resta nada de humano debaixo da pele cheia de cicatrizes desses tipos. Mas a SeksMart nos paga um baita bônus extra quando eles estão aqui.

E assim os abastecíamos de bebidas e comprimidos, se possível com uma pá. Aqueles sujeitos já estavam consumindo um treco novo que surgiu depois que entrei na zona de segurança – BlyssPluss, era o nome. Sexo irrestrito, satisfação total, chupadas até você dizer chega, e mais cem por cento de proteção – alardeava o folheto. As garotas da Scales eram proibidas de consumir drogas no trabalho – Morris dizia que não éramos pagas para nos divertir. Mas essa droga era diferente porque você não precisava de malha de biofilme depois que a consumia, e muitos fregueses pagavam bem mais desse jeito. A Scales estava testando a droga para a ReJoov Corp, de modo que não a distribuíam como balas – eram reservadas apenas aos melhores clientes –, e eu mal podia esperar para experimentá-la.

As garotas sempre ganhavam gorjetas polpudas nas noites da Painball, se bem que nenhuma de nós, as mais habituais da Scales, devia obrigações aos novos veteranos, porque éramos artistas talentosas e qualquer dano que sofrêssemos tinha um preço incalculável. O trabalho básico era feito pelas garotas temporárias – eurolixo contrabandeado, ou menores de idade recolhidas nas ruas entre as gangues Tex-Mexicanas, Fusão Asiática e Redfish. Aqueles tipos da Painball queriam membranas e, depois que eles terminavam, você se sentia contaminada até prova em contrário, e claro que a Scales não desperdiçava dinheiro da zona de segurança, nem testando nem curando as garotas. Eu nunca as via de novo. Elas entravam pela porta, mas nunca as via sair. Em outros clubes ordinários elas eram usadas por tipos que extravasavam fantasias vampirescas, mas isso envolvia contato oral com o sangue e, como já disse, Mordis fazia questão de manter tudo limpo.

Naquela noite um dos sujeitos da Painball estava com Starlite no colo. Ela lhe dava assistência com um traje encapuzado e emplumado, e se de frente se mostrava deslumbrante, de meu ângulo de visão parecia que o sujeito tinha em cima um grande espanador azul-esverdeado que o esfregava como uma escova que enxuga os carros no lava a jato.

Outro cara olhava fixamente para Savona com a boca aberta e a cabeça tão inclinada para trás que já estava quase no mesmo ângulo da espinha. Se ela afrouxar o abraço, pensei, parte o pescoço do cara. Se isso acontecer, ele não será o primeiro a ser carregado pela porta dos fundos e jogado em um depósito de lixo totalmente nu. Era um tipo de certa idade com uma careca no topo da cabeça e um rabo de cavalo que descia pela nuca e uma porção de tatuagens nos braços. Ele tinha alguma coisa familiar – talvez algum cliente costumeiro –, mas não tinha uma boa cara.

Um terceiro sujeito estava enchendo a cara. Talvez para esquecer o que fizera na Arena Painball. Eu mesma nunca tinha assistido aos vídeos no site da Arena Painball. Era horroroso demais. Eu só sabia o que acontecia lá dentro porque os homens comentavam. É impressionante o que conseguem falar às garotas, sobretudo quando você está coberta de lantejoulas verdes cintilantes e eles não estão vendo seu rosto verdadeiro. Deve ser como falar com um peixe.

Não estava acontecendo nada de mais e resolvi telefonar para o celular da Amanda. Ela não atendeu. Talvez estivesse dormindo em um saco de dormir lá em Wisconsin. Ou talvez estivesse sentada ao redor da fogueira do acampamento com dois tex-mexicanos tocando guitarra e cantando e ela também cantando porque falava a língua dos tex-mexicanos. Ou talvez a lua estivesse no céu com alguns coiotes uivando ao longe, como nos filmes antigos. Tomara que sim.

25

As coisas mudaram em minha vida quando Amanda foi morar comigo, e mudaram ainda mais na semana de santo Euell, ocasião em que eu estava com quase treze anos. Amanda era mais velha e tinha os seios bem-formados. É estranho medir o tempo dessa maneira.

Naquele ano eu e ela – e também Bernice – nos juntamos aos meninos mais velhos para uma aula prática de relacionamento entre predador e presa que seria dada por Zeb e durante a qual teríamos que comer uma presa real. Eu tinha uma vaga lembrança de ter ingerido carne no tempo em que morava no condomínio da HelthWyzer. Mas os jardineiros eram absolutamente contra o consumo de carne e só o permitiam nos períodos de crise, e eu então sentia náusea só de pensar em pegar um pedaço de músculo sangrento, enfiar na boca e engoli-lo. Fiz a promessa de que não vomitaria porque seria embaraçoso para mim e constrangedor para Zeb.

Eu não me preocupava com Amanda. Ela já estava acostumada a comer carne e fazia isso seguidamente. Roubava a SecretBurgers toda vez que podia. Então, mastigar e engolir não fazia diferença para ela.

Na segunda-feira da semana de santo Euell nós vestimos roupas limpas – lavadas na véspera – e trancei o cabelo de Amanda e depois ela trançou o meu.

– Arrumação de primata – soou a voz de Zeb.

Ouvíamos a cantoria dele lá no chuveiro:

Ninguém dá uma popa.
Ninguém dá uma popa.

E por isso estamos na sopa,
Porque ninguém dá uma popa.

Naquela manhã até achei a cantoria dele agradável. Isso indicava que as coisas estavam normais, pelo menos naquele dia.

Geralmente Lucerne ficava na cama até a hora de sairmos, em parte para evitar Amanda, mas naquela manhã já estava na cozinha com seu traje escuro de jardineira e realmente cozinhava. Ultimamente fazia esse esforço com mais frequência. E também cuidava da casa. E até cultivava um tomateiro dentro de um vaso lá no parapeito da janela. Como uma tentativa de agradar ao Zeb, acho eu, se bem que vinham brigando demais. Eles nos faziam sair de casa durante as brigas, mas nem por isso deixávamos de ouvi-los.

As brigas giravam em torno de onde ele estava quando não estava com ela.

– Trabalhando – dizia Zeb. Ou então: – Não force a barra, querida – Ou então: – Você não precisa saber. É para seu próprio bem.

– Você tem outra – retrucava Lucerne. – Posso sentir o perfume da vadia em você!

– Uau – cochichava Amanda. – Sua mãe tem uma boca suja! – E eu não sabia se sentia orgulho ou vergonha.

– Não, não – soava uma voz cansada de Zeb. – Por que desejaria outra se já tenho você, amorzinho?

– Você está mentindo.

– Ó Cristo do helicóptero! Me tira dessa caixa fodida!

Zeb saiu do chuveiro, pingando água no chão. Pude ver a cicatriz do corte que ele sofrera quando eu tinha dez anos, uma cicatriz que me causava arrepios.

– Como estão hoje minhas ratinhas da plebe? – disse ele, abrindo um sorriso largo.

Amanda sorriu com doçura.

– Ratazanas – retrucou ela.

O café da manhã era purê de feijão preto frito e ovos de pombos.

— Seu café da manhã está uma delícia, querida — disse ele a Lucerne. E tive que admitir que estava realmente delicioso, mesmo preparado por ela.

Lucerne lançou um olhar meloso para Zeb.

— Fiz questão que todos vocês tivessem uma boa refeição — disse. — Levei em conta o que comerão durante o resto da semana. Provavelmente raízes e camundongos.

— Churrasco de coelho — disse ele. — Eu poderia comer dez desses ruminantes com um bando de camundongos e minhocas fritas como sobremesa. — Olhou de soslaio para mim e Amanda, com um ar provocador.

— Para mim parece delicioso — disse Amanda.

— Você é um monstro — disse Lucerne, olhando-o com doçura.

— O chato é que não posso ter uma cerveja para acompanhar — disse ele. — Vem com a gente, querida, precisamos de alguma coisa bonita.

— Oh, acho que desta vez não dá — disse Lucerne.

— Você não vai com a gente? — perguntei. Ela sempre nos acompanhava nas caminhadas pelo mato durante a semana de santo Euell, arrancando matos esquisitos, reclamando dos insetos e de olho em Zeb. Daquela vez eu não queria mesmo que ela fosse, mas por outro lado queria que as coisas continuassem normais, uma estranha sensação de que tudo teria um novo reajuste me incomodava, como na ocasião em que fugimos do condomínio da HelthWyzer. Era apenas uma sensação, mas eu não estava gostando nada daquilo. Já estava acostumada com os jardineiros, e meu novo lar era com eles.

— Acho que não vou poder — disse Lucerne. — Estou com uma baita enxaqueca. — Ela já tinha tido uma enxaqueca no dia anterior. — Só quero voltar para a cama.

— Vou pedir à Toby que dê um pulinho aqui — disse Zeb. — Ou à Pilar. Para fazer essa dor passar.

— Faria isso por mim? — Ela sorriu, com um ar sofredor.

— Sem problema — disse ele, mastigando o ovo de pombo que ela se recusara a comer. O ovo tinha quase o mesmo tamanho de uma ameixa.

Os feijões eram da horta dos jardineiros, mas os ovos eram de nosso terraço. Não cultivávamos plantas porque segundo Adão Um nosso terraço não tinha uma superfície adequada, mas criávamos pombos. Zeb os atraía com migalhas, sem fazer movimentos bruscos para deixá-los seguros. Depois os pombos chocavam os ovos e ele os roubava dos ninhos. Ele argumentava que os pombos não estavam entre as espécies ameaçadas de extinção, e então tudo bem.

Adão Um dizia que os ovos eram criaturas em potencial que ainda não eram criaturas propriamente ditas: uma noz não era uma árvore. Os ovos teriam alma? Não. Mas tinham alma em potencial. Por isso poucos jardineiros ingeriam ovos, sem que os demais os condenassem. Ninguém era obrigado a pedir desculpas ao ovo antes de ingerir suas proteínas, mas era preciso pedir desculpas à mamãe pombo e agradecer a ela pelo presente. Duvido que Zeb se desse ao trabalho de se desculpar. Na maioria das vezes, ele também comia a mamãe pombo, escondido.

Amanda só ganhou um ovo de pombo. Eu também. Zeb ganhou três, mais o de Lucerne. Ele era grandalhão e precisava se alimentar melhor, ponderava Lucerne. Nós engordaríamos se comêssemos como ele.

– Até mais tarde, mocinhas guerreiras. Não saiam por aí matando ninguém – disse Zeb quando saímos pela porta. Já tinha ouvido falar dos golpes joelho-acertador-de-virilha e dedo-furador-de-olho e do caco de vidro que Amanda carregava na bainha, colado com fita adesiva, e vivia fazendo piadas sobre isso.

26

Antes de irmos para a escola teríamos que pegar Bernice no Buenavista. Eu e Amanda queríamos nos desobrigar disso, mas sabíamos que se assim fizéssemos arranjaríamos encrenca com Adão Um porque não estaríamos agindo como jardineiras. Bernice continuava não gostando de Amanda, mas não a ponto de odiá-la. Ela tomava seus cuidados da mesma maneira que se toma cuidado com alguns animais, como um pássaro de bico muito afiado. Se Bernice era má, Amanda era brigona, o que é diferente.

Nenhuma de nós pôde mudar o rumo das coisas, um dia eu e Bernice éramos grandes amigas e agora não éramos mais. Isso me causava desconforto quando eu estava com ela, de alguma forma me sentia culpada. Ela percebia e tentava reverter minha culpa, instigando-me contra Amanda.

Aparentemente, ainda éramos amigas. Nós três íamos e voltávamos juntas da escola, e continuávamos juntas nas tarefas das jovens bioneiras. Nesse tipo de coisa. Bernice, porém, nunca mais foi à Fábrica de Queijo enquanto eu e Amanda nunca ficávamos com ela depois da escola.

Naquela manhã, a caminho da casa de Bernice, Amanda disse:
– Descobri uma coisa.
– O quê? – perguntei.
– Descobri aonde Burt vai entre as cinco e as seis pelo menos duas vezes por semana.
– Burt Maçaneta? Não estou nem aí! – reagi. Nenhuma de nós duas sentia o menor respeito por Burt pela patética mania que ele tinha de fazer cócegas nas axilas.

– Não. Escuta. Ele vai para o mesmo lugar que Nuala também vai – continuou Amanda.

– Isso só pode ser brincadeira! Onde? – Nuala gostava de paquerar, mas paquerava tudo quanto é homem. Era o jeito dela, da mesma forma que um olhar de pedra era o jeito de Toby.

– Eles vão para a sala de vinagre, quando não tem ninguém lá.

– Oh, não! Verdade? – Eu sabia que se tratava de sexo... grande parte de nossas piadas girava em torno de sexo. Os jardineiros o chamavam de "ato gerador" e alertavam que não se devia ridicularizá-lo, mas Amanda o ridicularizava. Você podia rir de sexo ou negociar sexo, ou ambos, mas não podia respeitá-lo.

– Não admira que ela esteja de bunda trêmula – disse Amanda.

– Já está ficando gasta. Como o velho sofá de Veena... todo roto.

– Não acredito em você! Nuala não pode estar fazendo isso! Não com Burt!

– Juro de coração, e cuspo – disse ela, e cuspiu. Amanda era uma boa cuspidora. – O que mais ela faria lá com ele?

As meninas jardineiras gostavam de inventar histórias picantes da vida sexual de Adãos e Evas. Empregávamos parte de nosso poder de imaginação para imaginá-los pelados, transando uns com os outros, ou com cachorros vira-latas, ou com as garotas cobertas de lantejoulas verdes das fotos estampadas à frente da Scales & Tails. Mas era difícil imaginar Nuala gemendo nos braços de Burt Maçaneta.

– Bem, seja como for – disse eu –, não podemos contar a Bernice! – Depois, rimos um pouco mais.

Já no Buenavista, cumprimentamos a senhora jardineira que estava sentada na escrivaninha da portaria, tão absorta no tricô que fez de conta que não nos viu. Subimos então as escadas, contornando seringas e camisinhas usadas. Amanda chamava aquele prédio de Camisinha Buenavista, e também passei a chamá-lo assim. Naquele dia o cheiro psicodélico do Buenavista estava forte.

– Alguém andou mexendo com maconha hidropônica – disse Amanda. – Está cheirando a skunk. – Ela era uma autoridade no assunto pela vivência que tinha lá fora, no Mundo Exfernal, inclusive consumindo drogas. Mas não muitas, explicava, você perde os limites com as drogas, e além disso é preciso comprá-las de gente muito confiável porque tem quem misture sabe-se lá com o quê, e ela não confiava em quase ninguém. Cansei de pedir que me deixasse experimentar, mas ela se recusava, dizendo:

– Você é muito criança. – E acrescentava que tinha perdido os bons contatos depois que se juntara aos jardineiros.

– Neste prédio ninguém queima fumo – disse eu. – Isto aqui é dos jardineiros. Só o pessoal da plebelândia tem maconha hidropônica. E a garotada gosta de fumar aqui à noite. A garotada da plebelândia.

– Eu sei disso – retrucou Amanda –, mas não é cheiro de fumaça. É cheiro de erva.

Chegamos ao quarto andar e ouvimos vozes – de homens, de dois homens, vindas do outro lado da porta da escada que dava para o corredor. Não soavam amistosas.

– Isso é tudo que tenho – disse uma das vozes. – Amanhã terei o resto.

– Idiota – disse a outra voz. – Não se atreva a passar a perna em mim! – Ouviu-se um barulho abafado, como o de alguém sendo jogado contra a parede, e depois um novo barulho abafado e um grito contido, de dor ou de raiva.

Amanda me deu um empurrão.

– Sobe – disse. – Depressa!

Nós subimos correndo o resto da escada, procurando não fazer barulho.

– Isso foi sério – disse ela quando chegamos ao sexto andar.

– O que quer dizer?

– Alguma coisa deu errado nessa transação. Não esqueça: não ouvimos nada. E agora aja com naturalidade. – Amanda parecia assustada e isso me deixou ainda mais assustada, porque ela não se assustava facilmente.

Batemos à porta de Bernice.

– Toc, toc – disse Amanda.

– Quem é? – perguntou Bernice. Já devia estar nos esperando bem juntinho da porta, achando que não iríamos. Isso soou melancólico.

– Gangue – disse Amanda.

– Gangue quem?

– Gangrena – respondeu Amanda. Adotara a senha de Shackie e agora nós três a usávamos.

Bernice abriu a porta e espiei rapidamente a Veena Vegetal. Como de costume, estava sentada no sofá marrom e nos olhou como se realmente estivesse nos vendo.

– Não chegue tarde – disse à Bernice.

– Ela falou com você! – disse para Bernice depois que fechamos a porta e nos vimos no corredor. Tentei ser gentil, mas Bernice me congelou.

– Sim, e daí? – disse. – Ela não é débil mental.

– Eu não falei que era – retruquei com frieza.

Bernice me encarou por um instante. Seu poder de encarar já não era o mesmo depois da chegada de Amanda.

27

Fomos para o terreno baldio atrás da Scales para a aula de predador e presa e Zeb já estava à nossa espera, sentado em uma cadeira de lona de armar. Ele tinha um saco de pano com alguma coisa dentro aos seus pés. Eu desviei o olhar daquele saco.
— Estamos todos aqui? Que ótimo — disse Zeb. — Então. Relações entre predadores e presas. Caçar e cercar. Quais são as regras?
— Ver, sem ser visto — respondemos em coro. — Ouvir, sem ser ouvido. Cheirar, sem ser cheirado. Comer, sem ser comido!
— Esqueceram uma delas — disse ele.
— Ferir, sem ser ferido — disse um dos meninos mais velhos.
— Correto! Nenhum predador pode se deixar ferir seriamente. Se não caçar, ele morre à míngua. Ele deve atacar de surpresa e matar com rapidez. Ele deve escolher uma presa que esteja em desvantagem... Muito jovem, muito velha, e incapaz de sair correndo ou de revidar o ataque. E de que forma não nos tornamos presas?
— Não parecendo uma presa — respondemos em coro.
— Não parecendo uma presa *daquele predador* — acrescentou ele. — Para um tubarão debaixo d'água, um surfista parece uma foca. Tentem se colocar no lugar do predador e vejam como se parecem para ele.
— Não demonstre medo — disse Amanda.
— Certo. Não demonstrem medo. Não ajam com fraqueza. Tentem parecer maiores do que são. É isso que detém os grandes animais caçadores. Mas também estamos entre os grandes animais caçadores, não estamos? E por que caçamos? — perguntou ele.
— Para comer — respondeu Amanda. — Não há outra razão melhor.
Ele abriu um sorriso largo, como se aquilo fosse um segredo partilhado entre eles dois.

– Exatamente.

Zeb ergueu o saco de pano e o desamarrou, e depois enfiou a mão lá dentro. Ficou com a mão esquerda lá por um tempo que pareceu uma eternidade. De repente, tirou a mão para fora com um coelho verde morto.

– Foi pego no parque Heritage. Com uma armadilha de coelho – disse. – Um laço. Vocês podem usar essa mesma armadilha para pegar quatis. Agora vamos tirar a pele e as vísceras da presa.

Até hoje meu estômago embrulha só de lembrar dessa parte. Os meninos mais velhos o ajudaram – não se intimidaram, mas até Shackie e Croze pareciam constrangidos. Eles sempre faziam tudo o que Zeb mandava. Os meninos o admiravam. Não pelo tamanho que ele tinha, mas por sua história lendária. O que respeitavam era essa história.

– E se o coelho não estiver completamente morto? – perguntou Croze. – Na armadilha.

– Então você acaba de matar – disse Zeb. – Esmague a cabeça com uma pedra. Ou pegue-o pelas patas traseiras e bata o corpo no chão. – Acrescentou que não se podia matar uma ovelha dessa maneira porque o crânio dela é duro; você teria que cortar a garganta. Cada coisa tinha um modo mais apropriado e mais eficiente de ser morta.

Zeb começou pela retirada da pele. Amanda o ajudou no momento em que a pelagem verde saía como uma luva. Desviei os olhos das veias. Eram extremamente azuis. E os nervos brilhavam.

Ele cortou a carne em pedaços bem pequenos para que todos pudessem provar, e também porque não queria nos forçar demais com pedaços grandes. Os pedaços foram tostados no fogo de uma fogueira feita de tábuas velhas.

– Isso é tudo o que vocês devem fazer se o pior piorar – disse enquanto estendia um pedaço para mim. Coloquei-o na boca. Descobri que poderia mastigá-lo e engoli-lo se ficasse repetindo em minha cabeça "isso é só uma pasta de feijão, isso é só uma pasta de feijão...". Contei até cem e depois engoli.

Até hoje tenho o gosto desse coelho na boca. Foi como se eu tivesse ingerido uma hemorragia nasal.

* * *

Naquela tarde fomos à feirinha de produtos naturais, a Árvore da Vida. Ficava em uma pracinha ao extremo norte do parque Heritage, do outro lado das butiques de SolarSpace. Lá tinha um areeiro e balanços para as crianças menores. E também tinha uma cabana feita de argila, areia e palha. Uma cabana de seis cômodos com portais que sugeriam portas e janelas, se bem que sem portas e sem janelas propriamente ditas. Segundo Adão Um tinha sido construída uns trinta anos antes pelos alternativos antigos, os verdes. As paredes estavam todas pichadas pelos ratos da plebe: *Adoro bocetas. Chupa meu pau, ele é orgânico! Vocês estão mortos, seus verdes fodidos!*

A Árvore da Vida não era restrita apenas aos jardineiros. O pessoal da Natmart Net também vendia produtos ali – e ainda os Coletivos de Fernside, os Big Box Backyarders, os Golfgreens Greenies. Nós abaixávamos a cabeça porque as roupas deles eram muito melhores que as nossas. Adão Um dizia que faziam um comércio de produtos moralmente contaminado, se bem que esses produtos não irradiavam a maldade do trabalho escravo que o brilho dos produtos sintéticos das lojas comuns irradiavam. Os Fernsiders vendiam cerâmica vitrificada e bijuterias feitas com grampos de papel; os Big Box Backyarders confeccionavam bichinhos de tricô; os Golfgreeners faziam bolsas artísticas de rolos de papel obtidos nos magazines vintage, e cultivavam repolhos nas bordas do campo de golfe de sua propriedade. É um golpe, dizia Bernice, eles continuam colocando agrotóxico no gramado, e não serão uns poucos pés de repolho que salvarão a alma deles. Ela se tornava cada vez mais beata. Uma fé que provavelmente substituía a falta de um amigo verdadeiro.

Diversos segmentos vanguardistas procuravam a Árvore da Vida. Ricaços das comunidades fechadas de SolarSpace, esnobes de Fernside e até o pessoal dos condomínios dos conglomerados chegavam até lá para uma aventura segura na plebelândia. Eles diziam que os legumes e as verduras dos jardineiros eram melhores que os produtos vendidos nos supermercados ou nos conhecidos mercados dos fazendeiros, onde, segundo Amanda, alguns sujeitos vestidos de fazendeiro vendiam arranjos em cestos rústicos de produtos que eram comprados nos armazéns, de modo que não se podia confiar naqueles troços que eram chamados de orgânicos. Já os produtos dos jardineiros não eram falsos. Eram autênticos; e se os jardineiros eram fanáticos e até bizarros, pelo menos eram éticos. Era isso que os fregueses falavam enquanto eu embrulhava as compras deles em plástico reciclado.

O ruim em ajudar na Árvore da Vida é que tínhamos que usar as bandanas de jovens bioneiros no pescoço. Isso era humilhante porque muitas vezes os fregueses levavam os filhos. As crianças usavam bonés de beisebol com dizeres estampados e nos encaravam, olhando nossas bandanas e nossas roupas como se fôssemos malucos, e começavam a cochichar e a trocar risinhos entre si. Eu fazia de tudo para ignorá-los. Bernice os encarava e dizia:

– O que é que estão olhando?

O jeito de Amanda era mais sutil. Ela sorria, sacava o caco de vidro que escondia na bainha, fazia o corte de uma linha no próprio braço e lambia o sangue. E depois passava a língua empapada em sangue pelos lábios e exibia o braço, e as crianças saíam correndo. Ela dizia que se você quer que lhe deixem sozinho, o melhor é agir como maluco.

Nós três tínhamos sido indicadas para ajudar na barraca de cogumelos. Geralmente era Pilar que ficava lá, mas ela se sentiu mal e Toby a substituiu. Toby era exigente, você tinha que se comportar e ser educada.

Fiquei observando as freguesas enquanto transitavam. Algumas vestiam jeans e sandálias em tons discretos, outras ostentavam sandálias caras trançadas em couro de crocodilo, minissaias de pele de leopardo e carteiras de couro de órix. Elas olhavam com um ar defensivo: *eu não matei, mas por que jogar ao lixo?* Eu me perguntava como me sentiria se vestisse aquelas coisas – sentir a pele de outra criatura colada à sua.

Algumas mulheres usavam as novas perucas de pelo de cabra angorá – prateadas, cor-de-rosa, azuis. Segundo Amanda, as lojas dessas perucas na Lagoa dos Dejetos atraíam garotas que eram nocauteadas quando chegavam no salão de escalpo-transplante e depois acordavam com outro cabelo e com outras impressões digitais, e logo eram trancadas em uma casa de membrana e forçadas a trabalhar com escovas, e mesmo as que conseguiam escapar nunca conseguiam provar que a própria identidade tinha sido roubada. Isso soava extremista demais. E Amanda gostava de mentir. Mas nós duas tínhamos feito um pacto de jamais mentir uma para a outra. Por isso achei que isso talvez fosse verdade.

Ficamos vendo cogumelos ao lado de Toby durante uma hora e depois fomos mandadas à barraca dos vinagres para ajudar Nuala. A essa altura, já estávamos nos sentindo entediadas e tolas e, toda vez que Nuala se abaixava para pegar mais vinagre na caixa debaixo do balcão, rebolávamos a bunda e soltávamos risinhos abafados. Bernice ficava cada vez mais vermelha porque a tínhamos deixado de fora. Eu sabia que era uma maldade, mas não podia evitar.

Em dado momento, Amanda foi ao violeta porta-bioleta e Nuala aproveitou para trocar algumas palavras com Burt, que vendia sabonetes embrulhados em folhas na barraca ao lado. Tão logo ela virou as costas, Bernice agarrou meu braço e o torceu.

– Me conta! – sibilou ela.

– Me solta – disse eu. – Contar o que pra você?

– Você sabe muito bem! O que há de tão engraçado entre você e Amanda?

– Nada!

Ela torceu meu braço ainda mais.

– Tá legal, mas você não vai gostar. – Contei então sobre Nuala e Burt, sobre o que os dois andavam fazendo na sala de vinagre. Na verdade, eu devia estar querendo contar a ela, porque tudo saiu de mim como um rompante.

– Isso é uma mentira fedorenta – retrucou ela.

– Que mentira fedorenta é essa? – perguntou Amanda de volta do porta-bioleta.

– Meu pai não está comendo a Bruxa Molhada! – sibilou Bernice.

– Não pude evitar – disse eu. – Ela torceu meu braço. – Os olhos de Bernice estavam vermelhos e lacrimejantes e, se Amanda não estivesse ali, eu certamente teria apanhado.

– Ren foi precipitada – disse Amanda. – O fato é que ainda não temos certeza. Só *suspeitamos* que seu pai esteja comendo a Bruxa Molhada. Talvez nem esteja. Mas também não podemos deixar de pensar que esteja, pelo interminável estado de alheamento de sua mãe. Ele deve estar entupido de tesão... Não é à toa que fica fazendo cócegas no sovaco das meninas. – Ela disse tudo isso com uma virtuosa voz de Eva. Foi cruel.

– Não está, não – disse Bernice. – Ele não está! – Ela já estava a ponto de chorar.

– Se estiver – disse Amanda, em tom calmo –, isso é algo para você ficar de olho. Quer dizer, se eu tivesse um pai, não gostaria que ele se aventurasse pelo órgão reprodutor de alguém que não fosse minha mãe. É um hábito tão asqueroso... tão anti-higiênico. É melhor você se preocupar com os germes nas mãos de seu pai quando ele tocar em *você*. Mesmo não tendo certeza se ele...

– Eu realmente odeio você! – disse Bernice. – Tomara que pegue fogo e morra!

– Isso não é nada *generoso*, Bernice – disse Amanda, com um ar reprovador.

– E então, meninas? – disse Nuala, vindo em nossa direção. – Algum freguês? Por que seus olhos estão vermelhos, Bernice?

– Acho que alguma coisa me deu alergia – respondeu Bernice.

– É, sim, ela está alérgica – disse Amanda, solenemente. – Ela não está se sentindo bem. Talvez seja melhor ela ir para casa. Pode ser alguma coisa no ar. Talvez seja melhor você usar uma máscara, não é, Bernice?

– Amanda, você é uma menina muito responsável – disse Nuala. – É mesmo, querida Bernice, acho que é melhor você sair logo daqui. E amanhã providenciaremos uma máscara contra alergia para você. Eu a acompanho, querida. – Envolveu-a pelos ombros e levou-a embora.

Eu não acreditava que tínhamos feito aquilo. Meu estômago estava embrulhado, como se eu tivesse comido algo pesado e a qualquer momento fosse vomitar. Tínhamos ido longe demais, mas eu não sabia como dizer isso porque Amanda poderia me achar moralista. De qualquer forma, não havia como voltar atrás.

28

Logo depois um garoto que eu nunca tinha visto apareceu em nossa barraca – um adolescente mais velho que nós duas. Era magro, alto e de cabelos pretos e não vestia o tipo de roupa que os ricos vestiam. Ele estava todo de preto.

– Em que posso ajudá-lo, senhor? – disse Amanda. Às vezes nós imitávamos as atendentes escravas da SecretBurgers durante o trabalho nas barracas.

– Eu preciso ver a Pilar – disse ele. Nenhum sorriso, nada. – Isto aqui tem alguma coisa errada. Tirou um pote de mel dos jardineiros da mochila. Foi estranho, o que poderia haver de errado com o mel? Pilar dizia que mel nunca estragava, a menos que se acrescentasse água nele.

– Pilar não está se sentindo bem – respondi. – É melhor falar com a Toby... Ela está logo ali, na barraca dos cogumelos.

Ele olhou em volta, com nervosismo. Não parecia estar acompanhado de mais ninguém, nem de amigos, nem dos pais.

– Não – disse ele. – Tem que ser com a Pilar.

Zeb saiu da barraca de legumes e verduras, onde estava vendendo raízes de bardana e ançarinha-branca.

– Alguma coisa errada? – perguntou.

– Ele quer falar com a Pilar – disse Amanda. – Sobre o mel. – Zeb e o garoto se entreolharam, e tive a impressão de que o garoto inclinou levemente a cabeça.

– O que posso fazer? – disse Zeb ao garoto.

– Acho que só pode ser com ela.

– Amanda e Ren o levarão até ela – disse Zeb.

– E a venda dos vinagres? – perguntei. – Nuala teve que sair.

– Eu tomo conta – disse Zeb. – Este é Glenn. Cuidem bem dele. E não o comam vivo – acrescentou, dando uma piscadela para o garoto.

Saímos andando pelas ruas da plebelândia em direção ao Edencliff.

– Como conheceu o Zeb? – perguntou Amanda.

– Ah, já o conheço há algum tempo – disse Glenn. Não era de muitas palavras. E nem quis caminhar ao nosso lado: depois de um quarteirão ficou um pouco atrás de nós.

Chegamos ao prédio dos jardineiros e escalamos a escada de incêndio. Philo Neblina e Katuro Chave Inglesa estavam lá – nunca deixávamos o lugar vazio, caso alguns ratos da plebe quisessem roubá-lo. Katuro estava consertando uns canos. Philo só estava sorrindo.

– Quem é esse? – perguntou Katuro quando viu o garoto.

– Zeb nos mandou trazê-lo aqui – respondeu Amanda. – Ele está procurando Pilar.

Katuro balançou a cabeça.

– Ela está na cabana de Alheamento.

Pilar estava toda esparramada em uma espreguiçadeira. Com o tabuleiro de xadrez ao lado e as peças dispostas em seus devidos lugares, sem que nenhuma tivesse sido mexida. Ela não me pareceu muito bem. Era como se estivesse submersa. Estava de olhos fechados e os abriu quando nos ouviu entrar.

– Bem-vindo, caro Glenn – disse, como se estivesse esperando por ele. – Espero que não tenha tido algum problema.

– Nenhum problema – disse o garoto enquanto tirava a garrafa de mel da mochila. – Não está bom.

– Tudo está bom – retrucou Pilar. – Quando se tem o quadro inteiro. Amanda, Ren, vocês duas poderiam fazer o favor de me trazer um copo d'água?

– Eu vou – disse eu.

– As duas – disse Pilar. – Por favor.

Ela nos queria fora de lá. Saímos da cabana bem devagar. Eu queria ouvir a conversa deles – é claro que não se tratava de mel. O jeito de Pilar me deixou apavorada.

– Ele não é da ralé – cochichou Amanda. – É de algum condomínio.

Eu também tinha pensado o mesmo, mas perguntei:

– Como você sabe?

Os condomínios eram a residência dos funcionários das corporações – todos aqueles cientistas e executivos que segundo Adão Um estavam destruindo as velhas espécies e criando novas e arruinando o mundo, se bem que para mim era difícil acreditar que meu pai verdadeiro, o da HelthWyzer, estivesse fazendo isso; de qualquer forma, por que Pilar estaria cumprimentando alguém assim?

– É só uma sensação – disse Amanda.

Regressamos com o copo d'água e Pilar estava outra vez de olhos fechados. O garoto estava sentado ao lado dela; ele tinha movido algumas peças no tabuleiro de xadrez. A rainha branca estava encurralada, um movimento a mais e ela cairia.

– Muito obrigada. – Pilar pegou o copo da mão de Amanda. – E obrigada por você ter vindo, querido Glenn – disse ao garoto.

Ele se levantou.

– Então, até logo – disse de um modo desajeitado.

Pilar sorriu para ele. Um sorriso brilhante, mesmo ela estando enfraquecida. Eu quis abraçá-la; ela me pareceu tão pequena e tão frágil.

Glenn caminhou ao nosso lado quando voltamos para a Árvore da Vida.

– Tem alguma coisa errada com ela – disse Amanda. – Não tem?

– A doença é uma falha do projeto – disse Glenn. – Uma falha que poderia ser corrigida.

Claro... definitivamente, ele era de algum condomínio. Somente os cerebromaníacos de um lugar assim falavam dessa maneira; não respondiam às perguntas, se limitavam a emitir generalidades como se fossem donos da verdade. Será que meu verdadeiro pai também falava dessa maneira? Talvez.

– Então vocês estão fazendo o mundo, e por acaso o estão fazendo melhor? – perguntei. Melhor que Deus, foi o que quis dizer. De repente me senti devota como Bernice. Como uma jardineira.

– Estamos, sim – respondeu ele. – Na verdade, eu é que farei isso.

29

Como de costume, no dia seguinte fomos pegar Bernice no Buenavista Camisinha. Acho que nos sentíamos envergonhadas pelo que tínhamos feito no dia anterior – pelo menos eu me sentia assim. Mas quando batemos à porta e dissemos "toc toc", não ouvimos Bernice dizendo "quem é?". Ela não falou nada.

– É a gangue – disse Amanda. – Gangrena! – Nenhum sinal. Era quase possível ouvir o silêncio dela.

– Vamos lá, Bernice – disse eu. – Abra essa porta. Somos nós.

A porta se abriu, mas não era Bernice. Era Veena. Ela nos olhou fixamente, e não parecia estar no estado de alheamento.

– Sumam daqui – disse, e logo bateu a porta em nossa cara.

Eu e Amanda nos entreolhamos. Tive uma péssima sensação. E se tivéssemos causado um estrago permanente em Bernice com aquela história de Burt e Nuala? E se a história não fosse verdadeira? No início não passava de uma brincadeira. Mas agora já não era mais brincadeira.

Na semana seguinte a santo Euell teríamos que ir com Pilar e Toby ao parque Heritage para procurar cogumelos. As visitas ao parque eram excitantes porque você nunca sabia o que encontraria por lá. Famílias fazendo churrasco em meio a brigas, e taparíamos o nariz para não sentir o cheiro de carne chiando na chapa de metal. Casais se agarrando atrás das moitas, alguns sem-teto bebendo direto da garrafa ou roncando ao pé das árvores, malucos aos gritos ou conversando com eles mesmos e drogados aterrorizando as outras pessoas. Se fôssemos mais longe, chegaríamos à praia, onde moças de biquíni estariam se bronzeando deitadas na areia, e Shackie e Croze diriam *câncer de pele* apenas para chamar a atenção delas.

Ou então toparíamos com patrulhas da CorpSeCorps fazendo o serviço público, aconselhando as pessoas a jogarem o lixo nas caçambas, mas de acordo com Amanda na realidade eles estavam atrás de pequenos traficantes que faziam negócios independentes, sem vínculos com as quadrilhas de criminosos associadas às autoridades. Ouvia-se então o forte *zip zip zip* de pistolas de spray seguido de gritos. Eles explicariam aos transeuntes que ocorrera resistência e arrastariam o corpo de alguém.

Mas naquele dia cancelaram nossa ida ao parque Heritage porque Pilar estava doente. E em vez de uma excursão tivemos uma aula de botânica silvestre com Burt Maçaneta, no terreno baldio atrás da Scales & Tails.

Carregávamos lousas e giz porque sempre desenhávamos as plantas silvestres para memorizá-las. Depois que apagávamos os desenhos, a imagem da planta ficava gravada na cabeça. Burt dizia que não havia nada de mais em desenhar alguma coisa para entender melhor.

Ele esquadrinhou o terreno baldio e a certa altura arrancou uma planta e ergueu-a para que todos vissem.

– *Portulaca oleracea* – disse. – Nome comum, beldroega. Ela se desenvolve e brota livremente na natureza. Prefere solos adversos. Reparem no caule vermelho, nas folhas alternadas. Uma boa fonte de ômega 3. – Fez uma pausa e franziu a testa. – Metade de vocês não está olhando e a outra metade não está desenhando – acrescentou. – Isso poderá salvar a vida de vocês! Nós estamos falando aqui de sustento. *Sustento*. O que é sustento?

Olhares vazios, silêncio.

– Sustento – continuou ele – é aquilo que sustenta o corpo do indivíduo. É o alimento. Alimento! E de onde vem o alimento? Classe?

Recitamos em coro:

– Todo alimento vem da terra.

– Certo! – disse ele. – Terra! E depois a maioria das pessoas compra o alimento nos supermercados. E o que aconteceria se de repente não houvesse mais supermercados? Shackleton?

– Ele seria cultivado nos telhados – respondeu Shackie.
– Suponham que não haja telhados. – Burt Maçaneta começou a ficar rubro. – Onde vocês encontrariam alimento? – Olhares vazios novamente. – Vocês fariam *forragem* – disse ele. – Crozier, o que você entende por *forragear*?
– Encontrar coisas – disse Croze. – Coisas pelas quais não precisamos pagar. Como roubar. – Todos riram.
Maçaneta não ligou para os risos.
– E onde vocês procurariam essas *coisas*? Quill?
– No centro comercial? – disse Quill. – Nos fundos. Onde eles jogam coisas fora, como garrafas velhas e... – Quill era meio confuso, mas estava exagerando na confusão. Os garotos faziam isso para deixar Burt Maçaneta aborrecido.
– Não, não! – gritou Maçaneta. – Já *não haveria* mais ninguém para jogar coisas fora! Vocês nunca foram a um lugar diferente daqui? Vocês nunca viram um *deserto*, nunca passaram *fome*! Quando o Dilúvio Seco chegar, se vocês se salvarem, acabarão morrendo de fome. Por quê? Porque não prestaram atenção! Por que desperdiço meu tempo com vocês? – Toda vez que Maçaneta assumia uma classe, ele ultrapassava um limite invisível e começava a berrar. – Está bem, então. – Respirou para se recompor. – Que planta é essa aqui? Beldroega. O que vocês podem fazer com ela? Comê-la. Agora desenhem. Beldroega! Reparem na forma oval das folhas. Reparem no brilho delas. Olhem o caule. Memorizem!
Eu custava a acreditar. Não conseguia imaginar que alguém pudesse fazer sexo com Burt Maçaneta, mesmo alguém como Nuala, a Bruxa Molhada. O cara era careca demais, e suava tanto.
– Seus cretinos – resmungou entre os dentes para si mesmo. – Por que me importo?
De repente, ele praticamente paralisou. Olhava para alguma coisa atrás de nós. Viramos para olhar. Veena estava de pé ao lado do vão da cerca. Ela devia ter se espremido naquele vão. Ainda estava de chinelos e uma pequena manta amarela lhe cobria a cabeça como um xale. Bernice estava ao lado dela.

As duas se mantiveram imóveis. Logo dois homens da CorpSe-Corps ultrapassaram a cerca. Homens da tropa de choque, com trajes cinzentos tremeluzentes que os faziam parecer uma miragem. Eles empunhavam pistolas de spray. Senti o sangue tomar minha face e achei que ia vomitar.

– O que há de errado? – gritou Burt.

– Parado aí! – disse um dos homens da Corps. A voz soou alta por via de um microfone no capacete. Eles se aproximaram.

– Para trás – disse Burt para nós. Era como se ele tivesse sido atingido por uma arma de eletrochoque.

– Nos acompanhe, senhor – disse o primeiro sujeito da Corps quando chegaram mais perto de nós.

– O quê? – disse Burt. – Eu não fiz nada!

– Cultivo ilegal de maconha para lucro no mercado negro, senhor – disse o segundo sujeito. – Para sua segurança, é melhor não resistir à prisão.

Levaram Burt em direção ao vão da cerca. Nós os acompanhamos em silêncio – não conseguíamos entender o que estava acontecendo.

Eles se aproximaram de Veena e Bernice, e Burt acenou com os braços, em sinal de desânimo.

– Veena, como isso aconteceu?

– Seu degenerado fodido! – disse ela. – Hipócrita! Fornicador! Achou que eu era tão idiota assim?

– Do que você está falando? – disse Burt, em tom de súplica.

– Você deve ter achado que eu ficaria chapada com aquela sua erva venenosa e não conseguiria enxergar – disse Veena. – Mas acabei descobrindo. Descobri o que você estava fazendo com aquela vaca da Nuala! Não que ela seja a vilã da história. O cretino é você!

– Não – retrucou Burt. – Eu juro! Eu juro que nunca... eu só estava...

Olhei para Bernice, e não fiz a menor ideia do que ela estava sentindo. Seu rosto nem vermelho estava. Estava branco como uma lousa. Um branco empoeirado.

Adão Um passou pelo vão da cerca. Ele sempre parecia saber quando estava acontecendo alguma coisa fora do comum. Amanda dizia que era como se ele tivesse um telefone. Ele pousou a mão sobre a pequena manta amarela de Veena.

– Veena, querida, você saiu do estado de alheamento – disse. – Que maravilha. Nós rezamos tanto para isso. E qual é o problema agora?

– Saia do caminho, senhor, por favor – disse o primeiro homem da Corps.

– Por que fez isso comigo? – gritou Burt para Veena enquanto os homens o empurravam para frente.

Adão Um respirou fundo.

– Isso é lamentável – disse. – Talvez seja um bom momento para refletirmos sobre nossas fraquezas humanas...

– Você é um idiota – disse-lhe Veena. – Burt tem cultivado maconha hidropônica no Buenavista debaixo de seus santos narizes de jardineiros. E também traficava debaixo de seus narizes, naquela estúpida feirinha de vocês. Aqueles lindos sabonetes embrulhados em folhas... nem todos eram sabonetes! Ele estava enriquecendo!

Adão Um se mostrou extremamente triste.

– O dinheiro é uma tentação terrível – disse. – É uma doença.

– Você é um tolo – disse Veena. – Produtos orgânicos, que piada!

– Bem que falei a você que tinha erva hidropônica lá no Buenavista – cochichou Amanda para mim. – O Maçaneta se meteu na maior enrascada.

Adão Um nos mandou ir para a casa, e todos obedecemos. Eu me sentia muito mal em relação a Burt. O que me passava pela cabeça é que tínhamos sido muito malvadas naquele dia e que depois Bernice tinha voltado para casa e contado a Veena que Burt tinha um caso com Nuala e que ele também fazia cócegas nos sovacos das meninas e que isso tinha deixado Veena com tanta raiva e tanto ciúme que ela entrou em contato com a CorpSeCorps e fez uma acusação. A CorpSeCorps encorajava as pessoas a fazerem isso –

denunciarem os vizinhos e os membros da própria família. Amanda dizia que muita gente ganhava dinheiro em troca.

Eu não tinha pensado em causar dano a ninguém, pelo menos esse tipo de dano. Mas veja só o que aconteceu.

Achei que devíamos contar tudo a Adão Um, mas Amanda disse que isso não adiantaria nada e não consertaria as coisas e acabaria trazendo ainda mais problemas. Mas nem assim me senti melhor.

– Anime-se – disse Amanda. – Vou roubar alguma coisa e lhe dar. O que você quer?

– Um telefone – respondi. – Roxo. Como o seu.

– Tudo bem. Vou tratar disso.

– É muito legal de sua parte. – Falei isso tentando colocar um pouco mais de energia em minha voz, só para agradá-la, mas ela notou que eu estava fingindo.

30

No dia seguinte Amanda disse que tinha uma surpresa que me deixaria animada. A surpresa estava no centro comercial de Sinkhole. E realmente foi uma surpresa porque, quando chegamos lá, Shackie e Croze estavam plantados de pé ao lado da barraca de hologramas em ruínas. Eu sabia que os dois tinham uma queda por Amanda – os outros garotos também tinham – e que ela nunca perdia tempo com eles, exceto quando estávamos em grupo.

– Vocês trouxeram? Está aí? – perguntou ela a eles. Os dois riram timidamente. Nos últimos tempos, Shackie vinha crescendo muito: estava alto, esguio e com bonitas sobrancelhas negras. Croze também tinha espichado, só que para o lado e para o alto, e o início de uma barba cor de palha aparecia em seu rosto. Até então eu não pensava muito na aparência deles, não em detalhes, mas de repente me vi olhando de um jeito diferente para os dois.

– Está aqui – disseram. Não pareciam propriamente assustados, mas atentos. Eles se certificaram de que ninguém estivesse olhando e depois entramos na barraca onde as pessoas projetavam a própria imagem pelo centro comercial. Era uma barraca feita para caber duas pessoas e tivemos que nos espremer, grudados um no outro.

Estava quente lá dentro. Nossos corpos se aqueciam como se infectados e ardendo em febre, e senti o cheiro de suor seco e de algodão velho e encardido exalado por todos nós, e o cheiro da oleosidade dos cabelos de Shackie e Croze, que se mesclava ao cheiro dos garotos mais velhos, uma mistura de cogumelo e vinho, e ao cheiro de flores de Amanda, um sutil almiscarado com uma pitada de sangue.

Eu só não sabia qual era o cheiro que exalava de mim. Dizem que nunca sentimos nosso próprio cheiro porque nos acostumamos a ele. Lamentei por não ter sabido da surpresa com antecedência porque poderia ter usado uma das sobras do sabonete de rosas que apanhávamos na rua. Eu só não queria estar com cheiro de calcinha suja nem de chulé.

Por que queremos que os outros gostem de nós, mesmo quando não damos a mínima para eles? Não sei por quê, mas isso é verdade. De repente me vi de pé naquele lugar, sentindo todos aqueles cheiros e torcendo para que Shackie e Croze me achassem bonita.

– Está aqui – disse Shackie, mostrando um pequeno embrulho de pano.

– O que é isso? – perguntei, ouvindo minha voz esganiçada de menina.

– É a surpresa – disse Amanda. – Eles conseguiram um pouco daquela supererva para nós. A erva que Burt Maçaneta estava cultivando.

– Sem essa! – disse eu. – Vocês compraram? Daqueles caras da CorpSeCorps?

– Nós afanamos – disse Shackie. – Entramos na encolha por trás do Buenavista... Estamos cansados de fazer isso. Os caras da CorpSe estavam entrando e saindo pela porta da frente e não notaram nada.

– As barras de uma das janelas do porão estão soltas... Sempre entramos por ali e nos reunimos no poço da escada – disse Croze.

– As sacolas estavam lá no porão – disse Shackie. – Eles devem ter colhido todos os pés. Você endoidava só com o cheiro.

– Mostra. – Amanda fez Shackie desembrulhar o pano: folhas secas picadas.

Eu sabia o que Amanda pensava a respeito das drogas: você perde o controle da mente e isso é perigoso porque abre uma brecha para o outro. Você também pode exagerar, como Philo Neblina, e depois não sobra nada na mente para ser falado, e aí ninguém se importa se você perdeu o controle ou não. E você só podia queimar um fumo com gente de sua inteira confiança. Será que ela confiava em Shackie e Croze?

– Você já experimentou esse troço? – cochichei para Amanda.

— Ainda não — cochichou ela de volta. Por que estávamos cochichando? Nós quatro estávamos tão grudados que todos podiam ouvir tudo.

— Então não quero — disse eu.

— Mas eu fiz a transação! — disse ela. Parecia furiosa. — E negociei à beça!

— Eu já experimentei esse bagulho — disse Shackie. Fez um tom mais grave quando falou bagulho. — É incrível!

— Eu também experimentei; era como se eu tivesse asas — disse Croze. — Como se fosse um pássaro alucinado!

Shackie enrolou as folhas picadas, acendeu e tragou.

Senti a mão de alguém em minha bunda, mas não vi quem fazia isso. A mão se imiscuiu, tentando encontrar caminho debaixo da minha saia de jardineira. Pensei em impedi-lo, mas não o impedi.

— Dá só uma experimentada — disse Shackie. Ele segurou meu queixo, colou a boca na minha e soprou a fumaça dentro de mim. Tossi e ele repetiu a dose, e me senti zonza. Logo me veio à mente a imagem fluorescente do coelho que tínhamos comido naquela semana. O coelho me olhava com olhos mortos, e eram olhos alaranjados.

— Foi demais — disse Amanda. — Ela nunca fez isso!

Meu estômago começou a revirar e vomitei. Acho que acertei todo mundo. Oh, não, pensei comigo, me sentindo uma idiota. Não sei quanto tempo isso durou porque o tempo era como borracha, ele se espichava como uma corda comprida, muito comprida, de elástico, ou como um pedaço gigantesco de chiclete. Depois, o tempo colidiu com um quadradinho preto e apaguei.

Acordei sentada, encostada no chafariz quebrado do centro comercial. Ainda estava tonta, mas o enjoo já tinha passado; era como se eu estivesse flutuando. Tudo parecia distante e translúcido. Talvez eu consiga enfiar a mão pelo cimento, pensei. Talvez tudo seja uma renda — feita de pontinhos, com Deus no meio, exatamente como diz Adão Um. Talvez eu seja fumaça.

A vitrine da loja do outro lado parecia uma caixa cheia de pirilampos, como lantejoulas vivas. Lá dentro estava acontecendo uma festa, a música chegava aos meus ouvidos. Tilintante e estranha. Era uma festa de borboletas; elas devem estar dançando equilibradas em pernas longas e finas de borboletas, pensei. Se ao menos conseguisse me levantar, eu também dançaria.

Amanda pôs o braço em torno de meus ombros.

– Está tudo bem – disse. – Você está bem.

Skackie e Croze ainda estavam lá, e pareciam aborrecidos. Ou então Croze parecia mais aborrecido que Shackie, já que Shackie estava quase tão chapado quanto eu.

– E aí, quando é que você vai pagar? – perguntou Croze.

– Não deu certo – respondeu Amanda. – Portanto, nunca.

– Mas não foi esse o trato – retrucou ele. – O trato era trazermos a coisa. E nós trouxemos. Portanto, você nos deve.

– O trato era deixar Ren feliz – disse Amanda. – Ela não está assim. Ponto final.

– Sem essa – disse Croze. – Você está devendo. E tem que pagar.

– Me obriga a pagar, se você tem coragem. – A voz de Amanda saiu como uma farpa perigosa, a mesma que ela usava com os ratos da plebe quando eles chegavam muito perto.

– Tanto faz – disse Shackie. – Qualquer dia. – Ele não parecia aborrecido.

– Você nos deve duas trepadas – disse Croze. – Uma com cada um. Nós corremos um baita risco, até podíamos morrer!

– Não enche o saco dela – disse Shackie. – Eu só quero tocar no seu cabelo – dirigiu-se à Amanda. – Você tem cheiro de caramelo. – Ele ainda estava voando.

– Cai fora – disse ela. E acho que deram mesmo no pé, porque não estavam lá quando olhei novamente.

A essa altura eu já me sentia mais normal.

– Amanda. Não acredito que você negociou com eles. – Eu quis dizer, *por mim*, mas tive medo de chorar.

– Desculpa, não deu certo – disse ela. – Só queria que você se sentisse melhor.

– Estou me sentindo melhor – respondi. – Mais leve. – E era verdade, em parte porque tinha perdido água do corpo e em parte por causa de Amanda. Eu sabia que ela costumava fazer esse tipo de transação por comida, quando quase morreu de fome depois de um furacão no Texas, mas ela havia me contado que não gostava e que não passava de um negócio e que depois deixou de fazer isso porque não precisava mais. E dessa vez ela também não precisava, mas de um jeito ou de outro acabou negociando. Eu não sabia que ela gostava tanto de mim.

– Agora eles estão furiosos com você – disse eu. – Não vão deixar barato. Isso, no entanto, não me pareceu tão importante; eu continuava nas alturas, como uma abelha.

– Não estou nem aí – disse ela. – Eu cuido deles.

O DIA DA TOUPEIRA

O DIA DA TOUPEIRA

ANO 12

DA VIDA SUBTERRÂNEA.
DITO POR ADÃO UM.

Queridos amigos, caros amigos mamíferos; caras amigas criaturas:
Não aponto meu dedo porque sei que não há para onde apontar, mas, como já vimos, rumores maliciosos podem espalhar confusão. Um comentário leviano pode ser como uma guimba de cigarro atirada no meio do lixo com displicência, que vai queimando aos poucos até irromper em labaredas que atingem toda a vizinhança. Daqui para frente poupem as palavras.

É inevitável que certas amizades nos levem a comentários indevidos. Mas não somos chimpanzés; nossas fêmeas não mordem as fêmeas rivais, nossos machos não pulam em cima de nossas fêmeas nem batem nelas com galhos. Pelo menos, em regra. Todos os nossos casais estão sujeitos a estresse e a tentação... mas não nos cabe aumentar esse estresse nem interpretar equivocadamente essa tentação.

Sentimos falta da presença do nosso ex-Adão Treze, Burt, e de sua esposa, Veena, e da pequena Bernice. Perdoemos então o que precisa ser perdoado e os inundemos de luz em nossos corações.

Seguindo em frente, localizamos uma oficina de automóveis abandonada que pode ser tornar abrigo de casas confortáveis tão logo nossa proposta de realocar os ratos seja cumprida. Estou certo de que os ratos da FenderBender Body Shop se sentirão felizes no Buenavista logo que perceberem as muitas oportunidades de comida que o lugar oferece.

Vocês se alegrarão em saber que, embora nossos canteiros de cogumelos do Buenavista tenham sido perdidos, Pilar ainda tem em mãos micélios para cada uma de nossas preciosas espécies, e começaremos a assentar canteiros de cogumelos em um porão da Clínica do Bem-estar até que se encontre um lugar mais abafado.

Hoje, celebramos o Dia da Toupeira, nosso Festival da Vida Subterrânea. É um festival para crianças, e nossas crianças se ocuparam em decorar nosso jardim no terraço do Edencliff. Toupeiras com garras feitas de pentes de cabelo, nematoides feitos de sacos transparentes de plástico, minhocas feitas de meias de náilon estofadas e barbantes, besouros cavadores de esterco... Todos são testemunhos do poder criativo que Deus nos deu e pelo qual até as coisas sem uso e descartadas podem readquirir significância.

Temos tendência a não dar importância aos elementos minúsculos que vivem em nosso meio, e o fato é que sem eles sequer existiríamos, porque cada um de nós é um jardim de formas de vida imperceptíveis. O que seria de nós sem a flora que povoa o trato intestinal ou sem a bactéria que nos defende de invasores hostis? Meus amigos, abundamos em hostes... Com uma miríade de formas de vida que palpitam sob nossos pés e, devo acrescentar, sob as unhas dos dedos de nossos pés.

De fato, às vezes somos infestados por nanobioformas cuja presença dispensaríamos, como os ácaros, o ancilóstomo, os piolhos, o oxiúro e o carrapato, sem mencionar as bactérias hostis e os vírus. Mas pensem neles como anjos menores de Deus, fazendo o inescrutável trabalho Dele de um modo peculiar, pois tais criaturas também moram na Mente Eterna, brilham na Eterna Luz e compõem uma parte da polifônica sinfonia da criação.

Considerem ainda os operários de Deus na Terra! Sem as minhocas, os nematoides, as formigas e suas infindáveis escavações no solo, sem os quais o solo seria tão duro quanto massa de cimento, toda a vida se extinguiria. Pensem nas propriedades antibióticas das lesmas, dos diferentes humos e do mel produzido pelas abelhas, e também na teia da aranha, tão útil no estancamento do sangue dos ferimentos. Para cada doença, Deus nos dispôs um remédio neste grande armário medicinal da natureza!

Os besouros carniceiros e a bactéria putrefaciente trabalham na demolição de nossa habitação de carne e levam-na de volta aos elementos, enriquecendo assim a vida de outras criaturas. Como se enganavam nossos ancestrais ao preservar os cadáveres, embalsamando-os, adornando-os, encaixotando-os em mausoléus. Que horror... Fazer do invólucro da alma um fetiche profano! E no fim das contas, quanto egoísmo! Não seria nosso dever retribuir o presente da vida oferecendo-nos à vida quando chega nossa hora?

Da próxima vez que tiverem um punhado de composto orgânico nas mãos, rezem uma prece em silêncio e agradeçam a todas as criaturas da terra que os engendraram. Imaginem-se estendendo os dedos e cumprimentando cada uma dessas criaturas com amor. Pois certamente estão aqui conosco, sempre presentes na matriz de nutrição.

Agora nos juntemos ao coro dos brotos e das flores que aqui estão e cantemos nosso tradicional hino infantil do Dia da Toupeira.

LOUVAMOS AS PERFEITAS TOUPEIRINHAS

Louvamos as perfeitas toupeirinhas
Que debaixo da terra fazem um jardim;
Os nematoides, as minhocas e as formiguinhas,
Onde quer que se encontrem criaturas assim.

Elas vivem o tempo todo no escuro,
Bem longe de nossa visão;
A terra é para elas como o ar puro,
Seus dias como nossas noites são.

Elas reviram o solo e o lavram com alegria,
Elas fazem a vegetação crescer;
A Terra um deserto seria,
Se elas não pudessem viver.

O pequeno besouro carniceiro
Que em lugares improváveis vive a buscar
Faz nossa casca retornar aos elementos
E nossos espaços ele vive a arrumar.

E para as pequenas criaturas do Senhor
Debaixo de florestas e campinas,
Hoje agradecemos cheios de amor,
Pois Deus as ama, apesar de tão pequeninas.

do *Hinário Oral dos Jardineiros de Deus*

31

TOBY. O DIA DA TOUPEIRA

ANO 25

Adão Um disse que os dias devem ser contados durante o dilúvio. Você deve observar o nascer do sol e as mudanças da lua porque há uma estação para tudo. Nas meditações, não vá tão fundo nas jornadas interiores para não acabar entrando na zona fora do tempo antes da hora. Nos estados de alheamento, não desça a um nível que o impossibilite de voltar ou a noite tomará conta das horas e não haverá mais esperança.

Toby tem anotado os dias em um velho bloco de notas do AnooYoo Spa. No alto de cada página cor-de-rosa se vê um logotipo de dois olhos com longas pestanas, onde um dos olhos está piscando, e uma boca marcada de beijo. Ela gosta desses olhos e dessa boca sorridente, de algum modo lhe fazem companhia. No início de cada página em branco ela escreve o banquete ou o santo do dia dos jardineiros. Ainda consegue recitar de cor a lista inteira: santo E. F. Schumacher, santa Jane Jacobs, santa Sigurdsdottir de Gullfoss, santo Waine Grady dos urubus, são James Lovelock, abençoado Gautama Buda, santa Bridget Stutchbury da sombra do café, são Linnacus da Nomenclatura Botânica, o banquete do crocodilo, são Stephen Jay Gould do xisto jurássico, santo Gilberto Silva dos morcegos. E outros mais.

Toby escreve as anotações de jardinagem embaixo de cada nome do santo do dia: o que costumavam plantar, o que era colhido, qual fase da lua, quais insetos atraíam.

Dia da Toupeira, ela escreve agora. *Ano 25. Lavar roupa. Lua convexa.* O Dia da Toupeira fazia parte da Semana de Santo Euell. Não era uma data tão boa quanto um aniversário.

A boa notícia é que estavam brotando alguns poliangos maduros. O bom do cruzamento genético das frutinhas vermelhas que resultou no gene do poliango é que a planta frutifica em todas as estações. Talvez os colha no final da tarde.

Dois dias antes – no Dia de Santo Orlando Garrido dos Lagartos – ela anotou algo que não dizia respeito à jardinagem. *Alucinação?* Escreveu isso. Na hora parecia mesmo uma alucinação.

Foi logo após a tempestade diária. Ela estava no telhado, verificando as conexões dos barris de chuva: o fluxo de uma torneira mantida sempre aberta estava bloqueado. Ela detectou o problema – o que bloqueava era um camundongo afogado – e já estava descendo a escada de volta quando ouviu um som estranho. Era como uma cantoria, uma cantoria que nunca tinha ouvido antes.

Esquadrinhou os arredores com o binóculo. A princípio não havia nada, mas depois surgiu uma estranha procissão no extremo do campo. Aparentemente, as pessoas estavam inteiramente nuas, se bem que à frente caminhava um homem vestido, com algo que parecia um chapéu vermelho e – seria possível? – óculos escuros. Atrás dele, homens, mulheres e crianças de diferentes raças. À medida que focava a visão, percebia que muitas daquelas pessoas nuas tinham ventres azuis.

Foi isso que a fez achar que estava alucinando: os ventres azuis. E a cantoria cristalina e fantasmagórica. Ela avistou as figuras por um breve instante. De repente elas estavam lá e de repente desapareceram como fumaça. Deviam ter sumido por entre as árvores, para seguir uma trilha.

O coração de Toby pulou de alegria – ela não pôde evitar. Sentiu vontade de descer correndo a escada, sair correndo lá para fora e disparar atrás daquela gente. Mas já não restava mais esperança de haver outras pessoas – tantas outras pessoas. Outras pessoas que pareciam tão saudáveis. Não podiam ser reais. Se ela fosse atraída lá para fora pela sirene de uma miragem, se fosse atraída para aquela floresta dominada pelos porcos, não seria a primeira na história a ser destruída pelas projeções demasiadamente otimistas da própria mente.

Confrontado pelo excesso de vazio, dizia Adão Um, o cérebro inventa. A solidão inventa companhias, como a sede inventa água. Quantos marinheiros não tinham naufragado ao perseguir ilhas que não passavam de meros vislumbres?

Ela pega o lápis e rabisca a anotação. *Alucinação*, ela diz agora. Pura. Simples. Não resta dúvida.

Ela guarda o lápis, pega o esfregão, o binóculo e o rifle e sobe a escada até o terraço para esquadrinhar seus domínios. Nessa manhã tudo está quieto. Nada se mexe no campo – nenhum animal grande, nenhum sinal dos cantores azuis.

32

Faz quanto tempo que aconteceu aquele último Dia da Toupeira com Pilar ainda viva? Ano 12, deve ter sido.

Um pouco antes aconteceu a prisão de Burt. Depois que ele foi levado pelos homens da CorpSeCorps e que Veena e Bernice saíram do terreno baldio, Adão Um convocou todos os jardineiros para uma reunião de emergência no terraço do Edencliff. Foi quando revelou a novidade que deixou os jardineiros chocados. Uma revelação tão dolorosa e tão vergonhosa! Como Burt tinha conseguido cultivar maconha no Buenavista sem que ninguém suspeitasse?

Porque todos confiavam nele, é claro, pensa Toby. Os jardineiros desconfiavam de qualquer um do Mundo Exfernal, mas confiavam em todos do seu próprio mundo. E eles então se juntaram a uma longa lista de religiosos devotos que um belo dia acordaram e viram que o vigário tinha fugido com o dinheiro da igreja, deixando em seu rastro uma fileira de meninos de coro molestados sexualmente. Pelo menos Burt não havia molestado menino algum do coral – até onde se sabia. Circularam fofocas entre as crianças – cruéis como só as crianças sabem ser –, mas sem nenhum comentário a respeito de meninos. Só de meninas, e muito ligeiramente.

Philo Neblina foi o único entre os jardineiros que não se surpreendeu nem se horrorizou quando soube da maconha, mas nunca se surpreendia nem se horrorizava com nada.

– Eu gostaria de ter experimentado aquele bagulho para ver se era do bom – disse apenas isso.

Adão Um solicitou voluntários para cuidar das famílias subitamente deslocadas – essa gente não pode voltar para o Buenavista, ele disse, o lugar será tomado pelos homens da CorpSeCorps e toda essa gente deve considerar seus bens materiais perdidos.

– Se o prédio estivesse pegando fogo, ninguém voltaria para salvar uns poucos badulaques – continuou. – Isso é uma forma de Deus testar o apego de vocês ao reino inútil das ilusões.

Os jardineiros não precisavam se importar com isso, eles já tinham catado os bens materiais no lixo e podiam pegar tudo outra vez. Apesar disso, alguns choraram a perda de um copo de cristal e outros armaram uma confusão por causa de uma torradeira quebrada de valor sentimental.

Depois, Adão Um pediu a todos os presentes que não falassem mais de Burt e do Buenavista, e sobretudo da CorpSeCorps.

– Nossos inimigos poderão ouvir – acrescentou. Ele vinha falando isso com frequência. Às vezes Toby se perguntava se ele não estava paranoico. – Nuala, Toby – disse ele enquanto os outros se retiravam. – Esperem um pouco. – Perguntou a Zeb: – Você pode ir até lá e checar? Mas desconfio que não há nada a fazer.

– Nadinha – disse Zeb, animado. – Nada que valha a pena. Em todo caso, darei uma olhada.

– Vista uma roupa do pessoal da plebelândia – recomendou Adão Um.

Zeb balançou a cabeça.

– A roupa de ciclista de corrida. – E saiu pela escada de incêndio.

– Nuala, minha querida – disse Adão Um. – Você faz alguma ideia do que Veena falou, de você e Burt?

Nuala começou a choramingar.

– Não faço a menor ideia – respondeu. – É uma mentira deslavada! É tão ultrajante! Tão cruel! Como ela pôde pensar uma coisa dessas, de mim e do... Adão Treze?

Não foi muito difícil, pensou Toby, lembrando de como você se esfrega nas pernas dos homens. Nuala flertava com qualquer homem. Mas Veena passava pelo estado de alheamento enquanto o flerte acontecia, então como pôde suspeitar?

– Nenhum de nós acredita nisso, minha querida – disse Adão Um. – Veena deve ter ouvido algum fofoqueiro... talvez algum agente provocador enviado pelos nossos inimigos para disseminar a discórdia entre nós. Vou perguntar aos porteiros do Buenavista se ela recebeu alguma visita pouco habitual nos últimos dias. E agora, querida Nuala, enxugue essas lágrimas e vá para a sala de costura. Os membros de nossa congregação que estão desalojados vão precisar de muitos itens de pano, como colchas, por exemplo, e sei que você ficará feliz em ser útil.

– Muito obrigada – disse Nuala, lançando um olhar tipo "só você me entende" enquanto se apressava na direção da escada de incêndio.

– Toby, querida. Lá no fundo de seu coração você acha que pode assumir as tarefas de Burt? – perguntou Adão Um depois que Nuala se retirou. – A horta botânica, os matos comestíveis. É claro que você passaria a ser uma Eva. E a substituição será apenas por um tempo. Pilar tem gostado muito de tê-la como assistente, e acredito que você esteja feliz nessa função. Não pretendo roubá-la dela.

Toby refletiu um pouco.

– Eu me sinto honrada – disse por fim. – Mas não posso aceitar. Ser uma Eva de corpo e alma... eu estaria sendo hipócrita. – Ela nunca mais revivera o momento de iluminação sentido em seu primeiro dia entre os jardineiros, embora não tivesse tentado isso com tanta frequência. Fizera retiros, participara da semana de isolamento, realizara vigílias, tomara as beberagens de cogumelos, mas sem que nenhuma revelação especial lhe tivesse chegado. Visões, claro que teve, mas nenhuma significativa. Ou nenhuma com algum significado que pudesse decifrar.

– Hipócrita? – Adão Um franziu a testa. – De que maneira?

Toby foi cuidadosa com as palavras. Não queria magoar os sentimentos dele.

– Tenho lá minhas dúvidas se acredito em tudo isso. – Um adendo: ela acreditava em poucas coisas.

– Em algumas religiões a fé precede a ação – disse ele. – Entre nós a ação precede a fé. Você tem agido como se acreditasse, querida Toby. *Como se...* essas duas palavras são muito importantes para nós. Continue a viver de acordo com elas e a convicção virá com o tempo.

– Não há muito para acontecer – retrucou ela. – Claro que uma Eva deve ser...

Ele suspirou.

– Não deveríamos esperar tanto da fé – continuou. – O conhecimento humano é sujeito a falhas, e enxergamos por meio de uma lente embaçada. As religiões não passam de uma sombra de Deus. E as sombras de Deus não são Deus.

– Não quero ser um exemplo indigente – disse ela. – As crianças poderão me ver como uma farsa... como se eu fosse um fantoche. Isso talvez prejudique a realização de seus planos.

– Suas dúvidas só me dão ainda mais certeza – disse Adão Um. – Revelam que você é realmente confiável. Para cada *não* há sempre um *sim*! Você faria uma coisa por mim?

– Que coisa? – perguntou Toby, com cautela. Não queria assumir as responsabilidades das Evas... não queria fechar outras opções. Ela queria se sentir livre para largar tudo se assim desejasse. Só estava tirando proveito, pensou consigo. Tirando proveito de sua boa sorte. Tanta fraude.

– Só peça orientação – disse ele. – Faça uma noite de vigília. Peça forças para enfrentar as dúvidas e os temores. Estou certo de que terá uma resposta. Seus dons não devem ser desperdiçados. Você será acolhida entre nós como uma Eva; eu lhe asseguro.

– Está bem – disse ela. – Posso fazer isso. – Para cada *sim*, pensou consigo, há sempre um *não*.

Pilar era responsável pela guarda do material de vigília e de outras substâncias alteradoras da consciência usados pelos jardineiros. Fazia dias que Toby não a via devido à doença – um vírus estomacal, diziam. Mas Adão Um não mencionara nada a respeito da doença e talvez Pilar já estivesse boa. Era um tipo de vírus que nunca durava mais que uma semana.

Toby foi ao encontro de Pilar no minúsculo cubículo nos fundos do prédio. Ela estava deitada no colchonete, uma vela de cera de abelha tremeluzia dentro de uma latinha no chão, à cabeceira. O ar estava abafado e o lugar cheirava a vômito. Mas a vasilha ao lado dela estava vazia e limpa.

– Toby, querida – disse ela. – Sente aqui ao meu lado. – O rostinho dela parecia uma noz e a pele estava pálida, ou tão pálida quanto uma pele morena pode ficar. Acinzentada. Lamacenta.

– Você está se sentindo melhor? – perguntou Toby, mantendo a mão esquálida de Pilar entre as suas.

– Oh, sim. Muito melhor – disse Pilar, sorrindo docemente, com uma voz fraca.

– O que houve?

– Devo ter comido alguma coisa que me fez mal – respondeu Pilar. – E então, o que posso fazer por você?

– Eu queria ter certeza que está tudo bem com você – disse Toby, se dando conta de que dizia a verdade. Pilar estava com uma aparência tão abatida, tão depauperada, e isso a deixou amedrontada. E se Pilar, que antes parecia eterna e que certamente sempre esteve naquele lugar, ou se nem sempre, pelo menos há muito, muito tempo, como se fosse um bloco de pedra, um toco antigo, e se Pilar desaparecesse subitamente?

– Que gentileza a sua – disse Pilar, apertando a mão de Toby.

– E o Adão Um me perguntou se quero ser uma Eva.

– Aposto que você disse não, não foi? – disse Pilar, sorrindo.

– Acertou. – Geralmente Pilar adivinhava o que Toby estava pensando. – Mas ele quer que eu faça uma noite de vigília. Para pedir orientação.

– Isso realmente será o melhor a fazer – disse Pilar. – Você já sabe onde guardo o material de vigília. Está na garrafa marrom – acrescentou enquanto Toby abria a cortina trançada de borracha e barbante da estante. – A marrom, à direita. Só cinco gotas, e duas gotas da garrafa roxa.

– Já fiz essa mistura antes? – perguntou Toby.

– Não exatamente essa. Com essa você terá uma resposta. Nunca falha. A natureza nunca nos trai. Você sabe disso, não é?

Toby não sabia disso. Pingou as gotas em uma xícara e em seguida recolocou as garrafas na estante.

– Você tem certeza de que está melhor? – perguntou.

– Estou ótima – respondeu Pilar –, pelo menos agora. E o agora é o único momento em que podemos estar bem. É melhor você ir, querida, e tenha uma vigília agradável. A lua de hoje é convexa. Divirta-se! – Às vezes, quando guiava as viagens mentais, ela parecia uma supervisora de bloco carnavalesco de crianças.

Toby resolveu fazer a vigília no setor de tomates lá na horta do terraço do Edencliff. Marcou o lugar com uma lousa, como era exigido. Vez por outra os participantes das vigílias saíam vagando a esmo e era útil marcar o lugar para que se soubesse onde ficar. Ultimamente Adão Um tem colocado vigias em cada andar, pensou Toby, inclusive no térreo. Então não poderei descer sem ser vista. A não ser que caia do telhado.

Ela esperou escurecer e depois ingeriu as gotas misturadas a um chá de flores de sabugueiro e framboesa para melhorar o sabor: as poções de Pilar para as vigílias sempre tinham gosto de palha. Depois, sentou-se na posição de meditação ao lado de um grande tomateiro, o qual, debaixo do luar, parecia um dançarino vegetal retorcido ou um inseto grotesco.

Logo a planta brilhou e retorceu os cabinhos, e os tomates pulsaram como corações. Os grilos ao redor conversavam em sua própria língua: quarkit quarkit, ibbit ibbit, arkit arkit...

Ginástica neural, pensou Toby, fechando os olhos.

"Por que não consigo acreditar?", foi o que se perguntou na escuridão.

Por trás das pálpebras ela avistou um animal. Um animal dourado com doces olhos verdes e dentes caninos, e tinha lã cacheada e não pelo. Ela abriu a boca, mas não falou nada. Em vez de falar, bocejou.

Ele a mirava. Ela o mirava.

– Você é apenas o efeito de uma mistura de plantas tóxicas ministrada com muito zelo – disse ela a ele. Depois adormeceu.

33

Na manhã seguinte, Adão Um quis saber como tinha transcorrido a vigília de Toby.
– Obteve alguma resposta? – perguntou para ela.
– Eu vi um animal – disse ela.
Adão Um ficou encantado.
– Que resultado maravilhoso! Que animal? O que lhe disse?
– Antes de ouvir a resposta, olhou por cima dos ombros dela e acrescentou: – Temos um mensageiro.

Toby continuava no enevoado estado de vigília e pensou que ele se referia a um tipo de cogumelo ou ao espírito de uma planta, mas era Zeb que ofegava no alto da escada de incêndio, ainda com o disfarce do pessoal da plebelândia: jaqueta preta emplumada, jeans encardido e botas surradas de ciclista. Estava com cara de ressaca.
– Virou a noite? – perguntou Toby.
– Parece que você também – disse Zeb. – Vou enfrentar uma barra quando chegar lá em casa... Lucerne fica furiosa quando trabalho à noite. – Ele não parecia muito preocupado com isso.
– Quer que convoque uma reunião geral – dirigiu-se a Adão Um – ou prefere primeiro ouvir as más notícias?
– Quero ser o primeiro a ouvi-las – disse Adão Um. – Vamos ter que ajeitá-las de forma que todos entendam. – Apontou para Toby com a cabeça. – Ela não se atemoriza.
– Está bem. Eis então a história.

As fontes de informação não eram oficiais, disse Zeb: em busca da verdade, ele se vira obrigado a se sacrificar. Durante parte da noite assistira ao rodopio das garotas na Scales & Tails, frequentada pelos homens da CorpSeCorps quando não estavam trabalhando.

Ele não gostava de ficar perto do pessoal da CorpSeCorps – segundo ele próprio, tinha uma péssima história no passado e podia ser reconhecido, apesar das muitas alterações que tinha feito na aparência. Mas o fato é que conhecia algumas garotas e acabou extraindo informações delas.

– Você pagou por isso? – perguntou Adão Um.

– Nada é de graça. Mas não custou muito caro.

Era verdade que Burt cultivava maconha hidropônica no Buenavista, continuou Zeb. Isso era feito da forma habitual – apartamentos desocupados, janelas cerradas, eletricidade roubada. Lâmpadas de espectro total, sistema automático de irrigação, tudo da mais alta qualidade. Mas não era um skunk comum, e também não era a supererva da Costa Oeste. Era um híbrido estratosférico, com genes do peiote, dos psilocibinos e até da ayahuasca, da melhor parte da ayahuasca, se bem que a parte que induz ao vômito das tripas ainda não fora eliminada. Muita gente que experimentasse a droga chegaria até a matar para tê-la outra vez, mas ainda não havia quantidade suficiente e já estava se tornando a droga mais cara do mercado.

Naturalmente, tratava-se de uma operação da CorpSeCorps. Os laboratórios da HelthWyzer tinham desenvolvido o híbrido e a CorpSeCorps se encarregara da venda. Eles administravam a droga do jeito que administravam qualquer coisa ilegal, utilizando uma rede de criminosos da plebe. Para eles, o fato de que um dos Adãos servia de fachada e cultivava a erva em um prédio controlado pelos jardineiros era motivo de piada. Pagaram muito bem a Burt, mas depois ele tentou dar um banho neles, vendendo sua própria maconha. E Burt também tinha sumido com a droga, disse Zeb, até que a CorpSeCorps recebeu uma denúncia anônima. Eles rastrearam a ligação. Era de um celular jogado no lixo. Sem sinal de DNA. Só a voz de uma mulher. Uma mulher muito irritada.

Só pode ter sido Veena, pensou Toby. Eu só queria saber onde ela conseguiu o telefone. Disseram que ela foi com Bernice para a Costa Oeste, com o dinheiro que recebeu da CorpSeCorps pela denúncia.

– Onde ele está agora? – perguntou Adão Um. – O Adão Treze. Quer dizer, o ex-Adão Treze. Ele ainda está vivo?
– Isso eu não sei – disse Zeb. – Ninguém toca no assunto.
– Vamos orar – disse Adão Um. – Ele vai falar de nós.
– Se era tão íntimo deles, já deve ter falado – disse Zeb.
– Ele sabia alguma coisa sobre as amostras de tecido da Pilar? – perguntou Adão Um. – E sobre nosso contato na HelthWyzer? Nosso jovem mensageiro da garrafa de mel?
– Não sabia, não – disse Zeb. – Isso era só entre mim, você e Pilar. E nunca foi discutido no conselho.
– Ainda bem – disse Adão Um.
– Vamos torcer para que ele tenha um acidente com uma faca bem afiada – disse Zeb. – Você não ouviu nada do que falamos aqui – acrescentou para Toby.
– Não se preocupe! – disse Adão Um. – Toby já é uma de nós. Ela será uma Eva.
– Até agora ainda não tive uma resposta! – protestou Toby. O tal animal bocejador não era constante e as visões continuavam.
Adão Um sorriu, com benevolência.
– Você tomará a decisão certa – disse.

Toby passou o resto da tarde preparando uma mistura cheirosa e irresistível para os ratos, que seria colocada como uma trilha desde a FenderBender Body Shop até o condomínio Buenavista. O objetivo era removê-los do primeiro local e transferi-los para o segundo, sem perdas de vidas: os jardineiros não queriam deslocar uma espécie amiga sem lhe oferecer uma acomodação de igual valor.
Ela fez uso de pedacinhos de carne da reserva que Pilar mantinha para as larvas, um pouco de mel e de pasta de amendoim – Amanda é que foi comprar a pasta no supermercado. E também acrescentou um bocadinho de queijo rançoso e restos de cerveja para dar mais liquidez à mistura. Depois de tudo pronto, chamou Shackleton e Crozier e passou algumas instruções.
– Isso fede mesmo – disse Shackleton, cheirando a mistura com espanto.

– Vocês acham que conseguem? – perguntou Toby. – Porque se vocês não...

– Pode deixar, a gente tira isso de letra – disse Crozier, empertigando-se.

– Eu também posso ir? – perguntou o pequeno Oates, que os tinha seguido.

– Não, seu chupa-dedo – disse Crozier.

– Sejam cuidadosos – disse Toby. – Não queremos que vocês sejam mortos por uma pistola de spray e jogados em um terreno baldio qualquer sem os rins.

– Sei o que estou fazendo – disse Shackleton, cheio de orgulho.

– Zeb nos ajudou. A gente vai se disfarçar com as roupas da rua... Está vendo? – Ele abriu a camisa de jardineiro. Atrás dela, uma camiseta preta exibia: MORTE – UMA ÓTIMA FORMA DE PERDER PESO! Abaixo da frase, um crânio cruzado por ossos prateados.

– Esses caras da Corps são uns idiotas. – Crozier riu de orelha a orelha. Ele também vestia uma camiseta: STRIPPERS ADORAM MEU MASTRO. – Vamos passar por eles numa boa!

– Não sou chupa-dedo – disse Oates, dando um chute na canela de Crozier, que lhe deu um cascudo.

– Ficaremos fora da mira do radar deles – disse Shackleton. – Não vão enxergar a gente.

– Seu porcalhão – disse Oates.

– Oates, pare agora mesmo com isso – disse Toby. – Você vai ficar aqui para me ajudar a alimentar as minhocas. E vocês já podem ir – dirigiu-se aos outros dois garotos. – Peguem a garrafa. E não despejem na FenderBender, e não façam isso na mata, senão alguns desafortunados terão que conviver muito tempo com esses ratos – acrescentou para Shackleton. – Nós estamos dependendo de vocês. – Era bom que os garotos pensassem que fariam um trabalho de adultos, desde que nada de ruim acontecesse com eles.

– Até logo, mijão – disse Crozier.

– Seu fedorento – retrucou Oates.

34

Na manhã seguinte, Toby estava dando aula na Clínica do Bem-estar para meninos e meninas de doze a quinze anos: ervas afetivas. Botânica maníaca, era como a garotada chamava a matéria, título bem melhor do que davam a outras matérias: assento e excremento, instruções de uso para bioleta-violeta; sujeira e porqueira para feitura de pilha de adubo.

– Salgueiro – disse Toby. – Analgésico. A-N-A-L-G-É-S-I-C-O, soletrem a palavra nas lousas. – Ouviu-se um rangido de riscos de giz... bem irritante. – Pare com isso, Crozier – ordenou ela sem olhar para ele. O garoto era exímio na arte de riscar a lousa com um barulho irritante. Será que alguém tinha cochichado *Bruxa Seca*? – Eu ouvi isso, Shackleton. – A classe estava mais irrequieta do que nunca: terremotos causados pelo escândalo de Veena. – Analgésico. O que vocês entendem por isso?

– O que elimina a dor – respondeu Amanda.

– Correto, Amanda. – A garota sempre tão bem-comportada de um modo suspeito se esmerava ainda mais naquele dia. Era uma sonsa. Muito versada nas maneiras do Mundo Exfernal. Mas Adão Um acreditava que Amanda havia melhorado muito com os jardineiros, e quem era Toby para dizer que a garota não estava disposta a mudar de vida?

Era lamentável que Ren tivesse sido atraída para a atraente órbita de Amanda. Ren era tão sugestionável – ela sempre corria o risco de estar sob o domínio de alguém.

– De que parte do salgueiro se faz o analgésico? – perguntou Toby.

– Das folhas? – respondeu Ren. Afoita demais para agradar, mas de qualquer forma a resposta estava errada, e ela, mais ansiosa que de costume. Ren devia estar sentindo falta de Bernice, ou então culpa; depois que Amanda entrou em cena, Bernice foi posta de lado sem dó nem piedade. Essas meninas pensam que não são observadas, pensou Toby. Seus esnobismos, suas crueldades, suas artimanhas.

Nuala surgiu à porta.

– Toby, querida – disse –, posso dar uma palavrinha com você? – O tom da voz era lúgubre. Toby se dirigiu ao corredor.

– O que houve? – perguntou.

– Você tem que ver a Pilar – disse Nuala. – Agora. Ela já escolheu a hora dela.

Toby sentiu um aperto no coração. Então Pilar tinha mentido. Não, não tinha mentido, só não tinha dito toda a verdade. Disse que era alguma coisa que comera, mas não disse isso à toa. Nuala apertou o braço de Toby em sinal de solidariedade. Tire essas mãos úmidas de cima de mim, pensou Toby, eu não sou homem.

– Você pode assumir minha classe? – perguntou. – Por favor, estou dando uma aula sobre o salgueiro.

– Claro, querida – disse Nuala. – Cantarei com eles "O salgueiro-chorão". – Essa música melosa era a preferida de Nuala, ela mesma a tinha composto para as crianças menores. Toby imaginou os olhares de espanto das crianças mais velhas. Mas era melhor deixá-la cantar com elas porque se Nuala não conhecia muita coisa de plantas, então pelo menos preencheria o tempo.

Toby se apressou em se ver longe da voz de Nuala.

– Toby foi chamada para uma missão de caridade, portanto, vamos ajudá-la cantando a música do salgueiro-chorão! – A voz intensa de Nuala, levemente contralto, elevou-se sobre as vozes desanimadas das crianças.

Salgueiro-chorão, chorão salgueiro,
sacode os galhos como o mar sem fim.
Enquanto me deito no travesseiro,
vem e tira essa dor de mim...

As letras das músicas de Nuala são tão chatas e compridas, pensou Toby. Em todo caso, não é o salgueiro-chorão que contém ácido salicílico, mas o salgueiro branco, o *salix alba*. Ele é que faz passar a dor.

Pilar estava lá em seu cubículo, deitada na cama, com a vela de cera de abelha ainda ardendo na latinha. Estendeu suas mãos morenas.
– Toby, querida – disse. – Muito obrigada por ter vindo. Eu queria vê-la.
– Você fez isso – disse Toby. – E nem me contou! – Ela estava tão triste que a tristeza se transformou em raiva.
– Eu não queria que desperdiçasse seu tempo com preocupações – disse Pilar. – A voz foi diminuindo até se tornar um sussurro. – Eu queria que você tivesse uma boa vigília. Agora senta aqui do meu lado e diga o que viu na noite passada.
– Um animal – disse Toby. – Uma espécie de leão, mas não era um leão.
– Ótimo – sussurrou Pilar. – É um bom sinal. Você terá força toda vez que precisar. Estou contente por não ter sido uma lesma. – Deu uma risada frágil, depois seu rosto se contorceu de dor.
– Por quê? – perguntou Toby. – Por que você fez isso?
– Eu recebi o diagnóstico – disse Pilar. – Câncer. Em estado bem avançado. É melhor partir logo, enquanto ainda estou consciente. Por que adiar?
– Diagnóstico de quem? – perguntou Toby.
– Mandei algumas amostras para biópsia – disse Pilar. – Katuro é que colheu as amostras de tecido. Foram escondidas dentro de um pote de mel e infiltradas nos laboratórios de diagnóstico da HelthWyzer West... com uma identidade falsa, é claro.
– E quem as infiltrou lá? – perguntou Toby. – Foi o Zeb?
Pilar sorriu, como se desfrutasse uma piada que era só dela.
– Um amigo – disse. – Nós temos muitos amigos.
– Nós podemos levá-la a um hospital – disse Toby. – Tenho certeza que Adão Um vai autorizar...

– Não ande para trás, querida – disse Pilar. – Você sabe o que pensamos dos hospitais. Seria a mesma coisa que ser jogada numa fossa sanitária. De um jeito ou de outro, não existe cura para minha doença. Agora, por favor, pegue aquele copo... o azul.

– Ainda não! – disse Toby. Como adiar, como atrasar? Como manter Pilar com ela?

– É apenas água, com um pouquinho de salgueiro e papoula – sussurrou Pilar. – Acaba com a dor sem nocauteá-la. Quero permanecer lúcida o máximo que puder. Por enquanto, estou me sentindo bem.

Toby observou enquanto Pilar bebia.

– Outro travesseiro – disse Pilar.

Toby estendeu o travesseiro de palha que estava na base da cama.

– Você tem sido minha família aqui. Mais que os outros – disse isso com dificuldade, mas recusou-se a chorar.

– E você também tem sido a minha – disse Pilar. – Lembre-se de cuidar do Ararat do Buenavista. Renove-o.

Toby não quis contar que já tinham perdido o Ararat do Buenavista por causa de Burt. Por que aborrecê-la? Ajudou a amiga a encostar-se no travesseiro. Ela estava estranhamente pesada.

– Como você fez? – perguntou, com a garganta apertada.

– Treinei você muito bem – disse Pilar. Os olhos dela se enrugaram nas extremidades, como se a coisa toda fosse uma diversão. – Vamos ver se você adivinha. Sintomas: cólicas e vômitos. Depois, uma pausa, durante a qual o paciente parece melhorar. Mas enquanto isso o fígado se deteriora lentamente. Não há antídoto.

– Um dos amanitas – disse Toby.

– Garota esperta – sussurrou Pilar. – O anjo da morte, um amigo, quando se precisa.

– Mas isso será muito doloroso – retrucou Toby.

– Não se preocupe – disse Pilar. – Sempre há o concentrado de papoula. Está lá na garrafa vermelha... aquela. Vou avisá-la quando chegar a hora. Agora escute com atenção. É meu testamento. Como costumamos dizer, mortalhas não têm bolsos... todas as coisas terrenas devem ser passadas dos moribundos aos vivos, e isso inclui nosso conhecimento. Quero que você fique com todas as coisas que estão aqui... Todo o meu material. É uma boa coleção, e confere grande poder. Guarde-a bem e use-a bem. Confio em você para fazer isso. Você já conhece algumas dessas garrafas. Escrevi uma lista para o resto, memorize e depois a destrua. A lista está dentro do pote verde... aquele lá. Você promete?

– Sim. Eu prometo.

– Promessas no leito de morte são sagradas entre nós – disse Pilar. – Você sabe disso. Não chore. Olhe para mim. Não estou triste.

Toby estava a par da teoria: Pilar acreditava que se doaria voluntariamente à matriz da vida, e também acreditava que isso era motivo de celebração.

Tudo bem, pensou Toby, e eu, como fico? Ficarei sozinha. Era como se revivesse o tempo em que perdera os próprios pais. Quantas vezes ela teria que passar pela orfandade? Não fique choramingando, disse a si mesma com rigor.

– Quero que você seja a Eva Seis – disse Pilar. – Em meu lugar. Ninguém mais tem o talento e o conhecimento que você tem. Faz isso por mim? Promete?

Toby prometeu. O que mais poderia dizer?

– Ótimo – sussurrou Pilar. – Acho que já é hora da papoula. A garrafa vermelha, aquela. Deseje-me sorte em minha jornada.

– Muito obrigada por tudo que me ensinou – disse Toby. Eu não aguento isso. Estou matando minha amiga. Quer dizer, estou ajudando-a a morrer. Estou cumprindo seus desejos.

Observou enquanto Pilar tomava a beberagem.

– Obrigada por compreender – disse Pilar. – Agora vou dormir. Não se esqueça de contar às abelhas.

Toby ficou sentada ao lado até que Pilar parou de respirar. Depois, cobriu a face tranquila da amiga e soprou a vela. Era imaginação ou a vela tremeluzira no momento da morte, como se tivesse passado uma pequena lufada de ar? Espírito, diria Adão Um. Uma energia que não pode ser medida nem agarrada. O espírito incomensurável de Pilar. Partira.

Mas, se o espírito não era material, obviamente não poderia interferir na chama da vela. Poderia?

Estou ficando sentimental como todos eles, pensou Toby. De miolo mole como um ovo. Da próxima vez estarei conversando com as flores. Ou com os caramujos, como Nuala.

Mas ela foi contar tudo às abelhas. E se sentiu uma idiota, mas prometera. Lembrou-se de que não bastava uma conversa mental, teria que dizer as palavras em voz alta. Pilar dizia que as abelhas eram mensageiras entre este mundo e os outros. Entre os vivos e os mortos. Elas carregam as palavras pelo ar.

Toby cobriu a cabeça – de acordo com a tradição, como dizia Pilar – e se deteve na frente das colmeias do terraço. Como sempre, as abelhas voavam pelos arredores, iam e vinham, com um carregamento de pólen nas patinhas, zanzando em um balé semafórico, em voltas que lembravam um número oito desenhado no ar. Lá dentro das colmeias soava um zumbido de asas batendo no ar, refrescando-o, ventilando os alvéolos e as passagens. Uma abelha é todas as abelhas, dizia Pilar, e assim, o que é bom para a colmeia é bom para a abelha.

Diversas abelhas de pelos dourados sobrevoavam ao redor de Toby. Três delas pousaram em seu rosto, sentindo seu gosto.

– Abelhas – disse ela. – Trago notícias. Vocês precisam contar à sua rainha.

Será que estavam ouvindo? Talvez. Elas mordiscavam delicadamente as bordas das lágrimas de Toby agora secas. É pelo sal, diria um cientista.

– Pilar morreu – continuou. – Mandou saudações para vocês, e agradeceu por terem sido amigas dela por tantos anos. Quando chegar a hora de vocês também seguirem para o mesmo lugar, ela estará lá para recebê-las. – Eram as palavras recomendadas por Pilar. Ao repeti-las em voz alta, Toby sentiu-se uma bobalhona. – Até lá eu serei a nova Eva Seis de vocês.

Ninguém estava ouvindo, mas, se fosse o caso, ninguém acharia estranho, não ali naquele terraço. Lá embaixo, porém, ela seria chamada de doida, como se fosse mesmo uma doida que vaga pelas ruas a falar sozinha.

* * *

Toda manhã Pilar levava notícias às abelhas. Toby seria capaz de fazer o mesmo? Seria, sim. Essa era uma das funções da Eva Seis. Se você não contar para as abelhas tudo o que está acontecendo, dizia Pilar, elas se sentirão ofendidas, formarão o enxame e irão embora para outro lugar. Ou então morrerão.

As abelhas hesitavam no rosto de Toby, talvez sentindo que ela tremia. Mas elas estavam captando o sofrimento que se ocultava por trás do medo, senão já a teriam ferroado. Alguns segundos depois, levantaram voo e se misturaram à multidão de abelhas que sobrevoava em círculos acima das colmeias.

35

Já recomposta, Toby foi transmitir a notícia para Adão Um.
— Pilar morreu — disse. — Ela se encarregou disso pessoalmente.
— Sim, minha querida. Eu sei — disse Adão Um. — Nós conversamos a respeito. Ela usou o anjo da morte e a papoula? — Toby fez que sim com a cabeça. — Mas... isso é um assunto delicado e conto com sua discrição. — Ela não queria mesmo que a maioria dos jardineiros soubesse de toda a verdade. — A jornada final por vontade própria é uma opção moral reservada apenas a quem a experimenta e, é preciso ser dito, apenas aos doentes terminais, como era o caso de Pilar. Mas não é algo a ser alardeado para todos... Sobretudo os jovens, que são impressionáveis e propensos à morbidez e ao falso heroísmo. Acredito que você ficou encarregada do material medicinal de Pilar, não ficou? Não gostaríamos que houvesse algum acidente.
— Fiquei, sim — disse Toby. Preciso encontrar uma caixa, pensou, de metal. Com um cadeado.
— E agora você é a Eva Seis — disse Adão Um, radiante. — Estou tão feliz, querida!
— Suponho que tenha discutido isso com Pilar — disse Toby. A vigília não passou de um artifício, pensou consigo. Para me manter afastada até que Pilar tomasse todas as providências.
— Isso era o que ela mais desejava — disse ele. — Ela nutria um respeito e um amor profundo por você.
— E espero estar à altura dela — disse Toby.
Quer dizer que os dois tinham preparado uma armadilha para ela. O que podia dizer? Ela se viu entrando no ritual como se estivesse com sapatos de pedra.

* * *

Adão Um convocou uma reunião geral na qual fez um discurso mentiroso.

— Infelizmente — começou assim —, a querida Pilar, nossa Eva Seis, faleceu tragicamente no início desta manhã, depois de ter errado na identificação de uma espécie. Embora ela tivesse o crédito de muitos anos de uma prática impecável, talvez tenha sido essa a forma que Deus encontrou para levar nossa amada Eva Seis para uma missão bem maior. Devo lembrar a todos que é muito importante conhecermos os cogumelos com os quais lidamos; procurem restringir as atividades com os cogumelos, escolhendo as espécies mais conhecidas como os cogumelos comestíveis, sobre os quais não impera confusão alguma.

"Enquanto viva, Pilar expandiu enormemente nossa coleção de cogumelos e fungos, acrescentando diversos espécimes silvestres. Alguns podem ajudá-los medicinalmente durante os retiros. Porém, por favor, não os experimentem sem o devido aconselhamento, e prestem muita atenção naqueles que apresentam forma de cálice e sino... Não queremos outro acidente infeliz como esse."

Toby ficou furiosa. Como é que Adão Um questionava a experiência micológica de Pilar? Ela jamais cometera enganos dessa natureza, os velhos jardineiros teriam que saber disso. Por outro lado, talvez só fosse uma forma de falar porque o suicídio era chamado de "morte por infortúnio".

— Fico feliz em anunciar — continuou Adão Um — que nossa preciosa Toby aceitou assumir o posto de Eva Seis. Esse era o desejo de Pilar, e estou certo de que todos concordam que não há ninguém mais adequado para assumir essa posição. Pessoalmente, confio plenamente nela para... para muitas coisas. Seus dons maravilhosos incluem não apenas um vasto conhecimento, mas também bom senso, bravura frente à adversidade e doçura de coração. Foi por tudo isso que Pilar a escolheu.

Alguns balançaram afirmativamente a cabeça por obrigação enquanto outros sorriram para Toby.

— Nossa amada Pilar desejava ser enterrada no parque Heritage para virar adubo — prosseguiu Adão Um. — Ela mesma selecionou a muda que seria plantada em sua cova, uma bela muda de sabugueiro-do-canadá, de modo que com o tempo podemos esperar por dividendos quando sairmos para forragear. Como todos sabem, o enterro clandestino é arriscado porque incorre em pesadas penalidades. O Mundo Exfernal acredita que até a própria morte deve ser regulada e, acima de tudo, paga... Mas teremos cautela nos preparativos do evento e o realizaremos com discrição. Enquanto isso, aqueles que quiserem ver Pilar pela última vez podem se dirigir ao cubículo dela. Se quiserem fazer um tributo floral, sugiro as capuchinhas, que abundam nesta estação. Por favor, não colham as flores dos pés de alho porque devem ser resguardadas para que as sementes sejam recolhidas depois.

Lágrimas rolavam dos olhos de alguns enquanto as crianças soluçavam — Pilar era muito amada. Logo os jardineiros começaram a dispersar. Alguns sorriram mais uma vez para Toby, demonstrando que estavam contentes com a promoção. Ela permaneceu no mesmo lugar porque Adão Um segurou-a pelo braço.

— Desculpe-me, querida — disse ele depois que todos se retiraram. — Peço desculpas por ter transformado o fato em ficção. Às vezes sou obrigado a dizer coisas que não são transparentes e honestas. Mas é em nome de um bem maior.

Toby e Zeb foram escolhidos para selecionar o lugar em que enterrariam Pilar e abrir a cova. O tempo urge, disse Adão Um: os jardineiros não dispunham de um sistema de refrigeração e o clima estava quente. Portanto, se não a enterrassem o mais rápido possível, logo se iniciaria o processo de deterioração do corpo.

Zeb tinha um par de uniformes de zelador do parque Heritage — macacões e camisetas verdes, com o logotipo branco do parque. Eles vestiram os uniformes e saíram com pás, ancinhos, foices e outros instrumentos de jardinagem à traseira de um caminhão. Ela se surpreendeu quando viu que os jardineiros tinham um caminhão, mas tinham. Era uma caminhonete de ar compri-

mido que era guardada em uma loja de artigos veterinários na Lagoa dos Dejetos. Na verdade a loja estava abandonada – de acordo com Zeb não havia mais razão para esse tipo de comércio na Lagoa dos Dejetos, se ainda houvesse algum gato por lá provavelmente acabaria na frigideira de alguém.
Os jardineiros pintam esse caminhão de acordo com o momento, disse Zeb. E naquele momento o veículo apresentava o logotipo do parque Heritage impecavelmente falsificado.
– Há um grande número de ex-artistas entre os jardineiros – disse ele. – É claro que há um grande número de ex-qualquer coisa.
O caminhão atravessou Sinkhole buzinando para os ratos da plebe que passavam na frente e dispensando os que tentavam limpar os vidros a qualquer custo.
– Você já fez isso antes? – perguntou Toby.
– Esse "isso" significa enterrar ilegalmente velhas senhoras em parques públicos? Se for o caso, a resposta é não – disse ele. – Até hoje eu nunca tinha visto uma Eva morrer. Mas sempre há uma primeira vez para tudo.
– Será que é muito perigoso? – perguntou ela.
– Isso nós só vamos ver na hora. Claro que podíamos ter deixado o corpo dela em um terreno baldio para os urubus, mas ela poderia acabar na SecretBurgers. O preço da proteína animal está cada vez mais alto. Ou ela poderia ser vendida para o pessoal dos depósitos de lixo que produz combustível, eles pegam qualquer coisa. Nós a estamos salvando de tudo isso; a velha Pilar detestava petróleo, era contrário à religião dela.
– E não é contrário à sua? – perguntou ela.
Ele soltou um risinho.
– Deixo as excelências da doutrina para Adão Um. Eu simplesmente uso o que é preciso usar, e vou até onde preciso ir. Relaxe; vamos pegar um Happicuppa. – Ele desviou a caminhonete para um estacionamento do centro comercial.
– Vamos beber um Happicuppa? – disse ela. – Geneticamente modificado, cultivado sob o sol e pulverizado com venenos? Isso mata os pássaros e arruína as pessoas... nós sabemos disso.

– Nós estamos atuando – disse ele. – Você tem que representar seu papel! – Deu uma piscadela, foi para o outro lado da caminhonete e abriu a porta como um cavalheiro. – Relaxe um pouco. Aposto que você era uma gata quando entrou para os jardineiros. Eu era, pensou Toby. Isso resume tudo. Apesar disso, sentiu-se lisonjeada; fazia muito tempo que não recebia um elogio.

Um dia, no tempo em que ela trabalhava na SecretBurgers, o Happicuppa era um destaque na hora do lanche; parecia que se passara uma vida inteira desde que o bebera pela última vez. Ela pediu um happicappuccino. Já tinha se esquecido do quão gostoso era. Bebeu em pequenos goles, talvez se passasse uma vida inteira até que bebesse outro, se é que beberia.

– É melhor a gente ir – disse Zeb, e ela nem tinha terminado de beber. – Temos que cavar um buraco. Coloque o boné e enfie o cabelo para dentro, as moças que trabalham no parque fazem assim.

– Ei, vadia do parque – soou uma voz atrás dela. – Mostre sua moita pra nós!

Toby teve medo de se virar para olhar. E já tinha sido informada por Adão Um que Blanco voltara para a Painball – isso era o que se comentava nas ruas.

Zeb notou que ela estava com medo.

– Se algum sujeito se meter com você, acerto ele com a picareta – disse.

Eles voltaram para o caminhão e se foram pelas ruas da plebelândia até o portão norte do parque Heritage. Ele mostrou um passe falsificado aos porteiros e o caminhão entrou. O parque era reservado apenas aos pedestres e nenhum veículo circulava além daquele caminhão.

Ele dirigiu bem devagar e cruzou com famílias sentadas nas mesas de piquenique enquanto a carne tostava na churrasqueira. Alguns grupos desordeiros de ratos da plebe bebiam e faziam algazarra. Uma pedra atingiu o caminhão, os funcionários do parque não portavam armas e aqueles desordeiros sabiam disso. Zeb disse a Toby que vez por outra havia tumultos e até fatalidades. As árvores e as moitas faziam com que as pessoas se sentissem livres de qualquer amarra.

– Onde existe natureza, há bundões – disse ele, animadamente.

Por fim, os dois encontraram um bom lugar – um pedaço de terra onde o sabugueiro-do-canadá pegaria bastante sol e que não os obrigaria a cavar em meio a muitas raízes de árvores. Zeb começou a escavar o solo com a picareta enquanto Toby tirava a terra com a pá. Depois, fincaram uma placa: Plantação – Cortesia da HelthWyzer West.

– Se alguém bisbilhotar, mostro uma autorização – disse ele. – Está bem aqui no meu bolso. Não foi muito cara.

Eles se retiraram quando o buraco ficou bem fundo, deixando a placa no lugar.

O enterro de Pilar aconteceu naquela tarde. O corpo foi transportado de caminhão até aquele lugar, dentro de um saco rotulado como serragem junto a uma muda de sabugueiro-do-canadá e cinco galões de água. Nuala e Adão Um marcharam com o coral das crianças para desviar a atenção para eles e não para Zeb e Toby, que se encarregavam de plantar a muda. O coral cantava o hino do Dia da Toupeira a plenos pulmões. Depois que as crianças cantaram o último verso, Shackleton e Crozier se meteram desafiadoramente à frente do caminho, disfarçados com camisetas de ratos da plebe. Crozier atirou uma garrafa e as crianças começaram a gritar e saíram correndo. Os transeuntes que estavam nas proximidades passaram a observar a perseguição com interesse, no fundo esperando por violência. Zeb depositou o corpo ensacado de Pilar dentro da cova, e posicionou a muda de sabugueiro-do--canadá bem acima do corpo. Toby tapou a cova com terra e em seguida os dois regaram a muda.

– Procure não dar a impressão de que está sofrendo – disse ele a ela. – Aja como se fosse apenas um trabalho.

Outro espectador também participava, um rapazinho alto de cabelos negros. Sem desviar a atenção para a confusão feita pelas crianças, ele permanecia encostado em uma árvore com um ar indiferente. E vestia uma camiseta preta com a frase: O FÍGADO É MAU E PRECISA SER PUNIDO.

– Você conhece aquele rapazinho? – perguntou Toby. A camiseta não se encaixava. Se ele fosse realmente um rato da plebe, a camiseta se encaixaria melhor.

Zeb deu uma olhada.

– Ele? Por quê?

– Está olhando para nós com muito interesse. – Ela se perguntou se o rapazinho seria da CorpSeCorps. Não devia ser. Era muito novo.

– Não encare – disse Zeb. – Ele conhecia a Pilar. Eu o avisei que estaríamos aqui.

36

Adão Um entendia a queda do Homem como multidimensional. Os primatas ancestrais tiveram uma queda das árvores e depois abandonaram o vegetarianismo para se tornarem carnívoros. Logo substituíram o instinto pela razão e com isso chegaram à tecnologia. Então pularam de alguns sinais simples para uma complexa gramática e, por consequência, para a humanidade. Depois, descobriram o fogo e posteriormente as armas, e trocaram o acasalamento sazonal pela prática incessante do sexo. Assim, trocaram a alegria de viver o aqui e agora pela contemplação angustiada do passado e do futuro distantes.

É uma queda eterna, e sua trajetória conduz para o fundo de um poço que nunca termina. Sugado pelo bem do conhecimento, você afunda e aprende cada vez mais, mas nunca alcança a felicidade. E assim foi com Toby quando ela se tornou uma Eva. Sentia o título de Eva Seis se imiscuindo por dentro dela, erodindo-a, fazendo desmoronar tudo o que fora um dia. Era mais que uma vestimenta felpuda, era uma vestimenta de urtiga. Como pôde ter se deixado enredar dessa maneira?

Agora, no entanto, ela sabia mais. Como todo conhecimento, uma vez que você o tenha, não consegue imaginar como era antes de tê-lo. Como um estágio mágico, antes que se dê conta o conhecimento se coloca à frente enquanto você está olhando para outra coisa.

Por exemplo: os Adãos e as Evas tinham laptop. Toby ficou chocada quando descobriu isso – não seria uma transgressão, uma afronta direta aos princípios dos jardineiros? Mas Adão Um lhe assegurou: eles só se conectavam em casos extremos, eles o usavam apenas para armazenar dados cruciais referentes ao Mundo Exfernal, e eram ainda mais cautelosos em manter o perigoso objeto fora do alcance de quase todos os jardineiros – especialmente as crianças. Apesar disso, eles tinham laptop.

– É como uma coleção pornô do Vaticano – argumentou Zeb para ela. – A salvo em nossas mãos.

O laptop era mantido em um compartimento secreto de uma parede detrás dos barris de vinagre da salinha onde se faziam as reuniões bimensais dos Adãos e Evas. Havia uma porta para essa salinha, mas o que diziam a Toby antes de ter se tornado uma Eva é que aquilo era apenas um armário para guardar garrafas. Lá dentro realmente havia prateleiras com garrafas vazias, mas a estante de prateleiras era uma fachada que ocultava a porta. Uma porta que se mantinha trancada, apenas os Adãos e as Evas tinham a chave. Agora Toby também tinha uma chave.

Ela devia ter deduzido que Adãos e Evas se reuniam de um jeito ou de outro. Pareciam agir e pensar em uníssono, mas não usavam nem telefones nem computadores. Então, como tomariam decisões sem se reunirem pessoalmente? Talvez ela tivesse presumido que trocavam informações quimicamente, como as árvores. Mas não era nada disso, nada de tão vegetal: sentavam-se ao redor de uma mesa como qualquer outro conclave, e discutiam posições teológicas e práticas de maneira tão enfática quanto a dos monges medievais. E da mesma forma que acontecia com os monges, o perigo era crescente. Isso preocupava Toby porque as corporações não toleravam oposição, e a posição dos jardineiros contrária às atividades comerciais podia ser vista como tal. E ela então não estava abrigada em uma espécie de casulo sobrenatural como havia suposto no passado. Pelo contrário, caminhava no limite de um poder real e potencialmente explosivo.

Até porque, pelo que parecia, os jardineiros estavam longe de ser uma pequena seita local. Eles cresciam em influência e não se confinavam mais ao terraço do Edencliff em Sinkhole: já controlavam terraços e prédios vizinhos, sem falar nas ramificações que se estendiam a outras áreas pobres e a outras cidades. Além disso, cultivavam células de simpatizantes dos mais diversos níveis sociais no Mundo Exfernal e até mesmo nas corporações. Segundo Adão Um, as informações passadas por esses simpatizantes eram indispensáveis, já que pelo menos as intenções e os movimentos dos inimigos podiam ser monitorados.

Os jardineiros se referiam a essas células como trufas; as trufas são subterrâneas, raras e valiosas, nunca se sabe onde brotarão da próxima vez e são empregados porcos e cães para rastreá-las. Não que tivessem alguma coisa contra porcos e cães, Adão Um fazia questão de frisar – eles eram contra a escravidão dessas criaturas pelas forças sombrias.

Embora dissimulando dos outros jardineiros a perturbação que os incomodava, na realidade os Adãos e as Evas ficaram apavorados com a prisão de Burt. Alguns achavam que a CorpSeCorps proporia a velha e diabólica barganha – informação em troca de vida. Mas a CorpSeCorps não precisava fazer acordos, dizia Zeb com um ar sério, porque tão logo iniciavam os procedimentos de rendição o prisioneiro abria o bico. Quem poderia saber quantas mentiras incriminadoras teriam sido extraídas do pobre Burt, junto com muito sangue e muito vômito?

Temendo que a CorpSeCorps surgisse a qualquer momento, os jardineiros trataram de pôr em prática os planos de evacuação rápida e alertaram as células de trufas que talvez tivessem que escondê-los. Não demorou e Burt foi descoberto no terreno baldio atrás da Scales & Tails, com queimaduras espalhadas pelo corpo e sem os órgãos vitais.

– É para dar a impressão de que a morte foi causada por uma briga de rua – disse Zeb, na reunião do conselho atrás da sala de vinagre. – Mas isso não convence. Uma turba de rua faria mutilações mais aleatórias. Que coisa engraçada.

Nuala reagiu, dizendo que Zeb tinha sido desrespeitoso ao usar a palavra *engraçada* naquele contexto. Zeb respondeu que tinha sido irônico. A parteira Marushka, que raramente abria a boca, disse que a ironia era superestimada. Zeb disse que nenhum jardineiro superestimava dessa maneira. Rebecca, que agora era uma Eva poderosa – Eva Onze da Combinação de Nutrientes –, disse que todos deviam fechar a boca e morder a língua. Adão Um disse que uma casa dividida não se aguentaria de pé. Então, iniciou-se um debate mais elevado em torno das providências a serem tomadas com o corpo de Burt. Rebecca frisou que Burt tinha sido um Adão, e portanto merecia ser enterrado clandestinamente no parque Heritage como qualquer Adão ou Eva. Isso seria justo. Philo Neblina, que naquele conselho se mostrava menos enevoado do que lá fora, disse que isso também seria muito perigoso: e se a CorpSeCorps tivesse plantado o cadáver no terreno baldio com o único objetivo de pegar quem aparecesse por lá? Stuart Parafuso disse que a CorpSeCorps já sabia que Burt era um jardineiro e que eles não precisavam saber de mais nada. Zeb disse que a exposição do cadáver de Burt talvez fosse um recado da CorpSeCorps à população local, uma ostentação de poder para impedir futuras ações independentes.

Nuala argumentou que, se eles não podiam enterrar Burt, talvez pudessem voltar à noite até o terreno baldio para jogar um pouco de terra sobre o corpo, como um gesto simbólico. Ela, pessoalmente, sentiria a alma mais leve se pudesse fazer isso. Mugi disse que Burt era um porco imundo que os traíra, e que não entendia tanto papo a respeito do morto. Adão Um disse que todos deviam fazer um minuto de silêncio e mandar luz para Burt de coração, e Zeb disse que eles já tinham mandado tanta luz que era provável que o cara já estivesse ardendo como um homem-bomba na frigideira de alguma franquia de galinha frita. Nuala acusou Zeb de frivolidade. Adão Um disse que eles deviam meditar durante a noite inteira porque talvez a solução chegasse via inspiração visionária. Philo disse que nesse caso teria que queimar um fumo.

Mas no dia seguinte o cadáver de Burt já não estava no terreno baldio; os coletores dos depósitos de lixo que produziam combustível o tinham recolhido, informou Zeb, comentando que sem sombra de dúvida àquela altura o corpo já devia estar abastecendo a van de algum funcionário das corporações. Toby quis saber como ele podia ter tanta certeza, e ele disse que tinha conexões entre as gangues dos ratos da plebe que delatavam qualquer um em troca de grana.

Adão Um fez um discurso para todos os jardineiros, no qual relatou o destino de Burt, classificando-o como vítima seduzida pelo espírito da cobiça materialista, um indivíduo mais digno de pena do que de condenação, e solicitou da audiência uma vigilância redobrada em relação a curiosos e, principalmente, a qualquer movimentação estranha.

Mas nada de estranho foi comunicado. Os meses se passaram, e depois, mais meses ainda. As tarefas diárias e as horas de aula transcorreram como de costume, e mantiveram-se as agendas, tanto dos dias santos como dos festivais. Toby começou a ter aulas de macramê, na esperança de curar devaneios inúteis e desejos inférteis para poder se concentrar no aqui e agora. As abelhas cresceram e se multiplicaram, e a cada manhã Toby passava notícias a elas. No céu, a lua cumpria todas as fases. Nasceram muitos bebês, houve uma infestação de besouros verdes e brilhantes e surgiu uma porção de novos jardineiros convertidos. As areias do tempo são movediças, dizia Adão Um. Pode-se afundar nelas sem deixar pistas. E se é abençoado quando as coisas que afundam não passam de preocupações inúteis.

O PEIXE DE ABRIL

O PEIXE DE ABRIL

ANO 14

**DA LOUCURA DE TODAS AS RELIGIÕES.
DITO POR ADÃO UM.**

Queridos amigos, caras criaturas e queridos mortais.

Dia do Peixe de Abril, que momento agradável aqui neste terraço do Edencliff! Este ano as lanternas de peixes, modeladas como os peixes fosforescentes que adornam as profundezas do oceano, estão ainda mais bonitas, e os bolos com formato de peixe parecem deliciosos! Nós temos que agradecer a Rebecca e suas ajudantes especiais, Amanda e Ren, por essas guloseimas.

Nossas crianças sempre se alegram nesse dia porque podem fazer piadas com os mais velhos; e desde que as brincadeiras não ultrapassem os limites, nós, os mais velhos, as recebemos de bom grado porque nos trazem a lembrança da nossa própria infância. A lembrança de como nos sentíamos pequeninos nessa época e de como dependíamos da força, do conhecimento e da sabedoria dos mais velhos para nos manter a salvo nunca nos magoa. Ensinemos, pois, a nossas crianças a tolerância, a generosidade, a delicadeza e os limites adequados, e também a risada alegre. Como Deus abrange todas as coisas, Ele também deve abranger um senso de jocosidade – uma dádiva que compartilha com outras criaturas além de nós, como vemos nos truques feitos pelos corvos, na disposição desportiva dos esquilos e nas travessuras dos gatinhos.

No Dia do Peixe de Abril, de origem francesa, fazemos troça dos outros, grudando um peixe de papel ou, no nosso caso, um peixe de pano reciclado nas costas dessas pessoas, e depois gritamos: "Peixe de Abril!" Ou na língua francesa original: *Poisson d'Avril!*

Nos países anglófonos esse dia é conhecido como Dia do Bobo de Abril. Mas certamente o Peixe de Abril foi a princípio um festival cristão, pois a imagem do peixe era um sinal secreto da fé dos primeiros cristãos naqueles tempos de opressão.

O peixe era um símbolo apropriado porque os primeiros apóstolos de Jesus eram dois pescadores, certamente escolhidos por ele para conservar a população de peixes. Os dois apóstolos foram *instruídos* a serem pescadores de homens e não de peixes, neutralizando assim dois destruidores de peixes! Jesus estava atento às aves, aos animais e às plantas, o que está bem claro nos sermões em que cita os pardais, as galinhas, as ovelhas e os lírios. Mas não lhe passou despercebido que uma grande parte do Jardim de Deus estava debaixo d'água e que a água também precisava de atenção. São Francisco de Assis pregou um sermão para o peixe e não se deu conta de que o peixe comunga diretamente com Deus. Mesmo assim, o santo estava afirmando o respeito que se deve ter por eles. Quão profético isso soa atualmente, nesta hora em que os oceanos do mundo estão sendo devastados!

Alguns assumem a visão de que os humanos são mais inteligentes que os peixes, e assim tornam o Dia do Peixe de Abril uma data sem importância. Mas a vida do espírito sempre parece tola aos olhos daqueles que não a vivem e por isso devemos assumir com alegria o rótulo de tolos de Deus, até porque em relação a Deus todos somos tolos, por mais sábios que nos consideremos. Para ser um peixe de abril é preciso aceitar com humildade a própria tolice e admitir com fervor o disparate – do ponto de vista materialista – de cada verdade espiritual que professamos.

Agora, vamos todos meditar a respeito de nossos irmãos peixes.

Querido Deus, rogamos a Vós que criastes o grande mar com incontáveis criaturas que zeleis por todos aqueles que vivem no jardim subaquático, de onde a vida originou-se; e implomoramos para que nenhum deles desapareça da Terra, vítima de mãos humanas. Que Vosso amor e Vossa cura se estendam às criaturas marítimas, hoje em grande perigo e sofrimento por causa do aquecimento das águas, das redes e anzóis no fundo do mar e da matança de todas as criaturas marinhas, tanto as que habitam em águas rasas como as que habitam as profundezas, como a lula gigante, por exemplo. E que Vossa lembrança se volte para as baleias, criadas por Vós no quinto dia e colocadas no mar para ali se divertirem; e que Vossa ajuda se volte especialmente aos tubarões, essas criaturas tão incompreendidas e perseguidas.

Concentremos a mente na zona morta do golfo do México, e na extensa zona morta do lago Erie, e na extensa zona morta do mar Negro, e na grande desolação do mar da Noruega, onde um dia o bacalhau abundou, e no degelo da Grande Geleira antártica.

Trazei todos de volta à vida; fazei o amor brilhar sobre essas criaturas e restaurai a todas; e perdoai-nos pelos nossos assassinatos oceânicos, e pela nossa estupidez, uma estupidez equivocada que nos faz ser arrogantes e destrutivos.

E ajudai-nos a aceitar com humildade nosso parentesco com os peixes, que nos parecem mudos e tolos, quando sob Vossos olhos todos somos mudos e tolos.

Ó DEUS, O SENHOR CONHECE NOSSA ESTUPIDEZ

Ó Deus, o Senhor conhece nossa estupidez,
E todas nossas tolas ações;
O Senhor nos observa correndo atarantados,
Perseguindo inúteis ambições.

Às vezes duvidamos que o Senhor é amor,
E de agradecer esquecemos;
Achamos o céu uma vazia lacuna,
E como espaço vazio o universo vemos.

Nós caímos na melancolia,
E amaldiçoamos a hora que nos aborrece;
Ou clamamos que o Senhor não existe,
Ou que de nós se esquece.

Perdoe-nos por nosso vazio,
Pelos dizeres sombrios que nós vivemos a clamar;
Hoje nos colocamos como vossos tolos,
Para celebrar e brincar.

Nós temos pleno conhecimento
De tudo que em nós é sem sentido –
Nossas pequenas batalhas e infortúnios,
E a dor que nos temos infligido.

Em Peixe de Abril fazemos troças e cantamos
E rimos como criança;
Zombamos da pompa e do orgulho,
E sorrimos para tudo o que a vista alcança.

Vosso mundo estrelado ultrapassa o pensamento,
E sem medidas nos deixa assombrados;
Que entre vossos tesouros brilhantes,
Sejamos tolos em vosso cofre guardados.

do *Hinário Oral dos Jardineiros de Deus*

37

REN

ANO 25

Devo ter cochilado – a zona de segurança cansa –, porque estava sonhando com Amanda. Ela caminhava em minha direção com uma roupa cáqui, atravessando um capinzal seco e cheio de ossos. Lá em cima, os urubus sobrevoavam. Mas Amanda me viu sonhando com ela e sorriu para mim, e acordei.

Era muito cedo para ir para a cama, e então resolvi fazer as unhas dos pés. Starlite gostava do efeito de garras fortalecidas com seda de aranha, mas eu nunca usava isso porque Mordis dizia que passaria uma imagem irreal, como um coelho com ferrões. Assim, optava pelo tom pastel. Unhas lustrosas fazem você se sentir renovada e reluzente; se alguém quiser chupar seus dedos, eles devem valer a chupada. Enquanto o esmalte secava, foquei a câmera do intercom no quarto que eu dividia com Starlite. Eu me sentia bem ao me conectar a minhas próprias coisas – meu armário, meu robocão, minhas roupas nos cabides. Mal podia esperar para voltar à vida normal. Não que fosse exatamente normal. Mas era a vida que eu tinha.

Depois, resolvi dar uma navegada na rede, em busca de sites astrológicos para saber o que o horóscopo me reservava na semana que se aproximava; se meus testes apresentassem um bom resultado, logo eu estaria fora da zona de segurança. O site Wild Stars era meu favorito; gostava dele porque era encorajador.

> A lua em seu signo escorpião indica que seus hormônios estão a todo vapor nesta semana! Isto é quente, quente, quente! Divirta-se, sem levar essa explosão sexual muito a sério – ela passará.

Agora você está trabalhando muito para tornar sua casa um agradável palácio. É hora de comprar aqueles lençóis de cetim e se enfiar neles!
Esta semana você estará em plena posse de sua sensibilidade taurina!

Minha expectativa era a de que o romance e a aventura guiassem meu caminho quando eu saísse da zona de segurança. E talvez algumas viagens ou jornadas espirituais – às vezes o horóscopo fazia referências a isso. Mas meu horóscopo não estava lá essas coisas:

> Mercúrio, o mensageiro, em seu signo peixes indica que coisas e pessoas do passado vão surpreendê-la nas próximas semanas. Esteja preparada para transições rápidas! O romance pode assumir formas estranhas – ilusão e realidade agora dançam muito junto, por isso, aja com cuidado!

Não gostei da parte sobre o romance assumindo formas estranhas. Já tinha isso o bastante em meu trabalho.

Quando voltei para o Snakepit, o lugar estava apinhado de gente. Savona ainda estava no trapézio, e Crimson Petal também estava lá e exibia uma malha de biofilme com franjas na região genital, de modo que parecia uma orquídea gigante. Mais abaixo, Starlite continuava divertindo seu freguês. Aquela garota era capaz de ressuscitar os defuntos, mas o sujeito estava tão perto de perder os sentidos que achei que daquela vez ela não conseguiria uma boa gorjeta.

Os vigias das CorpSeCorps circulavam, mas de repente eles olharam na direção da entrada e pulei para a outra câmera para também olhar. Era Mordis que conversava com outra dupla da CorpSeCorps. Eles estavam acompanhados por outro cara da Painball, cuja aparência era bem pior que a dos outros três que estavam lá dentro. Mais explosiva. Mordis não estava nada satisfeito. Quatro painballers – era coisa demais para lidar. E se eles fossem de times diferentes que tinham se enfrentado na véspera?

Mordis conduziu o recém-chegado até um canto mais distante. Depois, gritou no celular; imediatamente surgiram três bailarinas: Vilya, Crenola e Sunset. Bloqueiem a vista, ele deve ter dito para elas. Usem os peitos, para o que mais Deus os teria feito? Logo um tremeluzir de brilhos, uma lufada de penas, e seis braços ao redor do sujeito. Eu quase conseguia ouvir o que Vilya estava dizendo no ouvido dele: *fique com duas, amorzinho, é baratinho*.

Mordis fez um sinal e aumentaram o som da música: eles se distraem com a música alta e se tornam menos violentos com os ouvidos ocupados. Depois, as dançarinas treparam em cima do sujeito como anacondas. Dois leões de chácara da Scales estavam de guarda.

Mordis ria satisfeito, situação sob controle. Ele tinha guiado o sujeito pelos cômodos de teto emplumado e o entupido de álcool, e depois colocou algumas garotas em cima do sujeito e o transformou em um zumbi doidão e feliz, como o próprio Mordis dizia. E como já tínhamos a BlyssPluss, o sujeito teria orgasmos múltiplos e muitas sensações de prazer, sem correr o risco de ser contaminado por algum micróbio letal. A mobília da Scales tinha que agradecer muito a essa droga: a partir do momento em que começou a ser consumida, nunca mais houve quebra-quebra. A droga era servida com frutinhas mergulhadas em chocolate e com azeitonas no óleo de soja – se bem que você tem que tomar cuidado com uma overdose, dizia Starlite, senão o pau dos caras arrebenta.

38

Como de costume, no ano 14 tivemos o Dia do Peixe de Abril. Nessa data se esperava que você agisse de maneira tola e risse muito. Preguei um peixe no Shackie, e Croze pregou um peixe em mim, e Shackie pregou um peixe na Amanda. Um grupo de crianças pregou peixes em Nuala, mas ninguém pregou em Toby porque ninguém chegava por trás dela sem ser reconhecido. Adão Um pregou um peixe nele mesmo, para demonstrar um ponto de vista sobre Deus. O pirralho do Oates corria de lá para cá, gritando "dedos de peixe" e cutucando as costas de todo mundo, até que Rebecca o fez parar. Então, ele ficou triste e tive que levá-lo para um canto e contar a história do *Pequeno urubu*. No fundo, por trás daquele pestinha havia um doce de garoto.

Zeb estava fora, viajando – nos últimos tempos ele sempre estava viajando. Lucerne ficou em casa; ela disse que não tinha nada para celebrar, e que de um jeito ou de outro aquele festival era uma coisa estúpida.

Era meu primeiro Peixe de Abril sem Bernice. Desde pequenas confeitávamos o bolo em forma de peixe, isso antes da chegada de Amanda. Brigávamos o tempo todo sobre o que colocaríamos no bolo. Uma vez o cobrimos com um glacê verde feito de espinafre e cortamos duas rodelas de cenoura para representar os olhos. Ficou parecendo realmente tóxico. Quando penso naquele bolo me dá vontade de chorar. Onde estaria Bernice? Eu me sentia envergonhada por ter sido cruel com ela. E se estivesse morta como Burt? Se estivesse, parte da culpa era minha. A maior parte. Por minha culpa.

* * *

Eu e Amanda voltávamos para a Fábrica de Queijo, acompanhadas de Shackie e Croze – para nos proteger, eles argumentaram. Amanda riu do argumento, mas disse que podiam nos acompanhar, se quisessem. Nós quatro estávamos de novo mais ou menos amigos, se bem que de vez em quando Croze virava para Amanda e dizia:

– Você ainda está nos devendo.

Ela o calava com alguma ameaça.

Estava escuro quando voltamos da Fábrica de Queijo. Pensamos que estaríamos encrencados por voltar muito tarde – Lucerne nunca deixava de nos advertir sobre os perigos da rua. Acontece que Zeb já estava de volta e os dois já estavam brigando. Ficamos então no corredor, à espera do fim da briga – porque o conflito daqueles dois se espalhava pela casa toda.

Como sempre, a discussão era travada aos berros. Alguma coisa caiu ou foi jogada por alguém; só podia ter sido por Lucerne, Zeb não era de jogar coisas.

– O que está havendo? – perguntei para Amanda. Ela estava com o ouvido grudado à porta. Não se vexava em bisbilhotar.

– Sei lá – respondeu ela. – Lucerne está berrando demais. Ah, espera... Ela está dizendo que ele tem trepado com a Nuala.

– Nuala, não – disse eu. – Ele não pode! – Naquele momento me dei conta de como Bernice se sentira quando falamos aquelas coisas do pai dela.

– Qualquer homem faz sexo com qualquer coisa, é só ter uma chance – disse Amanda. – Agora ela está dizendo que ele é um canalha. E que a despreza e a trata como um lixo. Acho que ela está chorando.

– Talvez seja melhor parar de ouvir.

– Está bem – disse Amanda. Ficamos encostadas na parede, esperando pelas lamúrias de Lucerne. Ela sempre fazia isso. Depois Zeb sairia batendo a porta atrás dele e passaríamos dias sem vê-lo.

Zeb saiu.

– Vejo vocês por aí, rainhas da noite – disse ele. – Se cuidem, tá? – brincou com a gente como sempre brincava, mas as palavras não soaram de um modo divertido. Ele estava com uma cara feia.

Geralmente, depois das brigas, Lucerne se deitava na cama aos prantos, mas naquela noite começou a fazer a mala. Na verdade, a mala era uma mochila cor-de-rosa que eu e Amanda tínhamos catado na rua. Não havia muita coisa para colocar lá dentro, de modo que Lucerne terminou a arrumação rapidamente e em seguida entrou em nosso cubículo.

Eu e Amanda fingimos que estávamos dormindo, enfiadas debaixo das colchas de brim.

– Ren, levanta – disse Lucerne. – Vamos embora.

– Pra onde – perguntei?

– De volta ao condomínio da HelthWyzer.

– Agora?

– Agora mesmo. Por que está olhando desse jeito? Você sempre quis isso. – Era verdade, sempre sonhei em voltar para o condomínio da HelthWyzer. Era fissurada nisso. Mas deixei de pensar tanto nisso depois que Amanda foi morar com a gente.

– Amanda também vai? – perguntei.

– A Amanda fica aqui.

Gelei.

– Quero que ela vá – pedi.

– Não é possível – retrucou Lucerne. Estava acontecendo alguma coisa diferente. Ela se libertara do feitiço que a paralisava, o feitiço de Zeb. E se livrara do sexo como se tirasse uma roupa velha. E agora estava ríspida, decidida, racional. Será que tinha sido assim no passado? Não consegui lembrar.

– Por quê? – perguntei. – Por que Amanda não pode ir?

– Porque não a deixarão entrar na HelthWyzer. Lá poderemos conseguir nossas identidades, mas Amanda não tem identidade e claro que não tenho dinheiro para lhe comprar uma. Eles cuidarão dela aqui – acrescentou, como se Amanda fosse um bichinho de estimação que eu estava sendo forçada a abandonar.

– De jeito nenhum. Se ela não for, também não vou!

– E onde vão viver? Aqui? – perguntou Lucerne, com um ar de desacato.

– Ficaremos com Zeb – respondi.

– Ele nunca está em casa – retrucou ela. – Vocês acham que deixarão duas garotas se virarem sozinhas?

– Então vamos viver com Adão Um – disse eu. – Ou com Nuala. Ou quem sabe com Katuro.

– Ou com Stuart Parafuso – disse Amanda, esperançosa. Foi o cúmulo do desespero... Stuart era austero e solitário... mas abracei a ideia.

– Podemos ajudá-lo a fazer os móveis – disse eu. Já imaginava o cenário... Eu e Amanda coletando tralhas para o Stuart, serrando, martelando e preparando chás de ervas durante o trabalho.

– Vocês não serão bem-vindas – disse Lucerne. – Ele é um misantropo. Não tolera nenhuma das duas por causa do Zeb, assim como não tolera ninguém.

– Ficaremos com Toby – argumentei.

– A Toby tem outras coisas a fazer. E agora basta. Se Amanda não encontrar ninguém que esteja disposto a ficar com ela, pode muito bem voltar para os ratos da plebe. De um jeito ou de outro, ela pertence a eles. Você, não. Agora trate de se apressar.

– Preciso vestir minhas roupas – disse eu.

– Está bem. Dez minutos. – Ela saiu do cubículo.

– O que faremos? – sussurrei para Amanda enquanto me vestia.

– Não sei – sussurrou também ela. – Depois que entrar você nunca mais poderá sair de lá. Esses condomínios são como castelos, são como cadeias. Ela jamais permitirá que você me veja. Ela me odeia.

– Estou me lixando para o que ela acha – sussurrei. – Vou arrumar um jeito de sair.

– Meu telefone – sussurrou ela. – Leve. É pra você me telefonar.

– Vou arrumar um jeito de você ir – sussurrei. A essa altura eu chorava em silêncio. Coloquei rapidamente o telefone roxo dentro do bolso.

– Rápido, Ren – disse Lucerne.
– Telefono pra você! – sussurrei. – Meu pai vai comprar uma identidade pra você!
– É claro que vai – disse Amanda, suavemente. – Não faça besteira, está bem?

Lucerne agiu rapidamente no cômodo principal. Despejou no parapeito da janela um pobre tomateiro que cultivava no vaso. Embaixo da terra apareceu um saco plástico cheio de dinheiro. Acho que o tinha conseguido com as vendas na feirinha da Árvore da Vida – sabonetes, vinagre, macramê, colchas. Dinheiro vivo era uma coisa ultrapassada, mas ainda usado em pequenas transações e os jardineiros não tinham dinheiro virtual porque proibiam os computadores. Ela vinha guardando dinheiro para uma fuga. Não era, então, o capacho que eu pensava.

Depois, pegou a tesoura e cortou seus longos cabelos à altura da nuca. O corte ecoou um som de velcro – arranhado e seco. Colocou a pilha de cabelos no meio da mesa de jantar.

Em seguida me pegou pelo braço e me arrastou escada abaixo. Ela nunca saía à noite por causa dos bêbados e drogados nas esquinas das ruas, afora as gangues e os assaltantes. Mas ela estava com muita raiva e muita energia e todos saíram de nosso caminho como se fôssemos contagiosas. Até os membros da Fusão Asiática e da Redfish nos evitaram.

Levou tempo para atravessarmos Sinkhole e a Lagoa dos Dejetos, e depois alguns bairros mais ricos. À medida que seguíamos em frente, as casas, os hotéis e os prédios assumiam uma nova aparência e as ruas se mostravam mais vazias de gente. Em Big Box pegamos um táxi solar; o carro passou por Golfgreens e logo por um amplo espaço vazio, e por fim chegamos aos portões do condomínio da HelthWyzer. Fazia tanto tempo que eu não via aquele lugar, que parecia aquele tipo de sonho em que você não reconhece nada, por mais que esteja lá. Eu estava um pouco enjoada, mas deve ter sido pela excitação.

Antes de sairmos do táxi, Lucerne despenteou meu cabelo, sujou o próprio rosto e rasgou seu vestido.
– Por que está fazendo isso? – perguntei. Mas ela não respondeu.

No portão de entrada da HelthWyzer topamos com dois guardas atrás de uma janelinha de vidro.
– Identidades? – disseram.
– Já não temos – disse Lucerne. – Foram roubadas. Nós fomos violentamente abduzidas. – Deu uma olhada para trás, como se temendo algum perseguidor. – Por favor, nos deixem entrar, agora! Meu marido... está na Nanobioformas. Ele dirá a vocês quem sou eu. – Começou a chorar.
Um deles pegou o telefone e apertou uma tecla.
– Frank – disse. – Portão principal. Tem uma senhora aqui dizendo que é sua esposa.
– Vamos precisar de material para o teste de DNA – disse o outro guarda. – Depois vocês aguardam na sala de espera até que se verifique e esclareça a bioforma. Logo alguém irá procurá-las.
Sentamos em um sofá de vinil preto na sala de espera. Eram cinco horas da manhã. Lucerne pegou uma revista – *NooSkins*, estava estampado na capa. *Por que viver com imperfeição?* Ela começou a folhear a revista.
– Nós fomos violentamente abduzidas? – perguntei.
– Oh, minha querida – disse ela. – Você não se lembra! Ainda era muito pequena... Eu não quis amedrontá-la. Eles podiam fazer coisas terríveis com você! – Começou a chorar novamente, com mais intensidade. Quando o homem da CorpSeCorps entrou, vestindo uma biorroupa, o rosto dela estava riscado de lágrimas.

39

Muito cuidado com o que você deseja, dizia Pilar. Eu estava de volta ao condomínio da HelthWyzer e de novo com meu pai, exatamente como tanto desejara. Mas não me sentia bem. Todo aquele mármore falso, a mobília imitando antiguidades e os tapetes de nossa casa – nada daquilo parecia real. Lá dentro tinha um cheiro engraçado – parecido com desinfetante. Eu sentia falta do cheiro de folhas dos jardineiros e do cheiro rascante do vinagre, e até mesmo do das bioletas-violetas.

Frank, meu pai, mantivera o meu quarto intacto. Mas a cama com dossel e as cortinas cor-de-rosa pareciam ter encolhido. O quarto era infantil demais para mim. Lá estavam os bichos de pelúcia que um dia foram tão amados por mim, mas aqueles olhos vítreos pareciam mortos. Eu os escondi no fundo de meu armário para que não me atravessassem como se eu fosse uma sombra.

Na primeira noite, Lucerne preparou um banho com essência artificial de flores para mim. Aquela banheira branca e grande e aquelas toalhas felpudas fizeram com que eu me sentisse suja e fedorenta. Eu fedia a terra – terra adubada. Exalava o cheiro azedo de esterco.

Além disso, minha pele estava azul: era a tinta das roupas dos jardineiros, e eu nunca tinha reparado porque os banhos eram escassos entre eles e não havia espelhos. Assim como também não tinha reparado nos pelos que cresceram em meu corpo, e isso foi mais chocante que a pele azulada. Esfreguei e esfreguei o azul, e o azul não saiu. Olhei para as unhas dos meus pés e pareciam garras.

– Vamos passar esmalte nessas unhas – disse Lucerne dois dias depois, ao ver uma sandália de dedos em meus pés. Ela agia como se nada tivesse acontecido, como se os jardineiros não tivessem acontecido, sobretudo Amanda e Zeb. Agora ela vestia roupas de linho e exibia um novo corte de cabelo, cheio de estilo. Já tinha feito até as unhas... Ela realmente não perdia tempo.

– Olhe só todas essas cores de esmalte que comprei pra você! Verde, roxo, coral, e também comprei alguns cintilantes...

Mas eu estava zangada com Lucerne e virei as costas. Ela era uma mentirosa e tanto.

Durante todos aqueles anos eu tinha mantido um esboço de meu pai na cabeça, como um risco de giz que delimitava o espaço da imagem dele. Quando pequena eu sempre coloria essa imagem. Mas as cores eram muito brilhantes e o esboço era muito grande. Frank era menor, mais grisalho, mais careca, e tinha uma aparência mais confusa que a de minha imaginação.

Antes da chegada de meu pai à entrada da HelthWyzer para nos identificar, achei que ele ficaria feliz por nos ver a salvo e não mortas. Mas o rosto dele caiu logo que me viu. Agora me dou conta de que só tinha me visto ainda pequena e que eu já estava bem maior do que ele esperava, e provavelmente bem maior do que ele desejava. Isso sem falar que minha aparência estava bem miserável – nas roupas encardidas dos jardineiros, eu devia estar mais parecida com um dos ratos da plebe que ele via pelas redondezas, se é que algum dia já tinha pisado em Sinkhole e na Lagoa dos Dejetos. Talvez estivesse com medo que eu afanasse a carteira ou os sapatos dele. Ele se aproximou de mim como se eu pudesse morder e me abraçou desastradamente. Meu pai exalava uma mistura química complexa – parecida com cheiro de removedor de cola. Um cheiro capaz de queimar os pulmões.

Naquela noite dormi doze horas e, quando acordei, Lucerne tinha jogado fora e ateado fogo nas roupas de jardineira. Felizmente, eu tinha escondido o telefone de Amanda dentro de um tigre de pelúcia que guardei no armário – tive que cortar a barriga dele. Então, o telefone não foi queimado.

Eu sentia falta do cheiro de minha pele, que perdera o sabor de sal e agora cheirava a sabonete perfumado. Lembrei do que Zeb dizia dos camundongos: se você os retira do ninho, mesmo por pouco tempo, quando os coloca de volta os outros camundongos os destroçam. Será que eu seria rejeitada se voltasse para os jardineiros com aquele cheiro artificialmente floral?

Lucerne me levou à clínica da HelthWyzer para que vissem se eu estava com piolhos e vermes. Isso significou uma porção de dedos esquadrinhando meu corpo todo.

– Ai, meu Deus – disse o médico quando viu minha pele azulada. – Querida, são feridas?

– Não – respondi. – É tinta.

– Ora. Eles fizeram você se tingir?

– É tinta de roupas – respondi.

– Entendo – disse o médico. Depois ele marcou uma consulta na clínica psiquiátrica para mim, uma clínica com prática no tratamento de pessoas sequestradas por seitas. Minha mãe também teria que participar das sessões.

Foi durante as sessões que descobri o que ela estava contando a todas as pessoas. Nós tínhamos sido agarradas na rua durante as compras, mas ela não sabia precisar exatamente para onde nos levaram porque nunca a deixaram saber. Ela disse que a seita não era propriamente culpada – um dos homens da seita é que estava obcecado em torná-la escrava sexual e a deixava sem sapatos para mantê-la cativa. O tal homem era supostamente chamado de Zeb, se bem que nem ela sabia o nome dele. Ela disse que eu era muito pequena para perceber o que estava acontecendo, mas também tinha sido uma refém – ela se via obrigada a cumprir as ordens daquele homem mau, servi-lo em todos os seus caprichos, os mais revoltantes que se pode imaginar, porque senão minha vida estaria em perigo. Por fim, conseguiu dividir sua angústia com outro membro da seita – uma espécie de freira. Ela devia estar se referindo a Toby. Essa mulher a tinha ajudado a escapar, trazendo os sapatos e arranjando dinheiro, e depois atraindo o homem malvado para longe de modo que ela pudesse fugir.

Lucerne também disse que não adiantaria nada me fazer perguntas. Os membros da seita tinham sido bons comigo e, além disso, eles também estavam sendo enganados. Ela era a única que sabia da verdade. Fora difícil carregar o fardo sozinha. Qualquer mulher que amasse o filho como ela me amava não faria o mesmo?

Antes das sessões psiquiátricas, ela apertava meu braço e dizia:
– Lembre-se de que Amanda ainda está lá.

Ou seja, se eu dissesse a alguém que ela estava mentindo, de repente ela poderia se lembrar do lugar do cativeiro e a CorpSeCorps invadiria o lugar com armas de spray, e sabe-se lá o que aconteceria... Muitos inocentes eram mortos durante tais ataques. Segundo a CorpSeCorps, isso era inevitável. Afinal, a ordem pública tinha que ser mantida.

Lucerne ficou me cercando durante semanas para ver se eu não tentaria fugir ou traí-la. Mas pelo menos eu tinha a chance de pegar o telefone roxo e ligar para Amanda. Ela me mandou uma mensagem de texto comunicando o número do novo telefone que havia afanado, e dessa maneira eu poderia localizá-la – ela sempre pensava em tudo com antecedência. Eu me enfiei no armário para lhe telefonar. Lá dentro tinha uma lâmpada, como todos os armários da casa. Era um armário tão grande quanto meu antigo cubículo.

Amanda atendeu na mesma hora. E lá estava ela na tela com a mesma cara de sempre. Morri de vontade de voltar para os jardineiros.

– Eu estou com muita saudade de você, de verdade – disse eu.
– Fugirei logo que puder. – Mas acrescentei que não sabia quando isso seria possível porque Lucerne mantinha minha identidade trancada em uma gaveta, e eu não poderia passar pelo portão sem apresentá-la.

– Você não pode negociar? – perguntou Amanda. – Com os guardas?

– Não – respondi. – Isso é impossível. Aqui é diferente.

– Oh. O que houve com seu cabelo?

– Lucerne me fez cortá-lo.

– Achei legal – disse ela, e acrescentou: – Encontraram o corpo do Burt jogado no terreno baldio atrás da Scales. Estava com queimaduras causadas por gelo.

– Será que ele ficou no congelador?

– O que restou dele. Faltavam algumas partes... fígado, rins, coração. Zeb disse que os traficantes de órgãos vendem essas partes e depois guardam o resto dentro de um congelador, até que seja necessário mandar uma mensagem.

– Ren! Cadê você? – Era Lucerne me procurando no quarto.

– Tenho que ir – sussurrei. Enfiei o telefone de volta na barriga do tigre. – Estou aqui – gritei lá para fora. Meus dentes batiam. Congeladores são tão frios.

– O que está fazendo dentro do armário, querida? – perguntou Lucerne. – Vem lanchar! Você já vai se sentir melhor! – A voz dela soou esganiçada. Quanto mais eu agisse como uma louca perturbada, melhor seria para ela, já que poucos acreditariam em mim se eu resolvesse desmascará-la.

A história que ela contava é que eu tinha me traumatizado por ter convivido com gente insana de uma seita ainda mais insana. Eu não tinha como provar que ela estava errada. De alguma forma, talvez eu estivesse mesmo traumatizada. Ninguém ali se parecia comigo.

40

Lucerne dizia que primeiro eu seria adequadamente ajustada – ajustada era a palavra que eles usavam, como se eu fosse uma alça de sutiã – e depois teria que ir para a escola, porque não era bom ficar enfurnada dentro de casa. Eu precisava sair e recomeçar uma vida nova, exatamente como ela estava fazendo. Isso seria um perigo para ela – eu era como uma bomba-relógio e a qualquer hora a história verdadeira poderia sair da minha boca. Mas ela sabia que eu a julgava em silêncio e isso a aborrecia muito, e a verdade é que ela me queria longe da vista.

Frank parecia ter acreditado na história dela, se bem que a impressão que passava é de não dar a mínima se era ou não verdadeira. Eu já podia entender por que Lucerne tinha fugido com Zeb: pelo menos ele reparava nela. E também reparava em mim, ao passo que Frank me tratava como se eu fosse uma janela: ele nunca olhava para mim, se limitava a me atravessar com o olhar.

Às vezes eu sonhava com Zeb. Sonhava com ele vestindo um casaco de pele de urso, com o zíper aberto no meio como um pijama inteiriço, e saindo de dentro da pele. No sonho ele exalava um cheiro reconfortante – como cheiro de grama molhada, e de canela, e de sal, e de vinagre, e de folhas, igual ao cheiro dos jardineiros.

A escola se chamava Helth Wyzer High. No primeiro dia, vesti uma das roupas novas que Lucerne escolheu para mim. A roupa era cor-de-rosa e amarelo-limão – cores que os jardineiros nunca permitiriam porque sujavam muito e exigiam um enorme gasto de sabão.

Minhas roupas novas pareciam um disfarce. Eu não conseguia me acostumar àqueles trajes apertados, ainda mais se comparados com meus antigos vestidos bem folgados, e com meus braços nus que sobressaíam nas mangas e com minhas pernas que apareciam até os joelhos com a saia curta. Mas segundo Lucerne era isso que todas as garotas da HelthWyzer High usavam.

– Não se esqueça do protetor solar, Brenda – disse ela quando me dirigi para a porta. Agora me chamava de Brenda, dizendo que era meu nome verdadeiro.

A escola escolheu uma aluna para ser minha guia – para ir comigo até a escola, mostrar os arredores. Ela se chamava Wakulla Price. Era magra e tinha a pele lustrosa como um caramelo. Vestia um top em tom pastel igual ao meu, mas usava calça comprida. Olhou admirada para minha saia preguada.

– Gostei da sua saia – disse.

– Foi minha mãe que comprou.

– Oh! – exclamou com um tom de *desculpa*. – Faz dois anos que minha mãe comprou uma parecida para mim. – Isso também me fez gostar da roupa.

No caminho para a escola, Wakulla quis saber *como meu pai tinha reagido à minha volta* e tocou em outros assuntos, mas nada a respeito da seita. Por minha vez, *fiz perguntas sobre a escola e os professores* e a caminhada transcorreu tranquila. Passamos por muitas casas diferentes em estilo, mas todas eram movidas à energia solar. Lucerne sempre frisava que os condomínios desfrutavam a mais alta tecnologia. *Na verdade, Brenda, eles são muito mais ecologistas do que aqueles jardineiros puristas, de modo que você não precisa se preocupar por estar usando muita água quente; e por falar nisso, será que já não está na hora de você tomar outro banho?*

O prédio do ginásio cintilava de tanta limpeza – sem pichações, sem peças faltando, sem janelas pequenas. Havia um gramado verde pontuado de arbustos podados em forma arredondada e uma estátua de Florence Nightingale com uma placa em que estava escrito: "A Dama da Lâmpada". Acontece que alguém tinha trocado o "p" pelo "b", e ficou "A Dama da Lambada".

– Foi o Jimmy quem fez isso – disse Wakulla. – Ele é meu parceiro na aula de nanoformas biotec, e sempre faz gracinhas assim. – Ela sorriu e seus dentes eram realmente brancos. Lucerne vinha dizendo que meus dentes estavam amarelados e que eu precisava de um dentista especializado em odonto estética. Ela já planejava fazer uma nova decoração na casa inteira, e também algumas alterações em mim.

Pelo menos eu estava sem cáries. Os jardineiros eram contra produtos com açúcar refinado e eram rigorosos em relação à escovação dos dentes, se bem que você tinha que usar um galhinho puído porque eles odiavam a ideia de enfiar escovas de plástico ou de animal na boca.

Foi muito estranha aquela primeira manhã na escola. Era como se as aulas fossem em língua estrangeira. As matérias eram diferentes, as palavras eram diferentes. Além disso, havia computadores e cadernos. Eu tinha pavor deles; me parecia perigoso demais, definitivo demais, escrever alguma coisa que pudesse ser achada pelos inimigos – não se podia apagar, como nas lousas. Quis sair correndo até o banheiro para lavar as mãos depois que toquei nos teclados e nos cadernos, um perigo que certamente me contaminara.

Lucerne garantira que nossa famosa história pessoal – abdução violenta e por aí afora – se manteria confidencial entre os oficiais do condomínio da HelthWyzer. Mas alguém tinha dado com a língua nos dentes, porque praticamente toda a escola já sabia. Ainda bem que ninguém tomou conhecimento da história pervertida de escravidão sexual contada por ela. Mas eu precisava sustentar as mentiras para proteger Amanda, Zeb, Adão Um e todos os outros jardineiros. Adão Um costumava dizer que todos estávamos nas mãos uns dos outros. E eu começava a entender o significado dessas palavras.

Na hora do lanche, me vi rodeada por um grupo. Não por maldade, apenas por curiosidade. *Então você viveu mesmo numa seita? Que esquisito! Eles eram muito loucos?* Fizeram um montão de perguntas. Faziam um lanche enquanto perguntavam e o lugar inteiro cheirava a carne. Bacon. Tirinhas de peixe, vinte por cento de peixe de verdade. Hambúrgueres – os WyzeBurgers feitos de carne cultivada artificialmente. Ou seja, nenhum animal era realmente abatido. Mesmo assim, cheirava à carne. Amanda teria digerido tranquilamente o bacon para mostrar que não tinha sofrido uma lavagem cerebral por parte dos comedores de folhas, mas eu não conseguiria ir tão longe. Desembrulhei meu WyzeBurger e tentei comê-lo, mas o troço fedia a animal morto.

– Foi muito ruim lá? – perguntou Wakulla.

– Era só uma seita ecológica – respondi.

– Como a dos lobos isaístas – disse um garoto. – Eles eram terroristas? – O grupo chegou mais perto. Queria ouvir histórias de terror.

– Não. Eram pacifistas. Tínhamos que trabalhar na horta de um terraço. – Contei como realocávamos as lesmas e os caramujos. Na hora eu mesma achei isso estranho.

– Ainda bem que você não os comia – disse uma garota. – Algumas seitas se alimentam de animais atropelados nas estradas.

– Os lobos isaístas fazem isso, de verdade. Eu vi na internet.

– Então você viveu nos domínios da plebe. Que legal.

Foi então que me dei conta de que estava em vantagem porque tinha vivido na plebelândia, onde nenhum deles jamais estivera, exceto talvez em excursões escolares ou em visitas à feirinha da Árvore da Vida com os pais. Então, eu podia dizer o que bem entendesse.

– Você fazia trabalho infantil – disse um garoto. – Era uma pequena ecoserva. Sexy! – Todos riram.

– Jimmy, não seja tão bobão – disse Wakulla. – Não liga, não – dirigiu-se a mim –, ele sempre diz bobagens assim.

Jimmy escancarou um sorriso.

– Você cultuava repolhos? – prosseguiu ele. – Ó grande repolho, beijo sua repolhosidade repolhuda! – Apoiou-se em um joelho e agarrou as pregas de minha saia. – Folhas bonitas, elas podem ser tiradas?

– Pare com isso, seu bafo de carne – disse eu.

– O quê? – Ele riu. – Bafo de carne?

Tive então que explicar que era uma forma de xingamento usada pelos ecologistas. Como papa-porco. Como cara de lesma. Isso fez Jimmy rir ainda mais. Eu me senti tentada. Uma clara tentação. Eu poderia insinuar os detalhes mais bizarros de minha vida na seita e depois fingir que achava tudo tão medonho quanto a garotada da HelthWyzer achava. Isso me tornaria popular. Mas também me vi como Adãos e Evas me veriam, com tristeza, com decepção. Adão Um, Toby, Rebecca. Pilar, mesmo morta. E até Zeb.

Como é fácil trair. Você simplesmente cai nisso. Mas eu já conhecia a traição, por causa de Bernice.

Na saída, Wakulla e Jimmy me acompanharam. Ele não parava de fazer gracinhas esperando pelo nosso riso, e Wakulla ria, por educação. Logo notei que ele tinha uma queda por ela, mas depois ela me disse que ele não passava de um amigo.

Chegamos à casa de Wakulla e, depois que ela se despediu, Jimmy disse que continuaria junto de mim porque também fazia o mesmo percurso. Ele só era irritante quando havia outras pessoas por perto, talvez achasse que era melhor se fazer de tolo antes que alguém fizesse isso. Mas ele era muito melhor quando não estava representando. O que digo é que por dentro era um cara triste, e digo isso porque ele era igual a mim. Senti na mesma hora que era como se fôssemos gêmeos. Foi o primeiro garoto que se tornou realmente meu amigo.

– Deve ser estranho você morar no condomínio depois de ter passado tanto tempo na plebelândia – disse Jimmy em certa ocasião.

– E como! – concordei.

– Um maníaco doidão amarrou mesmo sua mãe na cama? – Deixou escapar o que as outras pessoas deviam estar pensando e não diziam.

– Onde você ouviu isso? – perguntei.

– Atrás da porta – respondeu. Então a mentira de Lucerne tinha vazado.

Respirei fundo.

– Isso fica entre nós, está bem?
– Eu juro – disse ele.
– Não. Ela não foi amarrada na cama.
– Eu achei que não – comentou ele.
– Mas não conte isso a ninguém. Confio muito em você.
– Não contarei. – Ele não perguntou *por quê*. Sabia que, se os outros soubessem que Lucerne só tinha dito bobagens, ficaria claro que ela não tinha sido sequestrada e que simplesmente desfrutara bons momentos. E que tinha feito isso por amor, ou por sexo. E que só tinha voltado para o marido porque o outro sujeito a descartara. Mas ela preferia morrer a ter que admitir isso. Ou melhor, ela preferia matar alguém.

Durante esse tempo eu sempre entrava no armário, tirava o telefone de dentro da barriga do tigre e telefonava para Amanda. Trocávamos mensagens de texto combinando a melhor hora para as chamadas e, quando a conexão estava boa, nos víamos na tela. Eu fazia muitas perguntas sobre os jardineiros. Fiquei sabendo que Amanda não morava mais com Zeb – Adão Um disse que ela já estava bem crescida e que devia dormir em um cubículo destinado a solteiros, mas ela estava achando isso uma chatice.

– Quando é que você volta? – perguntava ela.

Mas eu ainda não tinha arranjado uma forma de fugir de HelthWyzer.

– Estou trabalhando nisso – respondia.

Certa vez estávamos conversando ao telefone e de repente ela disse:

– Olhe só quem está aqui. – A cara de Shackie apareceu, rindo para mim de um jeito encabulado, e me perguntei se os dois não andavam transando. Foi como se Amanda tivesse catado no lixo um objeto brilhante que eu queria para mim, o que era uma estupidez, porque eu não sentia nada pelo Shackie. Cheguei até a me perguntar se não tinha sido ele que naquela noite passou a mão em minha bunda lá na barraca de hologramas. Mas o mais provável é que tivesse sido Croze.

– Como está o Croze? – perguntei para Shackie. – E o Oates?

– Eles estão bem – murmurou ele. – E quando você volta? O Croze está sentindo muita falta de você. E aí, gangue?

"Grena. Gangrena." Eu me espantei por ver que ele ainda usava essa estúpida senha infantil, mas deve ter sido Amanda que o instigou a fazer isso para que não me sentisse excluída.

Depois que Shackie saiu da tela, Amanda me contou que agora eram parceiros nos roubos das lojas. E disse que era uma troca justa: ele cobria a retaguarda enquanto ela roubava e ajudava na venda da mercadoria, e recebia sexo em troca.

– Você não o ama? – perguntei.

Amanda me chamou de romântica. Ela disse que o amor é inútil porque leva a trocas estúpidas, que nos faz desistir de muitas coisas e depois nos torna amargos e maus.

41

Eu e Jimmy passamos a fazer os deveres de casa juntos. Ele foi muito gentil ao me ajudar nas matérias que eu não sabia. Eu memorizava com facilidade porque tinha desenvolvido isso com os jardineiros, e uma simples olhada na lição me fazia ver tudo dentro de minha cabeça como um quadro. E assim peguei as matérias bem depressa, mesmo sendo difícil e me sentindo atrasada.

Jimmy estava dois anos à minha frente e não assistia às mesmas aulas que eu, exceto habilidades vitais, uma matéria destinada a ajudar o aluno a estruturar a própria vida, caso ele tivesse uma vida. Na aula eles misturavam grupos de diversas faixas etárias para que pudessem trocar diferentes experiências de vida e progredir, e Jimmy logo arranjou um jeito de se sentar bem atrás de mim.

– Sou seu guarda-costas – sussurrou ele, o que me deixou segura.

Estudávamos em minha casa quando Lucerne não estava, e quando ela estava estudávamos na casa do Jimmy. Eu gostava de estudar na casa do Jimmy porque ele tinha um bicho de estimação, uma quaxitaca – uma nova experiência genética, metade jaritataca, mas sem fedor, metade guaxinim, mas sem agressividade. Era uma fêmea e se chamava Killer, um dos primeiros espécimes obtidos pela experiência. Killer gostou de mim logo que a peguei no colo.

A mãe do Jimmy também gostou de mim, o que não a impediu de cravar uns olhos azuis e frios em mim e perguntar qual era a minha idade. Gostei dela à primeira vista, se bem que ela fumava muito e isso me fazia tossir. Ninguém fumava entre os jardineiros, pelo menos cigarros. Ela passava o tempo todo no computador, aparentemente trabalhando, mas nem imagino o que fazia porque, na verdade, ela não tinha emprego. O pai do Jimmy quase nunca estava em casa – ele não saía dos laboratórios, pesquisando uma forma de transplantar células e DNA humanos em porcos para cultivar novos órgãos humanos. Perguntei que órgãos eram esses e Jimmy disse que eram rins e talvez pulmões – e explicou que no futuro as pessoas poderiam ter seu próprio porco com clones de diferentes órgãos. Claro que pensei no que os jardineiros achariam disso: não aprovariam porque os porcos seriam mortos.

Jimmy já tinha visto esse tipo de porco, apelidado de porcão porque era muito gordo. Os projetos de clonagem de órgãos eram altamente secretos. Segundo Jimmy, valiam muito dinheiro.

– Seu pai pode ser sequestrado por uma corporação estrangeira para revelar esses projetos? – perguntei. Isso acontecia com muita frequência e os sequestros não eram noticiados, mas os rumores circulavam na HelthWyzer. Às vezes eles resgatavam os cientistas, outras vezes, não. A cada dia a segurança se reforçava mais.

Após o dever de casa íamos ao centro comercial da HelthWyzer para jogar videogame e tomar happicappuccino. Na primeira vez que vi essa bebida falei para Jimmy que era uma beberagem do mal e que não podia bebê-la, e ele riu de mim. Na segunda vez, fiz um esforço e a bebida me pareceu deliciosa, tão deliciosa que mais tarde esqueci que era maligna.

Algum tempo depois Jimmy me fez confidências sobre Wakulla Price. Ele contou que tinha sido a primeira garota que amou e que quando a pediu em namoro ela disse que só gostava dele como amigo. Eu já conhecia a história, mas mesmo assim lamentei e ele disse que ficou um trapo por algumas semanas e que ainda não tinha se recuperado.

Depois ele me perguntou se eu tinha namorado alguém na plebelândia, e eu disse que sim – o que era mentira – e que decidira esquecê-lo porque Lucerne não voltaria para lá e porque é sempre a melhor coisa a fazer quando se quer alguém impossível. Jimmy se mostrou compreensivo em relação a meu namoro perdido e apertou minha mão. Eu me senti culpada pela mentira, mas me senti revigorada com aquele gesto.

Nesse tempo eu tinha um diário – todas as garotas tinham um diário, era uma mania retrô; qualquer um podia invadir seu computador, mas ninguém podia se apoderar de seu caderno. Eu escrevia tudo em meu diário. Era como conversar com alguém. Eu já não achava que era perigoso escrever isso ou aquilo, o que talvez mostre que estava mesmo me desligando dos jardineiros. Eu guardava meu diário no armário, dentro de um urso de pelúcia, porque não queria Lucerne fuçando minha vida. Ler os segredos de alguém é exercer poder sobre esse alguém, os jardineiros estavam certos quanto a isso.

Um dia, um garoto novo entrou na HelthWyzer High. Ele se chamava Glenn e o reconheci logo que o vi como o mesmo Glenn que visitara a feirinha da Árvore da Vida na semana de santo Euell e que foi comigo e Amanda ver Pilar. Tive a impressão de que ele me cumprimentou com um meneio de cabeça – será que me reconheceu? Torci para que não fosse o caso, porque não queria que ele começasse a falar de onde me conhecia. E se a CorpSeCorps ainda estivesse à procura do lugar onde supostamente Lucerne tinha sido mantida como escrava sexual? E se de alguma forma eu os fizesse encontrar Zeb e ele terminasse em um congelador e sem os órgãos? Eu me arrepiei só de pensar.

Por outro lado, se Glenn se lembrasse de mim, ele não falaria nada porque não era interessante para ele que alguém soubesse das relações que mantinha com Pilar e os jardineiros. Eu sabia que se tratava de algo ilegal, ou Pilar não teria pedido para que eu e Amanda nos retirássemos. Ela deve ter feito isso para nos proteger.

Glenn agia como se não se preocupasse com ninguém, como se apenas ele e suas camisetas negras existissem. Mas algum tempo depois, Jimmy começou a andar com ele e deixei de vê-lo com tanta frequência.

– O que é que você tanto faz com Glenn? Ele é assustador – disse eu certa tarde em que fazíamos o dever de casa nos computadores da biblioteca. Jimmy respondeu que jogavam xadrez tridimensional e videogames on-line, ora na casa dele, ora na casa de Glenn. Pensei com meus botões que talvez assistissem a vídeos pornô, a maioria dos garotos assistia e muitas garotas também, e perguntei pelos títulos dos jogos. Barbarian Stomp, ele disse, um jogo de guerra. Blood and Roses, parecido com o jogo Monopólio, sendo que o objetivo era açambarcar o mercado via genocídios e atrocidades. Extinctathon, um jogo de perguntas sobre animais extintos.

– Eu gostaria de jogar com vocês qualquer dia desses – pedi, mas ele se calou. E então desconfiei de que eles estavam mesmo assistindo a vídeos pornô.

Então, uma coisa realmente ruim aconteceu: a mãe de Jimmy desapareceu. Disseram que não tinha sido sequestrada: partira por livre e espontânea vontade. Ouvi Lucerne conversando a respeito com Frank: a mãe de Jimmy teria surrupiado alguns dados importantíssimos e a CorpSeCorps estava em peso na casa dele. E como ele era meu amigo íntimo, disse Lucerne, talvez também nos colocassem na mira. Não que tivéssemos alguma coisa a esconder. Mas seria uma amolação.

Na mesma hora enviei uma mensagem de texto a Jimmy, dizendo que lamentava muito pela mãe dele e que podia contar comigo. Ele não foi à escola, mas uma semana depois me enviou uma mensagem pelo celular e em seguida foi até minha casa. Estava muito deprimido. Como se a partida de minha mãe não bastasse, ele disse, os homens da CorpSeCorps pediram a meu pai que os ajudasse nas investigações, e isso também o fez partir em uma caminhonete preta; e agora duas mulheres da CorpSeCorps zanzavam pela casa, fazendo-lhe perguntas idiotas. E o pior de tudo é que a mãe dele tinha levado Killer para soltá-la na natureza – ela deixou um bilhete explicando isso. Mas a natureza não era a melhor opção para a Killer, porque ela poderia ser devorada pelos gatos selvagens.

– Oh, Jimmy. Isso é terrível. – Eu o abracei e ele começou a chorar. E também comecei a chorar e nos acariciamos como se estivéssemos com os braços quebrados ou feridos, e ainda abraçados deslizamos ternamente para a cama como se estivéssemos nos afogando, e começamos a nos beijar. Era como se eu estivesse ajudando o Jimmy ao mesmo tempo que ele também me ajudava. Era como se eu estivesse revivendo as festas dos jardineiros, em que fazíamos tudo de maneira especial porque era uma honra fazer alguma coisa. E foi assim: uma honra.

– Não quero magoá-la – disse ele.

Oh, Jimmy, pensei. Eu o rodeio de luz.

42

Depois daquela primeira vez me senti muito feliz, como se estivesse cantando. Não uma canção melancólica, mas uma parecida com a dos pássaros. Adorei quando fui para a cama com Jimmy e me senti muito segura nos braços dele, o contato macio e escorregadio de uma pele com a outra foi uma surpresa para mim. Adão Um costumava dizer que o corpo tem sabedoria própria; ele se referia ao sistema imunológico, mas essa verdade se estende a outros aspectos do corpo. Uma sabedoria que não é apenas como cantar, também é como dançar, só que melhor. Eu estava apaixonada por Jimmy e precisava acreditar que ele também estava apaixonado por mim.

Escrevi em meu diário: JIMMY. Depois sublinhei em vermelho e risquei um coração vermelho em volta do nome dele. Eu ainda desconfiava da escrita, o bastante para não escrever tudo o que estava acontecendo, mas toda vez que fazíamos sexo eu desenhava outro coração e o coloria.

Resolvi telefonar para Amanda para lhe contar a novidade, se bem que lembrei que um dia ela disse que ouvir os outros falando de relações sexuais era tão maçante quanto ouvi-los falando de sonhos. Mas quando entrei no armário e abri a barriga do tigre de pelúcia, o celular roxo não estava mais lá.

Meu corpo gelou todinho. O diário ainda estava escondido no armário. Mas o telefone tinha sumido.

Então, Lucerne entrou em meu quarto. Ela perguntou se eu não sabia que todos os telefones do condomínio tinham que ser registrados para impedir que as pessoas revelassem segredos industriais. Disse que era crime possuir um telefone sem registro e que a CorpSeCorps podia rastreá-lo. E perguntou de novo se eu não sabia disso.

Sacudi a cabeça em negativa.

– Eles podem saber para quem a gente telefona? – perguntei. Ela disse que eles podiam rastrear o número e que isso seria muito ruim para os dois lados. Não disse exatamente *muito ruim*, disse *péssimas consequências*.

Depois me disse que apesar da minha óbvia convicção de que ela era uma péssima mãe, ela só queria meu bem, de coração. Se, por exemplo, encontrasse um telefone roxo com chamadas frequentes para a mesma pessoa, ela enviaria uma mensagem de texto para esse número e diria "jogue no lixo!". Assim, se eles localizassem a pessoa, o telefone já estaria no lixo. Ela então descartaria o telefone roxo. Depois ela me disse que estava saindo para jogar golfe e que esperava que eu refletisse sobre o que tinha acabado de ouvir.

Refleti cuidadosamente. *Pensei: Lucerne quer salvar Amanda. Ela deve saber quem recebeu meus telefonemas. Mas ela odeia Amanda. Na verdade, ela quer salvar o Zeb; apesar de tudo, ainda o ama.*

Na ocasião eu estava apaixonada pelo Jimmy e podia entender um pouco mais Lucerne e como ela se comportava com Zeb. Já podia entender que fazemos coisas extremas pela pessoa amada. Adão Um dizia que, quando se ama, nem sempre esse amor é retribuído do jeito que se quer, mas ainda assim é uma coisa boa porque o amor cria uma onda de energia em torno do amado, uma onda que às vezes até pode salvar alguém que nem conhecemos. Ele comparava isso a uma pessoa que é morta por um vírus e depois comida pelos urubus. Eu não gostava da comparação, mas a ideia geral era verdadeira, já que Lucerne tinha mandado aquela mensagem de texto por amor a Zeb e com isso estava salvando Amanda, apesar de não ter sido sua intenção original. Ou seja, Adão estava certo.

Mas o fato é que perdi o contato com Amanda e sofri muito por isso.

* * *

Eu e Jimmy continuamos fazendo os deveres de casa juntos. Às vezes fazíamos mesmo os deveres, geralmente quando havia gente por perto. Mas não fazíamos quando estávamos sozinhos. Nós dois nos despíamos em menos de um minuto e caíamos nos braços um do outro. Jimmy acariciava meu corpo e dizia que eu era tão delgada que parecia uma sílfide – ele gostava de palavras como essa, e nem sempre eu sabia o que significavam. Ele dizia que às vezes se sentia como um molestador de crianças. Depois eu escrevia algumas coisas que ele tinha dito como se fossem profecias. *Jimmy é tão incrível que me chamou de sílfide*. Eu não dava muita importância à ortografia, só ao sentimento.

Eu o amava tanto. Mas aí cometi um erro. Perguntei se ele ainda amava Wakulla ou se amava apenas a mim. Eu não devia ter perguntado. Ele demorou muito para responder, e depois preferiu me perguntar se isso tinha importância. Pensei em dizer sim, mas respondi não. Algum tempo depois, Wakulla Price se mudou para a Costa Oeste e o humor de Jimmy mudou. Ele começou a passar mais tempo com Glenn do que comigo. Eu tive então a tal resposta, e isso me deixou triste.

Continuamos a fazer sexo, se bem que com menos frequência, e os corações vermelhos foram escasseando cada vez mais. Até que um dia o vi por acaso no centro comercial, com uma garota mais velha, muito malfalada, que se chamava LyndaLee e tinha a fama de ter ficado com todos os garotos da escola, fazendo uma rotatividade incrível, como se devorasse biscoitinhos de soja. Jimmy estava com a mão direita no traseiro da garota e a certa altura ela o puxou pela cabeça e o beijou. Foi um beijo longo e molhado. Senti meu estômago revirar só de pensar em Jimmy com ela, e aí lembrei de algo que Amanda tinha dito a respeito de doenças e pensei que, se LyndaLee tivesse alguma doença, isso acabaria passando para mim. Fui para casa e lá dei vazão à minha raiva e chorei, e depois entrei em minha enorme banheira branca para tomar um banho quente. Mas não adiantou.

Jimmy não sabia que eu sabia que ele tinha um caso com LyndaLee. Alguns dias depois, ele me perguntou se podia aparecer lá em casa, como de costume, e eu disse que sim. Então, escrevi em meu diário: *Jimmy, seu bobalhão, sei que você está lendo isso, e detesto isso porque transar com você não significa que goste de você, portanto,* CAI FORA! Sublinhei duas vezes a palavra detesto e três vezes, cai fora. Deixei o diário em cima da cômoda. Seus inimigos podem usar sua escrita contra você, pensei, mas você também pode usá-la contra eles.

Fizemos sexo e depois saí para tomar um banho, e quando voltei Jimmy estava lendo meu diário e tão logo me viu me perguntou por que eu estava sentindo tanto ódio por ele. Então respondi, com palavras que nunca tinha dito, em altos brados. E aí Jimmy disse que tinha errado comigo e que era incapaz de assumir compromissos por causa de Wakulla Price e que ela o transformara em lixo, mas que talvez ele fosse mesmo um cara destrutivo por natureza porque arruinava toda garota que tocava. E aí lhe perguntei quantas vezes aquilo tinha acontecido. Eu não conseguia entender por que tinha sido enfiada em um cesto de garotas, como se fôssemos pêssegos ou nabos. Então ele disse que realmente gostava de mim enquanto pessoa e que por isso estava sendo honesto comigo, e isso me fez dizer que ele era um idiota. E daí em diante a conversa descambou para os xingamentos.

Seguiu-se um intervalo de tempo muito sombrio. Eu me perguntava o que estava fazendo na Terra, já que ninguém se importava com minha existência. Talvez fosse melhor largar para trás o que Adão Um chamava de casca e deixá-la para os urubus e os vermes. Mas depois lembrava do que os jardineiros diziam: *Ren, a vida é um presente precioso e, onde há um presente, há um Doador, e se você recebe um presente, o que tem a fazer é agradecer.* Isso me ajudou.

Eu também ouvia a voz de Amanda a me dizer: por que está sendo tão fraca? O amor nunca é uma troca justa. E daí se Jimmy se cansou de você? Por todo canto há garotos, como germes, que você pode colher como flores e deixar de lado depois que murcham.

Mas você tem que agir como se estivesse vivendo um momento espetacular, onde cada dia é uma festa.

O que fiz depois não foi nada bom, e até hoje me envergonho disso. Fui ao encontro de Glenn lá na cafeteria – foi preciso muita coragem, porque ele era tão frio que quase congelava. E aí perguntei se ele queria ficar comigo. Achei que se fizesse sexo com ele, isso chegaria aos ouvidos de Jimmy e ele ficaria arrasado. Não que eu quisesse fazer sexo com Glenn, sexo com ele era como esfregar uma travessa de salada. Lisa e dura.

– Ficar com você? – disse ele, com uma expressão intrigada. – Mas você não está com o Jimmy?

Expliquei que tudo estava acabado e que de qualquer forma não tinha sido um namoro sério porque Jimmy era um palhaço. E depois deixei escapar o que veio à cabeça.

– Eu o vi com os jardineiros lá na feirinha da Árvore da Vida. Lembra? Eu era uma das meninas que o levaram para ver a Pilar. Você estava com aquele mel. Lembra?

Ele pareceu alarmado e me chamou para tomar um happicappuccino e conversar.

Nós conversamos. Muito. Frequentávamos tanto o shopping que todos começaram a achar que estávamos namorando, mas não estávamos – aquilo nunca foi um romance. O que era então? Talvez Glenn tenha sido a única pessoa em HelthWyzer com quem podia me abrir sobre os jardineiros, e a recíproca era verdadeira – isso era o que nos unia. Era como se fôssemos membros de um clube secreto. Talvez Jimmy nunca tenha sido o meu par perfeito – é bem provável que tenha sido Glenn. É estranho pensar isso porque ele era um cara estranho. Ele era mais um ciborgue, como Wakulla Price o chamava. Se éramos amigos? Não posso afirmar isso. Às vezes ele me olhava como se eu fosse uma ameba, ou algum problema que ele estava resolvendo para a aula de nanobioformas.

Glenn já sabia muita coisa dos jardineiros, mas queria saber mais. Queria saber como era o cotidiano deles. O que eles faziam e diziam e no que realmente acreditavam. Ele me pedia para cantar as músicas e para repetir cada palavra que Adão Um dizia nos discursos dos dias santos e festivos, e nunca ria de nada disso como Jimmy riria se eu lhe contasse. Glenn, pelo contrário, se interessava e argumentava.

– Então eles acham que só devemos usar produtos reciclados? E se as corporações parassem de produzir coisas novas? Nós acabaríamos.

Às vezes ele falava de coisas mais pessoais:

– Você comeria carne animal se estivesse faminta? – Ou então: – Você acha que o Dilúvio Seco vai mesmo acontecer? – Nem sempre eu sabia as respostas.

Ele também falava de outras coisas. Uma vez ele disse que a única coisa que se pode fazer em situações adversas é matar o rei, como no xadrez. Repliquei, dizendo que já não havia reis. E ele disse que estava se referindo ao centro do poder e que atualmente isso não se reduzia a uma única pessoa, o poder poderia estar nas conexões tecnológicas. Perguntei se estava se referindo a codificações e experiências genéticas, e ele respondeu:

– Alguma coisa assim.

Um dia me perguntou se eu achava que Deus era um agrupamento de neurônios e, em caso afirmativo, se os indivíduos que tinham tal agrupamento o transmitiam por seleção natural, o que lhes conferia um aspecto competitivo, ou se isso se limitava a detalhes como, por exemplo, o de se ter cabelos ruivos, o que não interferia nas chances de sobrevivência desses indivíduos. Na maioria das vezes eu me sentia confusa e devolvia a pergunta:

– E o que você acha?

Glenn sempre tinha uma resposta.

Jimmy nos viu juntos no centro comercial e não pareceu surpreso. Não por muito tempo, porque o flagrei fazendo um sinal positivo para Glenn, como se dizendo: *vai fundo, amigo, eu deixo!* Como se eu fosse uma propriedade que ele estava dividindo.

Jimmy e Glenn se formaram dois anos antes de mim e foram para a universidade. Glenn foi para o Watson-Crick, reservado para os gênios, e Jimmy foi para a Martha Graham, reservada para os alunos sem potencial matemático ou científico. Dessa maneira, pelo menos deixei de esbarrar com Jimmy na escola, sempre com uma garota nova a tiracolo. Mas a ausência dele foi quase pior que a presença.

Vivi os dois anos seguintes aos trancos e barrancos. Minhas notas eram péssimas e assim nenhuma universidade me aceitaria – eu seria uma assalariada, trabalhando na SecretBurgers ou em outro lugar parecido. Mas Lucerne mexeu seus pauzinhos. Ouvi quando ela conversou a respeito com uma de suas amigas do clube de golfe.

– Ela não é estúpida, mas aquela experiência na seita arruinou a motivação dela. A Martha Graham foi a melhor opção que encontramos para ela.

Então, eu dividiria o mesmo espaço com Jimmy, e isso me abalou tanto que acabei me sentindo mal.

Na noite que antecedeu minha partida em um trem-bala, reli meu velho diário e compreendi o que os jardineiros queriam dizer quando afirmavam: *cuidado com o que você escreve*. Lá estavam as palavras que eu tinha escrito em meus tempos felizes, mas foi uma tortura lê-las naquela hora. Levei o diário até um depósito de lixo para combustível e o joguei lá. O diário viraria combustível e todos aqueles corações vermelhos desenhados por mim seriam levados pela fumaça, mas pelo menos teriam uso.

Uma parte de mim dizia que eu reencontraria Jimmy na Martha Graham e ele diria que eu era a única dona de seu coração, e que reataríamos o namoro e eu o perdoaria e tudo seria maravilhoso como tinha sido no início. Mas a outra parte de mim sabia que isso não seria possível. Adão Um costumava dizer que podemos acreditar em duas coisas opostas ao mesmo tempo, e naquela hora eu via que isso era verdade.

O BANQUETE DA SERPENTE DA SABEDORIA

O BANQUETE DA SERPENTE DA SABEDORIA

ANO 18

DA IMPORTÂNCIA DO CONHECIMENTO
INSTINTIVO.
DITO POR ADÃO UM.

Queridos amigos, amigos mortais, criaturas amigas.

Hoje é nosso banquete da Serpente da Sabedoria, e mais uma vez nossas crianças capricharam na decoração. Temos que agradecer a Amanda e Shakleton pelo fascinante mural de uma *Elaphe vulpina*, a serpente da raposa, ingerindo um sapo... um meio inteligente de nos fazer lembrar que há uma interligação natural na Dança da Vida. Esse banquete é composto tradicionalmente por abobrinha, um vegetal que tem a forma de cobra. Temos que agradecer a Rebecca, nossa Eva Onze, pela inovadora receita de abobrinha e pela sobremesa feita com rodelas de rabanete. Claro que todos estamos ansiosos para provar.

Mas primeiro preciso alertá-los para o fato de que alguns indivíduos têm feito perguntas por aí, perguntas oficiosas sobre Zeb, nosso Adão Sete de múltiplos talentos. No jardim do nosso Pai há uma diversidade de espécies que formam ecossistemas de maneiras distintas, e Zeb optou pela via pacífica. Portanto, se forem questionados, tenham em mente que "eu não conheço" é sempre a melhor resposta.

Nosso texto para a Serpente da Sabedoria vem de Mateus 10:16: "Seja por isso sábio como as serpentes e inofensivo como os pombos." Para os antigos biólogos que se encontram entre nós e que já estudaram as serpentes e os pombos, é uma sentença desconcertante. As serpentes são caçadoras experientes, que ora paralisam, ora estrangulam e esmagam suas presas, uma habilidade que as faz caçar muitos roedores. Mas apesar da tecnologia natural das serpentes, ninguém costuma chamá-las de "sábias". E os pombos, embora inofensivos conosco, são extremamente agressivos entre si. Um macho poderá ferir e matar outro macho menos dominante, caso tenha uma oportunidade. O Espírito de Deus é por vezes representado como um pombo, o que nos indica que nem sempre tal espírito é pacífico e que também tem um aspecto feroz.

A serpente é um símbolo frequentemente citado nas palavras humanas sobre Deus, se bem que assumindo uma variedade de papéis. Às vezes é apresentada como um inimigo demoníaco da humanidade – talvez porque as grandes serpentes constritoras estivessem entre os predadores noturnos de nossos ancestrais primatas quando dormiam nas árvores. E para esses ancestrais – constantemente descalços – pisar em víboras era morte certa. Mas a serpente também é equiparada a Leviatã, a grande besta aquática criada por Deus para degradar a humanidade, e também citada por Jó como um exemplo surpreendente da criatividade de Deus.

Entre os antigos gregos as serpentes eram sagradas para o deus da cura. Em outras religiões, uma serpente engolindo o rabo expressa o ciclo da vida, o início e o fim do tempo. Pelo fato de trocarem de pele as serpentes também simbolizaram o renascimento – a alma abandonando o antigo eu do qual emerge resplandecente. Na verdade, um símbolo complicado. Por isso mesmo, de que maneira podemos ser "sábios como as serpentes"? Teremos que engolir o próprio rabo ou induzir os outros a agir errado ou enredar nossos inimigos e estrangulá-los até a morte? Claro que não... Até porque na mesma sentença somos considerados tão inofensivos quanto os pombos.

A sabedoria da serpente... a meu ver... é a sabedoria da *sensação* direta, uma vez que a serpente sente as vibrações da Terra. A serpente é sábia porque vive no instante imediato, sem precisar elaborar os infindáveis projetos intelectuais elaborados pelo ser humano. Pois aquilo que para nós é crença e fé, para outras criaturas é conhecimento nato. Nenhum ser humano é realmente capaz de conhecer toda a mente de Deus. A razão humana é um grampo na cabeça de um anjo, tão pequeno que não se compara à imensidão divina circundante.

Segundo as palavras humanas sobre Deus, "a fé é a substância das coisas desejadas, a evidência das coisas não vistas". Este é o ponto: não vistas. Não se pode conhecer Deus por meio da razão e da medição: na verdade, o excesso de razão e de medição traz a dúvida. Por essa via nós sabemos que cometas e holocaustos nucleares são possibilidades futuras, sem mencionar o Dilúvio Seco, o qual tememos estar próximo. Tal temor dilui nossa certeza e traz a perda da fé, e com isso a tentação de agirmos malignamente nos invade a alma, porque se o que temos à frente é destruição, por que deveríamos nos importar em lutar pelo bem?

Nós, os humanos, precisamos nos esforçar para acreditar, ao passo que as outras criaturas, não. Elas *sabem* quando o amanhecer se aproxima. Elas sentem isso – um encrespar da meia-luz, um horizonte em movimento. Não só cada pardal, não só cada quaxitaca, mas também cada nematoide e molusco e polvo e cabra angorá e leocarneiro... todos eles na palma da mão de Deus. Ao contrário de nós, eles não precisam de fé.

Quanto à serpente, quem pode dizer onde termina sua cabeça e começa seu corpo? Ela vivencia Deus em todas as partes de si mesma; ela sente as vibrações da divindade que se estendem pela Terra, e responde a essas vibrações com mais rapidez que o pensamento.

Eis então a sabedoria da serpente que queremos para nós... essa completude do ser. Que possamos acolher com alegria os poucos momentos em que garantimos a apreensão de tal sabedoria, por intermédio da graça divina e com a ajuda de nossos retiros e vigílias e a assistência das plantas de Deus.

Cantemos.

DEUS DEU AOS ANIMAIS

Deus concedeu aos animais
Um saber que supera nosso poder de ver:
Eles sabem de um modo inato como viver,
Aquilo que nos exige trabalho para aprender.

As criaturas não precisam de livros.
Pois aprendem de mente e alma com Deus:
A luz do sol zumbe para cada abelha,
A lama úmida sussurra para cada toupeira.

E cada uma busca o alimento em Deus,
E cada uma desfruta o doce alimento da Terra;
Mas nenhuma vende nem compra,
Nenhuma degrada o próprio covil.

A serpente é uma flecha brilhante
Que sente as vibrações da Terra
A pulsar por sua armadura cintilante,
E por toda a espinha.

Oh, quisera eu ser sábio como a serpente –
Para sentir a completude do Todo,
Não apenas com o cérebro pensante,
Mas também com a alma vivaz e ardente.

do *Hinário Oral dos Jardineiros de Deus*

43

TOBY. O BANQUETE DA SERPENTE DA SABEDORIA.

ANO 25

O *Banquete da Serpente da Sabedoria*. Lua Velha. Toby anota no bloco cor-de-rosa, com o logotipo de um beijo e olhos matreiros. A lua velha rege a semana das podas, diziam os jardineiros. Semear na lua nova e podar na lua velha. Ótima ocasião para amolar as ferramentas, aparar as partes irrelevantes que precisam ser aparadas. Sua cabeça, por exemplo.

– É só uma piada – diz em voz alta. Seria bom evitar os pensamentos mórbidos.

No momento ela prefere aparar as unhas das mãos. E também as dos pés, não deviam crescer tanto. Ela pode caprichar, as prateleiras do lugar estão abarrotadas de produtos cosméticos. Delicado esmalte AnooYoo. Lixa AnooYoo. Removedor de cutículas AnooYoo: *remova toda a escama epidérmica!* Mas por que se preocupar em polir, lixar e remover as cutículas? E por que não se preocupar? Qualquer escolha é igualmente inútil.

Faça isso por Yoo, dizia a música do AnooYoo. O *Noo Yoo*. Bem que eu podia ficar completamente nova, ela pensa. Como se fosse completamente nova, fresca como uma cobra. O que isso acrescentaria agora?

Toby sobe ao terraço, pega o binóculo e observa seus domínios visíveis. Avista um movimento no mato próximo à entrada da floresta; seriam os porcos? Se forem, estão se escondendo. Os urubus ainda circundam o varrão morto. A essa altura as nanobioformas já estarão em atividade; o corpo já deve estar maduro.

Mas eis que surge algo diferente. Um grupo de cabras está pastando nas proximidades do prédio. Cinco cabras: três angorás – uma verde, uma cor-de-rosa, uma roxa brilhante – e mais duas aparentemente do tipo convencional. O pelo comprido dessas cabras angorás não está em bom estado – se embaraçou com grumos e muitos galinhos e folhas. O pelo dessas cabras era sedoso na tela e nos cartazes – elas balançavam o pelo e depois aparecia uma moça bonita que balançava uma peruca feita com esse pelo. *Para o cabelo avolumar, pelo de cabra angorá!* Mas não parecem tão maravilhosos sem o tratamento dos salões.

De repente as cabras deixam de pastar e erguem a cabeça. Toby descobre o porquê: dois leocarneiros se esgueiram à caça pelo mato. Talvez elas os tenham farejado, mas deve ser um cheiro confuso: parte leão, parte carneiro.

A cabra angorá roxa está mais irrequieta. Não aja como uma presa, pensa Toby, observando-a. O resultado não podia ser outro – os leocarneiros querem justamente a cabra roxa. Afastam-na do grupo e fazem a caçada em distância curta. O patético animal se atrapalha na própria pelagem – parece uma assustada peruca com pernas – e rapidamente os leocarneiros o derrubam. Passado algum tempo, eles encontram a garganta debaixo de um amontoado de pelos, e logo a cabra estremece diversas vezes enquanto os leocarneiros acabam de matá-la. Depois, eles a devoram. As outras cabras que tinham fugido desastradamente com balidos confusos agora estão de volta ao pasto.

Toby estava pensando em colher algumas verduras na horta, o estoque de conservas e comida desidratada está minguando como a lua. Mas os leocarneiros a fazem mudar de ideia. Todas as espécies de felinos são traiçoeiras: um fica à frente para distrair a atenção da presa e o outro silenciosamente ataca por trás.

À tarde, Toby tira um cochilo. A lua velha sempre traz o passado, dizia Pilar, você deve acolher como uma bênção qualquer coisa que venha das trevas. E o passado retorna para ela: a casa branca da infância, as árvores, o bosque nos fundos da casa tingido de azul como se encoberto pela neblina. Ao longe, um cervo parado, rígido como um ornamento de jardim, orelhas empinadas em estado de atenção. O pai está perto da cerca, cavando com uma pá, e a mãe dá uma olhada rápida pela janela da cozinha. Talvez esteja fazendo sopa. Tudo tranquilo, como se nunca fosse acabar. Onde está Toby nesse quadro? Pois é um quadro. Liso como um quadro na parede. Ela não está nele.

Abre os olhos, as lágrimas escorrem pelo rosto. Não estou no quadro porque sou a moldura, pensa. Na verdade, não é o passado. Sou eu, só isso, mantendo tudo junto. É apenas um punhado de lembranças do passado. Nada mais que uma miragem.

Claro que eu era otimista no passado, pensa Toby. Naquele tempo, eu acordava assoviando. Eu sabia que tinha coisas erradas no mundo, coisas que eram noticiadas e que apareciam na tela. Mas as coisas erradas só aconteciam com os outros.

Quando ela entrou na universidade, as coisas erradas se acercaram cada vez mais. Ela ainda se lembra da sensação opressiva, como se estivesse à espera, o tempo todo, de passos pesados e logo de uma batida à porta. Todo mundo sabia. Ninguém admitia saber. Quando os outros começavam a discutir isso, você mudava de assunto porque eles diziam o que era ao mesmo tempo óbvio e impensável.

Nós estamos destruindo a Terra. Ela já está quase destruída. Não se pode viver com esses medos e continuar assoviando. A espera cresce em você como uma onda. Você começa a querer que tudo aconteça. E se vê dizendo para o céu: *faça logo. Faça o pior. Acabe logo com isso.* Dormindo ou acordada, ela podia sentir o que estava por vir, pelo tremor que lhe percorria a espinha. Ela nunca fugiu, nem mesmo quando estava entre os jardineiros. Especialmente quando estava entre os jardineiros.

44

O dia de são Jacques Cousteau caiu no domingo, após o dia da Serpente da Sabedoria. Era o ano 18 – o ano da ruptura, se bem que Toby ainda não sabia disso. Ela se lembra que estava cruzando as ruas de Sinkhole, a caminho da Clínica do Bem-estar, para o habitual conselho dos Adãos e Evas que ocorria nas noites de domingo. Não ansiava pela reunião, isso já estava se tornando enfadonho.

Na semana anterior, eles tinham passado o tempo todo discutindo problemas teológicos. O assunto iniciou nos dentes de Adão.

– Os *dentes* de Adão? – disse Toby, de chofre. Fez força para controlar a expressão de surpresa que poderia ser entendida como uma crítica.

Adão Um comentara que algumas crianças estavam chateadas porque Zeb apontara as diferenças entre a mordedura dos dentes dos carnívoros, próprios para rasgar e cortar, e a mastigação dos herbívoros, com dentes próprios para ruminar. Elas quiseram saber por quê – se Adão tinha sido criado para ser vegetariano, o que realmente ele era – os dentes dos humanos teriam que ter essas características.

– Isso não devia ter sido colocado – resmungou Stuart.

– Nós mudamos depois da queda – Nuala se apressou em explicar. – Nós evoluímos. E quando o homem começou a comer carne, bem, naturalmente...

Adão Um argumentou que aquilo era como pôr a carroça à frente do cavalo. Eles não poderiam atingir o objetivo de reconciliar as descobertas da ciência com a visão sacramental a que se propunham simplesmente suprimindo as leis da primeira. E então pediu para que ponderassem a respeito desse enigma e apresentassem soluções no encontro seguinte.

Depois se voltaram para a questão das vestes de pele animal que Deus doou a Adão e Eva, conforme o final do Gênese 3. Os problemáticos "casacos de pele".

— As crianças estão muito preocupadas com isso — disse Nuala. Toby podia entender por que todos tinham ficado tão desapontados. Será que Deus tinha matado algumas de suas amadas criaturas apenas para tirar a pele e fazer aqueles casacos? Se assim procedeu, Ele era um péssimo exemplo para o homem. Se assim não procedeu, de onde tinham vindo os tais casacos?

— Talvez de animais que tivessem morrido de morte natural — disse Rebecca. — Deus não quis que houvesse desperdício. — Ela era inflexível em relação ao uso das sobras.

— Talvez de animais pequenos — disse Katuro. — De vida curta.

— Isso é possível — interferiu Adão Um. — Por enquanto vamos ficar com essa tese, até que uma explicação mais plausível seja apresentada.

Toby perguntou se as discussões teológicas eram realmente necessárias tão logo iniciou na função de Eva, e Adão Um respondeu que sim.

— A verdade é que a maioria das pessoas não se preocupa com as outras espécies — disse ele. — E ainda mais quando os tempos estão difíceis. Elas só se preocupam com a próxima refeição, o que é natural porque, se não comemos, morremos. Mas e se Deus estiver cuidando disso? Nós evoluímos para acreditar em deuses, então essa nossa inclinação para acreditar deve conferir uma vantagem evolucionária. Para a maioria de nós a visão estritamente materialista de que o homem é uma experiência com uma proteína animal que se fez sozinha... é muito sombria e solitária e conduz ao niilismo. Por isso nós precisamos impulsionar o sentimento popular no sentido de uma biosfera amistosa, apontando os perigos que ameaçam a todos quando violamos a confiança que Deus deposita em nossa gestão e o aborrecemos.

— Você está querendo dizer que há uma punição com Deus na história? — perguntou Toby.

– Sim – disse Adão Um. – E nem preciso dizer que também há uma punição sem Deus na história. Mas o povo é menos propenso a acreditar nisso. Se há uma punição, ele quer um punidor. As pessoas têm aversão a catástrofes sem sentido.

Toby então se perguntou qual seria o tópico da noite. Que fruta da Árvore do Conhecimento ela teria comido? Não seria a maçã, considerando o estágio da horticultura na ocasião. Seria a tâmara? A bergamota? O conselho tinha uma longa deliberação pela frente. Ela pensou em propor o morango, mas morangos não nascem em árvores.

Como sempre, Toby estava atenta às outras pessoas na rua enquanto caminhava. Apesar do sombreiro, ela descortinava a frente e os lados. E aproveitava as pausas diante das vitrines para ver pelo reflexo no vidro quem vinha atrás. Mas sem nunca se livrar da sensação de que alguém se esgueirava atrás dela – de que uma insidiosa mão com veias vermelhas e azuis e um bracelete de crânios minúsculos a agarraria pela nuca. Fazia tempo que Blanco não era visto na Lagoa dos Dejetos – ele ainda está na Painball, diziam alguns; ele está lutando em outro continente como mercenário, diziam outros. Mas Blanco era como um nevoeiro, no ar sempre havia algumas moléculas de sua presença.

Alguém a seguia – podia sentir isso pelo formigamento entre os ombros. Ela então se deteve em uma entrada qualquer, se virou de lado e suspirou de alívio: era Zeb.

– Oi, amorzinho – disse ele. – Que calorão, né?

Saiu caminhando ao lado dela, cantando baixinho.

Ninguém é esnobe,
Ninguém é esnobe,
Por isso estamos nesse lugar pobre,
Porque ninguém é esnobe!

– Talvez seja melhor parar de cantar – disse Toby, em tom neutro. Não era um bom negócio chamar a atenção para si nas calçadas da plebelândia, especialmente sendo um jardineiro.

– Não consigo me conter – disse Zeb, animado. – Culpa de Deus. Ele é que teceu música no tecido de nosso ser. E escuta melhor quando cantamos, e está escutando agora mesmo. Espero que Ele esteja gostando – acrescentou, imitando a voz pia de Adão Um, algo que gostava de fazer quando Adão Um não estava por perto.

Isso está cheirando à insubordinação, ela pensou: ele está cansado de ser o Chimpanzé Beta.

Toby passou a entender melhor a posição de Zeb entre os jardineiros depois que se tornou uma Eva. Cada terraço e cada célula de trufas dos jardineiros administrava seus próprios negócios, mas ali pela metade de cada ano eles enviavam delegados para uma convenção central que, por motivos de segurança, nunca acontecia por duas vezes seguidas no mesmo armazém abandonado. Zeb sempre era um dos delegados por ser o mais indicado para atravessar as vizinhanças da plebelândia e passar pelas guaritas da CorpSeCorps sem ser assaltado ou atingido pelas pistolas de spray ou preso. Talvez por isso se permitia infringir as regras dos jardineiros como sempre infringia.

Raramente Adão Um comparecia às convenções. Era uma jornada perigosa, mas o perigo mesmo é que Zeb era indispensável e Adão Um não era. Na teoria os jardineiros não tinham um líder, mas na prática Adão Um era o líder, reverenciado como fundador e guru. O suave martelo da palavra de Adão Um pesava muito nas convenções dos jardineiros e, como raramente o usava, Zeb o usava por ele. O que poderia ser uma tentação: e se Zeb anulasse os decretos de Adão Um e os substituísse pelos dele? Até porque muitos regimes despencaram e muitos imperadores foram depostos dessa maneira.

– Você teve más notícias? – perguntou Toby a Zeb. Era o que a cantoria indicava: ele devia estar chateado por trazer más notícias.

– A verdade é que perdemos contato com um de nossos infiltrados nos condomínios... o nosso garoto mensageiro. Ele ficou escuro – disse Zeb.

Toby ficou sabendo do tal garoto mensageiro quando se tornou Eva. Ele é que tinha levado as amostras de Pilar para a biópsia e lhe trazido o diagnóstico fatal, escondendo-os dentro do pote de mel. Mas isso era tudo o que ela sabia; as informações eram partilhadas entre Adãos e Evas, mas na medida do necessário. Fazia anos que Pilar tinha morrido, o garoto mensageiro já não era mais um garoto.

– Ficou escuro? – disse ela. – Como assim? – Será que ele havia passado por uma mudança de pigmentação? Claro que não.

– Ele morava no condomínio da HelthWyzer, mas completou o segundo grau e foi para o Instituto Watson-Crick, e saiu de cena. Não que tivéssemos muito da cena – acrescentou.

Toby manteve-se à espera. Com Zeb não adiantava forçar.

– Isso fica entre nós, está bem? – disse ele em seguida.

– É claro. – Eu sou apenas um ouvido, pensou. Como um companheiro fiel. Um poço de silêncio. Nada mais que isso. Ela passara a nutrir uma leve esperança de que pudesse ter um caso com Zeb depois da fuga de Lucerne quatro anos antes. Mas não teve. Não devo fazer o tipo dele, pensou. Tenho um corpo muito musculoso. Claro que ele gosta de curvas e rebolado.

– O conselho não pode ficar sabendo disso, está bem? – disse Zeb. – Ficarão nervosos se souberem que o garoto ficou escuro.

– Esquecerei essa conversa – disse Toby.

– O pai do garoto era amigo da Pilar... Ela trabalhava para a HelthWyzer, no setor de genética botânica. Eu os conheci nessa época. Mas ele começou a se sentir infeliz quando se deu conta de que as pessoas estavam adoecendo com as pílulas de suprimentos vitamínicos que eles produziam... As pessoas eram usadas como cobaias de laboratório com o fim de desenvolver tratamentos para essas mesmas doenças. Uma jogada inteligente que pagava muito bem pela porcaria que eles causavam. O cara começou a ficar com a consciência pesada. E passou a nos dar algumas informações importantes. Até que ele sofreu um acidente.

– Acidente? – disse Toby.

– Caiu de um elevado na hora do rush. Virou uma sopa de gumbo de sangue.

– É uma imagem horrível – disse ela. – Para uma vegetariana.

– Desculpe. Na época disseram que foi suicídio.

– Tenho certeza de que não foi – disse ela.

– Nós chamamos isso de corporacídio. Você está morto se trabalha para uma corporação e faz alguma coisa que eles não gostam. É como dar um tiro na própria cabeça.

– Entendo – disse ela.

– De qualquer forma, é melhor voltar ao nosso rapazinho. A mãe trabalhava no setor de diagnósticos da HelthWyzer e ele se apossou da senha de acesso dela, e entrava no sistema para nós. Aquele garoto é um hacker genial. A mãe se casou com um chefão da HelthWyzer Central e ele foi com ela para o condomínio de lá.

– É o lugar onde está Lucerne – comentou Toby.

Zeb ignorou o comentário.

– Lá, ele atravessou os *firewalls* deles, criou algumas identidades na rede e retomou o contato. Ficamos em contato durante algum tempo, e depois ele sumiu.

– Talvez tenha se desinteressado – disse Toby. – Ou então foi pego por eles.

– Talvez. Mas ele é um jogador de xadrez tridimensional e adora um desafio. E também é esperto e não tem medo.

– Quantos iguais a ele trabalham para nós? – perguntou Toby. – Nos condomínios das corporações?

– Nenhum hacker tão bom quanto ele – disse Zeb. – Aquele cara é fenomenal.

45

Eles chegaram à Clínica do Bem-estar e entraram na sala de vinagre. Toby passou por trás de três tonéis, destrancou a prateleira das garrafas e puxou-a para abrir a porta escondida. Ela ouviu o ruído que Zeb fez quando encolheu a barriga e passou espremido por entre os tonéis; ele não era gordo, mas era grandalhão.

O recinto secreto estava quase todo ocupado por uma grande mesa feita de velhas tábuas de assoalho e muitas cadeiras coloridas. Em uma das paredes, uma pintura, uma aquarela recente – santo E.O. Wilson do himenóptero – que Nuala criara em seus frequentes momentos de inspiração artística. No quadro, o sol emergia por trás da silhueta do santo, e isso dava um efeito de auréola. Ele abria um sorriso enlevado e segurava um jarro de vidro contendo diversos pontos negros. Toby achou que esses pontos eram abelhas ou talvez formigas. Como era habitual nas pinturas que Nuala fazia dos santos, um dos braços era mais comprido que o outro.

Ouviu-se uma leve batida e em seguida Adão Um entrou pela porta, seguido pelos outros.

Nos bastidores Adão Um era uma pessoa diferente. Não completamente diferente, porém mais prático. E também mais tático.

– Rezemos em silêncio pelo sucesso de nossas deliberações – começou. As reuniões eram sempre iniciadas dessa maneira. Toby sentiu desconforto em rezar na clausura daquele recinto secreto, por estar atenta ao ronco dos estômagos, ao cheiro dos peidos clandestinos e ao estalar dos corpos. Mas a verdade é que tinha dificuldade em rezar em qualquer lugar que fosse.

A prece silenciosa parecia cronometrada e tão logo as cabeças se ergueram e os olhos se abriram, Adão Um percorreu o ambiente com os olhos.

– O novo quadro é aquele? – perguntou. – Lá na parede?
Nuala assentiu, com reverência.
– É o santo E.O. – disse. – Wilson. Do himenóptero.
– Está muito parecido com ele, querida – disse Adão Um. – Sobretudo o... você foi abençoada com um grande talento. – Tossiu ligeiramente. – Agora vamos tratar de uma questão prática. Acabamos de receber uma hóspede especial oriunda do condomínio da HelthWyzer Central, se bem que é preciso que se diga que ela tem viajado. E nos trouxe um presente, apesar de todos os obstáculos, alguns códigos do genoma, e em retribuição lhe daremos asilo temporário e também um lugar seguro no Mundo Exfernal.
– Eles estão à procura dela – disse Zeb. – Ela não devia ter voltado para este país. É melhor tirá-la daqui o mais rápido possível. Passaremos pela FenderBender e a rua dos Sonhos, como sempre fazemos?
– Se o caminho estiver livre – disse Adão Um. – Não podemos assumir riscos desnecessários. Se for preciso, ela ficará escondida aqui nesta sala de reunião.

A média de mulheres e homens que fugiam das corporações era de cerca de três mulheres para um homem. Segundo Nuala, isso acontecia porque as mulheres eram mais éticas, enquanto Zeb achava que se devia ao fastio das mulheres, e Philo, por sua vez, não via uma grande diferença. Os fugitivos quase sempre contrabandeavam informações. Fórmulas. Longas linhas de códigos. Testes secretos, localizações. E o que os jardineiros têm a ver com isso?, Toby se perguntou. Certamente isso não poderia ser vendido como material de espionagem industrial, se bem que despertava a cobiça dos rivais estrangeiros. O que deduziu foi que essas informações eram mantidas com eles, se bem que Adão Um podia nutrir o sonho de restaurar todas as espécies extintas por via do código do DNA de cada uma delas, assim que um futuro mais ético e profícuo tivesse substituído o presente desolador. Eles já tinham clonado o mamute, por que então não clonar todos? Era essa a visão que ele tinha da arca derradeira?

– Nossa hóspede quer mandar uma mensagem ao filho – disse Adão Um. – Ela está preocupada porque o abandonou em um momento crucial de sua vida. O nome do rapaz é Jimmy. Se não me engano, ele está estudando na Martha Graham.

– Um cartão-postal – disse Zeb. – Podemos dizer que é da tia Mônica. É só me dar o endereço e darei um jeito para que ele venha da Inglaterra... Um de nossos amigos de uma célula de trufas viajará para lá na próxima semana. O postal será lido pelos caras da CorpSeCorps, é claro. Eles leem toda correspondência.

– Ela quer que a gente diga que a guaxitaca dele foi solta no parque Heritage, onde está tendo uma vida feliz e livre. O nome do bichinho é... ah... Killer.

– Ai, meu Cristo do zepelim! – exclamou Zeb.

– Essa linguagem é inadequada – comentou Nuala.

– Desculpe. Mas eles complicam tanto essa merda – disse Zeb. – É a terceira guaxitaca deste mês. Mês que vem certamente serão esquilos da mongólia e camundongos.

– Acho isso comovente – disse Nuala.

– Quem dera algumas pessoas praticassem aquilo que pregam – disse Rebecca.

Toby foi designada para ser mentora da nova refugiada. O codinome dela era Cabeça de Martelo porque diziam que, quando fugiu da HelthWyzer, ela destruiu o computador do marido a marteladas para encobrir a extensão dos roubos de documentos. Era uma mulher de olhos azuis, franzina e irrequieta. Como todos os dissidentes das corporações, achava que tinha sido a única a desafiar uma corporação, e como todos eles, precisava desesperadamente que os outros lhe dissessem o quanto era boa.

Toby se esforçou. Mostrou admiração pela coragem de Cabeça de Martelo, o que era sincero, e lhe disse que ela havia sido muito inteligente por trilhar um caminho tortuoso e que todos apreciaram a informação que trazia. Na verdade eles já tinham a informação que ela trazia – aquele velho material de transplante de neocórtex humano para porco. Mas não seria polido dizer isso. Adão Um dizia que era preciso lançar uma rede bem grande, mesmo que alguns peixes fossem pequenos. E que eles deviam ser um farol de esperança porque quando se fala aos outros que não há nada a fazer, eles fazem pior que nada.

Toby fez Cabeça de Martelo vestir o traje azul-escuro das jardineiras e esconder o rosto com uma máscara nasal. Mas a mulher estava nervosa e agitada e a toda hora perguntava se podia fumar um cigarro. Toby explicou que os jardineiros não fumavam – tabaco – e que se a vissem fumando o disfarce iria por água abaixo. E que de qualquer forma não havia cigarros no terraço.

Cabeça de Martelo começou a andar de um lado para outro e roía as unhas, até que Toby começou a se sentir ofendida. Ninguém pediu para que viesse até aqui e enrolasse uma corda em nosso pescoço, ela pensou em dizer. Mas no fim acabou servindo um chá de camomila e papoula para ver se a mulher sossegava.

46

O dia seguinte era dia de santo Aleksander Zawadzki da Galícia. Um santo menor, mas um dos favoritos de Toby. Ele viveu tempos turbulentos – mas quando é que os tempos na Polônia não foram turbulentos? – e nunca deixou de perseguir seu projeto pacífico e um tanto ingênuo de catalogar as flores e nomear os besouros da Galícia. Rebecca também gostava dele, inclusive o bordou em seu avental com aplicações de borboletas, e ornamentava os biscoitos em formato de besouros para as crianças menores comerem na hora do lanche com as letras A e Z. As crianças até fizeram uma canção para ele: *Aleksander, Aleksander, em seu nariz tem um besouro todo prosa! Pegue ele com um laço e o grude com uma rosa!*

Era metade da manhã. Cabeça de Martelo ainda dormia sob os efeitos do chá de papoula que tomara na véspera. Toby exagerara na dose, mas não se sentia culpada e agora dispunha de um pouco de tempo para as tarefas diárias. Estava com o véu e as luvas próprios para lidar com as abelhas, e com o fole aceso. Já tinha explicado às abelhas que pretendia passar a manhã extraindo os favos de mel. Mas Zeb apareceu antes que ela tivesse começado a fazer fumaça.

– Não trago notícias boas – disse. – Aquele sujeito da Painball está novamente na rua.

Como todos os outros jardineiros, ele conhecia a história do resgate de Toby das mãos de Blanco feito por Adão Um e o coral das crianças – o episódio fazia parte da história oral. Mas também não lhe passava despercebido o medo que ela sentia. Se bem que os dois nunca tocavam no assunto.

Foi como se uma agulha de gelo a perfurasse. Toby ergueu o véu que lhe cobria o rosto.

– Verdade?

– Mais velho e mais malvado – disse Zeb. – Esse canalha já devia ter virado comida de urubus. Mas parece que tem amigos nos altos escalões, já que assumiu a direção das SecretBurgers lá da Lagoa dos Dejetos.

– Contanto que fique por lá. – Ela tentou fazer uma voz forte.

– As abelhas podem esperar. – Ele a pegou pelo braço. – Você precisa se acalmar. Irei até lá para espionar. Talvez já tenha se esquecido de você.

Levou-a até a cozinha.

– Querida, você parece assustada – disse Rebecca.

– O que há de errado comigo? – Toby respondeu com uma pergunta.

– Que merda! – exclamou Rebecca. – Farei um pouco de chá calmante, você deve estar precisando. Não se preocupe... um dia esse homem será morto pelo próprio carma.

Toby pensou que *esse dia* poderia estar longe.

Era de tarde. Um grande número de jardineiros se reunia no terraço. Alguns ajeitavam os pés de tomate e abobrinha tombados pela tempestade, uma tempestade mais violenta que de costume. Outros estavam à sombra, tricotando, costurando e emendando tecidos. Os Adãos e as Evas estavam irrequietos, sempre ficavam assim quando abrigavam um fugitivo – e se Cabeça de Martelo tivesse sido seguida? Adão Um designara sentinelas; ele próprio estava em posição de meditação na beirada do terraço, observando a rua lá embaixo.

Cabeça de Martelo já estava acordada e Toby a colocara para catar os caramujos dos pés de alface, a explicação para os outros jardineiros era a de que a mulher era uma nova convertida muito retraída. Eles estavam acostumados ao vaivém de inúmeros convertidos.

– Se tivermos alguma visita, uma inspeção, por exemplo, enterre o sombreiro na cabeça e continue catando caramujos – disse Toby a Cabeça de Martelo. – Aja como todo mundo. – Ela, por sua vez, estava fumegando as abelhas, já que era melhor agir como sempre agia.

A certa altura, Shackleton, Crozier e o jovem Oates chegaram afobados pela escada de incêndio, seguidos por Amanda e Zeb. Foram na direção de Adão Um. Ele acenou para Toby, como se dizendo *vem cá*.

– Houve uma briga feia na Lagoa dos Dejetos – disse Zeb depois que todos se puseram em volta de Adão Um.

– Briga? – repetiu Adão Um.

– Só estávamos espiando – disse Shackleton. – Mas o cara nos viu.

– E chamou a gente de ladrões de carne fodidos – acrescentou Crozier. – Ele estava bêbado.

– Não estava bêbado, não, ele estava à toa – disse Amanda, com autoridade. – Ele tentou bater em mim, mas o acertei com um golpe *satsuma*.

Toby sorriu: fora um erro subestimar Amanda. Ela se tornara uma amazona esguia, e se aplicava na aula de limitação de carnificina urbana com Zeb. Seus dois fiéis escudeiros também. Na realidade, seriam três, se Oates fosse levado em conta, mas o garoto ainda era um mero aspirante.

– Quem é esse ele? – perguntou Adão Um. – Onde foi que isso aconteceu?

– Na SecretBurgers – disse Zeb. – Nós checávamos o lugar... estavam dizendo que Blanco tinha voltado.

– Zeb o acertou com um golpe *unagi* – disse Shackleton. – Foi incrível!

– O que vocês realmente foram fazer lá? – perguntou Adão Um, um tanto irritado. – Nós temos outros meios de...

– E aí a Fusão Asiática caiu em cima dele – disse Oates, excitado. – A turma estava com garrafas.

– Ele puxou uma faca assassina – disse Croze. – Esfaqueou uns dois.

– Tomara que o dano não tenha sido grande – disse Adão Um. – Nós deploramos a existência da SecretBurgers e a depredação de suas lojas, e não queremos violência.

– A barraca virou todinha e foi carne pra tudo quanto é canto. Ele só saiu com alguns cortes e ferimentos – disse Zeb.

– Isso não é nada bom – disse Adão Um. – Claro que às vezes nós temos que nos defender, e já tivemos problemas com isso... com ele. Mas, nessa ocasião em particular, desconfio que fomos os primeiros a atacar, não foi assim? – Franziu o cenho para Zeb. – Ou então provocamos o ataque, não foi assim?

– O canalha mereceu – retrucou Zeb. – Nós devíamos ganhar medalhas.

– Nossos meios são pacíficos – disse Adão Um, franzindo a testa ainda mais.

– A paz ainda está muito longe – disse Zeb. – Centenas de novas espécies estão sendo extintas desde o mês passado. Foram todas devoradas! Não podemos ficar sentados aqui, esperando o piscar das luzes. Temos que começar em algum lugar. Hoje, na SecretBurgers, amanhã, naquela cadeia fodida de restaurantes elegantes. A Rarity. A gente tem que agir.

– Nosso papel perante as criaturas é testemunhar – disse Adão Um. – E preservar a memória e os genomas das que partiram. Não se pode combater sangue com sangue. Achei que já tínhamos concordado quanto a isso.

Fez-se silêncio. Shackleton, Crozier, Oates e Amanda olhavam para Zeb. Zeb e Adão Um se encaravam.

– Seja como for, é tarde demais – disse Zeb. – Blanco está furioso.

– Você acha que ele vai ultrapassar os limites da plebelândia? – perguntou Toby. – Será que virá atrás de nós aqui em Sinkhole?

– Não resta dúvida de que vontade ele tem – respondeu Zeb. – As gangues de rua já não o assustam mais. Ele teve múltiplas sessões na Painball.

Zeb avisou aos jardineiros reunidos, posicionou uma linha de sentinelas ao redor do telhado e dispôs homens fortes guardando a base da escada de incêndio. Tudo sob os protestos de Adão Um, para quem agir como o inimigo era se tornar igual a ele. Zeb argumentou que se Adão Um queria assumir a defesa, que o fizesse, mas se não queria, que não metesse o bedelho em coisas que não conhecia.

– Vejo uma movimentação – disse Rebecca de seu posto de observação. – Parece que três deles estão se aproximando.

– Aconteça o que acontecer, não saia correndo – disse Toby a Cabeça de Martelo. – Não faça nada que chame a atenção. – Dirigiu-se à beira do telhado para olhar.

Três pesos-pesados vinham pela calçada. Carregavam tacos de beisebol. Nenhuma pistola de spray à vista. Não eram homens da CorpSeCorps, mas assassinos da plebe para vingar o estrago na SecretBurgers. Um dos três era Blanco... Toby era capaz de distingui-lo de qualquer ângulo. O que ele faria? Ele a eliminaria ali mesmo ou a arrastaria até um lugar onde pudesse matá-la mais lentamente?

– O que há com você, querida? – perguntou Adão Um.

– É ele – disse Toby. – Se ele me vir, me matará.

– Não desanime. Nada de mal acontecerá a você.

Mas Adão Um achava que inclusive as coisas mais terríveis aconteciam por alguma razão inexplicavelmente superior, e Toby não se sentiu muito segura.

Zeb achou que seria melhor retirar a hóspede dali, apenas por precaução, e Toby levou Cabeça de Martelo para seu próprio cubículo, onde lhe deu um chá calmante feito à base de muita camomila e um pouquinho de papoula. Cabeça de Martelo não tardou a cair no sono e enquanto a observava Toby torcia para que as duas não fossem encurraladas. De repente, ela se flagrou olhando em volta à procura de armas. Acho que posso acertá-los com o vidro da papoula, pensou. Mas não é grande o bastante.

Logo ela voltou para o terraço. Ainda estava vestida com o uniforme de apicultora. Segurou o fole e abaixou o véu.

– Fiquem comigo – disse para as abelhas. – Sejam minhas mensageiras. – Como se as abelhas pudessem ouvir.

A luta não durou muito. Mais tarde, Toby ouviu o relato teatral sobre a história da batalha que Shackleton, Crozier e Oates contaram às crianças mais novas, que tinham sido evacuadas do local por Nuala. De acordo com os três, ocorrera uma batalha épica.

– Zeb foi brilhante – disse Shackleton. – Já estava com tudo planejado. Aqueles sujeitos estavam achando que por sermos pacifistas bastava... Enfim, armamos uma emboscada... subimos a escada com eles em nossa cola.

– E aí, e aí – disse Oates.

– E aí, lá no topo, Zeb se deixou atacar pelo primeiro cara, e aí agarrou a ponta do taco de beisebol que estava na mão do cara e deu um balão nele, tão violento que o cara foi arremessado na direção de Rebecca, que por sua vez o atacou com um garfo comprido, e o cara saiu gritando até que despencou lá da beira do terraço.

– Assim! – Oates começou a bater os braços.

– Depois Stuart esguichou hidratante de plantas no outro sujeito – disse Crozier. – Ele falou que isso funciona com os gatos.

– Você também fez das suas com ele, não fez, Amanda? – perguntou Shackleton, embevecido. – Algum golpe que aprendeu na aula de limitação de carnificina, talvez um *hamachi*, ou... sei lá o que você fez, mas esse cara também despencou do terraço. Você deu um chute no saco dele ou o quê?

– Eu o realoquei – disse Amanda, com recato. – Como um caramujo.

– E aí o terceiro cara fugiu – disse Oates. – O grandalhão. Com as abelhas todas em cima dele. Foi a Toby que fez isso, foi irado. Adão Um não deixou que a gente corresse atrás dele.

– Zeb falou que a coisa não vai parar por aí – disse Amanda.

Toby tinha sua própria versão, na qual tudo se movimentava tanto muito depressa como muito devagar. Ela se posicionara atrás das colmeias e depois três brutamontes emergiram do topo da escada de incêndio. Um deles era pálido e de cavanhaque escuro e tinha um taco de beisebol na mão, o outro, cheio de cicatrizes, parecia um redfish, e Blanco. Ela foi imediatamente reconhecida por ele.

– Estou te vendo, sua cadela esquálida! – berrou. – Você está ferrada! – Toby não conseguiu se disfarçar com o véu. Blanco empunhou uma faca, rindo de orelha a orelha.

O primeiro sujeito se engalfinhou com Rebecca e acabou despencando aos gritos da beira do terraço, mas o segundo também foi na direção dela. Então, Amanda, que estava em um dos lados com um ar etéreo e inofensivo, ergueu o braço. Toby viu um clarão de luz: seria o tal caco de vidro? Mas Blanco já estava para pegá-la, não havia nada entre os dois além das colmeias.

Toby empurrou algumas... três colmeias. Já estava totalmente coberta, mas Blanco, não. As abelhas saíram zumbindo raivosas e mergulharam em cima dele como flechas. Ele saiu correndo aos trancos e barrancos pela escada de incêndio, seguido por uma nuvem de abelhas.

Toby levou algum tempo ajeitando as colmeias. As abelhas estavam furiosas e muitos jardineiros tinham sido picados. Ela se desculpou com as vítimas e, com ajuda de Katuro, tratou-as com calamina e camomila. Mas pediu mais desculpas às abelhas depois de tê-las fumegado o suficiente para deixá-las tontas. Afinal, muitas haviam se sacrificado durante a batalha.

47

Adãos e Evas tiveram uma reunião tensa naquele quarto secreto atrás dos barris de vinagre.

– Aquele merda não podia ter atacado sem uma autorização – disse Zeb. – É a CorpSeCorps que está por trás disso... eles sabem que temos ajudado algumas pessoas e agora estão fazendo de tudo para nos rotular de terroristas fanáticos, como os lobos isaístas.

– Nada disso, a coisa é pessoal – retrucou Rebecca. – Aquele sujeito é ruim como uma cobra, sem querer desrespeitar as cobras, e o fato é que está na gana de Toby. Quando ele finca um poste em algum buraco, acha que o buraco é dele. – Ela sempre retomava seu antigo vocabulário quando se exaltava e depois se arrependia. – Desculpe, Toby, não quis ofendê-la.

– É óbvio que a causa mais próxima está entre nós – disse Adão Um. – Nossos jovens o provocaram. E Zeb também. Devíamos ter deixado os cães dormindo.

– Os cães são perfeitos – disse Rebecca. – Não queremos desrespeitá-los.

– Dois cadáveres na calçada não trarão bem algum à nossa reputação – disse Nuala.

– Acidentes. Eles despencaram do terraço – retrucou Zeb.

– Um com a garganta cortada e outro com o olho furado – disse Adão Um. – Como qualquer investigação forense poderá mostrar.

– Os tijolos das paredes são perigosos – interferiu Katuro. – Coisas duras. Pregos. Cacos de vidro. Coisas pontiagudas.

– Por acaso você acha que seria melhor com alguns jardineiros mortos? – perguntou Zeb.

– Se sua premissa estiver correta – disse Adão Um – e a ação tiver sido coisa da CorpSeCorps, já lhe ocorreu que esses três te-

nham sido enviados justamente para provocar um incidente assim? Para nos fazer infringir a lei e encontrar uma desculpa para represálias.
 – E qual era nossa escolha? – perguntou Zeb. – Deixar que nos esmagassem como insetos? Não que a gente esmague insetos – acrescentou.
 – Ele voltará – disse Toby. – Seja lá quem esteja por trás disso, a CorpSeCorps ou não, e o fato é que serei um alvo enquanto estiver aqui.
 – Acho que tanto para sua segurança como para a segurança do nosso jardim seria melhor colocá-la em um de nossos nichos de trufas, no Mundo Exfernal – disse Adão Um. – Você pode ser muito útil lá. Nossos contatos na plebelândia poderão espalhar a notícia de que você não está vivendo mais aqui. Talvez assim seu inimigo acabe perdendo a motivação e nós, pelo menos por enquanto, estaremos resguardados de uma provável agressão. Quando poderemos tirá-la daqui? – perguntou a Zeb.
 – Agora mesmo – disse Zeb.

Toby foi para o cubículo onde dormia e empacotou os itens mais necessários – tinturas engarrafadas, ervas secas, cogumelos. Os últimos três potes de mel de Pilar. Deixou um pouco de cada coisa para quem quer que fosse sua substituta no posto de Eva Seis.
 Lembrou que acalentava o desejo de abandonar o jardim, pelo tédio e pela claustrofobia, e que desejava ainda mais uma vida própria, mas agora realmente estava de partida, uma partida que sentia como uma expulsão. Aliás, era como se tivesse sua pele arrancada com violência. Lutou contra a vontade de ingerir papoula e esquecer de tudo. Era preciso se manter alerta.
 Outra dor: ela estaria decepcionando Pilar. Será que teria tempo de se despedir das abelhas, e se não tivesse, será que elas morreriam? Quem assumiria a guarda das abelhas? Quem teria essa capacidade? Cobriu a cabeça com uma echarpe e saiu apressada na direção das colmeias.
 – Abelhas – disse ela em voz alta. – Trago notícias. – As abelhas tinham parado mesmo no ar para ouvir? Muitas se achegaram para

investigá-la; pousaram em seu rosto e exploraram suas emoções pela química da pele. Ela esperava que já tivesse sido perdoada por ter derrubado as colmeias.

– Vocês precisam contar à rainha que terei que partir – disse. – Minha partida não tem nada a ver com vocês, vocês cumpriram suas tarefas muito bem. Meu inimigo é que está me forçando a partir. Lamento. Espero que as circunstâncias sejam mais benfazejas quando voltarmos a nos encontrar. – Sempre adotava um estilo formal ao conversar com as abelhas.

As abelhas zumbiam e chiavam, como se estivessem discutindo com Toby. Se ao menos pudesse levá-las com ela, como um grande animal coletivo coberto de pelagem dourada.

– Sentirei saudade de vocês, abelhas – acrescentou. Uma das abelhas, como se em resposta, tentou se enfiar no nariz dela. Foi afastada com uma fungada. Talvez seja melhor usar chapéu nessas entrevistas para que não entrem nos ouvidos.

Toby retornou ao cubículo, e uma hora depois Adão Um e Zeb se juntaram a ela.

– É melhor vestir isso, querida – disse Adão Um. Estendeu uma fantasia felpuda, um pato de borracha cor-de-rosa suave com pés vermelhos achatados e um bico de plástico amarelo sorridente. – A máscara nasal está aí dentro. Feita com um tecido bem moderno. Neobiopelo de cabra angorá... pode respirar por você. Pelo menos é o que diz no rótulo.

Adão Um e Zeb esperaram do outro lado da cortina do cubículo enquanto Toby se despia do traje sombrio de jardineira e vestia a fantasia. Apesar de todo aquele neobiopelo, fazia calor dentro da fantasia. E era escuro. Era como se estivesse espiando pelo buraco de uma fechadura, mesmo sabendo que espiava por meio de um par de olhos brancos com grandes pupilas negras.

– Bata as asas – disse Zeb.

Toby mexeu os braços para cima e para baixo dentro da fantasia, e soou como um pato. Parecia o barulho de um velho assoando o nariz.

– Se quiser balançar o rabo, é só bater o pé direito no chão.
– Como posso falar? – perguntou ela. E teve que repetir a pergunta em voz alta.
– Pelo buraco na orelha direita – respondeu Adão Um.
Que ótimo, pensou. Faço o som de um pato com o pé e falo pelo buraco da orelha direita. Eu é que não faço mais perguntas sobre as outras funções corporais.
Ela tirou a fantasia e vestiu a roupa, e Zeb enfiou a fantasia dentro de um saco felpudo.
– Eu a levarei de caminhão – disse ele. – Está estacionado lá na frente.
– Logo faremos contato, querida – disse Adão Um. – Lamento... é uma lástima... Mantenha a luz em volta...
– Vou tentar – disse ela.

O caminhão dos jardineiros movido a ar tinha agora um logotipo onde se lia HORA DE FESTA. Toby sentou-se ao lado de Zeb. Cabeça de Martelo ficou lá atrás, disfarçada de caixa de bolas de festa; assim mato dois pássaros com uma única pedra, disse Zeb.
– Desculpe – acrescentou.
– Pelo quê? – disse Toby. Porque ela estava partindo? O coração dela disparou.
– Matar dois pássaros. Não é legal mencionar matança de pássaros.
– Ah, agora entendi – disse ela. – Não se preocupe, está tudo bem.
– Cabeça de Martelo será despachada de trem – disse ele. – Temos conexões entre os despachantes de malas do trem-bala; ela irá como carga, será marcada como frágil. Temos uma célula de trufas no Oregon... eles a manterão fora de vista.
– E quanto a mim? – disse Toby.
– Adão Um quer você o mais perto possível do jardim para o caso de Blanco ser mandado outra vez para a Painball e você poder voltar – disse Zeb. – Conseguimos um lugar no Mundo Exfernal para você, mas vamos precisar de alguns dias para ajeitá-lo. Enquan-

to isso, mantenha-se fantasiada. E circule pela rua dos Sonhos, aquele lugar onde negociam fantasias de genes... lá está cheio de gente fantasiada e você não chamará atenção. Agora é melhor se abaixar porque vamos passar pela Lagoa dos Dejetos.

Ele a deixou em uma loja na FenderBender, onde os jardineiros residentes a retiraram rapidamente do caminhão e a esconderam em um fosso hidráulico. Lá, Toby respirou um ar impregnado pelo óleo de uma máquina antiga e fez refeições esparsas de pedaços de soja umedecidos com purê de nabo, acompanhadas por alguns goles de chá de sumagre. Dormiu em cima de um velho colchonete, com o saco felpudo como travesseiro. E o lugar não tinha bioleta, apenas uma lata enferrujada de café Happicuppa. *Use o que tiver à mão*, diziam os jardineiros.

Ela acabou descobrindo que nem todos os membros da colônia de ratos da FenderBender tinham sido realocados com êxito para o Buenavista. Mas os que permaneceram não eram hostis.

Na manhã seguinte iniciou um trabalho espúrio – caminhar ao longo da rua dos Sonhos com uma enorme fantasia de pele sintética, intervalando qua-quas com abanos de rabo, tudo isso dentro de uma tábua-sanduíche com dizeres de propaganda. Na parte da frente da tábua estava escrito: PATOS FEIOS PARA ADORÁVEIS CISNES, SÓ NO SPA – PARQUE ANOOYOO! FAÇA ISSO POR VOC ! Estimule sua autoestima! Nas costas lia-se: ANOOYOO! FAÇA ISSO POR VOC! Ela entregou panfletos que diziam: *Incremento epidérmico! Preços baixos! Evite erros genéticos! Totalmente reversível!* O AnooYoo Spa não vendia terapia genética – nada tão radical e irreversível. Em vez disso, comercializava tratamentos mais superficiais. Elixires de ervas, limpadores do sistema, estimuladores do vigor cutâneo; injeções de nanocélulas vegetais, míldio-fórmula da rede de revestimento, cremes faciais poderosos, bálsamos reidratantes. Mudança de coloração à base de iguana, remoção de manchas microbianas, aplicações de sanguessugas.

Toby distribuiu muitos panfletos, e acabou sendo disputada por alguns lojistas. Na rua dos Sonhos, um sonho engolia o outro. A rua tinha mais gente fantasiada – um leão, uma cabra angorá, dois ursos e três outros patos. Toby se perguntou se essas pessoas realmente disputavam um trabalho; se ela estava na clandestinidade, outros com problemas semelhantes poderiam ter descoberto a mesma solução.

Se ela estivesse trabalhando legalmente, como no passado, no fim do dia teria que demonstrar o número de horas de trabalho, tirar a fantasia e embolsar o recibo do pagamento. Mas as circunstâncias eram outras e Zeb a pegou de caminhão. Dessa vez o veículo exibia o seguinte logotipo: BIG FANTASIA – DIGA ISSO COM FURORE! Ela rolou para os fundos do caminhão com fantasia e tudo, e Zeb a transferiu para outro encrave de jardineiros – um barco abandonado na Lagoa dos Dejetos. No passado, as muitas corporações bancárias pagavam as gangues por proteção, mas os tex-mexicanos, ladrões especializados em roubo de identidades, logo entravam e saíam livremente como camundongos. Por fim, já que as perspectivas de lucro financeiro diário jaziam no chão com a boca tapada por fita adesiva, enquanto um ladrão de identidade acessava e pirateava as contas com uma simples teclada, os bancos desistiram e debandaram.

Aquele cofre-forte obsoleto do banco era um lugar muito melhor para passar a noite do que o fosso hidráulico onde Toby estava. Fresco, sem ratos, sem cheiro de fumaça de gás e com o constante odor da suave oxidação do papel-moeda que estivera ali no ano anterior. Mas depois ela começou a imaginar que alguém poderia fechar e trancar a porta do cofre inadvertidamente e depois se esquecer, e por isso não dormiu bem.

No dia seguinte, lá estava ela outra vez na rua dos Sonhos. A fantasia de pato era insuportável naquele calor, um dos pés de borracha começou a deteriorar e a máscara nasal não filtrava de modo adequado. E se ela fosse abandonada pelos jardineiros e deixada ao léu nas redondezas da sonholândia, metamorfoseada naquele animal-ave fictício e desidratando até a morte, para um dia ser encontrada no meio de um emaranhado de penas artificiais cor-de-rosa, toda encharcada e entupindo os bueiros?

Zeb, no entanto, apareceu e pegou-a. Levou-a para uma clínica nos fundos de uma loja que vendia perucas de cabra angorá.

– Fará um tratamento no cabelo e na pele – disse ele. – Ficará bem morena. E vamos cuidar das impressões digitais e das impressões vocais. E também vamos acrescentar mais alguns contornos.

A biotecnologia para a mudança do pigmento da íris era arriscada – implicava alguns efeitos colaterais desagradáveis – e Toby teria que usar lentes de contato. Verdes – o próprio Zeb escolhera a cor.

– Voz mais alta ou mais baixa? – perguntou ele a ela.

– Mais baixa – respondeu ela, torcendo para que não ficasse com uma voz de barítono.

– Ótima escolha.

O médico era chinês e muito delicado. Ela seria anestesiada, e o período de convalescença seria em um quarto do andar de cima – top de linha, comentou Zeb. E quando se viu dentro do tal quarto ela constatou que o lugar era realmente limpo. A cirurgia não exigiu grandes cortes. As pontas dos dedos perderam a sensibilidade – Zeb disse que isso logo voltaria – e a garganta ficou ferida devido às incisões nas cordas vocais, e a cabeça não parou de coçar enquanto os fios de cabra angorá eram entrelaçados nos cabelos naturais. A princípio, a pigmentação da pele não apresentou grandes mudanças, mas em seis semanas apresentaria resultados, segundo Zeb. Até lá, era imprescindível que ela se mantivesse longe do sol.

Toby passou as seis semanas de reclusão na célula de uma trufa, em SolarSpace. Muffy, o contato dela, pegou-a na clínica em um elegante automóvel movido a eletricidade.

– Se alguém fizer perguntas, diga que você é a nova empregada – disse Muffy. – Já peço desculpas porque lá em casa temos que comer carne, pela nossa própria segurança – acrescentou. – Nos sentimos péssimos em relação a isso, mas no SolarSpace todo mundo é carnívoro e eles sempre estão fazendo churrascos... orgânicos, é claro, e às vezes de carne cultivada a partir de amostras de tecido, você sabe, se cultiva apenas o tecido muscular, sem cérebro não há dor; enfim, nós levantaríamos suspeitas se nos recusássemos a comer carne. Mas farei de tudo para mantê-la afastada do cheiro da cozinha.

O aviso chegou tarde; Toby já estava sentindo o cheiro de alguma coisa que lembrava o cheiro da sopa de ossos que a mãe dela costumava fazer. Embora morrendo de vergonha de si mesma, o cheiro deixou-a faminta. Faminta e triste. Talvez no fundo essa tristeza seja fome, ela pensou. Talvez uma coisa acompanhe a outra.

Lá em seu quartinho de empregada, Toby lia revistas, colocava lentes de contato para pegar prática e ouvia música em um celular modelo Sea/H/Ear. Era um interlúdio surreal.

– Imagine que você é um casulo – disse Zeb antes do processo de transformação iniciar.

Confiante, entrou no processo como Toby e saiu como Tobiatha. Menos anglo-saxônica; mais latina. Com mais curvas.

Ela se examinava: pele nova, cabelos novos e abundantes, face mais proeminente. Novos olhos amendoados e verdes. Não podia se esquecer de colocar as lentes toda manhã.

As alterações não a tinham deixado estonteantemente bela, mas o objetivo não era esse. O objetivo era deixá-la o mais invisível possível. Beleza é somente uma pele profunda, ela pensava. Mas por que eles sempre diziam *somente*?

Mesmo assim, a nova aparência não estava ruim. O cabelo tinha sido uma ótima mudança, se bem que a família de gatos da casa estava mostrando interesse por ele, talvez pelo ligeiro cheiro de ovelha que exalava. Quando acordava de manhã, ela sempre se deparava com um gato sentado no travesseiro, lambendo-lhe os cabelos e ronronando.

48

Já com o entrelace dos cabelos firmemente enraizado na cabeça e o tom da pele uniformizado, Toby sentiu-se pronta para assumir a nova identidade. Muffy explicou o que ela faria.

– Nós pensamos no AnooYoo Spa – disse ela. – Eles desenvolvem um trabalho botânico, e portanto é um lugar ideal para você. Zeb me falou dos cogumelos e das poções que você faz... Você poderá se inteirar rapidamente dos produtos que são feitos lá. Eles têm uma horta orgânica que supre a lanchonete, se orgulham muito dela, uma grande quantidade de compostagem e tudo de que uma horta precisa. Eles também estão desenvolvendo um projeto com híbridos que pode lhe interessar. No mais, é como qualquer outra organização... Produto que entra, valor acrescido, produto que sai. Supervisão dos livros e dos estoques, administração da equipe... Zeb disse que você é muito boa para lidar com pessoas. Os procedimentos já estão todos estabelecidos... Basta segui-los.

– Os clientes são o tal produto? – perguntou Toby.

– Exatamente – disse Muffy.

– E o valor acrescido?

– É intocável – disse Muffy. – A clientela acha que realmente fica muito mais bonita, e todos pagam um bom dinheiro por isso.

– Você pode me dizer como conseguiu esse posto? – perguntou Toby.

– Meu marido integra o quadro do AnooYoo. Mas não se preocupe, não tive que mentir. Ele é um dos nossos.

Já instalada no AnooYoo Spa, Toby assumiu o papel de Tobiatha, uma gerente vagamente tex-mex, porém discreta e eficiente. Os dias eram plácidos e as noites eram calmas. Na verdade, o lugar era protegido por uma cerca elétrica e quatro guaritas com vigilantes, mas a checagem de identidade não era rigorosa e os guardas nunca a incomodavam. Não era um posto que exigia segurança máxima. O spa não tinha segredos a defender, e os guardas não faziam nada além de monitorar as mulheres que entravam assustadas com os primeiros sinais de envelhecimento e depois saíam radiantes, renovadas e arrogantes.

Mas ainda amedrontadas pela possibilidade de que o problema inteiro – a coisa *toda* – reaparecesse. Os sinais completos dessa coisa chamada mortalidade. Dessa *coisa*. Ninguém gosta disso, pensava Toby – de ser um corpo, uma coisa. Ninguém gosta de ser limitado dessa maneira. Seria melhor ter asas. Até a palavra *carne* soa piegas.

Nós não vendemos somente beleza, diziam os executivos do AnooYoo às equipes em treinamento. Nós vendemos esperança.

Algumas clientes faziam perguntas. Não conseguiam entender por que os mais avançados tratamentos do AnooYoo não faziam com que recuperassem a aparência dos vinte e um anos.

– Nossos laboratórios estão pesquisando um modo de fazer a reversão da idade, mas ainda não chegaram lá – dizia Toby suavemente a elas. – Em poucos anos...

Se você quer mesmo ficar para sempre com a idade que está, pensava com seus botões, tente pular de um telhado: seguramente a morte é o melhor método para deter o tempo.

Toby se esforçava muito para se mostrar uma gerente convincente. Administrava o spa com eficiência, ouvia com atenção a equipe e a clientela, mediava disputas quando necessário e cultivava a eficiência e o tato. A experiência como Eva Seis era muito útil porque lhe despertara o talento de olhar como se estivesse profundamente interessada, sem precisar abrir a boca para falar.

– Não se esqueçam; cada cliente quer se sentir como uma princesa, e princesas são egoístas e arrogantes – dizia ela à equipe. Só não cuspam na sopa delas, pensava em aconselhar, mas não seria um conselho apropriado a seu papel de Tobiatha.

Nos dias ruins ela procurava se divertir, imaginando o spa como um tabloide sensacionalista: *Socialite encontrada morta no gramado; tóxicos envolvidos na facial. Amanita implicada na esfoliação letal. Tragédia sonda a piscina.* Por que, então, desfazer das clientes? Elas só queriam se sentir bem e felizes, como todos no planeta. Por que teria que ver com maus olhos a obsessão de mulheres com veias estufadas e gordura localizada na barriga?

— Pensem cor-de-rosa — dizia às jovens em treinamento no AnooYoo, e deveria dizer a mesma coisa a si mesma. Por que não? Rosa era uma cor muito mais bonita do que o bilioso amarelo.

Após uma pausa estratégica, Toby começou a estocar suprimentos, construindo assim seu próprio Ararat. Não estava certa se acreditava ou não acreditava no Dilúvio Seco — as teorias dos jardineiros tornavam-se cada vez mais remotas, cada vez mais ingênuas à medida que o tempo passava. Mas acreditava o bastante para tomar precauções rudimentares. Como encarregada do estoque, não lhe era difícil surrupiar alguns itens. Pegava as embalagens vazias das latas de lixo para reciclagem, um pouco de cada vez — as latas da Fórmula Intestinal AnooYoo eram as melhores porque, além de grandes, tinham boas tampas —, e as enchia de petiscos de soja ou leite em pó ou algas secas ou pedacinhos de soja em conserva. Depois tampava as latas e deixava no fundo das prateleiras do estoque. Alguns membros da equipe tinham o código da porta da sala de estoque, mas ninguém cogitaria inspecionar as latas porque ela era conhecida como uma estoquista séria.

Toby tinha seu próprio escritório com um computador lá dentro. Sabia dos riscos envolvidos na navegação — algum funcionário da corporação AnooYoo poderia monitorar as entradas nos sites e as mensagens recebidas, e se certificar se ela frequentava sites pornô durante o período de trabalho — e se limitava a entrar nos sites de notícias para tentar pescar alguma palavra sobre os jardineiros.

Não havia muito. De vez em quando surgia uma notícia de atos subversivos praticados por ecologistas fanáticos, mas àquela altura existia um grande número desses grupos. Ela reconheceu alguns rostos de jardineiros no meio da multidão durante um piquete em Boston para impedir o descarregamento de grãos do café Happicuppa no porto, mas talvez estivesse enganada a respeito. Muitas pessoas vestiam camisetas que estampavam "D é V", o que significava "Deus é Verde", mas isso não indicava nada: os jardineiros não usavam esse tipo de camiseta, pelo menos no tempo dela.

A CorpSeCorps poderia ter reprimido os tumultos causados pelo Happicuppa. Seus homens poderiam ter atirado em muita gente com as armas de spray, até nos jornalistas que cobriam o evento. Nem por isso a cobertura de tais eventos era completamente impedida, uma vez que as câmeras dos celulares eram acionadas. Então, por que a CorpSeCorps não agia abertamente, por que não atacava os oponentes à vista de todos e impunha a lei do totalitarismo de modo patente, já que era a única a portar armas? Depois de privatizada, a corporação estava se tornando um exército.

Uma vez Toby colocou essa questão para Zeb. Argumentou que oficialmente eles eram uma corporação de segurança privada utilizada por outras corporações que ainda queriam ser vistas como honestas e confiáveis, amistosas como margaridas, desinteressadas como coelhinhos. Essas corporações não suportariam ser vistas pelos consumidores como mentirosas e insensíveis, como açougueiros tirânicos.

– As corporações têm que vender, mas não podem obrigar ninguém a comprar – disse ele na ocasião. – Até agora. Portanto, a imagem de pureza ainda é necessária.

Na verdade, a resposta curta e grossa seria a seguinte: ninguém queria sentir o gosto de sangue em seu Happicuppa.

Muffy, a trufa conselheira, mantinha-se em contato com Toby durante os tratamentos a que se submetia no AnooYoo. Vez por outra levava notícias: Adão Um estava bem, Nuala mandava lembranças, os jardineiros continuavam expandindo sua influência, mas a situação era instável. Às vezes se fazia acompanhar por uma fugitiva que precisava de um esconderijo temporário. A mulher se vestia com roupas iguais às dela – nas cores próprias das ricas matronas do SolarSpace: azul pastel, creme, bege – e era agendada para os tratamentos.

– É só banhá-la na lama e enrolá-la em toalhas que ninguém vai perceber nada – dizia Toby, confiante.

Cabeça de Martelo foi uma dessas hóspedes de emergência. Toby reconheceu-a pela inquietude das mãos e o intenso martírio dos olhos azuis, mas não foi reconhecida por ela. Então, Cabeça de Martelo não teve uma vida tranquila no Oregon, pensou Toby, e está aqui na área se arriscando o tempo todo. Talvez se sentisse atraída pelo cenário da guerrilha urbana ecológica, e nesse caso seus dias estariam contados, porque a CorpSeCorps jurara de morte esses ativistas. A HelthWyzer tinha amostras da antiga identidade dela, e ninguém que constava no sistema deles escapava, a não ser quando trocava de identidade com a de um cadáver com arcada dentária e DNA compatíveis com os registros do sistema.

Toby indicou para Cabeça de Martelo um tratamento aromático completo e um intenso relaxamento dos poros. Ela parecia precisar disso.

No AnooYoo havia um problema sério: Lucerne era uma cliente regular. Todo mês aparecia com toda a pompa exigida à esposa de um figurão do conglomerado. E sempre se submetia ao polimento suculento, ao bombeamento de pele e à imersão total na fonte da juventude que o AnooYoo oferecia. Parecia mais elegante do que era no tempo dos jardineiros – isso não tem mérito algum, pensava Toby, qualquer uma fica mais elegante que uma jardineira até dentro de um saco de plástico. Mas ela também parecia mais envelhecida e mais ressecada. O lábio inferior, antes carnudo, agora mostrava rugas, mesmo com a aplicação de colágenos e extratos de plantas que não passavam despercebidos para Toby, e as pálpebras estavam assumindo a textura de pétalas secas de papoula. Eram sinais de declínio gratificantes para Toby, apesar da consternação por sentir algo tão mesquinho e invejoso. *Deixa pra lá*, dizia a si mesma. *Não é porque Lucerne está se tornando um cogumelo seco que você se tornará uma beldade.*

Seria catastrófico se de repente Lucerne saísse por trás da cortina do chuveiro e chamasse Toby pelo verdadeiro nome. Toby, então, tomou suas providências. Consultava a agenda com antecedência para saber quando Lucerne apareceria. Reservava as profissionais mais vigorosas para ela – Melody, a de ombros largos, e Symphony, a de mãos firmes – e se mantinha o mais longe possível das vistas. Mas geralmente Lucerne ficava de olhos vendados e de bruços, coberta por uma gosma marrom, e dificilmente a veria, e se a visse não prestaria atenção. Mulheres como Tobiatha não tinham rosto para mulheres como Lucerne.

E se eu me insinuasse durante a imersão total na fonte da juventude e acertasse Lucerne com uma saraivada de raio laser? Era o que Toby se perguntava. E se eu abaixasse a lâmpada de calor? Ela derreteria como um marshmallow. Uma porção de nematoides. A terra agradeceria.

Querida Eva Seis, ecoava a voz de Adão Um na cabeça de Toby, essas fantasias não servem para nada. O que Pilar pensaria?

Certa tarde soou uma batida à porta de Toby.
– Pode entrar.
Era um homenzarrão vestido em um macacão verde de brim. E assoviava, é claro, com um tom familiar.
– Eu vim podar as lumirosas – disse ele.
Toby ergueu os olhos e prendeu a respiração. Sabia melhor que ninguém que não podia falar nada naquele escritório porque devia estar cheio de escutas.
Zeb deu uma olhada no corredor, depois entrou e fechou a porta. Sentou-se na frente do computador, pegou uma caneta e escreveu no bloco de notas: *observe o que faço*.
E os jardineiros? E Adão Um?, escreveu Toby.
Dissidência, escreveu Zeb. *Um grupo próprio agora.*
– Algum problema com as plantas? – perguntou ele em voz alta.
E Shackleton, e Crozier? Com você?, escreveu Toby.
De certo modo, retrucou Zeb. *Oates. Katuro, Rebecca. Novas pessoas também.*

E Amanda?
Saiu. Educação superior. Arte. Inteligente.
Ele entrou num site: EXTINCTATHON. Monitorado por MaddAddão. *Adão deu nome aos animais vivos, MaddAddão, o doido Adão, dá nomes aos mortos. Você quer jogar?*
MaddAddão?, escreveu Toby no bloco. *Seu grupo? Vocês são muitos?* Ela estava nas nuvens: Zeb bem ali, ao seu lado, em carne e osso. Depois de tanto tempo achando que nunca mais o veria.
Eu abrigo multidões, escreveu Zeb. *Escolha um codinome. Forma de vida extinta.*
Dodo, escreveu Toby.
Últimos cinquenta anos, escreveu Zeb. *Não muito tempo. Turma da poda esperando. Fale agora que são pulgões.*
— As lumirosas estão com pulgões — disse Toby enquanto folheava na cabeça as velhas listas dos jardineiros de animais, peixes, aves, flores, moluscos e lagartos recentemente extintos. *Atalho inacessível*, escreveu. A ave escolhida por ela partira dez anos antes. *Eles podem piratear este site?*
— Nós podemos cuidar disso — disse Zeb. — Embora não seja permitido o emprego de inseticida... colheremos algumas amostras. Há diversos meios de se esfoliar um gato. — *Não*, ele escreveu. *Fizemos nossa própria rede virtual privada. Criptografada ao quádruplo. Desculpe a menção à esfoliação de gatos. Aqui está seu número.*
Ele escreveu no bloco o novo codinome dela e a senha. Em seguida, digitou seu próprio número e código na janela do login. *Bem-vindo, Espírito do Urso. Prefere jogar o modo simples ou o avançado?* Isso apareceu na tela.
Zeb clicou no modo avançado. *Bom. Procure sua sala. MaddAddão o encontrará lá.*
Observe, ele escreveu no bloco. Entrou num site de propaganda de transplantes de pelo de cabra angorá, pulou para um portal onde se via um olho de uma ovelha magenta, e adentrou no estômago azul e esponjoso de um anúncio de antiácido da HelthWyzer que o levou até a boca de alguém que mastigava um SecretBurger com avidez. Logo se abriu uma vasta campina verde — árvores ao

longe e um lago onde um rinoceronte e três leões bebiam. Uma cena do passado.

Abriu-se uma caixa de texto na tela: *Bem-vindo à sala de Madd-Addão, Espírito do Urso. Você tem uma mensagem.*

Descarregue a mensagem, clicou Zeb.

O fígado é mau e precisa ser punido.

Red-necked Crake (codornizão de pescoço vermelho), entendido, ele digitou. *Está tudo bem.*

Depois, saiu do site e se levantou.

— Me chame se houver qualquer reincidência de pulgões – disse. – Será ótimo se puderem checar nosso trabalho de vez em quando, mantendo-nos manterem informados. – Depois Zeb escreveu no bloco: *O cabelo está maravilhoso, gata. Amei os olhos amendoados.* E saiu em seguida.

Toby arrancou as páginas redigidas do bloco de notas. Felizmente, dispunha de fósforos para queimá-las. Ela vinha recolhendo fósforos para o Ararat e os estocava em um recipiente de merengue facial de limão.

Depois da visita de Zeb, Toby sentiu-se menos isolada. Acessava a página Extinctathon em intervalos irregulares, e entrava na sala do MaddAddão avançado. Codinomes e mensagens eram exibidos na tela: *Black Rhino para Espírito do Urso: novatos chegando. Ivory Bill para Swift Fox: não tema a broca. White Sedge e Lotis Blue: dez cruzamentos de camundongos. Red-nacked Crake para Madd-Addão: estradas de marshmallow, ótimo!* Ela não fazia a menor ideia do que a maioria dessas mensagens significava, mas pelo menos se sentia incluída.

Às vezes surgiam boletins eletrônicos que podiam ser informações selecionadas da CorpSeCorps. Muitos se referiam ao aparecimento de novas doenças ou de infestações peculiares – o híbrido porco-castor que estava atacando as correias dos ventiladores dos carros, a broca que estava dizimando as plantações de café Happicuppa, o micróbio que comia asfalto e derretia as estradas.

Então, a cadeia de restaurantes Rarity sofreu diversos atentados à bomba. Ela via os noticiários com regularidade, onde eventos como esse eram atribuídos a ecoterroristas não especificados, mas não deixou de ler uma análise detalhada de MaddAddão. Dizia que os atentados tinham sido praticados pelos lobos isaístas porque a rede Rarity introduzira um novo item no cardápio – leocarneiro, um animal sagrado para os lobos isaístas. E MaddAddão acrescentara um P.S: *Aviso a todos os jardineiros de Deus: eles atribuirão isso a vocês. Vão para o chão.*

Pouco depois Muffy apareceu inesperadamente no spa. Elegante como sempre, nunca descuidava de sua pose.

– Vamos dar um passeio lá no gramado – disse.

Já estavam ao ar livre e longe de olhos e ouvidos curiosos, e ela então sussurrou:

– Não estou aqui para tratamento. É só para lhe dizer que estamos partindo, mas não posso dizer para onde. Não se preocupe. Foi apenas uma ordem interna.

– Você ficará bem? – perguntou Toby.

– Só o tempo dirá – disse Muffy. – Boa sorte, querida Toby. Querida Tobiatha. Não se esqueça de me envolver de luz.

Uma semana depois ela e o marido constavam na lista de vítimas de um acidente aéreo. A CorpSeCorps é excelente em preparar acidentes de alta classe para encaixar suspeitos importantes, disse Zeb certa vez a Toby, pessoas cujo desaparecimento sem pistas poderia causar problemas às corporações.

Depois disso Toby passou meses sem entrar na sala de chat de MaddAddão. Ela estava na expectativa de batidas à porta, de vidraças quebradas e de saraivadas de tiros de pistolas de spray. Mas nada aconteceu. Quando finalmente teve coragem de acessar outra vez o MaddAddão, havia uma mensagem para ela:

Atalho do Espírito do Urso inacessível: o jardim foi destruído. Adãos e Evas no escuro. Observe e espere.

O DIA DA POLINIZAÇÃO

○ O DIA DA POLINIZAÇÃO

ANO 21

DAS ÁRVORES E DOS FRUTOS E SUAS ESTAÇÕES.
DITO POR ADÃO UM.

Queridos amigos e companheiros mamíferos:
    Hoje é dia de banquete, mas infelizmente não teremos banquete. Nosso voo foi rápido, nossa fuga, apertada. Agora, nossos inimigos, fiéis à sua natureza, já devem ter destruído nosso terraço. Mas certamente um dia voltaremos para o Edencliff e o restauraremos, devolvendo-lhe a antiga glória. A CorpSeCorps pode ter destruído nosso jardim, mas não destruiu nosso espírito. Com o tempo, voltaremos a plantar.
    E por que fomos atacados? Simplesmente porque estávamos nos tornando poderosos demais para o gosto deles. Muitos terraços estavam desabrochando como rosas; muitos corações e mentes estavam se voltando para o planeta e a necessidade de lhe restaurar o equilíbrio. Mas no sucesso repousam as sementes da ruína, até porque os que detêm o poder deixaram de nos ver como meros alarmistas inofensivos: eles nos temem, como profetas dos tempos que estão a caminho. Em suma, ameaçamos suas grandes margens de lucro.
    Além disso, eles nos atribuíram os bioataques realizados em suas infraestruturas pelo grupo cismático e herege autointitulado MaddAddão. Os atentados à bomba da semana passada à rede de restaurantes Rarity, cometidos apenas pelos lobos isaístas, deram a eles uma desculpa para cair violentamente em cima de todos aqueles que estão do lado da Terra criada por Deus.
    Com isso eles demonstram que são tão cegos para a visão material como o são para a visão espiritual! Pois, embora tenham

acabado nossos dias de peregrinação pelas ruas da plebelândia para chamar os carnívoros a se arrependerem, nossas lições de camuflagem animal não foram em vão. Disfarçados, misturados ao ambiente, nós florescemos debaixo do nariz de nossos inimigos. Mudamos nossas roupas e fizemos aquisições no centro comercial. A camisa polo com monograma, o colete verde-limão, a malha listrada, o conjunto esportivo tão bravamente tricotado por Nuala – essas vestimentas são nossas armaduras.

Alguns de vocês optaram por ingerir a carne de nossas queridas criaturas para despistar as suspeitas, mas não tentem ir além de suas próprias forças, queridos amigos. Mastigar um SecretBurger e se engasgar poderá atrair ainda mais suspeitas. Em caso de dúvida a respeito de seus limites, optem por um sorvete SoYummie. Isso é um quase alimento que pode ser engolido sem dificuldade.

Devemos agradecer à célula de trufas de Fernside, que nos disponibilizou este refúgio aqui na rua dos Sonhos. A placa em nossa porta com a locução GENES VERDES indica a presença de botânicos genéticos experientes. A segunda placa exibindo FECHADO PARA REFORMAS é nossa proteção. Se perguntarem alguma coisa, digam que estamos tendo problemas com o empreiteiro. É uma explicação sempre plausível.

Hoje é o Dia da Polinização, em que relembramos as contribuições à preservação das florestas de santa Suryamani Bhagat, da Índia, de são Stephen King, da floresta Pureora da Nova Zelândia, e de santo Odigha, da Nigéria, entre tantos outros. Este festival é consagrado aos mistérios da reprodução das plantas, especialmente às angiopermas, essas árvores assombrosas, com uma ênfase especial para as drupas e os frutos pomáceos.

Desde a antiguidade nos chegam lendas a respeito desses frutos – as maçãs de ouro de Hespérides e também a maçã da discórdia. Alguns dizem que o fruto da Árvore do Conhecimento do bem e do mal era um figo, outros, uma tâmara, e outros, uma romã. O que faria mais sentido para representar o mal seria um pedaço de carne, um bife. Mas por que, então, uma fruta? Porque obviamente nossos ancestrais eram frugívoros e só poderiam ser tentados por uma fruta.

Para nós as frutas são extremamente significativas, abrangendo as noções de colheita saudável, de plenitude e de recomeço porque abrigam a semente – uma nova vida em potencial. A fruta amadurece, despenca e retorna para a terra, e a semente cria raiz, cresce e traz mais vida. Como dizem as palavras humanas sobre Deus: "Pelos vossos frutos sereis reconhecidos." Oremos para que nossos frutos sejam frutos do Bem e não frutos do Mal.

Um conselho: honramos os insetos polinizadores, sobretudo as abelhas, mas recentemente fomos informados que além do vírus fortemente resistente introduzido depois do desaparecimento da abelha comum, as corporações desenvolveram uma abelha híbrida. Ela não é fruto de um cruzamento genético, meus amigos. Não, ela é uma baita abominação! As abelhas são selecionadas ainda no estágio de larvas e nelas são inseridos sistemas micromecânicos. Depois que o tecido se desenvolve em volta da inserção, a abelha emerge como adulto ou "imago" e não passa de uma abelha ciborgue espiã, controlada por observadores da CorpSeCorps. Essas abelhas são equipadas para transmitir dados e, consequentemente, para trair.

Os conflitos éticos são perturbadores: devemos recorrer aos inseticidas? Essa abelha escrava e mecanizada está *viva*? Caso esteja, é uma autêntica criatura de Deus ou é outra coisa bem diferente? Precisamos ponderar sobre as profundas implicações, meus amigos, e orar por orientação.

Cantemos.

O PÊSSEGO E A AMEIXA

Os galhos frondosos da ameixeira e do pessegueiro
São formosos no tempo da floração,
E as aves e abelhas e morcegos se alegram,
Sorvendo o néctar com precisão.

E a polinização então acontece:
Pois em cada noz, fruta ou semente,
Uma ínfima partícula dourada
Toma seu rumo e cria raiz.

Depois incha ovalada no caule,
E lentamente amadurece, com o tempo a passar –
Dentro dela está o alimento
Que pássaros, animais e homens vivem a procurar.

E em cada fruta, noz ou semente
Abriga-se uma pequena árvore prateada
Que crescerá se for bem plantada,
Exibindo flores para serem admiradas.

Quando um pêssego dourado você comer
E do caroço se desfizer descuidado,
Considere como ele brilha vivo –
No meio dele Deus está abrigado.

do *Hinário Oral dos Jardineiros de Deus*

49

REN

ANO 25

Adão Um costumava dizer que você deve navegar se não consegue deter as ondas. Ou melhor, o que não pode ser remendado ainda pode ser cuidado. Ou melhor, sem luz, nenhuma esperança; sem escuridão, nenhuma dança. O que significa que até as coisas ruins podem fazer bem, simplesmente porque são um desafio e nem sempre se sabe os bons efeitos que podem advir. Não que os jardineiros já tivessem dançado assim.

E assim decidi meditar, o que seria a única maneira de lidar com o fato de que não havia nada a fazer na zona de segurança. Se o problema é o nada, trabalhe com o nada, diria Philo Neblina. Pare o falatório mental. Abra o olho e o ouvido internos. Veja o que conseguir ver. Ouça o que conseguir ouvir. Na época dos jardineiros, o que eu conseguia ver era o rabo de cavalo da menina à minha frente, e o que conseguia ouvir era o ronco de Philo Neblina, porque ele sempre dormia quando conduzia a meditação.

Agora, continuava não me saindo bem. Eu conseguia ouvir o som da batida do baixo que vinha do Snakepit e o zumbido da minigeladeira, conseguia ver as luzes da rua formando borrões ao atravessar o vidro da janela, mas nada disso era espiritualmente iluminador. Então, interrompi a meditação e me voltei para o noticiário.

Eles diziam que havia uma pequena epidemia, mas nada alarmante. Vírus e bactérias estavam em constante mutação, mas eu sabia que as corporações sempre podiam inventar tratamentos para isso, e de um jeito ou de outro, fosse qual fosse aquele vírus, eu não o tinha contraído porque uma barreira dupla me isolava e me protegia de qualquer vírus. Eu estava no lugar mais seguro que podia estar.

Voltei então para a imagem do Snakepit. Começava uma briga. Talvez fossem os painballers – os três que chegaram primeiro contra o outro que chegou depois. Enquanto eu observava, os olheiros da CorpSeCorps se movimentavam. Jogaram um dos sujeitos no chão e começaram a surrá-lo. Os leões de chácara também entraram na briga – um deles foi esfaqueado nas costas e mantinha as mãos apertadas no olho. Depois, outro acertou o bar. Geralmente não demorava muito para que tudo ficasse sob controle. Savona e Crimson Petal ainda tentavam se manter no trapézio, mas as garotas do poste estavam fugindo do palco. Depois elas voltaram, a saída de trás devia estar bloqueada. Oh, não, pensei. Logo uma garrafa veio em direção à câmera e quebrou-a.

Passei para a outra câmera, mas minhas mãos tremiam tanto que esqueci de como ligar a chave, até que finalmente consegui ligá-la e foquei o Snakepit. O lugar estava completamente vazio. As luzes ainda estavam acesas e a música ainda tocava, mas o salão estava vazio. Claro que os clientes tinham fugido. Savona jazia sobre o balcão do bar, e a reconheci pela roupa cintilante, se bem que estava parcialmente rasgada. A cabeça pendia em um ângulo estranho e o rosto estava coberto de sangue. Crimson Petal estava enforcada no trapézio, uma das cordas em torno do pescoço e o brilho de uma garrafa entre as pernas – alguém devia ter enfiado a garrafa ali. Os babados e as plumas, retalhados. Ela parecia um buquê murcho.

Onde estaria Mordis?

Uma trouxa escura cruzou a tela: uma dança sombria, um balé retorcido. De repente, *bam!* Uma porta bateu e logo alguma coisa soou como uma coruja. Depois, sirenes, a distância. Barulho de pés correndo.

Então, ecoou uma gritaria no corredor, do lado de fora da zona de segurança, e a imagem da parte externa de minha porta apareceu no monitor, e lá estava Mordis, bem perto, olhando para mim com um só olho. O outro estava fechado. O rosto dele parecia destroçado.

– Seu nome – sussurrou ele.

Logo um braço lhe deu uma gravata e puxou a cabeça dele para trás. Um dos painballers. Ele tinha uma garrafa quebrada na mão cheia de veias verdes e vermelhas.

– Abra essa merda de porta, seu idiota – disse o sujeito. – Puta escondida! Hora de dividir!

Mordis uivava. Os sujeitos queriam que ele dissesse o código da porta.

– Os números, rápido, os números – diziam.

Eu ainda vi Mordis por mais um instante. Soou uma golfada e ele se foi. No lugar dele surgiu um dos painballers – um sujeito com a cara cheia de cicatrizes.

– Abra a porta que eu não mato seu amigo – disse. – Não queremos feri-lo.

Mas o sujeito mentia, porque Mordis já estava morto.

Depois ouvi mais gritaria, e depois os homens da CorpSeCorps devem ter caído de pau em cima porque o sujeito começou a urrar e desapareceu da tela, restando apenas um ruído abafado, como se estivessem esmurrando um saco.

Foquei na imagem do Snakepit: um amontoado confuso de homens da CorpSeCorps, um verdadeiro batalhão. Eles empurravam e arrastavam os painballers pela porta afora – um deles, morto, e três ainda vivos. O que significava que voltariam para a Painball – eles não deviam ter saído de lá, nunca.

Foi então que me dei conta do que tinha acontecido. A zona de segurança era mesmo uma fortaleza. Ninguém conseguia entrar lá dentro sem um código, e ninguém além de Mordis conhecia esse código. Isso era o que ele vivia dizendo. E ele não revelou o tal código: Mordis salvara a minha vida.

Mas agora eu estava trancada lá dentro, sem ninguém para me tirar de lá. *Oh, por favor,* pensei. *Não quero morrer.*

50

Eu disse a mim mesma para não entrar em pânico. A SeksMart mandaria uma turma de limpeza, eles notariam minha presença e dariam um jeito de destrancar a porta. Não me deixariam ali para morrer de fome e sede como uma múmia. Eles precisariam de mim quando reabrissem a Scales. Não seria a mesma coisa sem o Mordis – já sentia falta dele –, mas pelo menos me dariam uma função. Eu não era apenas mais uma disponível, eu era um talento. Era isso que Mordis sempre dizia.

Então, era só esperar para sair daquele lugar.

Tomei um banho – estava me sentindo suja, como se aqueles sujeitos da Painball tivessem entrado, ou como se tivesse o sangue de Mordis grudado em meu corpo.

Depois meditei novamente, dessa vez de verdade. *Envolva Mordis de luz,* orei. *Deixe-o entrar no Universo. Que o espírito dele siga em paz.* Eu o visualizei saindo do corpo como um passarinho.

No dia seguinte aconteceram duas coisas ruins. A primeira, quando prestei atenção ao noticiário. A epidemia que a princípio era tida como menor não estava se dando dessa maneira – um surto localizado, algo que podia ser contido. Tornara-se uma situação de emergência. A tela exibia um mapa do mundo com pontinhos vermelhos brilhantes – Brasil, Taiwan, Arábia Saudita, Bombaim, Paris, Berlim – e era como assistir ao planeta recebendo tiros de pistola de spray. Noticiavam que era uma peste e que a coisa estava se espalhando com muita rapidez – não só se espalhando como pipocando simultaneamente em cidades distantes umas das outras, o que não era um padrão normal. Geralmente as corporações se valiam de mentiras e blindagens e só tínhamos retalhos da verdadeira história via rumores, e o fato de que tudo estava estampado nos noticiários indicava que a coisa era séria – as corporações não tinham conseguido abafá-la.

Os noticiários tentavam manter a calma. Especialistas diziam não conhecer o supervírus, mas afirmavam que era uma pandemia e que muita gente estava morrendo rapidamente – como se derretendo. Entendi que a coisa estava muito séria tão logo eles disseram "não há necessidade de pânico" com uma voz feérica e um sorriso colado na cara.

A segunda coisa ruim foi ver os sujeitos vestidos em bioroupas que entraram no Snakepit, enfiaram os cadáveres dentro de sacos plásticos e se foram. Eles não checaram o segundo andar, embora eu tenha me esgoelado. Acho que não conseguiram me ouvir porque as paredes da zona de segurança eram muito grossas e a música não parava de tocar no Snakepit. Esses dois fatores acabaram abafando meus gritos. Isso foi bom para mim, porque se eu tivesse saído da zona de segurança teria contraído a doença que todo mundo estava contraindo. Na hora achei isso péssimo, mas na realidade não foi péssimo.

No dia seguinte, as notícias pioraram. A peste estava se disseminando de maneira incontrolável e junto a isso tumultos, saques e assassinatos, e de certa forma a CorpSeCorps desaparecera: eles também deviam estar morrendo.

Alguns dias depois já não havia mais noticiários.

Agora é que eu estava mesmo apavorada. Mas pensei comigo que se não podia sair, ninguém podia entrar e eu estaria a salvo enquanto o sistema de energia solar continuasse em atividade. Ele manteria o fluxo da água e o funcionamento da minigeladeira, do congelador e dos filtros de ar. A filtragem do ar era uma vantagem porque logo tudo estaria fedendo lá fora. E eu teria que viver um dia de cada vez para ver no que isso daria.

Eu sabia que precisava ser prática, senão correria o risco de perder a esperança e entrar em um estado de alheamento do qual talvez nunca saísse. Abri então a minigeladeira e o congelador para avaliar os suprimentos – Joltbars, bebidas energéticas, petiscos, nuggets de frango e peixes artificiais. Se ingerisse apenas um terço de cada refeição e não a metade, e se não jogasse o resto fora e o guardasse, teria o bastante para pelo menos seis semanas.

Tentei telefonar para Amanda, mas ela não atendeu. Só me restou deixar mensagens de texto: CUM 2 SCLS. A minha esperança é que ela visse os textos e percebesse que tinha alguma coisa errada, e que depois viesse até Scales e arrumasse um jeito de destrancar a porta. Mantive meu celular ligado o tempo todo para o caso de uma chamada, mas depois tentei telefonar e enviar um texto e só aparecia DESLIGADO. Até que finalmente consegui mandar uma mensagem curta – TO OK. Mas as linhas deviam estar sobrecarregadas pelas chamadas de pessoas desesperadas que tentavam falar com os familiares e mais uma vez não consegui nada.

Mais tarde, à medida que as pessoas iam morrendo, suponho, as linhas foram descongestionando e consegui falar. Nada na tela em branco, apenas a voz.

– Onde você está? – perguntei.

– Enfiada em um carro solar. Ohio – respondeu ela.

– Não vá para as cidades. Não deixe ninguém tocar em você. – Já ia contar o que tinha sabido pelos noticiários, mas a ligação caiu. Depois disso não consegui mais sinal. As torres deviam ter caído.

Os horóscopos e também os jardineiros sempre diziam que é você que cria sua realidade. Então criei uma realidade para Amanda. Naquela hora ela vestia uma roupa cáqui apropriada para o deserto. Depois, parava para beber água. Depois, extraía uma raiz e a ingeria. Depois, novamente em movimento. Ela vinha sem trégua em minha direção. Ela não ficaria doente e ninguém a mataria, porque era esperta e muito forte. Ela estava sorrindo. Logo estava cantando. Mas eu sabia que só estava mascarando a realidade.

51

Fiquei sem ver Amanda pessoalmente durante muito tempo, até que comecei a trabalhar na Scales. Antes disso, passei um bom tempo sem fazer a menor ideia de onde ela estava. Perdi o contato depois que Lucerne jogou fora meu celular roxo, quando ainda morava no condomínio da HelthWyzer. Na ocasião achei que nunca mais a veria – achei que Amanda tinha saído para sempre de minha vida.

Ainda acreditava nisso quando entrei no trem-bala a caminho da Academia Martha Graham. Eu estava me sentindo muito mal, sozinha e com pena de mim. Não era só Amanda que eu tinha perdido, mas tudo que significava alguma coisa para mim. Adãos e Evas, ou pelo menos alguns, como Toby e Zeb. Amanda. Mas acima de todos, Jimmy. Grande parte de minha dor por ele já tinha passado, mas continuava doendo. Ele tinha sido tão doce comigo e depois me deu um chute, como se eu fosse ninguém. Era um sentimento frio e miserável. Eu estava tão deprimida que até desistira da ideia de reatar nosso namoro na Martha Graham, uma ideia que na hora não passava de um sonho longínquo.

Naquele momento em que eu estava no trem-bala já fazia muito tempo desde que me apaixonara por Jimmy. Aliás, já fazia muito tempo desde que Jimmy se apaixonara por mim – enquanto ainda era honesta comigo mesma e não me sentia furiosa e triste, eu sabia que ainda amava Jimmy. Eu já tinha dormido com outros garotos, mas para mim foram como gestos mecânicos. Eu estava indo para a Martha Graham em parte para ficar longe de Lucerne, mas também porque teria que fazer alguma coisa com a educação que receberia lá. Era o que as pessoas argumentavam, como se a educação fosse algo a ser usado como um vestido. De qualquer jeito, eu não estava ligando para o que poderia acontecer comigo, só estava triste e sombria.

    Os jardineiros não pensavam assim. Eles diziam que a única educação verdadeira é a educação do espírito. Mas eu já tinha esquecido o que isso significava.

Martha Graham era uma escola de artes cujo nome homenageava uma famosa bailarina do passado, e lá eram ministrados muitos cursos de dança. Já que eu tinha que optar por um curso, optei por dança calistênica e expressão dramática – para cursá-los não era preciso ser aplicado em outras matérias como, por exemplo, matemática. Pensei que dessa maneira poderia arrumar um emprego em alguma corporação, conduzindo programas de exercícios que as melhores corporações ofereciam aos funcionários no meio do expediente. Tom musical, ioga para administração – algo assim.

    O campus da Martha Graham parecia o Buenavista – um dia fora elegante, mas agora caía aos pedaços, com muitas infiltrações. Eu não conseguia me alimentar na cantina porque a comida não me agradava – ainda tinha muita dificuldade em digerir proteína animal, e ainda mais quando o alimento era feito de órgãos e focinhos. Lá, no entanto, eu me sentia mais em casa do que no condomínio da HelthWizer, porque pelo menos a Martha Graham não era tão cintilantemente limpa nem exalava aquele cheiro de produtos químicos. E também não cheirava a produtos de limpeza.

    Na Martha Graham, os calouros dividiam um pequeno apartamento. Meu parceiro de alojamento era Buddy Terceiro, mas quase não o encontrava. Ele fazia parte do time de futebol americano, mas o time da Martha Graham sempre perdia e talvez por isso Buddy Terceiro sempre estava bêbado ou drogado. Eu tinha que trancar a porta do banheiro contíguo que dava para o meu quarto porque os rapazes do time de futebol eram conhecidos por estuprar as garotas que saíam com eles, e eu não achava que Buddy sequer se preocupasse em convidar garotas para sair, e de manhã sempre o ouvia vomitando no banheiro.

* * *

Eu tomava o café da manhã no campus porque lá havia uma franquia do Happicuppa que oferecia muffins vegetarianos, e eu não teria que ouvir o vômito de Buddy e poderia usar o lavatório, que era menos fedorento que o meu. Um dia estava caminhando para lá quando de repente vi Bernice. Eu a reconheci logo que a vi. Fiquei realmente estarrecida quando a vi. Foi chocante – como uma descarga elétrica. Toda a culpa que sentira em relação a ela e que para mim já estava mais ou menos esquecida veio à tona.

Ela vestia uma camiseta verde que estampava um enorme V e segurava um cartaz com a frase UM HAPPICUPPA É AZARCUPPA. Estava acompanhada por dois jovens que vestiam a mesma camiseta, mas com cartazes diferentes: BEBIDA DO MAL, NÃO BEBA MORTE. Pelas roupas e expressões faciais, deduzi que eram ecologistas fanáticos ao extremo que estavam fazendo um piquete. Naquele mesmo ano os noticiários exibiram uma série de manifestações contra o Happicuppa.

Bernice já não era tão bonitinha como antes. Estava gorducha e com uma expressão de fúria. Ela não tinha me visto, e eu então ou passava direto e entrava de fininho no Happicuppa, fingindo que não a tinha visto, ou dava meia-volta e me mandava dali. Mas de repente me senti como se ainda fosse uma jardineira, lembrando dos ensinamentos que nos persuadiam a assumir responsabilidades quando matávamos alguma coisa para comer. E de certa maneira eu tinha matado o Burt. Ou pelo menos era meu sentimento.

Então, não me esquivei. Em vez disso, caminhei ao encontro dela, dizendo:

– Bernice! Sou eu... Ren!

Ela deu um salto, como se tivesse levado um soco. Depois, se focou em mim.

– Estou vendo – disse ela com um tom azedo.

– Vamos tomar um café – disse eu. Eu devia estar mesmo nervosa para dizer isso, já que ela estava fazendo um piquete na frente da cafeteria.

Bernice deve ter achado que eu estava zombando dela porque me respondeu:
– Cai fora.
– Desculpe – disse eu. – Eu não quis dizer isso. Então, que tal uma água? Podemos bebê-la ali perto da estátua. – A estátua de Martha Graham era uma espécie de mascote: mostrava Martha como Judith, com a cabeça de seu inimigo Holofernes na mão, e os alunos tinham pintado o pescoço da cabeça de vermelho e enfiado palha de aço nas axilas de Martha. Sob a cabeça havia uma base lisa onde você podia se sentar.

Ela me lançou outro olhar furioso.
– Você está tão relapsa – disse. – Água engarrafada é ruim. Não sabe disso?

Eu podia tê-la xingado de vaca e caído fora. Mas era minha chance de consertar as coisas, pelo menos para meu lado.
– Bernice – disse. – Preciso me desculpar com você. Diz então o que você pode beber que eu pego e beberemos em algum lugar.

Ela continuava mal-humorada, ninguém conseguia ser tão rabugenta quanto ela, mas depois eu disse que precisávamos lançar luz em volta do que quer que fosse e isso deve ter puxado a melhor parte jardineira dela, e ela disse que havia disponível no supermercado do campus uma mistura orgânica feita de folhas prensadas de erva kudzu em embalagem de papelão reciclado, e que continuaria fazendo o piquete e daria uma pausa quando eu voltasse com a bebida.

Sentamos debaixo da cabeça de Holofernes com as duas caixas da bebida vegetal que eu tinha comprado, e o sabor me remeteu aos meus primeiros tempos com os jardineiros – me senti muito infeliz naquele começo e Bernice me ajudou muito.
– Você não foi para a Costa Oeste? – perguntei. – Depois que tudo...
– Fui, sim – disse ela. – Bem, mas agora estou de volta. – Contou que Veena tivera uma recaída e que aderira a um culto bem diferente que se chamava Frutos Conhecidos, um culto que professava a riqueza como marca de Deus porque *pelos frutos vós sereis reconhecidos*, e no caso *frutos* significava contas bancárias. Veena

conseguira uma franquia da HelthWyzer para vender os suplementos vitamínicos e se expandira rapidamente para mais cinco pontos de venda, de modo que estava se saindo muito bem. Segundo Bernice, a Costa Oeste era perfeita para isso, porque lá todos praticavam ioga e se proclamavam altamente espiritualizados, mas não passavam de uns idiotas materialistas de corpos sarados com muitas plásticas e bioimplantes e totalmente desprovidos de valores.

Veena queria que Bernice cursasse administração em outra faculdade e as duas acabaram se desentendendo. Bernice continuava fiel aos ensinamentos dos jardineiros. Martha Graham era mais engajada porque oferecia cursos tipo "como lucrar com a cura holística". Bernice fazia esse curso.

Não consegui imaginá-la curando alguém, até porque nunca a imaginei querendo curar alguém. Ela fazia mais o estilo de quem salpica sujeira nas feridas. Apesar disso, disse que isso era realmente interessante.

Depois falei o que estava cursando, mas ela não deu importância. Falei então sobre Buddy Terceiro, meu companheiro de alojamento, e ela disse que a Martha Graham estava cheia de gente assim – os exfernais desperdiçavam o tempo que tinham na Terra sem nada na cabeça, só pensando em beber e trepar. No início ela também tinha tido um companheiro de quarto como o meu, só que o cara também era um assassino de animais porque calçava sandálias de couro. Pouco importa se de couro sintético. De um jeito ou de outro, as sandálias pareciam de couro. Então, ela as queimou. E graças a Deus não era mais obrigada a dividir um banheiro com aquele cara, já que toda noite o ouvia fazendo sexo com as garotas como um coelho degenerado.

– Jimmy! – disse ela. – Ele era um bafo de carne!

Quando ouvi o nome Jimmy, pensei, não pode ser o mesmo, mas continuei pensando, ora, claro, é claro que pode ser. Esses pensamentos cruzavam minha cabeça quando Bernice me perguntou se eu não queria mudar para o quarto dela, já que Jimmy se mudara de lá.

Eu queria fazer as pazes com ela, mas não queria chegar a tanto. Então, entrei no assunto que me interessava.

– Sinto muito pelo Burt – disse eu. – Pelo seu pai. Por ele ter morrido daquele jeito. Eu me sinto tão responsável.

Ela me olhou como se eu estivesse doida.

– O que você está dizendo?

– Fui eu que contei a você que ele estava transando com a Nuala, e depois você contou para Veena e ela chamou a CorpSeCorps, não foi? Bem, eu não sabia se ele estava mesmo transando com a Nuala. Eu e Amanda... nós falamos aquelas coisas por maldade. Eu me sinto péssima por isso, e realmente lamento muito. E também acho que ele nunca fez nada de tão ruim assim com as meninas, além de algumas cócegas no sovaco delas.

– Pelo menos Nuala era adulta – disse Bernice. – Mas ele não se contentava com o sovaco. Com as meninas. Ele era um degenerado, exatamente como disse a minha mãe. Ele vivia dizendo que eu era sua garotinha preferida, mas nem isso era verdade. Então, contei para Veena. Foi por isso que ela o delatou. Agora você já pode parar de se sentir tão importante. – Lançou-me seu antigo olhar gelado, só que dessa vez vermelho e marejado de lágrimas. – Você teve sorte por ele não a ter escolhido.

– Oh. Bernice, sinto muito, de verdade.

– Eu nunca mais quero falar disso – disse ela. – Prefiro gastar o meu tempo de maneira mais produtiva. – Depois ela me perguntou se eu podia ajudá-la a fazer cópias de uns cartazes de protesto contra o Happicuppa, e aleguei que já tinha faltado a uma aula naquele dia e que isso poderia ficar para outro dia. Ela me lançou um olhar cortante de quem sabia que eu estava me esquivando. Em seguida, perguntei como era a aparência de seu antigo companheiro de quarto e ela disse que isso não era da minha conta.

Lá estava Bernice de volta ao seu jeito mandão, e eu sabia que se ficasse ao seu lado por mais tempo logo estaria outra vez com nove anos de idade e ela teria o mesmo domínio sobre mim, e dessa vez ainda mais porque por mais que as coisas tivessem sido terríveis para mim, tudo sempre foi pior para ela e eu acabaria como sua vítima. Falei que precisava mesmo sair e ela disse:

– Está certo, tudo bem. – Depois ela disse que eu não tinha mudado nem um pouco e que continuava a mesma avoada de sempre.

* * *

Alguns anos depois, eu já estava trabalhando na Scales & Tales e de repente vi na tela que Bernice tinha sido abatida pelas pistolas de spray durante uma batida em um abrigo dos jardineiros. Isso aconteceu depois que os jardineiros foram considerados fora da lei. Não seria isso que deteria Bernice, que tinha tanta coragem de lutar por suas convicções. E senti admiração por ela, pelos ideais e coragem que tinha, e porque nunca achei que eu realmente tivesse tais qualidades.

A câmera deu um close no rosto e ela nunca me pareceu tão doce e serena. Talvez essa seja a verdadeira Bernice, pensei – gentil e inocente. No fundo talvez ela realmente fosse assim e todas as brigas que tinha comigo e as palavras cortantes e desagradáveis que dizia fossem uma luta para romper a couraça resistente que ela própria colocara em torno de si, como a casca de um besouro. No entanto, mesmo sem nunca deixar de bater e de se enraivecer, ela sempre se manteve presente. Esse pensamento me fez sentir pena dela, e chorei.

52

Antes de ter conversado com Bernice e de ouvir o que ela falou de seu antigo companheiro de quarto, eu já estava na expectativa de um encontro com Jimmy – ou na aula, ou no Happicuppa ou andando em algum lugar. Mas agora eu pressentia que talvez ele estivesse mais próximo. Ou estaria na esquina ou do outro lado da janela, ou então eu acordaria de manhã e ele estaria ao lado, segurando minha mão ou me olhando do jeito que olhava em nossos primeiros encontros. Era como se eu estivesse assombrada.

Talvez eu esteja com ideia fixa em Jimmy, pensei. Como um patinho que vê uma doninha ao sair do ovo e a segue pelo resto da vida. Uma vida provavelmente curta. Por que teria que me apaixonar por alguém como Jimmy? Por que não podia ser alguém com um caráter melhor? Ou pelo menos alguém menos volúvel? Alguém mais sério, não propenso a bancar o tolo.

O pior de tudo é que eu não conseguia me interessar por mais ninguém. Apenas Jimmy poderia preencher o vazio em meu coração. Sei que isso soa como uma canção country melosa – na ocasião ouvia muito esse tipo de música em meu Sea/H/Ear Candy –, mas é a única forma de explicar o que sentia. E isso não quer dizer que eu não tinha consciência das mancadas de Jimmy, porque eu tinha.

É claro que acabei vendo Jimmy por acaso. O campus não era tão grande assim e cedo ou tarde isso aconteceria. Eu o vi a distância e ele também me viu, mas não veio falar comigo. Manteve-se a distância. Ele nem acenou, fingiu que não me viu. Se eu estava à espera de uma resposta à pergunta que vinha me fazendo – será que Jimmy ainda me ama? –, eu a tive naquela hora.

Então, conheci uma garota na aula de dança calistênica – Shayluba qualquer coisa – que tinha namorado o Jimmy durante um tempo. Ela disse que no início ele era o máximo e que depois começou a dizer que não prestava para ela e que era incapaz de se comprometer por causa de uma namorada da época do ginásio. Ambos eram muito jovens e ele se tornara um depósito de lixo emocional desde que o namoro terminou, e talvez ele fosse destrutivo por natureza porque destruía toda garota que tocava.

– O nome dela era Wakulla Price? – perguntei.

– Não era, não – respondeu Shayluba. – Era seu nome. Era você.

Jimmy, que grande idiota mentiroso você é, pensei. Mas continuei pensando, e se for verdade? E se arruinei a vida de Jimmy como ele arruinou a minha?

Tentei arrancá-lo de minha cabeça. Mas em vão. Pensar o tempo todo em Jimmy tinha se tornado um vício, como roer as unhas. Toda vez que ele passava ao longe era como se eu tivesse um único cigarro enquanto tentava parar de fumar – minha vontade de fumar aumentava. Não que eu já tenha sido fumante.

Fazia quase dois anos que eu estava na Martha Graham quando recebi notícias realmente pavorosas. Lucerne me telefonou dizendo que Frank, meu pai biológico, tinha sido sequestrado por uma corporação rival de algum lugar do Leste Europeu. As corporações de lá sempre tentavam assaltar nossas corporações – eles tinham assassinos clandestinos que eram mais facínoras do que os nossos, e levavam uma vantagem porque dominavam diversas línguas e podiam passar por imigrantes. Não podíamos fazer o mesmo com eles porque não teria sentido imigrarmos para aquele lugar.

Os sujeitos enfiaram Frank dentro de um saco, lá mesmo no condomínio – no banheiro masculino do laboratório onde ele trabalhava –, e depois o enfiaram dentro de uma caminhonete de entregas Zizzy Froots. Eles enfaixaram Frank, para dar a impressão de que era um paciente que se recuperava de uma cirurgia facial, e atravessaram o oceano Atlântico em um dirigível. E o pior é que enviaram um DVD onde ele aparecia em um estado deplorável, confessando que a HelthWyzer desenvolvera o gene de uma doença lenta e incurável e que colocara o germe da doença nos suplementos vitamínicos para obter altos lucros com os tratamentos. Segundo Lucerne, isso era pura chantagem – eles queriam trocar Frank por determinadas fórmulas, principalmente de doenças de longo desenvolvimento, mas não queriam que o DVD se tornasse público. E no fim eles disseram que se não fossem atendidos, a cabeça de Frank daria um beijo de despedida no resto do corpo.

Lucerne disse que a HelthWyzer tinha feito uma análise de custo e benefício e acabou decidindo que as fórmulas e os germes daquelas doenças eram mais valiosos que a vida de Frank. E quanto à publicidade adversa, a corporação poderia esmagá-la na fonte porque a mídia das corporações controlava tudo o que era e não era notícia. E a internet não passava de uma mixórdia de informações falsas e verdadeiras, onde ninguém mais sabia distinguir o que era verdade e o que era mentira e, por consequência, em que acreditar. E o fato é que a HelthWyze não negociou. Eles disseram que lamentavam a perda de Lucerne, mas não fazia parte da política da empresa aceitar demandas chantagistas porque isso poderia encorajar outros sequestros, os quais já eram bem numerosos.

E com isso Lucerne perdeu a alta posição que desfrutava na HelthWyzer e a casa que acompanhava o pacote, e em tais circunstâncias desafortunadas ela decidiu se mudar para o condomínio da CryoJeenyus e transformar-se em dona de casa para um homem muito bom que tinha conhecido no clube de golfe chamado Todd. E obviamente ela esperava que eu não me consumisse de dor por Frank, da mesma maneira que sempre me consumia com todas as outras emoções.

CryoJeenyus. Aquele lugar era desonesto demais. Você pagava para manter a cabeça congelada depois de sua morte, na esperança de que no futuro inventassem um jeito de recriar seu corpo a partir de seu pescoço, se bem que as piadas dos garotos da HelthWyzer diziam que eles só congelavam a caixa encefálica porque retiravam todos os neurônios para transplantá-los em porcos. Lá no ginásio da HelthWyzer circulavam muitas piadas horrorosas como essa, embora nunca se tivesse certeza do que era verdade ou mentira.

O pior de tudo, continuou Lucerne, é que o dinheiro estava apertado. Todd não era um vice-presidente da corporação, mas um simples gerente da contabilidade, e além disso tinha três filhos pequenos para sustentar, os quais teriam prioridade em relação a mim, e ela então jamais pediria a ele que pagasse minhas contas além de tudo mais que pagava. Enfim, eu teria que abandonar a Martha Graham, deixaria de estudar e cuidaria de minha vida.

Fui literalmente chutada do ninho. Não que fosse lá muito apegada a esse ninho, com Lucerne sempre vivi na corda bamba.

Isso é ironia. Aprendi o que é ironia na aula de dança teatral. Lucerne contara uma história enganosa sobre seu próprio sequestro e no fim o pobre Frank, meu pai biológico, fora realmente sequestrado e talvez até assassinado. Claro que Lucerne não estava sentindo nada a respeito disso. E quanto a mim, eu não sabia o que sentir.

Muitas corporações se agrupavam no corredor principal antes dos exames finais da primavera para entrevistar alguns alunos. Não eram corporações conceituadas ligadas às ciências – que não se interessavam em recrutar alunos da Martha Graham porque se interessavam apenas por cérebros científicos –, mas as mais frívolas. Eu não tinha o perfil dessas entrevistas porque ainda não tinha me formado naquele ano, mas em todo caso decidi arriscar. Sabia que não conseguiria trabalho algum dos que eram oferecidos, mas talvez conseguisse um cargo de faxineira. Já tinha alguma experiência em esfregar pisos, adquirida na época em que vivi com os jardineiros, mas obviamente não poderia dizer isso para não ser vista como uma ecologista esquisita e fanática.

Minha professora de dança calistênica me aconselhou a conversar com o pessoal da Scales & Tails. Eu era uma boa dançarina e a Scales ingressara recentemente na SeksMart, o que a legitimava enquanto corporação com planos de saúde médica e odontológica. Portanto, isso não era como ser uma reles prostituta. Muitas garotas tinham ido para lá e algumas conheceram bons homens com quem se casaram e garantiram uma boa vida. Então, achei que podia tentar. Sem o diploma era bem provável que não conseguisse nada melhor. Até mesmo o diploma da Martha Graham era melhor que nenhum. E eu não queria acabar no balcão de algum lugar como a SecretBurgers.

Naquele dia agendei cinco entrevistas. Meu estômago estava cheio de borboletas, mas engoli o medo, armei um sorriso na cara e me joguei nas entrevistas, mesmo sabendo que não estava na lista de graduados. Eu podia ter agendado seis entrevistas – a CryoJeenyus estava precisando de uma moça para ocupar o cargo de confortadora, um cargo que consistia em confortar os familiares que entregavam a cabeça de um ente querido, às vezes até de um animal de estimação, para ser congelado. Mas eu não queria trabalhar lá por causa da Lucerne. Não queria revê-la, não só pelo que tinha feito comigo, mas também pela maneira com que tinha feito. Como se estivesse despedindo uma empregada.

Fiz entrevistas com as equipes de contratação do Happicuppa, da ChickieNobs, do Zizzy Froots e da Scales & Tails, e, por fim, do AnooYoo. As três primeiras equipes me dispensaram, mas recebi uma oferta da Scales & Tails. Cada corporação tinha uma equipe de entrevistadores, e Mordis fazia parte da Scales – alguns executivos da SeksMart também a integravam, mas Mordis era o mais importante, o voto decisivo. Fiz uma apresentação básica de dança calistênica que o fez dizer que eu era exatamente o que procuravam, um verdadeiro talento, e que ele tinha certeza que eu não me arrependeria se fosse para a Scales.

– Você pode ser o que quiser – disse ele. – Atue! – E dessa maneira quase assinei um contrato.

Acontece que o estande da Scales ficava ao lado do estande do AnooYoo, em cuja equipe havia uma mulher que lembrava muito a Toby dos jardineiros, se bem que mais morena e com um cabelo diferente, olhos verdes e uma voz mais rouca. Ela me puxou para o lado e me perguntou se havia algum problema comigo, e logo me vi explicando que teria que largar a universidade por causa de problemas familiares. Falei que estava disposta a pegar qualquer emprego e mais disposta ainda a aprender. E quando ela quis saber quais eram meus problemas familiares, falei abruptamente que meu pai tinha sido sequestrado e que minha mãe estava sem dinheiro. Eu podia ouvir minha voz tremendo, aquilo não era uma atuação.

Depois ela quis saber o nome de minha mãe. Respondi e ela balançou a cabeça e disse que me levaria para o AnooYoo Spa como aprendiz e que eu teria uma vida boa e receberia treinamento. Lá eu trabalharia com mulheres, não com os homens bêbados que frequentavam a Scales, e que de uma hora para outra podiam se tornar violentos. Além disso, teria um plano odontológico e não seria obrigada a vestir uma malha de biofilme e deixar que estranhos me tocassem. No spa eu viveria uma atmosfera de cura e estaria ajudando os outros.

Aquela mulher era muito parecida com Toby e, como se isso não bastasse, na plaqueta afixada em sua roupa estava escrito seu nome: Tobiatha. Para mim aquilo foi como um sinal, um sinal de que eu realmente estaria a salvo, acolhida e querida. E assim eu disse sim.

De todo jeito, Mordis me deu um cartão, dizendo que se eu mudasse de ideia teria um emprego na Scales na hora que quisesse, sem maiores perguntas.

53

O AnooYoo Spa estava localizado no meio do parque Heritage. Eu já tinha ouvido falar muito dessa empresa porque Adão Um lhe fazia oposição – ele dizia que destruíam muitas criaturas e muitas árvores para levantar monumentos à vaidade. Às vezes, no Dia da Polinização, ele pregava um sermão inteiro a respeito. Apesar disso, me senti feliz. Lá as rosas brilhavam no escuro, e enormes borboletas cor-de-rosa voavam de dia, e lindas mariposas kudzu voavam à noite, e havia uma piscina, se bem que os funcionários não podiam usá-la, e também muitas fontes e uma horta orgânica. O ar era melhor que o do centro da cidade, e não precisávamos das máscaras nasais com frequência. Era como um sonho reconfortante. Eles me colocaram para trabalhar na lavanderia, dobrando lençóis e toalhas, e gostei porque era tranquilo: tudo era cor-de-rosa.

Em meu terceiro dia de trabalho no spa, Tobiatha surgiu na minha frente com uma pilha de toalhas limpas para um dos ambientes e disse que queria falar comigo. Pensei que tinha feito alguma coisa errada. Caminhamos até o gramado e ela me aconselhou a falar baixo. E depois disse que podia jurar que tinha sido parcialmente reconhecida por mim e que com toda certeza me reconhecera. Ela me contratara porque eu tinha sido uma jardineira, e agora que eles eram tidos como fora da lei e o Jardim estava destruído, nosso dever era cuidar uns dos outros. Era visível que eu estava com outros problemas além da falta de dinheiro. E ela então quis saber o que me afligia.

Comecei a chorar porque não estava sabendo da destruição do Jardim. Foi um choque, aquele Jardim era para onde eu poderia voltar se as coisas ficassem muito ruins. Ela me fez sentar ao lado de uma das fontes, dizendo que o barulho do jorro da água abafaria nossa conversa caso houvesse microfones, e falei da HelthWyzer e de como tinha me mantido em contato com os jardineiros por intermédio de Amanda até perder meu celular, e que desde então não sabia mais nada a respeito deles. Não falei de Jimmy e de como ele partira meu coração, mas falei da Martha Graham e de como Lucerne me descartara após o sequestro de meu pai.

Depois eu disse que estava me sentindo sem rumo, anestesiada por dentro, como se fosse uma órfã. Ela disse que tudo isso devia ser muito perturbador e que na minha idade também tinha vivido algo parecido, algo relacionado ao pai dela.

Essa nova versão de Toby era inteiramente diferente da versão Eva Seis. Ela estava mais suave. Ou talvez eu estivesse mais velha.

Ela então olhou em volta e abaixou o tom da voz. E depois me contou que deixara o terraço do Edencliff às pressas e que teve que fazer algumas modificações na aparência porque estava correndo perigo, e que eu devia tomar muito cuidado e não revelar sua verdadeira identidade. Ela assumira um risco comigo e esperava poder confiar em mim, e confirmei que podia confiar em mim. Depois ela me avisou que de vez em quando Lucerne frequentava o spa e que eu devia tentar me manter fora de vista.

Por fim, disse que se acontecesse alguma coisa – alguma crise – sem que ela estivesse por perto, eu devia saber que ela havia feito um Ararat no estilo dos jardineiros lá na sala do estoque do spa, onde armazenara alguns alimentos, e me passou o código de acesso caso eu precisasse entrar. Mas ela achava que isso não seria necessário.

Agradeci muito e depois perguntei se ela sabia do paradeiro de Amanda. Falei que queria muito reencontrá-la e que Amanda era a única amiga verdadeira que eu tinha. Ela disse que tentaria descobrir.

Depois disso raramente conversávamos – Toby achou que isso poderia levantar suspeitas, embora não soubesse se havia alguém à espreita –, mas trocávamos algumas poucas palavras e acenos. Eu sentia que ela tomava conta de mim – me protegendo com um campo de força desconhecido. Mas é claro que era uma fantasia minha.

* * *

Já fazia quase um ano que eu estava no spa quando um dia Toby me disse que localizara Amanda depois de buscas intermitentes na internet. E o que disse depois me deixou surpresa, se bem que a surpresa passou quando refleti sobre o assunto. Amanda se tornara uma bioartista, produzia um tipo de arte que envolvia criaturas ou partes de criaturas em instalações gigantescas ao ar livre. E estava morando perto da entrada ocidental do parque Heritage. Caso eu quisesse vê-la, Toby arrumaria um passe e uma das caminhonetes cor-de-rosa do AnooYoo para mim e me levaria até lá.

Joguei os meus braços em volta de Toby e lhe dei um abraço, mas ela disse que eu devia me conter porque a imagem de uma funcionária da lavanderia abraçando a gerente podia parecer estranha. Depois ela me aconselhou a não me envolver tanto com Amanda, porque minha amiga tinha uma tendência a ir longe demais e não conhecia os limites de sua própria força. Pensei em perguntar o que queria dizer com isso, mas ela já estava se afastando.

No dia da visita, Toby me disse que Amanda já estava avisada, mas que nós duas devíamos deixar as demonstrações de alegria e afeto para depois que entrássemos na casa. Ela me deu uma cesta de produtos AnooYoo para entregar, como uma desculpa caso alguém parasse a caminhonete e perguntasse para onde eu ia. O motorista ficaria esperando por mim, e eu só teria uma hora, porque se vissem uma garota do AnooYoo Spa perambulando por muito tempo no Mundo Exfernal poderia parecer estranho.

Falei que talvez fosse melhor me disfarçar e ela não concordou, os guardas poderiam fazer perguntas. Então, enfiei um guarda-pó cor-de-rosa por cima de um conjunto de calça e bata que eu vestia no trabalho, e saí com minha cesta cor-de-rosa como uma Chapeuzinho Cor-de-Rosa.

Conduzida pela caminhonete do AnooYoo Spa, cheguei ao condomínio de Amanda com a entrega, como planejado. Lembrei do que Toby tinha dito. Só depois que entrei na casa, onde Amanda me aguardava, é que nós duas dissemos ao mesmo tempo "eu não acredito!", e nos abraçamos. Mas não por muito tempo; Amanda sempre foi avessa a abraços.

Ela estava mais alta em comparação à última vez que a tinha visto. E estava mais bronzeada, apesar dos protetores solares e dos chapéus – ela explicou que ficava muito tempo ao ar livre para criar as instalações. Fomos para a cozinha, onde inúmeros de seus desenhos estavam pregados nas paredes, e ainda alguns ossos espalhados aqui e ali, e tomamos uma cerveja. Nunca gostei de bebida alcoólica, mas aquela cerveja foi especial.

Iniciamos a conversa pelos jardineiros – Adão Um, Nuala, Mugi Músculo, Philo Neblina, Katuro e Rebecca. E Zeb. E Toby, se bem que não falei que agora ela se chamava Tobiatha e gerenciava o AnooYoo. Amanda me contou por que Toby abandonara os jardineiros. Fora por causa do Blanco, um tipo lá da Lagoa dos Dejetos que estava atrás dela. Nas ruas, Blanco tinha a reputação de sair à caça das pessoas que o aborreciam, principalmente as mulheres.

– Mas por que Toby? – perguntei.

Amanda disse que ouvira rumores sobre um antigo envolvimento sexual e que isso era muito intrigante porque sexo não se encaixava com Toby e não era à toa que os garotos a chamavam de Bruxa Seca. Argumentei que Toby talvez fosse muito mais molhada do que imaginávamos e ela deu uma risada, dizendo que obviamente eu acreditava em milagres. Mas agora eu sabia por que Toby estava escondendo a antiga identidade dela.

– Lembra que sempre dizíamos, toc toc, quem é? Eu, você e Bernice? – disse eu.

A cerveja já estava fazendo efeito em mim.

– Gangue – disse Amanda. – Gangue, quem?

– Gangrena – respondi a senha e caímos na risada, e rimos tanto que saiu cerveja pelo meu nariz.

Falei então de meu encontro com Bernice e do quanto ela continuava rabugenta. E também rimos disso. Mas não fizemos comentários sobre a morte de Burt.

– Lembra aquela vez que você arrumou aquela supermaconha com Shackie e Croze que nós todos fumamos lá dentro da barraca de holograma e que me fez vomitar? – perguntei. E rimos mais um pouco.

Ela me contou que tinha dois companheiros de quarto que também eram artistas, e que pela primeira vez na vida estava namorando. Perguntei se estava apaixonada e ela respondeu:

– Acho que sim.

Perguntei como era o cara e ela disse que era muito doce, se bem que às vezes ficava ensimesmado por causa de uma antiga namorada de adolescência. Uma garota exuberante. Aí perguntei qual era o nome dele e ela respondeu:

– Jimmy... talvez o tenha conhecido na HelthWyzer, ele morou lá na mesma época que você.

Fiquei literalmente congelada.

– Aquele ali na geladeira é ele – disse ela. – Naquela foto à direita daquelas duas.

Era o Jimmy, meu Jimmy, com o braço em torno dela, sorrindo de orelha a orelha, como um sapo eletrocutado. Foi como se ela tivesse cravado um prego em meu coração. Mas não fazia sentido contar tudo a ela, só por vingança. Amanda não tinha feito aquilo de propósito.

Então, me despedi:

– Ele parece muito bonito, mas o motorista está me esperando e tenho que ir.

Ela quis saber se havia alguma coisa errada e eu disse que não. Depois me deu o número de seu celular e disse que da próxima vez que estivesse comigo faria de tudo para que Jimmy também estivesse lá para comermos um espaguete.

Seria tão bom poder acreditar que o amor é servido de maneira justa para que todos o desfrutem. Mas para mim não estava sendo assim.

Retornei ao AnooYoo Spa me sentindo completamente vazia e anestesiada. Logo depois estava carregando toalhas para os quartos quando quase atropelei Lucerne. Ela estava lá naquele dia para refazer a esfoliação facial; Toby me alertara para que saísse da vista de Lucerne quando ela estivesse para chegar, mas Amanda e Jimmy me fizeram esquecer do alerta.

Sorri da maneira neutra que o treinamento me ensinou. Talvez ela tenha me reconhecido, mas se esquivou de mim como se eu fosse um esparadrapo. Nunca desejei vê-la nem falar com ela, mas o doloroso foi saber que ela também não desejava me ver nem falar comigo. Foi como ser apagada da lousa do universo – minha própria mãe agindo como se eu não tivesse nascido.

Na mesma hora, me dei conta de que não podia mais continuar naquele lugar. Eu precisava ser dona de meu próprio nariz, precisava me separar de Amanda, de Jimmy, de Lucerne e até de Toby. Queria ser outra pessoa totalmente diferente, não queria dever nada a ninguém e não queria que ninguém se sentisse em dívida comigo. Não queria amarras, não queria o passado e não queria perguntas. Eu estava farta de fazer perguntas.

Peguei o cartão de Mordis e deixei um bilhete para Toby, agradecendo por tudo e lhe dizendo os motivos que me impediam de continuar trabalhando no spa. Eu ainda estava com o passe utilizado para visitar Amanda e saí de lá o mais rápido possível. Tudo estava em ruínas, destruído, e nenhum lugar era seguro para mim, e então, se tinha que ficar em algum lugar inseguro, que pelo menos fosse um lugar onde me apreciassem.

Cheguei a Scales e fui detida pelos leões de chácara, que não acreditaram que eu estava à procura de trabalho. Por fim, eles chamaram Mordis, que disse que se lembrava de mim e que estava tudo bem – eu era a jovem dançarina. Brenda, não é? Eu disse que sim, mas que podia me chamar de Ren – ele gostou mais desse nome. E depois me perguntou se eu realmente estava ciente do trabalho e eu disse que sim, e ele então disse que a empresa não queria gastar dinheiro com treinamentos e me perguntou se eu assinaria um pequeno contrato.

Eu disse que era uma garota triste demais para aquele trabalho e perguntei se eles não preferiam garotas mais alegres. Mordis sorriu com olhos brilhantes e negros de formiga e disse, como se me confortando:

– Ren. Ren. Todo mundo carrega uma tristeza.

54

Comecei então a trabalhar na Scales. De um jeito ou de outro, um alívio. Eu gostava de Mordis como chefe e era visível que isso lhe agradava. Ele me dava segurança, talvez porque era a figura mais próxima de meu pai à mão: Zeb literalmente evaporara e meu pai verdadeiro não se interessara por mim. Além disso, estava morto.

Mordis dizia que eu era muito especial – uma resposta a todos os sonhos, inclusive os eróticos. Era bem gratificante poder fazer alguma coisa na qual eu era muito boa. Algumas facetas de meu trabalho não me agradavam, mas eu adorava dançar no trapézio porque lá era intocável. Você flutua como uma borboleta. Eu imaginava Jimmy me olhando e matutando que era a mim que amara o tempo todo e não Wakulla Price ou LyndaLee ou qualquer outra, ou mesmo Amanda, e que eu estava dançando somente para ele.

Eu sei o quanto isso era inútil.

Depois que entrei na Scales, meu contato com Amanda era só telefônico. Ela sempre estava fora, envolvida em criações artísticas, e na realidade não queria vê-la pessoalmente. Eu me sentiria desconfortável pelo Jimmy e ela notaria e me questionaria, e eu teria que mentir ou contar a verdade, e se contasse, ela ficaria furiosa ou talvez curiosa, ou então me chamaria de estúpida. Esse era o lado pesado de Amanda.

A inveja é uma emoção muito destrutiva, dizia Adão Um. Uma parte da teimosia que herdamos dos troglodytas. A inveja corrói e mata a vida espiritual, e isso o faz odiar, e o ódio o faz magoar os outros. E Amanda era a última pessoa a quem eu magoaria.

Eu visualizava o meu ciúme como uma nuvem marrom-amarelada em volta de mim, e depois entrando como uma fumaça pelo meu nariz para se transformar em pedra e, por fim, rolar pelo chão. Isso funcionou por algum tempo. Nessa visualização, contra a minha vontade, se desenvolveu uma planta coberta de bagas venenosas.

Então, Amanda rompeu com Jimmy. Ela me contou isso de maneira tortuosa. Já tinha falado de uma série de instalações ao ar livre intitulada A palavra viva – ela fazia arranjos de palavras com letras gigantescas, utilizando bioformas que faziam as palavras aparecerem e desaparecerem, como aquelas palavras formadas de formigas e xarope de nossa infância. Então, continuou falando:
– Agora vou fazer palavras de quatro letras.
– Serão palavras sujas, como *cocô*? – perguntei.
Ela riu e rebateu:
– Você quer se referir a palavras que começam com "p" e "f"?
– E completou: – Não. Como *amor*.
– Ora, então não deu certo com Jimmy – disse eu.
– Jimmy não pode ser levado a sério – disse ela.
E aí me dei conta de que talvez ele a tivesse passado para trás ou algo parecido, e continuei:
– Lamento. Você está mesmo furiosa com ele? – Procurei reprimir o tom de felicidade da minha voz. *Agora já posso perdoar-lhe*, pensei. Mas a verdade é que não havia nada a perdoar, porque ela nunca teve a intenção de me magoar.
– Furiosa? – repetiu. – Ninguém consegue ficar furiosa com Jimmy.
Eu me perguntei o que estaria querendo dizer, porque era visível que ela estava furiosa com ele.
Talvez o amor seja isso, pensei: um furor.

Depois de algum tempo, Glenn começou a frequentar a Scales – não toda noite, mas o bastante para obter descontos. Eu não o via desde o tempo em que morávamos no condomínio da HelthWyzer

– era um dos pequenos gênios que cursaram ciências no Instituto Watson-Crick – e agora ele era um dos chefões da corporação ReJoov. Nunca se vexava em se gabar, se bem que a fanfarronice soava mais como uma autoafirmação, como quando se diz "vai chover". O que pesquei de uma de suas conversas com o sr. Bigs e outros financiadores de suas pesquisas é que ele estava encarregado de um empreendimento importante chamado Projeto Paradice. Para isso eles tinham construído um lugar especial com cúpula, suprimento de ar próprio e segurança reforçada ao quádruplo. Parece que reunia uma equipe dos melhores cérebros disponíveis, e eles trabalhavam dia e noite.

Glenn era vago quanto ao trabalho que desenvolvia. *Imortalidade*, era a palavra usada por ele – a ReJoov se interessara pelo assunto durante décadas, algo que pudesse transformar as células e as impedisse de deteriorar. Muita gente pagaria fortunas pela imortalidade, ele dizia. E também dizia que os progressos aconteciam mês a mês e que quanto mais progresso fazia, mais dinheiro arrecadava para o Projeto Paradice.

Às vezes Glenn dizia que estava trabalhando para solucionar os grandes problemas, comuns a todos os seres humanos – crueldade e sofrimento, guerra e pobreza, medo da morte.

– O que vocês pagariam pelo modelo de um ser humano perfeito? – perguntava. E deixava entrever que o Projeto Paradice o estava elaborando e investindo mais dinheiro nisso.

No final das reuniões, Glenn fechava o salão de teto de penas e pedia bebida, drogas e garotas – não para ele, mas para os homens que o acompanhavam. De vez em quando, os maiorais da CorpSeCorps eram convidados. Eram uns tipos sinistros. Nunca tive que transar com o pessoal da Painball, mas tive que transar com o pessoal da CorpSeCorps e eram os clientes de que eu menos gostava. Era como se eles tivessem órgãos internos mecânicos.

De vez em quando Glenn contratava duas ou três garotas da Scales por uma noite inteira, não para sexo, mas para coisas muito estranhas. Uma vez ele quis que a gente miasse como gatos porque queria medir nossas cordas vocais. Outra vez ele quis que cantássemos como passarinhos para fazer uma gravação. Starlite reclamou com Mordis, argumentando que não éramos pagas para aquilo, mas ele se limitou a dizer:

– E daí, o cara é maluco. Vocês já viram isso antes. Mas é um maluco rico e inofensivo, só quer divertimento.

Certa noite eu fazia parte de um trio de garotas e Glenn nos propôs um jogo de perguntas e respostas. O que nos deixava feliz? Ele quis saber. A felicidade se parecia mais com a excitação ou com o contentamento? A felicidade estava dentro ou fora? Com ou sem árvores? Com água corrente por perto? O quanto isso incomodava? Starlite e Crimson Petal tentaram imaginar o que ele queria ouvir e deram respostas perfeitas, se bem que falsas.

– Sem essa – interferi. Eu o conhecia. – Ele é um estudioso. Só quer que a gente responda com honestidade, do fundo do coração. – Isso as deixou ainda mais confusas.

Mas ele nunca nos perguntou sobre a tristeza. Talvez porque a conhecia muito bem.

Então, Glenn começou a trazer uma mulher – com um tipo físico como o das mulheres da Fusão Asiática, e um sotaque estrangeiro. Ele disse que queria familiarizá-la com as garotas da Scales porque a ReJoov nos escolhera para sermos as primeiras a testar seus produtos, e ela nos daria explicações sobre um novo produto – a pílula BlyssPluss, uma pílula que resolveria todos os problemas do sexo. Fomos avisadas que teríamos o privilégio de apresentar a pílula a nossos clientes. A tal mulher tinha um cargo executivo na ReJoov – Sênior VP de incremento da satisfação –, mas seu emprego real era o de braço direito de Glenn.

Eu podia jurar que aquela mulher tinha sido uma de nós: uma garota de programa. Os sinais estavam claros para quem os conhecesse. Ela representava o tempo todo e não deixava escapar nada a respeito de si. Pude ver esses sinais na tela; eu estava curiosa porque Glenn parecia um peixe morto, mas ele podia fazer sexo como qualquer ser humano. Aquela garota se mexia mais que um polvo, e como esteio era surpreendente. Ele agia como se ela fosse a primeira, a única mulher do planeta. Mordis também os observou e disse que a Scales pagaria milhares de dólares àquela garota. Mas eu lhe disse que ela estava fora de alcance, ultrapassava em muito tudo o que eles podiam pagar.

Os dois se chamavam por nomes de bichinhos. Ela o chamava de Crake, e ele a chamava de Oryx. As outras garotas acharam isso estranho – o chamego entre eles –, porque não condizia com o temperamento de Glenn. Mas achei que era apenas gentileza.

– É russo ou algo assim? – perguntou Crimson Petal para mim. – Oryx e Crake?

– Acho que sim – respondi. Na verdade, eram nomes de animais extintos, cada jardineiro era obrigado a memorizar uma tonelada deles, mas se dissesse isso as garotas poderiam se perguntar como eu sabia.

Na primeira vez que Glenn entrou na Scales eu o reconheci na mesma hora, mas obviamente ele não me reconheceu vestida em minha malha de biofilme e com lantejoulas verdes coladas pelo rosto todo, e deixei passar. Mordis dizia que não era bom estabelecer vínculos pessoais com os clientes porque se eles estavam à procura de um relacionamento, havia outros lugares para isso. Ele argumentava que os clientes da Scales não estavam interessados em histórias de vida, mas em carne e fantasia. Eles queriam ser transportados para a Terra do Nunca, onde podiam ter as experiências pecaminosas que não tinham em suas próprias casas. Mulheres-dragões voando ao redor, mulheres-serpentes se enrolando em cima. Então, as garotas da Scales tinham que partilhar as experiências de vida com quem realmente se preocupava com elas, ou seja, as outras garotas da Scales.

Certa noite, Glenn reservou um tratamento superespecial – para um convidado superespecial, ele disse. Reservou o quarto das plumas com uma grande cama verde e também o mais poderoso martíni da casa, o Chute no Rabo, além de duas garotas, eu e Crimson Petal. Mordis nos escolheu porque Glenn tinha dito que o tal convidado superespecial preferia garotas de tipo físico esguio.

– Ele quer a colegial com roupa de marinheiro? – perguntei porque às vezes a expressão "tipo físico esguio" significava isso. – Preciso levar minha corda de pular? – Se fosse o caso, teria que me trocar, porque estava cheia de brilhos.

– Esse cara tem tantas máscaras que nem ele sabe o que quer – disse Mordis. – Se dê inteirinha a ele, minha coelhinha. Nós queremos gorjetas polpudas. Faça os zeros se multiplicarem e saírem pelas orelhas dele.

Entramos no quarto e o sujeito estava esparramado sobre a colcha de cetim da cama, como se tivesse acabado de despencar de um avião, se bem que feliz com a queda, já que ria de orelha a orelha.

Era o Jimmy. O doce e destruidor Jimmy, o mesmo que tinha feito da minha vida um lixo.

Meu coração quase saiu pela boca. Que merda, pensei. Não estou preparada para isso. Vou perder a cabeça e começar a chorar. Eu sabia que ele não tinha me reconhecido, meu corpo estava coberto de brilhos e ele estava tão drogado que praticamente não enxergava nada. Então, agi como sempre e comecei a abrir os botões e o velcro da roupa dele. As garotas da Scales chamavam isso de "descascar o camarão".

– Oh, mas que barriguinha sarada – sussurrei. – Amorzinho, fique deitado.

Eu amei ou odiei aquilo? Por que oscilava entre ambos? Como Vilya costumava dizer para os trouxas, *leve duas, é baratinho.*

E depois ele ficou tentando puxar as lantejoulas de meu rosto e tive que afastar as mãos dele e colocá-las em outro lugar.

– Você é um peixe? – dizia ele. Parecia não saber.

Oh, Jimmy, pensei. O que restou de você?

SANTA DIAN, MÁRTIR

SANTA DIAN, MÁRTIR

ANO 24

DA PERSEGUIÇÃO.
DITO POR ADÃO UM.

Queridos amigos, fiéis companheiros:
No presente momento, a plantação do terraço no Edencliff está apenas em nossa memória. Aqui neste plano terreno só existe agora desolação – pântano e deserto, dependendo do volume das chuvas. Como mudaram as circunstâncias desde aqueles antigos dias verdejantes cheios de saladas verdes! Como encolhemos em número! Fomos levados de um refúgio a outro, fomos caçados e perseguidos. Alguns velhos amigos abdicaram de nossa fé enquanto outros testemunharam contra nós. No entanto, outros optaram pelo extremismo e a violência e estão sendo destroçados pelas armas de spray em batidas operadas pelas autoridades. E tocando no assunto, lembramos de nossa antiga filha Bernice. Vamos então envolvê-la em luz.

Alguns foram mutilados e jogados em terrenos baldios, com o único propósito de disseminar o pânico entre nós. Outros desapareceram, retirados de seus refúgios para evaporar nas prisões dos poderes exfernais, sem direito a julgamento e até mesmo proibidos de saber os nomes dos acusadores. A essa altura, sua mente talvez esteja destruída pelas drogas e as torturas, e seu corpo pode ter virado combustível. Leis injustas nos impedem de ter notícias dessas pessoas, nossos companheiros jardineiros. Só nos resta a esperança de que todos morram convictos de sua fé.

Hoje é Dia de Santa Dian, um dia consagrado à empatia entre as espécies. Neste dia invocamos são Jerome dos leões e são Robert

Burns do camundongo, e são Christopher Smart dos gatos e são Farley Mowat dos lobos, e também os filósofos da Ikhwan al-Safa em sua Carta dos Animais. Mas especialmente santa Dian Fossey, que perdeu a própria vida ao defender os gorilas de uma cruel exploração. Ela batalhou em prol de um reino pacífico no qual o conjunto da vida deveria ser respeitado, mas as forças malignas reuniram-se para destruí-la junto com seus gentis companheiros primatas. Seu assassinato foi abominável, e os rumores maliciosos que foram espalhados sobre ela, tanto em vida como depois de morta, igualmente abomináveis. Pois os poderes exfernais matam não apenas com ações, mas também com palavras.

Santa Dian incorpora um ideal que para nós é sagrado: o amor e o cuidado para com todas as outras criaturas. Ela acreditava que todas as criaturas merecem a mesma ternura que reservamos aos nossos queridos amigos e parentes, e por isso é um modelo para todos nós. Ela está enterrada entre seus amigos gorilas, na mesma montanha que tentou proteger.

Como tantos outros mártires, santa Dian não pôde ver seu trabalho realizado em vida. Pelo menos foi poupada de saber que a espécie pela qual tanto lutou e por quem deu a própria vida encontra-se agora extinta. Como tantas outras espécies, foi varrida da face do planeta de Deus.

E o que dizer de nossa própria espécie tão vulnerável ao impulso para a violência? Por que somos tão viciados em derramamento de sangue? Cada vez que caímos na tentação da vaidade e nos sentimos superiores a todos os outros animais, repercutimos a brutalidade da história humana.

Nosso consolo é que essa mesma história será varrida pelo Dilúvio Seco. Nada restará do Mundo Exfernal, a não ser madeira podre e peças de metal enferrujadas, e sobre as ruínas brotarão trepadeiras, e as aves e os animais aí farão seus ninhos, como dizem as palavras humanas sobre Deus: "Eles serão deixados para as aves das montanhas, e para as feras da Terra; e sobre eles as aves veranearão e todas as feras hibernarão." Pois todas as obras do homem serão como palavras escritas na água.

***

Agora que nos mantemos acocorados neste velho porão, falando baixinho por trás das janelas escuras, preocupados com possíveis infiltrados ou com possíveis escutas aqui instaladas ou com os insetos robôs que sobrevoam as cercanias ou com a súbita chegada dos vingativos funcionários da CorpSeCorps, mais do que nunca precisamos de uma resolução. Oremos para que o espírito de santa Dian nos inspire e nos ajude a nos mantermos firmes no momento do julgamento. Não temam, diz o espírito, mesmo se o pior chegar, pois estaremos abrigados sob as asas de um espírito muito maior.

Teremos que sair deste esconderijo uma hora antes do amanhecer, sozinhos, em pares ou em trios. Mantenham-se em silêncio, meus amigos. Sejam invisíveis, incorporem suas próprias sombras. E a Graça estará conosco.

Não podemos cantar porque temos medo de sermos ouvidos, mas... sussurremos.

HOJE LOUVAMOS NOSSA SANTA DIAN

Hoje, louvamos nossa santa Dian,
A generosa que foi assassinada –
Embora tenha lutado com tanta fé,
Mais uma espécie foi exterminada.

Pelas montanhas enevoadas
Ela rastreou os gorilas selvagens com atenção,
Até que eles aprenderam a confiar em seu amor,
E a tomaram pela mão.

Os tímidos e enormes gorilas,
Nos braços dela iam se aninhar;
Ela os protegeu com dedicado carinho,
Para que ninguém os pudesse machucar.

Eles a tinham como amiga e parente,
Em torno dela comiam e brincavam com alegria –
Mas cruéis assassinos chegaram à noite,
E mataram-na enquanto dormia.

Quantas mãos e corações violentos!
Dian, como vocês, tristemente desprotegida –
Pois quando as espécies são varridas da Terra,
É como se eles tirassem um pedaço de nossa vida.

Por entre o verde e a névoa das montanhas,
Onde um dia os gorilas viviam em liberdade,
O espírito dela ainda vaga,
Em guarda, por toda a eternidade.

do *Hinário Oral dos Jardineiros de Deus*

55

REN

ANO 25

Você cria seu próprio mundo de acordo com sua atitude interior, diziam os jardineiros. E eu não queria criar o mundo a partir dali: um mundo de mortes e mortos. Então, eu cantava alguns hinos dos jardineiros, principalmente os mais alegres. Ou dançava. Ou escutava música em meu Sea/H/Ear Candy, se bem que não conseguia deixar de pensar que agora não havia mais músicas novas.

Digam os nomes, ensinava Adão Um. E nós recitávamos as listas das criaturas: diplódoco, pterossauro, polvo, brontossauro; trilobita, náutilos, ictiossauro, ornitorrinco, mastodonte, dodô, grande alça, dragão-de-komodo. Eu via todos os nomes tão claros quanto páginas. Segundo Adão Um, a recitação dos nomes era uma forma de manter esses animais vivos. E assim os recitei.

Também recitei outros nomes. Adão Um, Nuala, Zeb, Shackie, Croze e Oates. E Glenn – não podia imaginar alguém tão inteligente como ele morto.

E Jimmy, apesar do que tinha feito.

E Amanda.

Recitei esses nomes seguidamente, a fim de mantê-los vivos.

Depois pensei nas palavras que Mordis sussurrara antes de morrer. *Seu nome*, ele disse. Devia ser algo importante.

Contei o que ainda restava de comida. Quatro semanas, no máximo, três semanas, duas. Marquei o tempo com um lápis de sobrancelha. Se comesse menos, teria comida por mais tempo. Mas estaria morta se Amanda não chegasse logo. Eu realmente não conseguia imaginar isso.

Glenn costumava dizer que a razão que o impede de se imaginar morto é que tão logo você diz "morrerei", também diz "eu", e portanto na frase você continua vivo. E é dessa mesma maneira que fazemos uma ideia da imortalidade da alma – isso deriva da gramática. Glenn dizia que o mesmo se aplicava a Deus, pois da mesma forma que há um tempo verbal passado, há um passado atrás do passado, e você retrocede no tempo até chegar ao ponto em que diz não sei, e isso é Deus. Deus é aquilo que você não conhece – a escuridão, o oculto, o outro lado do visível, e tudo porque dispomos de uma gramática, e a gramática seria impossível sem o gene FoxP2. Portanto, Deus é uma mutação do cérebro, e o gene em questão é o mesmo que impele os pássaros a cantar. Logo, dizia Glenn, a música está dentro deles, e está tecida dentro de nós. Seria difícil amputar esse gene porque é uma parte essencial de nós, como a água.

Eu dizia a ele que nesse caso Deus também está tecido dentro de nós. E ele dizia que talvez estivesse, mas que isso não fazia a menor diferença para nós.

A explicação que Glenn dava de Deus era bem diferente da explicação dos jardineiros. Ele argumentava que a expressão "Deus é espírito" não faz sentido porque não se pode medir o espírito. E acrescentava: *use seu computador de carne*, querendo dizer, *use seu cérebro*. Eu achava essa ideia repulsiva, odiava cogitar que minha cabeça estava cheia de carne.

Eu continuava com a impressão de ouvir barulho de gente dentro do prédio, mas não via movimento algum quando esquadrinhava os cômodos com as câmeras. Ainda bem que a energia solar continuava funcionando.

Contei outra vez a comida. Duraria, no máximo, cinco dias.

56

Amanda surgiu na tela como uma mancha. Ela entrou com muito cuidado no Snakepit, esgueirando-se pela parede: as luzes ainda estavam acesas e não precisou tatear na escuridão. A música ainda soava e, depois de se certificar de que o lugar estava vazio, ela foi para detrás do palco e desligou o aparelho de som.

– Ren? – Ela chamou por mim.

Depois, desapareceu na tela. Após uma pausa, o microfone da câmera instalada no corredor captou ruído de passos e a vi em seguida. E ela então me viu na tela instalada no lado de fora. Chorei tanto de alívio que mal consegui falar.

– Oi – disse ela. – Tem um cara morto bem aqui na porta. Um cara grandalhão. Espere um pouco que eu já volto.

Claro que era o Mordis – ele não tinha sido retirado dali. Mais tarde ela me disse que o enrolara com uma cortina de banheiro e o arrastara até o saguão, e que depois enfiou no elevador o que restou do corpo dele. Os ratos já tinham feito uma festa, ela disse, não só na Scales como em toda a cidade. Ela pôs as luvas de biofilme de uma malha que encontrou ali por perto antes de tocar no corpo dele – Amanda era ousada, mas não gostava de correr riscos estúpidos.

Depois de algum tempo estava de volta à tela de meu monitor.

– Pronto – disse. – Estou aqui. Pare de chorar, Ren.

– Achei que você nunca chegaria aqui.

– Também pensei isso – disse ela. – E agora, como é que se abre esta porta?

– Eu não tenho o código. – Expliquei que Mordis era o único que conhecia as senhas da zona de segurança.

– Ele nunca contou a você?

– Ele dizia que era bobagem porque as senhas eram mudadas diariamente... Não queria que um maluco qualquer descobrisse e entrasse aqui dentro. Ele só queria nos proteger. – Fiz uma força danada para não entrar em pânico. Amanda estava do outro lado da porta, mas... e se não pudesse fazer nada?

– Alguma pista? – perguntou.

– Ele mencionou meu nome. Um pouco antes de... antes de eles... Talvez ele estivesse querendo dizer alguma coisa.

Amanda fez uma tentativa.

– Neca – disse. – Então... Talvez a data de seu aniversário. Mês e dia? Ano?

Eu a ouvia enquanto ela tentava encontrar a senha ao mesmo tempo que praguejava para si mesma. Depois de algum tempo que me pareceu sem fim, ouvi o barulho da fechadura se destravando. A porta abriu-se e lá estava ela na minha frente.

– Oh, Amanda – falei. Ela estava queimada de sol, esfarrapada e imunda, mas real. Fiz menção de abraçá-la, mas ela se esquivou.

– Era uma senha simples, tipo A igual a O – disse Amanda. – Era realmente seu nome. Brenda, só que de trás para frente. Não me toque, posso estar com os germes. Preciso tomar um banho.

Enquanto Amanda tomava um banho no banheiro da zona de segurança, escorei a porta com uma cadeira para que não batesse e ficássemos trancadas. Comparado ao ar filtrado que eu respirava lá dentro, o ar lá de fora tinha um fedor insuportável: cheiro de carne podre e de fumaça tóxica, causado pela queima de produtos químicos em pequenos focos que não tinham sido apagados. Foi muita sorte minha a Scales não ter incendiado comigo lá dentro.

Depois que Amanda saiu do banheiro, também fui tomar um banho para ficar tão limpa quanto ela. Em seguida vestimos os roupões verdes que Mordis reservava às melhores garotas e nos sentamos para comer algumas Joltbars que pegamos na minigeladeira e alguns nuggets de frango que preparamos no micro-ondas, e bebemos umas cervejas que encontramos no primeiro andar enquanto trocávamos histórias de como tínhamos conseguido nos manter vivas.

57

TOBY. SANTA KAREN SILKWOOD

ANO 25

Toby acorda subitamente com o sangue latejando na cabeça: *katoush, katoush, katoush*. Ela pressente a presença de alguma coisa diferente ao redor. Alguém está respirando o mesmo oxigênio que ela respira.

Respire, diz a si mesma. Mova-se como se estivesse nadando. Não transpire medo.

Afasta o lençol cor-de-rosa de cima do corpo o mais lentamente possível, senta-se na cama e olha em volta com muita cautela. Não há nada naquele cubículo, não há espaço. Então, de repente se dá conta. É só uma abelha. Uma abelha andando pelo peitoril da janela.

Abelha em casa é sinal de visita, dizia Pilar, e se matar a abelha, não será uma visita boa. Não posso matá-la, pensa Toby. Pega cuidadosamente o inseto com um pano cor-de-rosa.

– Leve uma mensagem – diz à abelha. – Fale para o povo do mundo do Espírito: "Por favor, mandem ajuda, logo." – Ela sabe que é superstição, mas mesmo assim se sente estranhamente animada. Mas talvez seja uma das abelhas transgênicas que foram soltas depois que o vírus exterminou as abelhas silvestres, ou quem sabe até uma espiã ciborgue vagando pelos arredores sem controle de ninguém. Neste caso, uma abelha ineficiente como mensageira.

Ela enrola a abelha no pano, coloca no bolso do guarda-pó e se dirige ao telhado para soltá-la e observar o voo errante em direção à morte. Mas talvez o balanço do rifle dependurado no ombro tenha se chocado contra o bolso do guarda-pó porque a abelha parece morta quando é desembrulhada. Ela sacode o pano na balaustrada, na esperança de vê-la voando. A abelha desce pelo ar parecendo mais uma semente que um inseto: não será uma visita boa.

Ela caminha no telhado até o lado que dá para a horta, e olha. É claro que a visita ruim já teria ocorrido: os porcos estavam de volta. Já tinham cavado debaixo da cerca e atravessado. É claro que um gesto mais por comida que por vingança. A terra está sulcada e revirada. O que eles não comeram estragaram.

Ainda bem que Toby não é chorona, senão teria chorado. Ela pega o binóculo e esquadrinha o campo. A princípio, nada, mas depois avista duas cabeças cor-de-rosa acinzentadas – não, cinco cabeças – movendo-se por cima das flores silvestres. Os olhos dos porcos parecem contas, e olham na direção dela. Talvez a estejam observando, como se querendo testemunhar o desalento dela. Mas eles estão fora de alcance; se ela atirar, desperdiçará balas. Não precisa deles para entender isso.

– Seus porcos fodidos! – grita. – Porcos de merda! Caras de porco! – É claro que para eles nenhum desses xingamentos é um insulto.

E agora? O suprimento de verduras e legumes secos escasseou, as bagas de goji e as sementes de chia estão praticamente no fim, e a proteína vegetal já acabou. Ela estava contando com a horta para renovar o estoque. E o pior é que não tem mais gordura disponível, já comeu toda a manteiga de shea e todo o creme de abacate para o corpo. A Joltbar tem gordura – ainda restam algumas, mas não para um longo tempo. Sem lipídios, o corpo consome a gordura e depois os músculos, e o cérebro é composto de pura gordura e o coração é um músculo. Você se torna um circuito de retrocarga e depois apaga.

Ela precisa sair em busca de alimento. Poderá encontrar proteínas e lipídios no campo e na floresta. A essa altura o porco apodreceu e não poderá comê-lo. Talvez possa recorrer a um coelho verde, mas não pode; é um mamífero amigo e não será agora que se tornará uma açougueira. Talvez larvas e ovos de formiga, ou larvas de besouro, ou qualquer outro inseto...

Será que os porcos estão esperando que ela faça isso? Que saia daquelas paredes defensivas para campo aberto, e eles possam pular em cima dela, nocauteá-la e estraçalhá-la? Será que querem fazer um piquenique? Uma festa suína? Ela não tem uma ideia precisa de como seria isso. Os jardineiros não eram meticulosos nas descrições dos hábitos alimentares de muitas criaturas de Deus; esquivar-se disso seria hipocrisia. Ninguém vem ao mundo com uma faca, um garfo e uma frigideira na mão, Zeb era apaixonado por esse ditado. Ou com um guardanapo. E se comemos os porcos, por que eles não nos comeriam? Se estivéssemos à disposição.

Nem pensar em tentar recuperar a horta. Os porcos esperariam por algo mais valioso para destruir e o destruiriam. Talvez seja melhor fazer uma horta no terraço, como era comum entre os antigos jardineiros, assim nunca mais teria que sair do prédio. Mas teria que levar terra em baldes lá para cima. E depois teria que regar a terra nas estações secas e drená-la nas estações úmidas: sem os sistemas elaborados dos jardineiros isso seria impossível.

E lá estão os porcos espiando por cima das margaridas. Com um ar festeiro. Será que estão roncando de deboche? Claro que alguns grunhidos e alguns guinchos são juvenis, da mesma forma que acontecia quando os inferninhos da Lagoa dos Dejetos fechavam à noite.

– Idiotas! – grita ela para os porcos. Isso a faz se sentir melhor. Pelo menos está falando com outro e não consigo mesma.

58

REN

ANO 25

O pior, disse Amanda, eram as tempestades de relâmpagos e trovoadas – em algumas ela achou que acabaria morrendo porque os raios chegavam muito próximos. Mas depois roubou um tapete de borracha de uma loja, abrigou-se embaixo e passou a se sentir mais segura.

Ela evitava as pessoas o máximo que podia. Abandonou o carro ao norte de Nova York porque a estrada estava bloqueada por entulhos de metal. Isso depois de uma sequência de batidas espetaculares: talvez os motoristas estivessem dissolvidos dentro dos carros.

– Uma pasta de sangue – disse Amanda. Lá havia cerca de um milhão de urubus. Algumas pessoas se apavoraram com eles, mas não ela... que os tinha usado em suas obras de arte. – Aquela estrada era a maior escultura de urubus que se pode imaginar – acrescentou, lamentando não estar com uma câmera então.

Ela abandonou o carro e caminhou durante algum tempo até que roubou outro veículo, dessa vez uma bicicleta – muito mais fácil para atravessar obstáculos metálicos. Quando pressentia algum perigo, mantinha-se afastada dos centros urbanos e abrigava-se no mato. Já tinha escapado por um triz algumas vezes porque outras pessoas tiveram a mesma ideia – chegava quase a tropeçar em cadáveres. Felizmente, sem tocá-los. Ela viu algumas pessoas vivas. E algumas pessoas também a viram, mas àquela altura todos já deviam saber que o vírus era ultracontagioso e procuravam manter-se distantes. Alguns já estavam em estágio terminal, vagando como zumbis ou estendidos no chão, dobrados sobre os próprios corpos como peças de pano.

Quando era possível, ela dormia no topo de garagens ou dentro de edificações abandonadas, mas nunca no andar principal. Outras vezes dormia nas árvores, nas que tinham galhos largos e resistentes. Era desconfortável, mas bem melhor que ficar à mercê de animais estranhos no solo. Porcos gigantescos, leocarneiros, matilhas de cães selvagens – quase foi pega por uma dessas matilhas. Enfim, em cima das árvores você também estava a salvo das pessoas zumbis; não corria o risco de ser trombado por um coágulo andante na escuridão.

O que Amanda contou foi assustador, mas rimos muito naquela noite. Não sei se seria melhor sofrer e lamentar, já que eu tinha feito isso antes, e, além do mais, de que serviria? Adão Um dizia que é sempre melhor olhar para o lado positivo, e o lado positivo era o fato de que estávamos vivas.

Não fizemos menção a qualquer conhecido nosso.

Eu não queria dormir em meu quarto da zona de segurança porque estava saturada de ficar lá, e não podíamos usar meu quarto antigo porque a carcaça de Starlite estava lá. Por fim, optamos por um dos quartos reservados aos clientes, com cama gigante, colcha de cetim verde e plumas no teto. Seria um quarto elegante se você não pensasse muito na função dele.

Foi naquele quarto que vi Jimmy pela última vez. Mas com Amanda lá dentro era como ter algo que apagasse a lembrança. Isso fez com que me sentisse mais segura.

Dormimos a noite toda. Depois levantamos, vestimos os roupões verdes e fomos para a cozinha da Scales, onde se faziam os salgadinhos servidos no bar. Colocamos um pão de soja congelado no micro-ondas e o degustamos com um Happicuppa instantâneo.

– Você não achou que eu podia estar morta? – perguntei a Amanda. – E se achou, por que se importou em vir até aqui?

– Eu sabia que você não estava morta – respondeu ela. – A gente sempre sente quando alguém está morto. Alguém de quem a gente realmente gosta. Você não acha?

Eu não estava segura quanto a isso.

– Seja como for, obrigada – disse.

Quando você agradecia a Amanda por algo, ela se fazia de surda ou então lhe dizia "você me deve uma". Foi exatamente o que disse. Ela queria alguma coisa em troca porque dar alguma coisa em troca de nada era muito piegas.

– O que faremos agora? – perguntei.

– Ficar aqui. Até a comida acabar. Ou até o sistema de energia quebrar e a comida estocada nos congeladores começar a apodrecer. Isso seria horrível.

– E depois? – perguntei.

– Depois a gente vai para outro lugar.

– Para onde?

– Por enquanto não precisamos nos preocupar com isso – disse Amanda.

O tempo foi passando. Dormíamos sem hora para acordar, tomávamos banho ao levantar – o sistema de energia solar nos fornecia água – e fazíamos uma refeição retirada dos congeladores. Depois, conversávamos sobre o que tínhamos feito no tempo dos jardineiros – bobagens antigas. Dormíamos um pouco mais quando fazia muito calor. Mais tarde, íamos à zona de segurança, ligávamos o ar-condicionado e assistíamos a DVDs de filmes antigos. Nunca sentíamos vontade de sair do prédio.

No final da tarde, bebíamos – ainda restavam algumas garrafas de bebida atrás do balcão do bar – enquanto mordiscávamos alguma coisa das latinhas caríssimas que Mordis reservava aos clientes mais ricos e às melhores garotas da casa. Petiscos de honra, ele dizia, e os servia quando você fazia a milha extra – se bem que nunca se sabia com antecedência o que era a tal da milha extra. E foi assim que comi meu primeiro caviar. Foi como comer pequenas bolhas salgadas.

Mas não restava mais caviar na Scales para mim e Amanda.

59

TOBY. SANTO ANIL AGARWAL

ANO 25

E lá vem a fome, pensa Toby. Santo Euell, ajude a mim e a todos que estão famintos em meio à abundância. Ajude-me a encontrar a abundância. Mande-me proteína animal o mais rápido possível. Lá no campo, o cadáver do varrão já está entrando em decomposição. Os gases emergem, os fluidos vertem. Os urubus estão em cima dele; os corvos sobrevoam o perímetro como nanicos em brigas de rua, agarrando o que podem. Seja lá o que estiver acontecendo ali, as larvas estão presentes.

Adão Um costumava dizer que, em caso de extrema necessidade, o melhor é começar pelo começo da cadeia alimentar, já que os desprovidos de sistema nervoso central sofrem menos.

Toby pega os itens necessários – o guarda-pó cor-de-rosa, o sombreiro, os óculos escuros, uma garrafa de água, um par de luvas cirúrgicas. O binóculo e o rifle. O esfregão, para se equilibrar. Encontra uma embalagem de plástico e faz alguns buracos na tampa, e depois pega uma colher e coloca tudo dentro de um saco plástico com o logotipo do AnooYoo Spa. Seria melhor uma mochila a tiracolo, porque deixaria as mãos livres. Ela guardou essas mochilas em algum canto – as mulheres carregavam sanduíches dentro quando faziam caminhadas –, mas não lembra onde.

No estoque ainda tem All-Natural SolarNix AnooYoo, protetor solar. Está com a data de validade vencida e um cheiro rançoso, mas ela o espalha pelo rosto e depois aplica o spray SuperD nos tornozelos e nos punhos para não ser picada pelos mosquitos. Depois toma um longo gole d'água e se dirige à bioleta-violeta. Se for tomada pelo pânico, pelo menos não fará xixi na calça. Não há nada pior que correr com o guarda-pó molhado. Pendura o binóculo no pescoço e depois vai ao telhado para dar mais uma checada. Nenhuma orelha no campo, nenhum focinho. Nenhum rabo peludo e dourado.

– Saia logo – diz a si mesma. É melhor sair logo para estar de volta antes da tempestade da tarde. Seria estúpido ser eletrocutada por um raio. Qualquer morte é estúpida do ponto de vista de quem está morrendo, dizia Adão Um, já que por mais que se tenha sido avisado, a morte sempre chega sem bater à porta. Por que agora? É o lamento. Por que tão cedo?, lamenta a criança quando é chamada para dentro de casa à noite. O lamento é o protesto universal contra o tempo. Por isso, não se esqueçam, queridos amigos: para o que vivo e para o que morro, é a mesma questão.

Uma questão, diz Toby a si mesma com firmeza, que não vai ser agora que vou colocar.

Ela coloca as luvas cirúrgicas, dependura a sacola do AnooYoo no ombro e sai. Primeiro vai até a horta destruída, onde salva uma cebola e dois rabanetes, pega uma colherada de terra úmida e enfia na embalagem de plástico. Em seguida atravessa o estacionamento e passa pelas silenciosas fontes.

Fazia muito tempo que não se aventurava a se afastar tanto do prédio do spa. Já está no campo, um espaço enorme. A luz é estonteante, mesmo de óculos escuros e sombreiro.

Não entre em pânico, diz a si mesma. Isso é igual ao que o camundongo sente quando se aventura a atravessar um cômodo, mas você não é um camundongo. O mato gruda no guarda-pó e se embaralha em seus pés como se quisesse impedi-la de caminhar. Vez por outra, espinhos, pequenas garras e armadilhas. É como atravessar uma rede gigantesca, uma rede trançada com arame farpado.

O que é isso? Um sapato.

Nada de pensar em sapatos. Nada de pensar na bolsa que acaba de avistar. Cheia de estilo. De couro sintético, vermelho. Um farrapo do passado que ainda não foi engolido pela terra. Ela não quer pisar em nenhum desses restos, mas é difícil enxergar o que há no chão em meio à confusão do mato.

Ela segue em frente. Suas pernas formigam da mesma maneira que a carne formiga quando está a ponto de ser tocada. Será que ela realmente acha que uma mão furtiva sairá por entre os pés de azedinha e de outros matos para agarrá-la pelo tornozelo?

– Não – diz ela em voz alta. E se detém para acalmar o coração e se recompor. A ampla aba de brim do chapéu atrapalha a visão. Ela gira o corpo todo, como se fosse a cabeça de uma coruja, para a esquerda, para a direita, para trás, e depois de novo para a frente. Ao redor tudo exala um doce perfume: a azedinha está em flor, e a cenoura silvestre, a lavanda, o orégano e o capim-limão, autossemeados. O campo é tomado pelos zumbidos dos agentes polinizadores: mamangás, vespas, besouros iridescentes. A sonoridade é uma cantiga de ninar. Fique aqui. Deite. Durma.

A natureza em seu pleno esplendor ultrapassa o que podemos suportar, dizia Adão Um. Ela é um alucinógeno potente, um soporífero para a alma sem treinamento. Já nos desacostumamos a ela. Precisamos diluí-la. Não conseguimos bebê-la pura. Com Deus é a mesma coisa. O excesso de Deus provoca overdose. Deus precisa ser filtrado.

À frente, para além do campo, uma linha de árvores escuras demarca o limite da floresta. Parece que a floresta a chama, atraindo-a como as profundezas do oceano e os picos das montanhas atraem a todos nós, cada vez mais para o alto ou cada vez mais para o fundo, até que se diluem em estado de êxtase inumano.

Você deve se ver como o predador o vê, disse Zeb uma vez. Toby se coloca atrás de uma árvore, e espia por entre as folhas e os galhos. Avista uma grande savana selvagem com uma pequena figura rosada no meio, desprotegida, vulnerável, como um embrião ou um alienígena com grandes olhos negros. Por detrás da figura, uma casa, uma absurda caixa feita de palha que parece de tijolos. Tão fácil de ser varrida com um sopro.

O cheiro do medo se acerca dela, sai dela.

Ela ergue o binóculo. As folhas se movimentam levemente, mas só há uma brisa. Siga em frente, devagar, diz a si mesma. Lembre-se do que você veio fazer.

* * *

Algum tempo depois, que parece uma eternidade, Toby chega enfim ao varrão morto. Inúmeras moscas brilhantes, verdes e cor de bronze, voam agitadas sobre o cadáver. Ela se aproxima e os urubus esticam as cabeças vermelhas e peladas em cima de pescoços que parecem fervidos. Agita o esfregão para assustá-los e eles fogem, sibilando de indignação. Alguns voam em espiral, mantendo os olhos nela, e outros voam na direção das árvores, pousam nos galhos, recolhem as asas sujas e ficam à espera.

Em cima e ao lado da carcaça, muitas folhas. Folhas de samambaias. Samambaias que não crescem no campo. Algumas já velhas, secas e amarronzadas, outras, frescas. E também há flores. Essas pétalas de rosa são das rosas lá da estrada? Já tinha ouvido algo parecido; aliás, tinha lido em um livro infantil sobre elefantes quando era criança. Os elefantes se posicionam em volta de seus mortos de um modo sombrio, como se meditando. Depois, eles arrancam ramos da terra.

Mas porcos? Geralmente os porcos comem o porco morto, da mesma maneira que comem tudo o mais. Mas não comeram este porco?

Será que os porcos fizeram um funeral? Será que trouxeram as flores? Ela considera a ideia realmente assustadora.

Mas por que não?, diz a voz gentil de Adão Um. Nós acreditamos que os animais têm alma. Por que, então, não teriam funerais?

– Você está louca – diz ela em voz alta.

O cheiro de carne podre é insuportável, difícil de aguentar sem ânsia de vômito. Ela ergue uma dobra do guarda-pó e tapa o nariz. Com a outra mão, remexe o corpo do varrão com uma vara, as larvas se revolvem mais à frente. São como grãos gigantes de arroz selvagem.

É só pensar nelas como camarões terrestres, diz a voz de Zeb. A mesma estrutura de corpo.

– Você pode – diz a si mesma. Abaixa o rifle e o esfregão para cumprir a outra etapa. Pega as larvas com a colher e transfere para o recipiente de plástico. Suas mãos trêmulas deixam cair algumas. Sua cabeça começa a zumbir, ou serão as moscas? Ela sai bem devagar.

Um trovão ao longe.

Toby vira de costas para a floresta e começa a fazer o caminho de volta pelo campo. Sem correria.

Claro que as árvores ficam mais próximas.

60

REN

ANO 25

Um dia estávamos bebendo champanhe e eu disse:
– Vamos fazer as unhas. Elas estão fracas.
Achei que isso levantaria nosso ânimo. Amanda sorriu e disse:
– Nada enfraquece mais as unhas que uma peste letal pandêmica.
Mesmo assim fizemos as unhas. Amanda escolheu o esmalte Satsuma Parfait, um laranja-rosado, e eu, framboesa cintilante. Ficamos como duas meninas eufóricas depois de terem pintado as unhas. Adoro o cheiro de esmalte de unha. Sei que é tóxico, mas tem cheiro de limpeza. Um cheiro crocante, como o de linho engomado. Isso fez com que nos sentíssemos bem melhor.
Nós pintamos as unhas e depois bebemos champanhe, e então me ocorreu outra ideia divertida e subimos a escada. O único quarto que ainda estava com alguém dentro – Starlite – era nosso antigo quarto de dormir. Eu tinha me sentido muito mal em relação a ela, mas tapara todas as frestas da porta com lençóis para impedir que o cheiro de podre se espalhasse para fora do quarto, e àquela altura os micróbios já teriam feito o rápido trabalho de transformá-la em outra coisa. Pegamos malhas de biofilme e fantasias no quarto vazio de Savona e Crimson Petal e carregamos tudo para o primeiro andar a fim de experimentá-las.
As malhas de biofilme tinham que ser borrifadas com água e lubrificante porque eram muito secas, mas feito isso elas deslizavam como sempre e você sentia uma sucção prazerosa à medida que as camadas de células vivas aderiam a seu corpo, fazendo cócegas à medida que começavam a respirar. Nada além de oxigênio, nada além de suas próprias excreções, dizia o rótulo. A peça que cobria

o rosto não atrapalhava a respiração. Muitos clientes da Scales preferiam membrana e pelos quando isso era totalmente seguro, mas com as malhas de biofilme eles pelo menos podiam relaxar porque sabiam que não pegariam doenças.

– Isto é incrível – disse Amanda. – É como receber uma massagem.

– É ótimo para a cútis – rebati e caímos na risada novamente. Depois Amanda vestiu o traje de flamingo com plumas cor-de-rosa, e eu, o de pavogarça. Colocamos a música para tocar, acendemos as luzes do palco e começamos a dançar. Amanda ainda era uma bailarina exímia, sacudia as plumas com vontade. Mas eu era melhor pelo treinamento que tinha feito e pela prática no trapézio, e ela sabia disso. E isso me agradou.

Um divertimento estúpido, porque o som estava na altura máxima e, com a porta aberta, poderia chamar a atenção de alguém que estivesse pelas redondezas. Mas eu não estava nem aí.

– Ren, você não é a única pessoa no planeta – dizia Toby quando eu era menina. Fazia isso para nos ensinar a ter consideração pelos outros. Mas naquele momento eu realmente achava que era a única pessoa no planeta. Quer dizer, eu e Amanda. Então, fantasiadas de flamingo e pavogarça e com as unhas pintadas, continuamos rebolando como loucas no palco da Scales enquanto a música soava *whump whump babadedump, bam bam kabam*, como se pouco ligando para o mundo.

Por fim, terminado o número, ouvimos aplausos. Ficamos congeladas no palco. Senti um frio da cabeça aos pés, me veio uma rápida visão de Crimson Petal dependurada no trapézio com uma garrafa enfiada entre as pernas, e simplesmente perdi o fôlego.

Três sujeitos tinham entrado sorrateiramente e estavam à frente.

– Não corra – disse-me Amanda, baixinho. E dirigiu-se a eles. – Vocês estão vivos ou mortos? – Sorriu. – Se estão vivos, que tal um drinque?

– Bela dança – disse o sujeito mais alto. – Como vocês não contraíram o vírus?

– Talvez a gente tenha contraído – respondeu Amanda. – Talvez a gente esteja contaminada sem saber. Vou diminuir as luzes do palco para enxergá-los.

– Tem mais alguém aqui? – perguntou o mais alto. – Tipo, outros caras?
– Não que eu saiba – disse Amanda. Já tinha diminuído as luzes. – Descubra o rosto. – Ela queria que eu tirasse a peça de biofilme coberta de lantejoulas. Depois, desceu os degraus do palco.
– Ainda resta um pouco de uísque, mas podemos fazer um café se vocês preferirem. – Começou a tirar sua própria peça facial de biofilme e eu sabia que ela estava pensando: contato visual direto, como Zeb ensinara. Não vire de costas, atacar por trás é mais fácil para o adversário. Quanto menos você parecer um pássaro cintilante, mais chance de não ser estraçalhado.
Então, pude ver melhor. Um cara alto e outro baixo, e o outro também alto. Eles estavam com roupas bem sujas de camuflagem, e pela aparência fazia tempo que se expunham ao sol. Não só ao sol, como à chuva e ao vento.
De repente, me deu um estalo.
– Shackie? Shackie! São o Shackie e o Croze, Amanda!
Um dos sujeitos altos virou-se para mim.
– Raios, quem é você? – perguntou. Não era um tom de raiva, mas de espanto.
– Sou eu, a Ren. Esse aí é o pequeno Oates? – Comecei a chorar.
Nós cinco nos aproximamos, como numa tomada de futebol em câmera lenta da TV, e nos abraçamos. E ali, abraçados, nos abraçamos, e nos abraçamos e nos abraçamos.

Restava um pouco de suco de laranja no congelador, que Amanda misturou com o champanhe que sobrara. Abrimos uns pacotinhos de petiscos de soja salgados, colocamos uma porção de peixe artificial no micro-ondas e todos se sentaram no bar. Os três garotos – eu ainda os via como garotos – praticamente engoliram a comida pelo nariz. Amanda os fez beber um pouco de água, bem devagar. Eles não estavam propriamente famintos – saqueavam supermercados e casas e sobreviviam com o que caçavam, inclusive coelhos que preparavam da mesma maneira que eram preparados no dia de santo Euell no tempo dos jardineiros. Mesmo assim, estavam magros.

Depois, trocamos nossas experiências e contamos onde estávamos quando o Dilúvio Seco começou. Falei da zona de segurança e Amanda falou dos ossos das vacas em Wisconsin. Foi uma sorte boba, comentei, não estarmos com outras pessoas quando tudo começou. Mas Adão Um dizia que nenhuma sorte é boba, porque sorte é outro nome para milagre.

Shackie, Croze e Oates escaparam por pouco. Eles estavam na arena da Painball. No time vermelho, disse Oates, exibindo uma tatuagem com orgulho.

– Fomos mandados pra lá pelas coisas que vínhamos fazendo – disse Shackie. – Junto com MaddAddão.

– MaddAddão? – disse eu. – O Zeb dos jardineiros?

– Não era só o Zeb. Era um grupo nosso... ele e nós, e mais uns outros – disse Shackie. – Bambas da ciência... especialistas em experimentos genéticos que abandonaram as corporações porque não aprovavam o que estavam fazendo e caíram na clandestinidade. Rebecca e Katuro também faziam parte... eles ajudavam a distribuir o produto.

– Nós tínhamos uma página na internet – disse Croze. – Compartilhávamos informações numa sala de chat, na moita.

– Produto? – perguntou Amanda. – Vocês estavam distribuindo a supermaconha? Legal! – Ela riu.

– Sem essa. A gente usava as bioformas como um meio de resistência – disse Croze, com um ar importante. – Os cientistas juntavam as bioformas e Shackie, Oates, Rebecca, Katuro e eu tínhamos identidades quentes... seguros, propriedades, coisas que facilitam as viagens. Era assim que a gente transportava e soltava as bioformas em outros lugares.

– A gente plantava – disse Oates. – Vocês sabem, como bombas-relógios.

– Algumas eram muito incríveis – comentou Shackie. – Micróbios que comiam asfalto, camundongos que atacavam carros...

– Zeb dizia que se você destruísse a infraestrutura, o planeta acabaria se curando sozinho. Antes que fosse tarde demais e tudo se extinguisse.

– Então essa peste é coisa do MaddAddão? – disse Amanda.

– De jeito nenhum – retrucou Shackie. – Zeb não era adepto à matança de gente, não desse jeito. Ele só queria que as pessoas parassem com o desperdício e a devastação do planeta.

– Ele queria que as pessoas raciocinassem – disse Oates. – Mas alguns desses camundongos fugiram do controle. Ficaram confusos. Começaram a atacar sapatos. Foram muitos pés feridos.

– Onde Zeb está agora? – perguntei. Seria tão reconfortante se estivesse por perto. Ele saberia o que deveríamos fazer dali para frente.

– A gente só falava com ele pela internet. Ele fugiu sozinho.

– A CorpSeCorps prendeu os gênios do MaddAdão – disse Croze. – Rastreou a gente. Eles devem ter plantado algum idiota em nossa sala de chat.

– Atiraram neles? – perguntou Amanda. – Nos cientistas.

– Não sabemos, mas não foram parar na Painball, como nós – disse Shackie.

– A gente ficou lá por alguns dias – disse Oates. – Na Painball.

– Três de nós, três deles. O time dourado... aqueles caras eram o que há de pior. Um deles... lembra do Blanco, o da Lagoa dos Dejetos? Aquele que cortava cabeças e comia? O cara tinha perdido peso, mas ainda estava em forma – disse Croze.

– Você está brincando – disse Amanda. Ela não parecia exatamente amedrontada. Mas preocupada.

– Era como se aquele cara estivesse orgulhoso de estar na Painball por ter feito uma matança aqui na Scales. Ele dizia que a Painball era como um lar.

– Ele reconheceu vocês? – perguntou Amanda.

– Claro que sim – respondeu Shackie. – Soltou um berro. Disse que era hora de cobrar o que a gente tinha feito no terraço do Edencliff... disse que retalharia a gente como se retalha um peixe.

– O que aconteceu no terraço do Edencliff? – perguntei.

– Você já tinha ido embora – disse Amanda. – E como é que vocês saíram daquele lugar?

– Andando – disse Shackie. – Estávamos bolando um jeito de acabar com o outro time antes que acabassem com a gente... faltavam três dias para o gongo iniciar a disputa... Mas de repente os guardas sumiram. Eles evaporaram.

– Estou realmente exausto – disse Oates. – Preciso dormir. – Ele descansou a cabeça no balcão do bar.

– Sobraram alguns guardas – continuou Shackie. – Dentro de uma guarita. Só que eles tinham derretido.

– Então, acessamos a internet – disse Croze. – Os noticiários ainda estavam no ar. Faziam a cobertura de um desastre gigantesco e sacamos que não devíamos nos misturar às pessoas lá fora. Ficamos trancados dentro de uma guarita... Ela tinha estoque de alimentos.

"O problema é que o time dourado estava na guarita do outro lado do portão. Ficamos grilados porque eles poderiam nos atacar quando estivéssemos dormindo.

"E começamos a fazer um revezamento para dormir, mas era sinistro ficar lá esperando. E o jeito era forçá-los a sair da toca", disse Croze. "À noite, Shackie saiu pela janela e cortou o abastecimento de água deles."

– Caralho! – disse Amanda, admirada. – Foi mesmo?

– E os caras tiveram que sair – disse Oates. – Sem água...

– Depois nossa comida acabou e também tivemos que sair – continuou Shackie. – Achamos que eles estariam à nossa espera, mas não estavam. – Deu de ombros. – E acabou-se a história.

– Por que vocês vieram pra cá? – perguntei. – Para a Scales.

Shackie escancarou um sorriso.

– Isto aqui tinha uma reputação – disse.

– Uma lenda viva – acrescentou Croze. – Mesmo desconfiados de que as garotas não estariam mais aqui, pelo menos a gente podia olhar o lugar.

– Tipo, algo a fazer antes de morrer – comentou Oates, bocejando.

– Vem, Oatie – disse Amanda. – Vamos pôr você na cama.

Fomos com os três pelas escadas até o chuveiro da zona de segurança, e depois eles estavam bem mais limpos do que quando entraram. Estendemos as toalhas e se enxugaram, e depois os mandamos para a cama, um em cada quarto.

Eu é que fiquei encarregada de Oates – encarregada de lhe dar toalha e sabonete e de mostrar a cama onde dormiria. Já fazia tempo que eu não o via. Ele ainda era um garoto quando saí dos jardineiros. Um moleque... sempre se metendo em encrencas. Era assim que me lembrava dele. Mas bonitinho.

— Você cresceu muito — disse eu. Ele estava quase da mesma altura do Shackie. Seus cabelos louros molhados o faziam parecer um cachorro que acabou de sair da água.

— Sempre achei você o máximo — disse ele. — Me apaixonei por você com oito anos de idade.

— Eu não sabia disso.

— Posso te dar um beijo? — perguntou. — Um beijo sem nenhuma intenção sexual.

— Pode, sim — respondi. E ele me deu um beijo delicado ao lado do meu nariz.

— Você é tão linda. Por favor, não tire a fantasia de pássaro. — Ele acariciou minhas plumas, as plumas de meu bumbum. Isso me fez lembrar de Jimmy, de como ele era no começo, e meu coração vacilou. Mas saí do quarto na ponta dos pés.

— Podemos trancá-los lá dentro — sussurrei para Amanda quando estávamos no corredor.

— E por que faríamos isso? — perguntou ela.

— Eles estiveram na Painball.

— E daí?

— E daí que todos esses caras da Painball são perturbados. Você não faz ideia do que são capazes de fazer, eles ficam malucos. E sem falar que podem estar com o germe. O da peste.

— Nós abraçamos os três — disse Amanda. — Se for assim, já pegamos o germe. E sem falar que são velhos jardineiros.

— E o que isso quer dizer? — perguntei.

— Quer dizer que são nossos amigos.

— Eles não eram exatamente nossos amigos. Nem sempre.

— Fica fria — disse Amanda. — Já fizemos muitas coisas com eles. Por que nos fariam mal?

— Não quero ser um buraco de carne de ocasião.

— Isso que você disse é crueldade — retrucou ela. — Não são eles que você deve temer, mas aqueles três tipos da Painball que estavam lá com eles. Blanco não é de brincadeira. Eles devem estar em algum

lugar lá fora. Agora vou acabar de vestir a roupa. – Ela estava despida da fantasia de flamingo e já vestindo a roupa cáqui.
– É melhor trancar a porta – pedi.
– A fechadura está quebrada – disse ela.

Então, ouvimos vozes vindo da rua. Vozes que cantavam e gritavam, do jeito que os homens faziam quando estavam bêbados na Scales. Quando já estavam para lá de bêbados. Ouvimos o barulho de vidros quebrando.

Saímos correndo até os outros quartos e acordamos nossos amigos. Eles se vestiram rapidamente e fomos até a janela do segundo andar, de onde teríamos uma visão da rua. Depois de aguçar o ouvido, Shackie espiou com muita cautela.
– Que merda – disse.
– Tem alguma outra porta aqui? – cochichou Croze. Ele estava bronzeado, mas de rosto lívido. – Temos que nos mandar daqui agora mesmo!

Nós descemos pela escada dos fundos e escorregamos pela saída do lixo, e fomos dar no quintal com um monte de lixo para combustível e garrafas vazias. Lá dentro da Scales o time dourado estava quebrando tudo o que encontrava pela frente. Depois ouvimos uma barulheira danada: eles deviam ter derrubado as prateleiras atrás do balcão.

Passamos espremidos pelo vão da cerca e saímos em disparada pelo terreno baldio até a esquina, e de lá descemos a avenida. Talvez não tivessem visto a gente, mas tive a sensação de que tinham visto – como se os olhos daqueles homens pudessem atravessar as paredes, da mesma forma que os mutantes da TV.

Percorremos alguns quarteirões ainda em disparada e depois diminuímos a marcha.
– Talvez não tenham notado – disse eu. – Que a gente estava lá.
– Eles vão sacar – disse Amanda. – Os pratos sujos. As toalhas molhadas. As camas. Você sempre sabe quando alguém dormiu em uma cama.
– Eles ficarão na cola da gente – disse Croze. – Sem a menor dúvida.

61

Fizemos um vaivém virando esquinas e becos para não deixar pistas. As pegadas eram um problema com aquela camada de lama seca, mas Shackie lembrou que a chuva apagaria as pegadas e que o time dourado não nos encontraria porque não tinha faro de cachorro.

Claro que eram eles: os três painballers que destruíram a Scales na primeira noite do Dilúvio. Aqueles que assassinaram Mordis. Claro que tinham me visto pelo sistema de comunicação com câmeras. Por isso tinham voltado à Scales – para abrir a zona de segurança como se fosse uma ostra, só para me pegar. E deviam estar com ferramentas para fazer isso. Mesmo que levasse algum tempo, no fim teriam conseguido.

Pensei nisso e um frio percorreu minha espinha, mas não quis contar aos outros. Eles já tinham preocupações demais.

As ruas estavam entulhadas de destroços – coisas queimadas, quebradas. E não apenas carros e caminhões. Vidro, muito vidro. Shackie nos alertou para que tivéssemos cuidado quando entrássemos nas construções porque elas corriam o risco de desabar. E devíamos manter distância das construções altas porque depois de incendiadas os vidros das janelas podiam cair em cima de você, e aí era uma vez uma cabeça. Naquele momento as florestas eram mais seguras que as cidades. Justamente o contrário do que sempre se pensou.

O que mais incomodava em meio aos destroços eram as coisinhas comuns. Um diário antigo de alguém, com as palavras sumindo das páginas. Chapéus. Sapatos – esses me faziam um mal maior do que os chapéus, principalmente em pares. Brinquedos de crianças. Carrinhos de bebês sem bebês.

Era como se aquele lugar fosse uma casa de boneca virada de cabeça para baixo. Uma trilha de camisetas vistosas em frente a uma loja parecia uma longa fileira de pegadas de pano. A turba devia ter quebrado a vitrine para saquear, mas por que acharam que aquelas trouxas de camisetas seriam úteis? Em frente a uma loja de departamentos, poltronas, almofadas de couro e um mostruário de óculos da última moda com armações douradas e prateadas espalhavam-se pela calçada – ninguém tinha se interessado por aquelas bugigangas. Uma farmácia totalmente destruída indicava invasores na fissura por drogas. Havia um monte de embalagens vazias de BlyssPluss. E eu que achava que a droga ainda estava em testes, mas aquela farmácia devia ser um ponto de venda do mercado negro.

De repente, um amontoado de trapos e ossos.

– Ex-gente – disse Croze. Eram esqueletos secos e descarnados, mas os buracos dos olhos é que me incomodaram. E os dentes, bocas sem lábios são um pavor. Os cabelos ralos davam a impressão de que se desprenderiam logo que fossem puxados. Os cabelos levam anos para se decompor; aprendemos isso nas aulas de compostagem no tempo dos jardineiros.

Entramos em um supermercado porque não tivemos tempo de pegar comida na Scales. O chão estava entupido de lixo, mas encontramos Zizzy Froot, Joltbar e, dentro de um congelador que ainda estava funcionando, petiscos de soja e frutas vermelhas que comemos na mesma hora e embalagens de SecretBurger congelado, seis em cada caixa.

– Como é que vamos cozinhá-los? – perguntou Oates.

– Acendedor – disse Shackie. – Está vendo? – Em cima do balcão, um mostruário de acendedores em forma de sapos. Shackie experimentou um deles, a chama saiu da boca do sapo seguida por um som: *ribbit*.

– Pegue um punhado – disse Amanda.

* * *

Àquela altura já estávamos perto de Sinkhole, e nos dirigimos à velha Clínica do Bem-estar porque era um lugar conhecido. Achei que encontraria alguns jardineiros lá dentro, mas o lugar estava vazio. Fizemos um piquenique na velha sala de aula. Armamos uma fogueira com a madeira das carteiras quebradas, uma fogueirinha, porque não queríamos enviar sinais de fumaça aos homens da Painball, mas a fumaça nos provocou muita tosse e fomos obrigados a abrir as janelas. Preparamos e comemos SecretBurgers e a metade dos petiscos de soja sem cozinhá-los, bebendo Zizzy Froot. Oates começou a brincar com um acendedor-sapo que a toda hora repetia *ribbit*, até que Amanda mandou que parasse com aquilo, alegando que ele estava desperdiçando combustível.

    A adrenalina causada pela fuga acabou se dissipando. Foi triste voltar ao lugar que dividíamos quando crianças. Não era nosso lugar preferido, mas naquela hora senti muita nostalgia.

    Cheguei a cogitar se o resto de minha vida seria daquela maneira. Fugindo, catando sobras, rastejando pelo chão e ficando cada vez mais suja. Quis vestir uma roupa comum porque ainda estava fantasiada de pavogarça. E pensei em voltar à rua para ver se encontrava algo que não estivesse úmido e mofado entre aquelas camisetas espalhadas, mas Shackie disse que seria muito perigoso fazer isso.

    Pensei então em fazer sexo, isso seria uma gentileza, uma generosidade. Mas todos estavam muito cansados e, além do mais, pintou uma certa timidez entre nós. Era aquele lugar – os jardineiros não estavam presentes em carne e osso, mas estavam em espírito e para nós era quase impossível fazer alguma coisa que eles desaprovariam se nos tivessem visto fazendo quando tínhamos dez anos de idade.

    Dormimos amontoados, como uma ninhada de filhotes.

Acordamos no dia seguinte com um porco enorme à soleira da porta nos encarando e farejando o ar com um focinho molhado e molengo. Ele devia ter entrado pelo portão e atravessado o saguão. Mas se virou e saiu quando notou que o observávamos. Talvez tenha sentido o cheiro de hambúrguer sendo preparado, disse Shackie, acrescentando que aquele porco era um espécime híbrido com cérebro humano – MaddAddão sabia disso.

– Ora, claro, e está fazendo física avançada – disse Amanda. – Você está querendo nos sacanear.

– É verdade – disse Shackie, um tanto emburrado.

– Que pena a gente não ter uma pistola de spray – disse Croze. – Faz tanto tempo que não rango um bacon.

– Nada desse linguajar. – Imitei a voz de Toby e todos começaram a rir.

Antes de sair da Clínica do Bem-estar, demos uma última checada na sala de vinagre. Os tonéis continuavam no mesmo lugar, se bem que atingidos a golpes de machado. A sala cheirava a vinagre e também a privada, um dos cantos servira para isso e não fazia muito tempo. A porta do pequeno cômodo onde os jardineiros estocavam as garrafas de vinagre ainda estava aberta. As garrafas tinham sumido, mas restavam algumas prateleiras. Amanda viu que a estante estava posicionada com um ângulo estranho e puxou-a por uma das extremidades, fazendo-a se mexer.

– Vejam isso – disse ela. – Tem outra sala aqui!

Entramos. Uma mesa ocupava quase todo o espaço junto com algumas cadeiras. Mas o mais interessante lá dentro era um colchão igual aos colchões que usávamos no tempo dos jardineiros, e uma porção de recipientes de alimento vazios – soja, bagas de goji secas e ervilhas também secas. Em um canto, um laptop desligado.

– Alguém usou isto aqui – disse Shackie.

– E não foi um jardineiro – acrescentei. – Não com um laptop.

– Zeb tinha um laptop – retrucou Croze. – Mas já não era mais um jardineiro.

Saímos da Clínica do Bem-estar sem nenhum plano definido. Sugeri que fôssemos para o AnooYoo Spa, talvez tivesse comida no Ararat que Toby construíra na sala de estoque de lá, e eu tinha a senha da porta. E ainda havia a horta onde poderíamos encontrar alguma coisa plantada. No fundo ainda nutria a esperança de que Toby estivesse escondida naquele spa, mas não quis alimentar falsas expectativas e me calei em relação a isso.

Teríamos que ser muito cuidadosos. Ninguém poderia nos ver. Então, entramos no parque Heritage e nos dirigimos para o portão ocidental do spa, mantendo-nos na trilha da floresta e por debaixo das árvores – ficaríamos menos visíveis nesse caminho.

Seguimos em fila indiana. Shackie estava à frente, seguido por Croze, Amanda e eu; Oates era o último da fila. A certa altura, senti um calafrio e olhei para trás: Oates não estava atrás de nós.

– Shackie! – falei.

E então Amanda cambaleou para o lado, à direita do caminho.

Depois, tudo escureceu como mancha de amora negra – fez-se dor e confusão. Um dos corpos estendidos no chão era o meu, talvez tenha sido abatida nesse momento.

Shackie, Croze e Oates não estavam mais por perto quando voltei a mim. Mas Amanda estava.

Não quero pensar no que aconteceu depois.

Foi bem pior para Amanda que para mim.

O DIA DO PREDADOR

✑ O DIA DO PREDADOR

ANO 25

**DE DEUS COMO PREDADOR ALFA.
DITO POR ADÃO UM.**

Queridos amigos, queridas criaturas, queridos mortais.

Faz tempo que celebrávamos o Dia do Predador neste amado terraço do Edencliff. Nossas crianças colocavam orelhas e rabos de pele sintética como de predadores, e no pôr do sol acendíamos velas em lanternas feitas de latas perfuradas que representavam leões, tigres e ursos, e os olhos flamejantes da imagem dos predadores iluminavam o banquete do Dia do Predador.

Hoje, no entanto, esse festival só acontece em nossa cabeça. E devemos dar graças por ainda tê-la, porque o Dilúvio Seco arrasou nossa cidade e nosso planeta. A maioria foi pega de surpresa, mas contamos com uma direção espiritual. Ou, para falar de maneira materialista, sabemos o que é uma pandemia global quando a vemos.

Vamos então agradecer por este Ararat que nos abriga faz alguns meses. Talvez não seja o Ararat de nossos sonhos, situado como está nos porões do complexo Buenavista, porões que já eram úmidos na época dos cogumelos de Pilar e que agora estão mais úmidos que nunca. Mas somos abençoados pela doação da proteína de nossos parentes ratos que nos possibilitaram permanecer no plano terrestre. Foi também de grande valia o Ararat que Pilar ergueu neste porão que se oculta atrás de um bloco de concreto marcado pelo símbolo de uma abelhinha. Como foi bom quando vimos que grande parte dos suprimentos estocados ainda conservava o frescor! Mas, infelizmente, nem todos.

Agora, no entanto, as provisões estão escasseando e teremos que nos mudar se não quisermos morrer de fome. Rezemos para que o mundo lá fora não seja mais exfernal – e para que o Dilúvio Seco tenha limpado e destruído tudo e que o mundo seja agora um novo Éden. E caso ainda não seja um novo Éden, logo será. Pelo menos acreditamos nisso.

No Dia do Predador não celebramos nem o Deus Pai, nem o Deus Mãe, gentil e amoroso, mas o Deus Tigre. Ou o Deus Leão. Ou o Deus Javali. Ou o Deus Lobo. Ou até mesmo o Deus Tubarão. Seja qual for o símbolo, o Dia do Predador é devotado às qualidades da aparência aterrorizadora e da força inquebrantável, as quais, considerando que de vez em quando são almejadas por nós, também devem pertencer a Deus, já que todas as coisas boas pertencem a Ele.

Enquanto criador, Deus colocou um pouco de si em cada uma de suas criaturas – de que outra maneira poderia ser? – e, por consequência, o tigre, o leão, o lobo, o urso, o javali, o tubarão – em escala menor, o musaranho e o louva-a-deus – são, cada um à sua maneira, reflexos do Divino. No transcorrer dos séculos a sociedade humana esteve consciente disso. Os homens não exibiram nas bandeiras e nos brasões animais considerados presas, mas animais capazes de matar, e não eram essas qualidades que eles esperavam quando invocavam a proteção de Deus?

Por isso, no Dia do Predador nossa meditação se volta para o aspecto de Deus enquanto Predador Alfa. A surpresa e a ferocidade pelas quais também podemos apreender Deus. Nossa pequenez e nosso medo – eu diria, nossa camundonguice – em face de tamanho poder. Nosso sentimento de aniquilamento individual perante o brilho dessa luz esplendorosa. Deus passeia no terno amanhecer dos jardins da mente, mas Ele também vaga pela noite das florestas. Ele não é um Ser manso, meus amigos. Ele é um Ser selvagem, e não pode ser adestrado e controlado como um cachorro.

Mesmo que os humanos tenham matado o último tigre e o último leão, continuaremos dizendo os nomes dessas criaturas com alegria e, quando dizemos esses nomes, ouvimos ao fundo a poderosa voz de Deus no momento em que os criou. Deus deve ter dito a eles: meus carnívoros, ordeno que cumpram a tarefa de selecionar as espécies que serão suas presas, para que não se multipliquem a ponto de exaurir os próprios suprimentos de alimento e acabem por adoecer e morrer. Portanto, sigam em frente! Saltem! Corram! Rosnem! Espreitem! Procriem! Pois me alegro em seus terríveis corações e no ouro e nas esmeraldas de seus olhos, e em seus músculos bem torneados e em seus dentes de tesoura e em suas garras afiadas, atributos que Eu próprio lhes dei. E lhes dou minhas bênçãos e os declaro bons.

Pois Deus os mandou procurar alimento, como diz o Salmo 104.

Enquanto nos preparamos para deixar este abrigo, façamos uma pergunta a nós mesmos: o que é mais abençoado, comer ou ser comido? Fugir ou caçar? Dar ou receber? Pois no fundo essas perguntas se resumem a uma única pergunta. Uma pergunta que logo deixará de ser teórica: não sabemos que tipo de presa os predadores-alfa estão procurando.

Oremos, então, para que se tivermos que sacrificar nossa própria proteína, que essa proteína circule entre as espécies amigas, e assim reconheceremos a natureza sagrada de tal transação. Não seríamos humanos se não preferíssemos devorar a sermos devorados, mas ambos são bênçãos. E caso a vida de vocês seja requerida, tratem de fazer com que seja requerida pela Vida.

Cantemos.

O MUSARANHO QUE RENDE A PRESA

O musaranho que rende a presa
Age como a natureza está a querer;
Ele não se detém em planos
E simplesmente cumpre seu dever.

O leopardo que ataca à noite
Do gatinho é parente –
Eles adoram caçar, e caçam por amor,
Pois para isso Deus os fez, igualmente.

E quem pode afirmar se há alegria ou medo
Na hora da última dívida pagar?
Toda presa aproveita cada respiração
Face à ameaça que vive a rondar?

Mas nós não somos como os animais –
Nós saudamos a vida de qualquer criatura;
E não comemos a carne dela
A menos que não haja mais fartura.

E se o horror da fome nos guiar,
E se a carne formos obrigados a comer,
Que Deus nos perdoe pela nossa quebra de votos,
E abençoe a vida que iremos sorver.

do *Hinário Oral dos Jardineiros de Deus*

62

TOBY. SANTA NGANEKO MINHINNICK DE MANUKAU

ANO 25

Pôr do sol vermelho, sinal que mais tarde choverá. Mas sempre chove mais tarde.
A névoa se erguendo.
De montão, montão-ão-ão. De montão, montão-ão-ão. Cri-cri, cri-cri. Aw aw aw. Hei hei hei. Hoom hoom no salão.
Pomba americana, pardal, corvo, gaio, rã-touro. Toby diz os nomes, mas os nomes não significam nada para eles. Não demora muito e sua própria linguagem desaparecerá da cabeça, e só restará isso. De montão, montão-ão-ão, hoom hoom. Uma repetição incessante, uma canção sem início e sem fim. Nada de perguntas, nada de respostas, nada de muitas palavras. Nada em palavras. Ou tudo em uma única palavra gigantesca?
De onde vem essa ideia, de algum lugar ou de sua própria cabeça?
Tobiii!
Parece que alguém está chamando. Mas é só o canto de um pássaro.

Toby está no terraço de manhã bem cedinho, cozinhando a porção diária de camarão terrestre. Não escarneça do que são Euell pôs à mesa, diz a voz de Adão Um. O Senhor provê, e às vezes o que Ele provê é o camarão terrestre, diz Zeb. Rico em lipídios, uma boa fonte de proteínas. De onde você acha que vem a gordura dos ursos?
É melhor cozinhar do lado de fora por causa da fumaça e do fogo. Ela utiliza um fogão feito de latão de manteiga, inspirado

em são Euell: um buraco na base para os gravetos secos e um buraco lateral para a saída da fumaça. Máxima quentura para um mínimo de combustível. Não mais que o necessário. O camarão terrestre é frito na chapa acima.

De repente, os corvos começam a grasnar: estão excitados com alguma coisa. Não são chamados de alarme, então não é uma coruja. É somente excitação: *aw aw! Olha! Olha lá!*

Dois homens caminham por entre as árvores. Eles não estão cantando e não estão nus nem azulados. Estão vestidos.

Ainda existe gente, pensa Toby. Viva. Talvez Zeb seja um deles, vindo à procura dela. Ele deve ter achado que ela ficou por lá, escondida, aguentando. Agora ela pisca. São lágrimas? Quer correr até o térreo, abrir a porta e recebê-lo de braços abertos, rindo de felicidade. Mas a cautela a faz se deter, se agachar atrás do sistema de refrigeração do ar e observar pela amurada do terraço.

Talvez seja uma ilusão. Será que está tendo visões novamente?

Os homens estão com roupas de camuflagem. O da frente porta algum tipo de arma – talvez uma pistola de spray. Claro que não é o Zeb, não tem o mesmo físico. Nenhum dos dois tem o mesmo físico. Outra pessoa os acompanha – homem ou mulher? Alta, vestindo uma roupa cáqui. Cabeça abaixada, é difícil distinguir. Mãos unidas à frente, como se rezando. Um dos homens segura essa pessoa pelo braço ou pelo cotovelo. Empurrando ou puxando.

Até que outro homem emerge das sombras. Conduz um grande pássaro por uma correia – não, uma corda – que tem plumas azuis iridescentes e se parece com uma pavogarça. Mas o pássaro tem a cabeça de uma mulher.

Toby acha que está alucinando mais uma vez. Por mais que os cientistas genéticos fossem capazes de fazer o que bem entendessem, eles não fariam aquilo. Aquele homem e aquela mulher-pássaro parecem bem reais e concretos, exatamente como nas alucinações.

Um deles tem uma carga dependurada no ombro. A princípio Toby acha que é uma sacola, mas não é, aquilo faz parte de alguma coisa. Peluda. Dourada. É um leocarneiro? Ela é tomada por um calafrio de horror: sacrilégio! Eles mataram um animal que está na lista do reino pacífico!

Pense direito, diz a si mesma. Primeiro, desde quando você se tornou uma isaísta fanática pelo reino pacífico? Segundo, se esses homens são reais e não produto da imaginação, eles devem ter matado muitas coisas. Matado e destrinchado criaturas grandes, e neste caso possuem armas letais e devem ter começado pelo topo da cadeia alimentar. Então, eles são uma ameaça, não há nada que os detenha e tenho que atirar neles antes que cheguem aqui. Depois, liberto o grande pássaro ou seja lá o que for, antes que eles também o matem.

De qualquer forma, caso não sejam reais, não haverá problema em atirar. Eles se dissolverão como fumaça.

Então, o homem à frente da mulher-pássaro olha para o alto. Ele deve ter visto Toby, porque começa a gritar e agitar os braços. Uma faca irradia um clarão. Os outros dois olham e logo o grupo se apressa na direção do spa. A criatura-pássaro se mantém junto por causa da corda, e agora Toby percebe que as penas são de uma fantasia. É uma mulher. Sem asas. Ela tem um laço no pescoço.

Não é alucinação. É real. Um mal real.

Ela mira no homem da faca e atira. Ele se inclina para trás aos berros e cai estatelado no chão. Mas ela não é rápida o bastante e, por mais que tente manter a mira, perde os outros dois.

Agora, o homem ferido se levanta e o grupo corre de volta às árvores. A mulher-pássaro corre atrás. A corda não lhe dá outra escolha. Em seguida, ela tomba e desaparece no matagal.

Os outros são engolidos pelas árvores. Se foram. Todos. Toby não consegue identificar o ponto onde a mulher tombou, o mato está muito alto. Será que deve sair para procurá-la? Não. Pode ser uma armadilha. Seriam três contra ela.

Observa por um longo tempo. Talvez estejam sendo seguidos pelos corvos – aqueles tipos e aquele alguém vestido de cáqui. *Aw aw aw aw.* Uma trilha de sons ao longe.

Será que voltarão? Eles voltarão, pensa Toby. Já sabem que estou aqui e presumirão que me mantive viva por tanto tempo porque aqui tem muita comida. Sem falar que atirei em um deles. Vão querer se vingar, isso é típico do ser humano. Esses homens serão tão vingativos quanto os porcos. Mas não voltarão tão cedo porque sabem que tenho um rifle. Eles terão que bolar um plano.

63

TOBY. DIA DO SANTO WEN BO

ANO 25

Nada de homens. Nada de porcos. Nada de leocarneiros. Nada de mulher-pássaro.

Talvez eu tenha pirado, pensa Toby. Pirado temporariamente.

É hora do banho; ela sobe até o terraço. Transfere a água da chuva coletada em algumas panelas para um recipiente maior, e só lava as mãos e o rosto; não quer correr o risco de se tornar vulnerável com um banho completo porque não sabe se está sendo observada por alguém. Seu rosto está coberto pela espuma que passou com uma esponja quando soa um alvoroço de corvos nos arredores. *Aw aw aw!* Dessa vez os grasnados soam como risadas.

Toby! Toby! Socorro!

Será que me chamaram? Ela olha pela amurada e não vê nada. Mas a voz retorna, dessa vez mais próxima ao prédio.

Será que é uma armadilha? Uma mulher chama por ela e depois um homem lhe encosta uma faca no pescoço. Será?

Toby! Sou eu! Por favor!

Ela se enxuga, veste o guarda-pó, põe o rifle no ombro e desce pela escada. Lá embaixo, abre a porta: ninguém. Mas a voz ecoa novamente, dessa vez muito próxima. *Oh, por favor!*

À esquerda: ninguém. À direita: ninguém. Já está no portão da horta quando uma mulher se aproxima do prédio. Uma mulher magra e surrada com passos cambaleantes e longos cabelos que descem por um rosto coberto de sujeira e sangue. Ela veste uma roupa cheia de lantejoulas, ornada de plumas azuis úmidas e esfaceladas.

A mulher-pássaro. Alguma atração maluca de um circo erótico. Talvez seja uma infectada andando a esmo, como uma peste ambulante. Se tocar em mim, pensa Toby, estarei morta.

– Sai de perto de mim – grita, encostando-se na cerca da horta. – Cai fora.

A mulher cambaleia. Ela tem um ferimento profundo na perna e seus braços desnudos estão arranhados e sangrando – pelo jeito atravessou os pés de amora negra. Na cabeça de Toby, um sangue novo borbulha de micróbios e vírus.

– Eu já falei! Cai fora!

– Não estou doente – diz a mulher, com lágrimas escorrendo na face. Mas todos dizem isso no desespero. Toby já tinha visto gente implorando, acenando em busca de socorro e conforto, gente que depois se tornava uma papa rosada. Observava tudo lá do telhado.

Eles se afogarão. Não deixem que se agarrem a vocês. Não sejam a última gota, meus amigos, diz a voz de Adão Um.

O rifle. Ela puxa atabalhoadamente o rifle que está preso pela correia no tecido do guarda-pó. Como se defender dessa pústula infectada? Não adianta gritar sem uma arma na mão. Talvez possa acertar a cabeça dela com uma pedra, pensa Toby. Mas não há uma pedra. Um bom chute no plexo solar e depois saio correndo para lavar os pés.

Você é uma pessoa cruel, diz a voz de Nuala. Você despreza as criaturas de Deus, mas os humanos também não são criaturas de Deus?

A mulher implora, debaixo de um tapete de cabelos:

– Toby! Sou eu! – Ela estremece e cai de joelhos. Só então Toby se dá conta de que é Ren. Debaixo de toda aquela sujeira, debaixo de toda aquela confusão cintilante, há somente a pequena Ren.

64

Toby a arrasta para dentro do prédio, e a deixa no chão enquanto tranca a porta. Ren continua gritando histericamente em meio a fortes soluços.

– Não se preocupe – diz Toby. Suspende a garota pelos braços de modo a deixá-la aprumada e a conduz para uma das salas de tratamento. Ren está toda mole, um peso morto, mas não é muito pesada e Toby consegue deitá-la na mesa de massagem. Ela exala o suor da terra e do sangue, e um cheiro de podre.

"Fique aí", diz Toby, desnecessariamente: Ren não irá a lugar algum. Já está deitada, de olhos fechados, com a cabeça apoiada no travesseiro cor-de-rosa. Com um olho azul e o outro preto. Compressas AnooYoo de babosa para os olhos, pensa Toby. Com arnica. Abre um pacote de compressas e faz a aplicação, escorando o corpo da garota com rolos de lençóis para que não caia da mesa. Ela está com um corte na fronte e outro na bochecha, nada muito sério, nada que não possa ser tratado mais tarde.

Toby vai até a cozinha, e ferve um pouco de água na chaleira. É bem provável que Ren esteja desidratada. Verte a água quente dentro de uma xícara e acrescenta um pouco do querido mel, uma pitada de sal e um pouco de cebolinha seca. Em seguida, leva o chá à cabine onde está Ren, retira as compressas e a deixa recostada no travesseiro.

Os olhos de Ren se sobressaem no rosto magro e ferido.

– Eu não estou doente – diz, sem se dar conta da mentira. Na realidade está ardendo em febre. Mas há doenças e doenças. Toby verifica os sintomas: nenhum sangramento pelos poros, nenhum sinal de espuma. Isso, no entanto, não descarta a possibilidade de

que Ren seja uma hospedeira da peste, uma incubadora. Neste caso, Toby se infectou.
– Tente beber – diz.
– Não consigo – diz Ren. Mas acaba bebendo um pouco. – Cadê a Amanda? Preciso saber.
– Está tudo bem – diz Toby. – Amanda está por aí. Agora tente dormir. – Abaixa o travesseiro e ajuda a garota a se deitar. Quer dizer que Amanda está metida nessa história, pensa. Essa menina sempre foi um problema.
– Não consigo enxergar – diz Ren, com o corpo inteiro tremendo.
De volta à cozinha, Toby verte o resto da água fervida dentro de uma tigela: precisa livrar a garota daquelas penas e lantejoulas. Leva tigela, tesoura, barra de sabão e toalhas de mão cor-de-rosa para a cabine, retira o lençol de cima de Ren e corta a roupa encardida. A roupa não é de pano, é de algum tecido diferente por debaixo das penas. Maleável. Quase como uma pele. Ela encharca as partes mais aderidas ao corpo de modo que possa puxá-las mais facilmente. A costura já está desfeita. Céus, ela pensa consigo, que bagunça! Mais tarde vai preparar uma cataplasma.
O pescoço está rodeado de esfolamentos – sem dúvida causados pela corda. O corte na perna esquerda é o mais profundo. Toby procura ser o mais delicada possível, mas Ren geme e grita.
– Tá doendo muito! – diz. Logo vomita toda a água misturada com sal e açúcar.
Depois de limpar a sujeira, Toby começa a lavar o ferimento da perna.
– Como foi isso? – pergunta.
– Não sei – responde Ren. – Eu caí.
Toby limpa o corte e coloca um pouco de mel em cima. Mel contém antibiótico, dizia Pilar. Em algum lugar do spa deve haver um kit de primeiros socorros.
– Fique quietinha. Você não vai querer uma gangrena – diz Toby.
Ren sorri, e diz:
– Toc, toc. Gangrena.

Já retirado todo o material que a cobria, Ren é ensaboada.

– Você vai tomar um pouco de chá de salgueiro com camomila – diz Toby. E com papoula, pensa. – Precisa dormir. – A garota estará mais segura no chão que na cama, e ela então faz um ninho de toalhas cor-de-rosa, deita-a em cima e acrescenta uma forração extra porque fraca como está não poderá ir ao banheiro. Ren está ardendo em febre.

Toby traz o chá de salgueiro em um copinho de vidro. Ren o engole, a garganta se mexe como a dos pássaros. Ela não vomita.

Não será preciso utilizar as larvas, pelo menos por ora. Ren precisa se conscientizar do estado em que está e obedecer às ordens. Não se coçar, por exemplo. A primeira providência é fazer a temperatura baixar.

Enquanto Ren dorme, Toby vai ao estoque de cogumelos secos. Pega os que estimulam o sistema imunológico: *reishi, maitake, shitake, piptoporus betulinus, zhu ling, juba-de-leão, coryceps,* cogumelo de Ötzi. Coloca-os de molho na água fervente. Ali pela tarde prepara um elixir de cogumelos – fervendo em fogo baixo, coando e deixando a mistura esfriar – e dá trinta gotas a Ren.

A cabine está fedendo. Toby ergue e rola a jovem para o lado, puxa as toalhas sujas e faz uma limpeza no corpo. Faz isso com luvas de borracha, tocar nas fezes nem pensar. Em seguida, coloca toalhas limpas e rola a jovem de volta ao leito improvisado. Com os braços soltos e a cabeça pendida, ela resmunga.

Isso dará um trabalhão, pensa Toby. E quando ela se recuperar, se é que vai se recuperar, será uma boca a mais para comer. E com isso o pouco estoque de comida acabará duas vezes mais depressa.

Talvez a febre consuma o que resta da saúde de Ren. Talvez morra dormindo.

Toby tem em mente o cogumelo anjo da morte em pó. Não seria preciso muito. Só um pouquinho, já que está muito fraca. Aliviaria seu estado miserável e ela voaria com asas brancas, em fuga. Talvez isso fosse uma gentileza. Uma bênção.

Eu sou mesmo desprezível, pensa Toby com seus botões. Simplesmente por ter uma ideia como essa. Você a conhece desde que era menininha, e ela veio lhe pedir ajuda porque confia em você. Adão Um diria que Ren era um presente precioso para que Toby pudesse demonstrar que não é egoísta ao compartilhar as melhores qualidades que os jardineiros lhe tinham transmitido. Toby não enxerga isso com clareza, não nesse momento. Mas terá que continuar tentando.

Ren suspira, resmunga e se debate. Ela está tendo um pesadelo.

Ao escurecer, Toby acende uma vela, senta-se ao lado de Ren e observa o ritmo de sua respiração. Expira, inspira. Pausa. Inspira. E logo expira. De maneira sincopada. Vez por outra coloca a mão na testa da jovem para sentir a temperatura. Abaixou? Deve haver um termômetro em algum canto; vai procurá-lo pela manhã. Toma o pulso: rápido, irregular.

Acaba cochilando na cadeira e algum tempo depois desperta no escuro, sentindo um forte cheiro de queimado. Liga a lanterna: a vela tombou e está queimando uma ponta do lençol cor-de-rosa de Ren. Felizmente, o lençol está úmido.

Definitivamente, isso foi estúpido demais, diz a si mesma. Daqui para frente nada de velas, a não ser que eu esteja sem um pingo de sono.

65

TOBY. DIA DE SÃO MAHATMA GANDHI

ANO 25

De manhã a febre de Ren parece ter cedido bastante. Sua pulsação está mais forte e ela até consegue segurar a xícara de água morna com mãos trêmulas. Dessa vez, Toby acrescentou à água um pouco de hortelã, mel e sal.

Ren adormece novamente e Toby leva os lençóis e as toalhas sujas para lavar no terraço. Esquadrinha os arredores do spa com o binóculo enquanto a roupa fica de molho.

Bem ao longe, para além do lado sudoeste do campo, os corpos. Duas cabras angorá – uma azul, outra prateada – pastam tranquilamente. Nenhum sinal de leocarneiros. Latidos de cachorros soam em algum lugar. Os urubus aglutinam-se nas imediações do funeral do porco.

– Saiam já daí, seus arqueólogos. – Toby está empolgada, quase eufórica, a ponto de brincar consigo mesma. Três grandes borboletas cor-de-rosa passam em cima de sua cabeça e iluminam os lençóis úmidos. Talvez elas estejam achando que encontraram a maior borboleta cor-de-rosa do mundo. Talvez seja um caso de amor. E agora desenrolam pequenas línguas e lambem. Não é amor, é sal.

Alguns dirão a vocês, meus amigos, que o amor é meramente químico, dizia Adão Um. Claro que é químico, o que seria de nós sem a química? Mas a ciência é apenas uma forma de descrever o mundo. Outra forma de descrevê-lo é a seguinte: o que seria de nós sem o amor?

Querido Adão Um, diz a si mesma. Ele deve estar morto. E Zeb... também morto, se bem que ela deseja o contrário. Talvez Zeb não esteja morto. Se eu estou viva e, ainda bem, se Ren está viva, então outras pessoas podem estar vivas.

Faz meses que ela deixou de ouvir o rádio amador, o silêncio era desanimador. Mas não ouvir ninguém não significa necessariamente que não haja mais ninguém. Isso era uma das provas hipotéticas da existência de Deus colocadas por Adão Um.

Toby lava a perna infeccionada de Ren e faz uma nova aplicação de mel. A jovem ingere um pouco de alimento e um pouco de líquido. Mais elixir de cogumelos, mais chá de salgueiro. Depois de muito procurar, Toby finalmente encontra o kit de primeiros socorros, ainda com um tubo de pomada antibiótica, mas com a validade vencida. Nenhum termômetro. Quem fez essa droga de encomenda? Ah, sim, pensa consigo. Fui eu.
De um jeito ou de outro, as larvas são melhores.
À tarde retira as larvas do recipiente de plástico e as deixa em água morna. Depois, transfere-as para uma compressa de gaze encontrada no kit de primeiros socorros, põe outra compressa por cima e aplica o curativo sobre o ferimento. Não demora e as larvas perfuram a gaze, elas sabem do que gostam.
– Vai formigar um pouco – diz Toby para Ren. – Mas vai se sentir melhor com elas. Tente não mexer a perna.
– Elas, quem? – pergunta Ren.
– Suas amigas – responde Toby. – Mas não precisa olhar.
O impulso homicida da noite anterior já se dissipou. Não vai mais arrastar o cadáver de Ren pelo campo e servi-lo de banquete aos porcos e urubus. Agora, quer curar e cuidar da garota, pois não é um verdadeiro milagre que esteja ali? Não é incrível que tenha sobrevivido ao Dilúvio Seco apenas com alguns ferimentos? Na verdade, pouquíssimos. O aparecimento de uma segunda pessoa – embora enferma, enfraquecida e dormindo a maior parte do tempo – torna o spa um lar aconchegante, não uma casa mal-assombrada.
E quem tem sido um fantasma aqui sou eu, pensa Toby.

66

TOBY. SANTO HENRI FABRE, SANTA ANNA ATKINS, SANTO TIM FLANNERY, SANTO ICHIDA-SAN, SÃO DAVID SUZUKI, SÃO PETER MATTHIESSEN

ANO 25

As larvas precisam de três dias para fazer a assepsia do ferimento. Toby observa com muita atenção. Se saírem do tecido morto, começarão a ingerir a carne sadia.

Na segunda manhã, Ren não está mais febril, mas Toby continua ministrando as gotas de elixir de cogumelos por precaução. Ren se alimenta melhor. É ajudada por Toby a subir até o terraço, e senta-se em um banco de madeira sintética para pegar os primeiros raios de sol da manhã. As larvas são fotofóbicas e procuram os cantos mais profundos do ferimento, justamente onde deviam estar.

No campo, nenhum movimento à vista. E na floresta, nenhum ruído.

Toby tenta perguntar onde Ren estava quando o dilúvio começou, e como escapara, e como chegara ao spa e por que se vestira com aquelas plumas azuis, mas só fica na tentativa, porque Ren começa a chorar. E não para de dizer:

– Perdi Amanda.

– Não se preocupe – diz Toby. – Nós vamos encontrá-la.

Na quarta manhã Toby retira o emplastro de larvas: o ferimento está limpo e curado.

– Agora seus músculos voltarão à velha forma – diz à jovem.

Ren começa a andar e a descer e subir escadas ao longo dos corredores. Ela até ganhou mais peso; Toby a tem alimentado com os últimos potes de merengue facial de limão AnooYoo, cuja fórmula contém muito açúcar e não apresenta qualquer elemento tóxico conhecido. Toby faz junto com ela alguns exercícios que eram ministrados por Zeb nas antigas aulas de limitação da carnificina urbana: o satsuma e o unagi. Centrada como uma fruta, sinuosa como uma enguia. Ren precisa entrar em forma. Falta-lhe treinamento.

Alguns dias depois, Ren conta sua história, ou um pouco da história. Uma narrativa que irrompe em jatos de palavras pontuadas de longos períodos com olhares para o vazio. Conta que estava trancada na Scales e que Amanda saíra do deserto de Wisconsin e descobrira a senha que abria a porta. Depois, como num passe de mágica, Shackie, Croze e Oates apareceram ninguém sabe de onde, deixando-a bastante feliz – eles tinham se salvado porque estavam na Painball quando a peste explodiu. Mas logo três homens terríveis do time dourado da Painball chegaram à Scales e fizeram-na fugir com Amanda e os garotos. Por fim, disse que tinham tomado o rumo do spa na esperança de encontrar Toby e que quase conseguiram isso – eles estavam caminhando pelo bosque quando tudo se apagou. Daí em diante ela não sabia o que tinha acontecido.

– Como eles eram? – pergunta Toby. – Alguém tinha alguma... – Ia dizer "marca específica", mas Ren balança a cabeça, negando-se a continuar falando do assunto.

– Preciso encontrar Amanda – diz Ren, enxugando as lágrimas. – Eu realmente preciso encontrá-la. Eles vão matá-la.

– Tome, assoe o nariz – diz Toby, estendendo uma toalhinha cor-de-rosa. – Amanda é muito esperta. – É melhor falar como se estivesse viva. – Ela é cheia de ideias. Ela vai se safar. – Pensa em dizer que restaram poucas mulheres e que por isso Amanda deverá ser preservada e compartilhada, mas acha melhor se calar.

– Você não entende – diz Ren, aos prantos. – São três caras lá da Painball... eles não são humanos. Eu tenho que encontrá-la.

– Nós vamos procurá-la. – Toby tenta acalmá-la. – Mas não sabemos para onde eles... para onde ela foi.

– Para onde você iria? – pergunta Ren. – Se fosse um deles?

— Talvez para o leste – responde Toby. – Para o mar. Onde se pode pescar.
— Então, vamos para lá.
— Quando você estiver bem forte – diz Toby. Elas terão mesmo que se deslocar para outro lugar, os alimentos estão escasseando com muita rapidez.
— Eu já me sinto forte – afirma Ren.

Toby explora minuciosamente a horta e só encontra uma única cebola. Desenterra três bardanas lá na beira do campo e algumas cenouras do mato – cenouras brancas e compridas.
— Você é capaz de comer um coelho? – pergunta à Ren. – Se cortá-lo em pedacinhos e fizer uma sopa?
— Acho que sim. Posso tentar.

Toby está quase pronta para se tornar uma carnívora. O barulho do tiro do rifle é algo que a preocupa, mas os homens da Painball já deverão saber que ela tem uma arma se ainda estiverem escondidos na floresta. Não há perigo algum em recordá-los disso.

Nas proximidades da piscina sempre há coelhos verdes. Toby atira lá de seu posto no terraço, mas não consegue enxergar se acertou o coelho. Será que a consciência interferiu na pontaria? Talvez precise de um alvo maior, um cervo ou um cachorro. Ultimamente não tem visto porcos nem cabras. Foi só resolver comê-los para que todos sumissem.

Ela encontra algumas mochilas em uma prateleira da lavanderia. Desde o dia em que as bombas pararam de funcionar nunca mais desceu até lá, e o ar está pesado de mofo. Felizmente, as mochilas não são feitas de pano comum, mas de um tecido sintético e impenetrável. Leva as mochilas para o terraço, lava-as e coloca-as para secar ao sol.

Já na cozinha, organiza os suprimentos disponíveis sobre uma bancada. Não leve muito peso porque acabará queimando mais calorias do que pode ingerir, diz a voz de Zeb. Utensílios são mais importantes que comida. E o cérebro é seu melhor utensílio.

O rifle, é claro. Munição. Pá para desenterrar raízes. Fósforos. Acendedores para churrasco – podem não durar muito, mas são úteis. Canivete com tesoura e pinça. Corda. Duas cobertas de plástico para chuva. Lanterna. Bandagens de gaze. Fita adesiva. Recipientes de plástico com tampas. Sacolas de pano para guardar alimentos silvestres. Panela. Chaleira. Papel higiênico – item supérfluo, mas irresistível para ela. Duas garrafas médias de Zizzy Froot, sabor framboesa: um péssimo alimento, mas contém calorias. E depois as garrafas podem ser aproveitadas para água.

Duas colheres de sopa de metal, duas canecas de plástico. O que restou de protetor solar. O último spray do repelente de insetos SuperD. Binóculo: pesado, mas necessário. Esfregão. Açúcar. Sal. O último pote de mel. As últimas Joltbars. Os últimos petiscos de soja.

O xarope de papoula. Os cogumelos secos. Os anjos da morte.

Na véspera da partida, Toby corta o cabelo. Um visual esquisito que a faz lembrar Joana D'Arc nos piores dias, mas não quer um cabelo comprido porque alguém pode puxá-lo e cortar sua garganta. Ela também corta o cabelo de Ren. O corte ficará lindo, diz à garota.

– É melhor enterrar o cabelo – diz Ren. Por alguma razão o quer fora de vista. Toby não se aprofunda na questão.

– Por que não deixá-los no telhado? – pergunta. – Os passarinhos farão ninhos com eles. – Toby não quer desperdiçar calorias fazendo um buraco.

– Está bem – diz Ren. A ideia parece agradá-la.

67

TOBY. SANTO CHICO MENDES, MÁRTIR
ANO 25

Elas deixam o spa antes do amanhecer. Vestem conjuntos esportivos de algodão cor-de-rosa, com calças largas e camisetas com o símbolo do AnooYoo estampado, uma boca simulando um beijo e um olho piscando. Calçam as confortáveis sapatilhas cor-de-rosa usadas pelas mulheres para pular corda e fazer exercícios físicos. Chapéus cor-de-rosa, com amplas abas. Exalam o cheiro do repelente de insetos SuperD e do rançoso protetor SolarNix. Carregam guarda-pós cor-de-rosa na mochila para vestir quando o sol estiver muito quente. Seria melhor se as coisas não fossem tão cor-de-rosa, pensa Toby, se não estivessem tão parecidas com bebês ou menininhas vestidas para uma festa de aniversário... Não é uma cor propícia. É uma péssima opção para camuflagem.

Ela sabe que a situação é grave, como os noticiários alardearam – claro que é grave. Mas, apesar disso, sente-se animada, quase eufórica. Como se tivesse bebido um pouco. Como se fossem fazer um piquenique. Talvez seja a adrenalina.

A leste, o horizonte brilha, a bruma emerge das árvores. O orvalho cintila nos ramos das lumirosas, refletindo a luminosidade feérica das flores. As duas são envolvidas pelo doce aroma da umidade do campo. Os pássaros começam a cantar, os urubus pousam nos galhos desfolhados e abrem as asas para enxugá-las ao sol. Uma pavogarça voa na direção delas, vindo do sul, sobrevoa o campo e pousa na beira de uma piscina lodosa.

Toby pensa que talvez nunca mais reveja essa paisagem. É incrível como o coração se aperta perante o familiar, lamuriando: *Meu! Meu!* Será que teria se obrigado a permanecer no AnooYoo Spa? Não. Mas agora aquele lugar é seu território, seu lar. Ela deixa ali um pedaço do próprio corpo. Um camundongo entenderia: ali é o ninho dela. *Adeus* é uma canção cantada pelo tempo, dizia Adão Um.

Os cães ladram em algum canto. Toby os ouviu ao longo dos meses, em intervalos de tempo, mas hoje os latidos parecem mais próximos. E ela não gosta nada disso. Sem ninguém para alimentá-los, a essa altura os cães se tornaram selvagens.

Antes de partir, ela esquadrinhou os arredores lá do terraço pela última vez. Nenhum porco, nenhuma cabra angorá, nenhum leocarneiro. Ou pelo menos nada inteiramente à vista. Mas a visão era restrita demais, pensa consigo. O campo, o caminho, a piscina, a horta e o jardim. A borda da floresta. Ela não gostaria de atravessar a floresta. A natureza pode ser estúpida como um saco de martelos, dizia Zeb, mas é mais esperta que você.

Atenção, diz mentalmente aos porcos, os leocarneiros, os painballers e outros mais que talvez estejam escondidos na floresta. Não me irritem. Eu posso ser cor-de-rosa, mas tenho um rifle. E também munição. Um rifle tão poderoso quanto uma pistola de spray. Portanto, caiam fora, seus idiotas.

Uma cerca de arame eletrificada separa o terreno do spa do parque Heritage, embora agora o sistema elétrico esteja desativado. Os quatro portões ao leste, oeste, norte e sul interligam-se por veredas sinuosas. Toby planeja pernoitar na guarita do portão leste. Ren ainda não se convalesceu de todo para uma jornada heroica, mas é um caminho curto. Na manhã seguinte elas poderão iniciar uma caminhada gradual em direção ao mar.

Ren continua acreditando que encontrará Amanda. Acredita que vão encontrá-la e que Toby vai atirar nos caras da Painball com o rifle e que depois Shackleton, Crozier e Oates sairão de onde estavam escondidos. Ren ainda sofre os efeitos da enfermidade. Age como agia no tempo de criança, como se Toby fosse capaz de consertar e curar qualquer coisa, como se ainda fosse a Eva Seis, uma adulta com poderes mágicos.

Elas passam por uma pequena caminhonete cor-de-rosa que colidiu em uma das curvas da estrada com dois outros veículos:

um carro solar e um jipe movido a combustível. Pelo negror dos veículos, ambos devem ter incendiado. O ar está impregnado pelo doce odor de ferrugem e o fedor de gente morta.

– Não olhe lá dentro – diz Toby quando elas passam.

– Tudo bem – diz Ren. – Já vi muita coisa assim quando viemos da Scales pra cá.

Mais à frente, um cachorro, um spaniel morto recentemente. Foi atingido por alguma coisa. As vísceras estão à mostra e as moscas zumbem em cima, mas os urubus ainda não apareceram. Quem quer que tenha feito isso, voltará para pegar a presa: os predadores não desperdiçam nada. Os olhos de Toby se voltam para os arbustos que margeiam o caminho, as videiras estão muito altas e tapam a visão. De repente, um amontoado de moscas kudzu.

– Temos que nos apressar – diz.

Mas Ren não consegue andar mais rápido. Ela está cansada, e a mochila pesa.

– Acho que estou com uma bolha – diz.

Elas param debaixo de uma árvore para beber um pouco de Zizzy Froot. Toby não consegue se livrar da sensação de que alguma coisa espreita por entre os galhos, aguardando o momento de atacá-las. Será que os leocarneiros conseguem trepar em árvores? Ela se concentra para se acalmar, respirando fundo e devagar.

– Mostre essa bolha – diz para Ren.

Como a bolha ainda não se formou, rasga uma tira do guarda-pó e enrola no pé da garota. São dez horas, por aí, o sol está muito quente. Elas vestem o guarda-pó e Toby espalha Solar-Nix no rosto de ambas e aplica o repelente de insetos SuperD.

Ren começa a mancar antes de terem alcançado a primeira curva do caminho.

– Cortaremos caminho pelo campo – diz Toby. – É mais curto.

SANTA RACHEL
E TODOS OS PÁSSAROS

SANTA RACHEL E TODOS OS PÁSSAROS

ANO 25

DAS DÁDIVAS DE SANTA RACHEL;
E DA LIBERDADE DO ESPÍRITO.
DITO POR ADÃO UM.

Queridos amigos, queridas criaturas e queridos mortais:
Que todos possam encontrar em si mesmos uma razão para se alegrar neste mundo reajustado. A bem da verdade, por mais que não se diga, existe uma certa depressão. Da mesma forma que aconteceu em outros dilúvios, os escombros deixados pelo Dilúvio Seco não são nada atraentes. Levará muito tempo até que se realize nosso tão sonhado Éden, meus amigos.

Mas na verdade somos privilegiados por poder testemunhar os primeiros e preciosos momentos do renascimento! Como o ar se purificou depois que se dissipou a poluição produzida pelo homem! Um ar puro, que para nossos pulmões é como o ar das nuvens lá de cima para os pássaros. Quão leves, quão etéreos devem estar se sentindo ao sobrevoar as árvores! Por séculos e séculos os pássaros são associados à liberdade do espírito, contrapondo-se à carga pesada da matéria. Não é a pomba que simboliza a graça, o perdão e a aceitação?

É com esse estado de espírito de graça que acolhemos três companheiros mortais em nossa jornada – Melinda, Darren e Quill. Eles escaparam por milagre do Dilúvio Seco porque estavam providencialmente isolados. Melinda, em um centro de ioga e emagrecimento, Darren, na enfermaria de isolamento de um hospital, e Quill, encarcerado numa solitária. Nós estamos felizes porque aparentemente nenhum dos três se expôs à contaminação viral. Embora não partilhem nossa fé, ou ainda não partilhem nossa fé, como é o caso de Quill e Melinda, eles nos são queridos e nos alegramos por ajudá-los nessa hora de julgamento comum.

Agradecemos por dispor deste domicílio temporário, pois embora seja uma antiga franquia do Happicuppa, abrigou-nos do sol abrasador e da terrível tempestade. Graças às habilidades de Stuart, especialmente por seu conhecimento do cinzel, conseguimos entrar no almoxarifado e tivemos acesso aos produtos da loja: leite em pó, xarope de baunilha, mistura para moccachino e pacotinhos de açúcar mascavo e comum. Todos vocês conhecem minha opinião sobre os produtos com açúcar refinado, mas as regras precisam ser maleáveis em certas ocasiões. Muito obrigado a você, Nuala, nossa indômita Eva Nove, por preparar refeições substanciais para nossa sobrevivência.

Neste dia nos vem à lembrança que a corporação Happicuppa estava em contradição direta com o espírito de santa Rachel. As plantações, a utilização de agrotóxicos, a destruição da floresta amazônica para obter produtos cafeeiros são, em nosso tempo, a maior ameaça às emplumadas criaturas de Deus, assim como o DDT foi a maior ameaça a elas à época de santa Rachel Carson. Foi com o espírito de santa Rachel que alguns de nossos antigos membros mais radicais aderiram à campanha militante contra o Happicuppa. Alguns grupos protestavam contra o tratamento que o Happicuppa dava aos trabalhadores indígenas, mas os ex-jardineiros protestavam contra a política antipássaros da corporação. Não toleramos métodos violentos, mas apoiamos a intenção.

Santa Rachel dedicou sua vida aos seres emplumados e, por consequência, ao bem-estar de todo o planeta – quando as aves adoecem e morrem, isso não indica que a doença está atingindo a própria Vida? Imaginem a tristeza de Deus perante o padecimento de suas mais raras e harmoniosas criações emplumadas!

Santa Rachel se viu atacada pelas mais poderosas corporações de seu tempo, e suas palavras foram ironizadas e ridicularizadas, mas no fim a sua campanha prevaleceu. Infelizmente, a campanha contra o Happicuppa não teve o mesmo êxito, mas o problema acabou sendo resolvido por um poder maior: o Happicuppa não sobreviveu ao Dilúvio Seco. De acordo com as palavras humanas sobre Deus, em Isaías 34: "Por gerações ela será devastada... Mas o cormorão e o abetouro a possuirão... Lá, a grande coruja fará seu ninho, e poderá pôr e chocar os ovos, e se reunirá sob a sombra dela; haverá também urubus reunidos, cada qual com seu parceiro."

E daí, tudo passa. Agora mesmo, meus amigos, a floresta amazônica deve estar se regenerando!

Cantemos.

QUANDO DEUS ABRIR AS ASAS BRILHANTES

Quando Deus abrir as asas brilhantes
E do azul do céu voar,
Primeiro aparecerá como uma pomba
De puro matiz a brilhar.

Depois a forma do corvo Ele assumirá,
Para mostrar que beleza há igualmente
Em qualquer ave que Ele criou,
Da mais antiga à mais recente.

Ele navegará com os cisnes, e planará com os falcões,
E ao amanhecer Ele se juntará à canção
Da cacatua e da coruja,
E mergulhará com o mergulhão.

Como urubu Ele depois surgirá,
A ave sagrada de antigamente,
Que come os mortos e a decomposição,
E a vida restaura prontamente.

Sob as asas Dele nos abrigaremos;
Ele nos salvará das redes dos caçadores;
Seus olhos a queda do pardal notarão,
E do túmulo da águia serão marcadores.

Pois aqueles que com o sangue das aves se banham
Por esporte e macabra euforia
São assassinos da sagrada paz de Deus
Abençoada no sétimo dia.

do *Hinário Oral dos Jardineiros de Deus*

68

REN. SANTO CHICO MENDES, MÁRTIR

ANO 25

Caminhamos pelo campo tremeluzente. No ar, um zumbido ecoa como milhares de minúsculas vibrações. Grandes borboletas cor-de-rosa sobrevoam em volta de nós. O odor de trevos é intenso. Toby sonda o terreno à frente com um esfregão. Procuro prestar atenção por onde piso, mas os muitos obstáculos do solo me fazem abaixar os olhos e vejo uma bota. Os besouros saem em disparada.

À frente, alguns animais. Um minuto antes não os vi ali. E me pergunto se estavam deitados na relva e depois se levantaram. Dou um passo atrás, mas Toby me tranquiliza.

– São cabras angorá, não se preocupe.

Nunca as tinha visto ao vivo, só pela internet. Elas estão bem à frente e nos olham enquanto ruminam.

– Será que posso fazer carinho nelas? – digo.

Elas variam entre o azul, o cor-de-rosa, o prateado e o roxo, e parecem doces ou nuvens em dias ensolarados. Tão amistosas e tão pacíficas.

– Tenho cá minhas dúvidas – diz Toby. – E temos que nos apressar.

– Elas não têm medo de nós – continuo.

– Pois deveriam ter – retruca Toby. – Vamos logo.

As cabras angorá nos observam. Agrupam-se e afastam-se lentamente enquanto nos aproximamos.

Primeiro Toby diz que estamos nos dirigindo para a guarita do portão leste. Então, percorremos um caminho pavimentado por algum tempo, e depois ela diz que o portão está mais longe do que pensava. O calor me faz sentir tonteira, o que piora nesse guarda-pó, e Toby diz que é melhor irmos até as árvores na extremidade do campo porque lá estará mais fresco. Não gosto das árvores, a floresta é escura, mas sei que não podemos continuar em campo aberto.

Embora haja mais sombra debaixo das árvores, o calor é o mesmo. Nenhuma brisa, o ar está úmido e pesado, como se contendo mais ar que de costume. Mas pelo menos saímos de debaixo do sol, e assim podemos tirar o guarda-pó e continuar andando. O ar também está impregnado de aromas de madeira e de cogumelo, o que me faz lembrar de nossos passeios ao parque no dia de santo Euell no tempo dos jardineiros. O chão de cascalho está todo tomado pelas trepadeiras, e os muitos galhos quebrados e pisados fazem Toby concluir que alguém passou por aqui; não hoje, já que as folhas estão secas.

Mais adiante, os corvos fazem uma barulheira.

Caminhamos até um riacho por onde cruza uma pequena ponte. A água é límpida e consigo avistar os peixinhos nadando por entre as pedras. Na outra margem há sinais de escavação. Toby se empertiga, e silenciosamente vira a cabeça para ouvir. Depois, atravessa a ponte e olha para dentro do buraco escavado.

– Jardineiros, ou então alguém inteligente – diz.

Os jardineiros diziam que nunca se deve beber diretamente do rio, sobretudo de rios próximos às cidades, e recomendavam que se cavasse um buraco à margem para filtrar a água, pelo menos um pouco. Toby pega uma garrafa que já está vazia. E começa a enchê-la com a água do buraco, tomando cuidado para que não entre nada além de água. Nem pensar em vermes afogados.

Na pequena clareira mais à frente deparamos com um agrupamento de cogumelos. Toby diz que se chamam língua-de-gato – *Hydnum repandum* – e que eram uma variedade outonal no tempo em que ainda tínhamos um outono. Fazemos uma colheita, e Toby coloca os cogumelos em uma das sacolas de pano e a dependura na parte externa da mochila para não amassá-los. Depois, seguimos em frente.

* * *

Nós duas sentimos o cheiro da coisa antes mesmo de vê-la.
– Não grite – diz Toby.
É por isso que os corvos estão alvoroçados.
– Oh, não – sussurro.
É Oates. Dependurado em uma árvore, balançando lentamente. A corda passa sob os braços e se amarra às costas. Ele está nu, com meias e sapatos. Isso piora tudo porque ele fica menos parecido com uma estátua. A cabeça pende demais para trás, por conta de um corte profundo na garganta, e os corvos a sobrevoam em busca de onde pousar. Seus cabelos louros estão emaranhados. Nas costas um ferimento já virou um buraco, como os que se viam nos cadáveres jogados nos terrenos baldios depois de retirados os rins. Se bem que os rins dele não devem ter sido vendidos para transplante.
– Parece que alguém tem uma faca afiada.
Começo a chorar novamente.
– Eles mataram o pequeno Oatie. Não estou me sentindo bem – digo e despenco no chão. Nem me preocupo com a possibilidade de morrer ali mesmo. Não quero viver em um mundo onde se faz isso com Oates. É tão injusto. Eu choro tanto que não consigo mais enxergar.
Toby me agarra pelos ombros, me levanta do chão e me sacode.
– Pare já com isso – diz. – Não temos tempo para isso. Vamos logo. – Me empurra para a frente, na direção do caminho.
– Pelo menos podemos tirá-lo de cima da árvore? – pergunto.
– E enterrá-lo?
– Depois a gente faz isso – diz Toby. – Mas ele não está mais nesse corpo. Já é espírito puro. Shhh, está tudo bem. – Ela se detém, me abraça como se ninando e depois me solta. Diz que precisamos chegar à guarita antes da tempestade da tarde porque as nuvens vindas do sul e do oeste estão se movendo com muita rapidez.

69

TOBY. SANTO CHICO MENDES, MÁRTIR

ANO 25

Toby se sente mexida por dentro – a cena anterior foi brutal, terrível –, mas não pode deixar Ren perceber o que está sentindo. Os jardineiros encorajavam o luto – dentro de certos limites – como parte do processo de cura, mas agora não há espaço para isso. O tom verde-amarelado das nuvens e a fúria dos raios a fazem suspeitar que talvez seja um tornado.

– Rápido – diz a Ren. – A não ser que você queira ser levada pelos ares.

Nos últimos cinquenta metros as duas saem correndo de mãos dadas e de cabeça baixa para se protegerem da chuva.

Na guarita em estilo retrô tex-mexicano com linhas arredondadas e revestimento de argila rosada falta uma torre de capela e alguns sinos em cima. Em suas paredes, uma infestação de moscas kudzu. Seu decorativo portão de ferro está escancarado. Alguma coisa está fedendo no jardim ornamentado com um anel de seixos brancos – os pés de petúnia que formam a frase, BEM-VINDO AO ANOOYOO, estão totalmente tomados pelas ervas daninhas. Talvez sejam porcos.

– Veja, algumas pernas – diz Ren. – Lá perto do portão. – Ela está batendo os dentes, ainda está em estado de choque.

– Pernas? – pergunta Toby.

Ela se sente mal: quantas partes de corpos ainda haverá pela frente em um único dia? Caminha até o portão para olhar melhor. Não são pernas humanas, são pernas de cabra angorá – um conjunto completo de quatro, justamente as partes inferiores, com menos carne. Ainda restam alguns pelos da cor de lavanda. E também uma cabeça, mas não de cabra angorá; é uma cabeça de leocarneiro, com a pelagem dourada em desalinho e suja, e com buracos no lugar dos olhos. Sem a língua que um dia foi uma iguaria muito cara no Rarity...

Toby retorna e Ren continua tremendo, com as mãos cobrindo a boca.

– São pernas de cabra angorá – diz Toby. – Farei uma sopa com elas. Com nossos deliciosos cogumelos.

– Oh, não consigo comer nada – diz Ren, em tom desconsolado. – Ele só era... ele só era um menino. Eu praticamente o peguei no colo. – As lágrimas rolam pelo rosto. – Por que fizeram isso?

– Você tem que comer – diz Toby. – É sua obrigação. – Ela se pergunta para que serve essa obrigação. Adão Um costumava dizer que o corpo é uma dádiva de Deus que precisa ser honrada. Mas a essa altura não está tão convicta disso.

A guarita está aberta. Toby olha a área de recepção – vazia – pela janela e empurra Ren para dentro: a tempestade está se aproximando com muita rapidez. Liga o interruptor: sem luz. Lá está a habitual vidraça blindada, o scanner de documentos, o scanner de impressões digitais e as câmeras de checagem de íris. Nessas guaritas, cinco pistolas de spray apontavam para suas costas enquanto você era inspecionado pelos guardas lá dentro.

Ela gira a lanterna na direção do balcão blindado em meio à escuridão. Do outro lado do balcão, mesas, arquivos e lixo. Em um canto, uma sombra que pelo tamanho só pode ser de alguém dormindo ou, na pior das hipóteses, de alguém que viu quando elas chegavam e está fingindo que é um saco de lixo. Para atacá-las de surpresa quando estivessem tranquilamente instaladas.

A porta que dá para o outro lado do balcão está entreaberta; ela cheira o ar. Mofo, é claro. O que mais? Fezes. Carne apodrecida. E outros cheiros nocivos subjacentes. Lamenta não ter o faro de um cão que a possibilitasse distinguir um cheiro do outro.

Abre a porta que acabou de fechar. Então, apesar da chuva e do vento, sai para o jardim e pega uma pedra bem grande entre as que contornam o canteiro. A bem da verdade não é grande o bastante para imobilizar um tipo forte, mas grande o bastante para imobilizar um tipo fraco ou doente. Ela não gostaria nem um pouco de ser atacada por trás por uma trouxa carnívora gigantesca.

– O que vai fazer com isso? – pergunta Ren.

– É só por precaução. – Toby não dá explicações. A garota já está abalada demais, outro horror só provocaria um colapso.

A tempestade desaba com força total. A escuridão se intensifica ao redor e o ar é sacudido pelos trovões. O rosto de Ren aparece e desaparece sob os clarões dos raios, mostrando uns olhos fechados e uma boca aberta de pavor. Ela aperta o braço de Toby, como se a ponto de cair de um precipício.

Algum tempo depois, que pareceu uma eternidade, acaba a tempestade. Toby vai lá fora para checar as pernas da cabra angorá. E se arrepia: aquelas pernas não chegaram ali sozinhas, e ainda estão frescas. Não há sinal de fogueira: quem quer que tenha matado o animal, não cozinhou o resto do corpo ali. Ela repara nas marcas dos cortes: um tal de Faca Afiada passou por ali. A que distância ele estaria?

Ela olha para ambos os lados do caminho, agora coberto de folhas. Nenhum movimento. O sol está de volta. A névoa emerge. Ao longe, os corvos.

Esfola com sua própria faca uma das pernas da cabra angorá. Se tivesse um cutelo de açougueiro, poderia cortá-la em pedaços pequenos para cozinhar na panela. Por fim, apoia essa perna da cabra no meio-fio e a quebra com uma pedra. Agora o problema é fazer uma fogueira. Mesmo que procure galhos secos pelo bosque por um bom tempo, poderia voltar de mãos vazias.

– Vou ter que entrar por aquela porta – diz para Ren.

– Por quê? – pergunta Ren, com voz débil. Já está se sentindo confortável na saleta vazia da recepção.

– Lá tem coisas que podemos queimar – diz Toby. – Para fazer uma fogueira. Agora, preste atenção. Talvez tenha alguém lá dentro.

– Um cadáver?

– Não sei.

– Não quero mais ver gente morta – diz Ren, irritada.

Quanto a isso, não há escolha, pensa Toby.

– Aqui está o rifle – diz. – Isto aqui é o gatilho. Quero que você fique aqui. Se alguma outra pessoa sair por aquela porta, atire. Não atire em mim por engano, está bem? – Se acontecer alguma coisa a ela lá dentro, pelo menos Ren terá uma arma.

– Está bem – diz Ren ao pegar o rifle de maneira desajeitada.

– Mas não estou gostando nada disso.

Que loucura, pensa Toby. Nervosa como ela está, pode me dar um tiro nas costas se eu espirrar. Mas se eu não olhar aí dentro, ninguém dorme esta noite e de manhã talvez uma de nós esteja com a garganta cortada. E ainda por cima não teremos uma fogueira.

Ela entra, com a lanterna e o esfregão nas mãos. O chão está coberto de papéis e lâmpadas quebradas. Os cacos de vidro estalam debaixo de seus pés. Agora o cheiro é mais intenso. As moscas zumbem. Os pelos de seus braços eriçam, e o sangue corre pela sua cabeça.

Claro que essa trouxa com esse cobertor horripilante em cima é humana. Agora ela vê o topo de uma cabeça careca, e alguns tufos de cabelo. Cutuca o cobertor com o esfregão, mantendo o foco de luz na trouxa. Um gemido. Cutuca novamente, mais forte ainda, e o pano se movimenta lentamente. Agora ela vê a fenda dos olhos, a boca e os lábios, feridos e cheios de bolhas.

– Que merda – diz a boca. – Quem é você, porra?

– Você está mal? – pergunta Toby.

– Um idiota atirou em mim – responde o homem. A luz o faz piscar os olhos. – Tira essa merda da minha cara. – Nenhum sinal de sangue vertendo nem do nariz, nem da boca, nem dos olhos. Felizmente, pelo que parece, ele não contraiu a peste.

– Atirou onde? – pergunta Toby. Talvez tenha sido aquele tiro que ela disparou lá no campo.

O homem ergue uma das mãos com dificuldade: veias vermelhas e azuis. Embora esteja encolhido e imundo, e com os olhos injetados pela febre, sem dúvida alguma é o Blanco. Ela deve saber porque já o viu bem de perto.

– Na perna – diz ele. – Ficou ruim pra mim. Aqueles putos me largaram aqui.
– Eram dois? Eles estavam com uma mulher? – A voz dela se eleva.
– Me dá um pouco de água – diz Blanco. No canto, ao lado da cabeça dele, uma garrafa vazia. Duas garrafas, três. Costeletas roídas, da cabra angorá lavanda? – Quem mais está aqui? – pergunta ele, com a respiração piorando. – Ouvi algumas vadias juntas.
– Deixe-me ver essa perna – diz Toby. – Eu posso ajudá-lo. – Não seria a primeira pessoa machucada que seria tratada por ela.
– Eu tô fodido, tô morrendo – diz ele. – Tira essa luz da minha cara.
Toby nota rugas franzindo na fronte de Blanco. Será que a reconheceu? Será que tentará atacá-la?
– Tira o cobertor – diz ela. – Vou pegar um pouco de água.
– Tira você – grasna ele.
– Nada disso. Se você não ajudar, vai ficar trancado aqui.
– A fechadura está quebrada. Sua vadia magricela! Traz logo essa merda de água!
Toby identifica um cheiro a mais, um algo a mais de errado: Blanco está apodrecendo.
– Vou trazer Zizzy Froot – diz. – Você vai se sentir melhor. – Ela sai e fecha a porta, mas não antes de se deixar ser vista por Ren.
– É o tal sujeito – cochicha Ren. – O terceiro sujeito, o pior deles!
– Fique calma, respire – diz Toby. – Você está mais do que segura. Você tem um rifle e ele não tem. É só mantê-lo apontado para a porta.
Ela procura e encontra alguma coisa dentro da mochila, o que restou de Zizzy Froot, bebe um quarto do conteúdo morno e açucarado: sem desperdício. Depois, enche a garrafa de chá de papoula e acrescenta um punhado abundante de amanita em pó. O anjo branco da morte, uma garantia de desejos sombrios. Se tiver que optar entre duas escolhas ruins, opte pela menos pior, diria Zeb.

Toby empurra a porta com o esfregão, e ilumina o interior do cômodo com a lanterna. Blanco poderia estar se arrastando pelo chão, gemendo de tanto esforço. Com uma faca na mão, talvez na esperança de chegar bem perto para agarrar os tornozelos dela quando entrasse. Talvez queira que ela morra junto com ele, se é que não quer torná-la refém para atrair Ren.

Os cães raivosos mordem. O que mais aprender naquele lugar?

– Toma – diz Toby, rolando a garrafa na direção de Blanco.

Ele larga a faca, agarra a garrafa e, depois de destampá-la com mãos trêmulas, começa a beber.

Ela espera para ver se ele vai beber tudo.

– Você vai se sentir melhor agora – diz docemente em seguida. Depois, sai e fecha a porta.

– Ele vai sair! – diz Ren, preocupada.

– Se sair, nós atiramos nele. Eu lhe dei um chá analgésico para acalmá-lo. – Toby pronuncia baixinho as palavras de desculpas e remissão, tal como diria por um besouro.

Ela espera um tempo para que a papoula faça efeito e entra novamente no cômodo. Blanco está roncando. Se a papoula não detonar esse cara, o anjo da morte fará isso. Ergue o cobertor: a perna direita dele está em frangalhos – uma mistura de trapos e carne podre. Ela reprime o vômito.

Depois, vasculha os cantos em busca de peças inflamáveis, pegando tudo que pode – papel, pedaços de uma cadeira quebrada, uma pilha de CDs. Há um segundo piso, mas Blanco está bloqueando a porta de acesso à escada e ainda se sente insegura para chegar perto dele. Sai e caminha na direção das árvores em busca de gravetos: com o acendedor de churrasqueira, mais os papéis e os CDs, os gravetos logo pegam fogo. Toby faz uma sopa de perna de cabra angorá, acrescentando cogumelos e a beldroega colhida no canteiro de flores. Senta-se próxima à fogueira com Ren porque a fumaça afasta os mosquitos.

Elas vão dormir na marquise, e trepam em uma árvore para chegar lá. Toby carrega a mochila e as outras três pernas da cabra angorá

para que nada seja roubado durante a noite. Com a marquise molhada e cheia de pedrinhas, deitam sobre dois lençóis de plástico. As estrelas, mais cintilantes que brilhantes, e a lua, invisível. Antes de adormecer, Ren sussurra:
— E se ele acordar?
— Ele jamais acordará — afirma Toby.
— Oh! — exclama Ren, baixinho.

Toby está admirada ou simplesmente atemorizada diante da morte? Ele não sobreviveria, diz a si mesma, não com aquela perna no estado em que estava. Se tentasse uma cura seria um desperdício de larvas. Mesmo assim, um assassinato. Talvez um ato de clemência, pelo menos ele não morreu com sede.

Não se engane, garota, a voz de Zeb ecoa na cabeça de Toby. Você queria se vingar.

— Que o espírito dele siga em paz — diz ela em voz alta. Como um porco fodido.

70

TOBY. SANTA RACHEL E TODOS OS PÁSSAROS

ANO 25

Toby desperta um pouco antes do amanhecer. Ao longe, um leocarneiro entretido em estranha ruminação. Os cães ladram. Ela mexe os braços e depois as pernas, o corpo está rígido como uma placa de cimento. A umidade da neblina se embrenha em sua medula.

E logo o sol colore as nuvens de pêssego. Nos galhos das árvores, as folhas encharcadas de gotículas brilham sob uma luz rosada. Tudo parece tão novo como se recém-criado: as pedrinhas na marquise, as árvores, a teia de aranha que pende de um galho. Adormecida, Ren iluminada como se banhada em prata. Com o guarda-pó cor-de-rosa enrolado no rosto oval e a névoa descaindo nas longas pestanas, ela parece frágil e fantasmagórica, como se feita de neve.

A luz do sol incide diretamente nela e a faz abrir os olhos.

– Que merda, que merda – diz. – Estou atrasada! Que horas são?

– Você não está atrasada coisa nenhuma – diz Toby, e as duas começam a rir.

Toby esquadrinha os arredores com o binóculo. A leste, exatamente para onde elas se dirigem, nenhum movimento, mas a oeste irrompe um bando de porcos, a maior reunião de porcos que já viu – seis adultos e dois jovens. Eles seguem enfileirados ao longo do caminho, como um colar de pérolas de carne redondas, e os focinhos fuçam como se rastreando.

Rastreando a gente, pensa Toby. Talvez sejam os mesmos porcos, aqueles porcos invejosos, porcos fazedores de funerais. Ela se empertiga, agita o rifle no ar e solta um grito.

– Passa fora!

A princípio, eles se limitam a olhar, mas ela aponta o rifle e eles saem em disparada para o bosque.

– Até parece que eles sabem o que é um rifle – diz Ren. Já está bem melhor nesta manhã. Mais forte.

– Eles sabem, sim – diz Toby.

Elas descem da marquise pela árvore, e Toby põe a chaleira no fogo. Não há sinal de alguém por perto, mas ela não quer correr o risco de fazer uma fogueira grande. Preocupa-se com a fumaça – será que alguém sentirá o cheiro? Zeb tinha uma regra: os animais se esquivam do fogo, e os humanos são atraídos por ele.

A água ferve e ela prepara o chá. Depois, escalda mais beldroega. Isso as deixará aquecidas para a caminhada da manhã. Mais tarde, fará outra sopa feita com as três pernas restantes da cabra angorá.

Antes de partirem, Toby verifica o interior da guarita. Blanco está frio, e fede ainda mais, se é que isso é possível. Ela o enrola no cobertor e o arrasta até o canteiro de flores. E depois encontra a faca dele caída no chão. É afiada como uma gilete, e ela aproveita para cortar a parte da frente da camiseta dele. Barriga cabeluda. Se fosse radical, ela o abriria – os urubus adorariam. Mas se lembra do fedor que saiu das entranhas do porco morto e muda de ideia. Os porcos cuidarão de Blanco. Talvez o vejam como uma oferenda de perdão e quem sabe até poderão perdoá-la por ter atirado no companheiro deles. Ela joga a faca no canteiro de flores. Um instrumento bom, mas de péssimo carma.

Puxa o pesado portão de ferro e o fecha. A tranca eletrônica não está funcionando e ela o mantém fechado com uma corda. Se os porcos decidirem segui-las, o portão de ferro não os deterá por muito tempo; ainda que eles cavem debaixo do portão, pelo menos elas ganharão tempo.

Já fora dos domínios do AnooYoo, Toby e Ren caminham ao longo de uma vereda margeada de mato que conduz ao parque Heritage. Cruzam com algumas mesas de piquenique, moscas kudzu amontoadas em barris de lixo, churrasqueiras, mesas e bancos. As borboletas voam em espirais debaixo de um sol agora mais quente.

Toby calcula a posição em que se encontram: morro abaixo, a leste, talvez estejam o litoral e o oceano. A sudoeste, Arboretum, com o riacho onde as crianças jardineiras brincavam com miniaturas de arcas. A estrada que leva à entrada do SolarSpace deve se juntar em algum lugar ali por perto. Enterrada nas cercanias, Pilar. Sem dúvida, lá está o pé de sabugueiro-do-canadá já crescido e em flor. As abelhas zumbem ao redor.

Minha querida Pilar, pensa Toby. Se estivesse aqui hoje, com toda certeza teria alguma coisa sábia para nos ensinar. O que seria?

Mais à frente elas escutam os balidos de cinco... não, nove... não, catorze cabras angorá que seguem em bando pela estrada. Prateadas, azuis, roxas e pretas, e ainda uma de pelo vermelho arrumado com muitas tranças – e também um homem. Um homem de robe branco, com um cinto amarrado em volta da cintura. É um tipo bíblico, inclusive com um cajado, mas deve ser para pastorear o rebanho. Ele as vê, se detém e se vira para observá-las com atenção. De óculos escuros e com uma pistola de spray. A arma está ao lado de maneira displicente, mas bem à vista. O sol bate às costas dele.

Toby se mantém bem quieta, com os pelos dos braços arrepiados. Será que é um dos homens da Painball? Ele tinha se virado antes que ela tivesse empunhado o rifle; o sol está a favor dele.

– É o Croze! – exclama Ren.

Ela corre de braços abertos na direção dele, e Toby torce para que esteja certa. E deve estar porque o homem se deixa ser abraçado por ela. Ele abaixa a pistola de spray, coloca a bagagem no chão e dá um abraço apertado em Ren enquanto as cabras pastam em um canteiro de flores.

71

REN. SANTA RACHEL E TODOS OS PÁSSAROS

ANO 25

— Croze! Não acredito! Achei que você estivesse morto! — Recebo um abraço tão apertado que digo isso com a boca colada no robe. Ele se mantém calado... talvez esteja chorando... por isso, acrescento: — Aposto que também achava que eu estivesse morta.

Ele balança a cabeça, me solto do abraço e ele esboça um sorriso enquanto nos olhamos.

— Onde arranjou esse robe? — pergunto.

— Tem um monte por aí. São melhores que as calças porque amenizam o calor. Vocês viram o Oates? — diz ele, com um ar preocupado.

Não sei o que dizer. Não quero estragar o momento com algo tão triste. Pobre Oates, dependurado naquela árvore, com a garganta cortada e sem rins. Então, olho nos olhos de Croze e me dou conta de que me enganei, a preocupação dele é comigo, porque já sabe o que aconteceu com Oates. Ele e Shackie estavam mais à frente de nós. E devem ter ouvido meu grito e se esconderam. Então, ouviram todos os outros gritos. Mais tarde, ouviram também os corvos, porque certamente não puderam voltar para checar.

Se eu disser que não, talvez ele finja que Oates ainda está vivo, só para não me deixar triste.

— Nós o vimos, sim. Eu sinto muito — digo.

Ele abaixa os olhos. Fico pensando em como mudar de assunto. As cabras ruminam ao redor... chegam mais perto de Croze... e então pergunto.

— Elas são suas?

— Nós fazemos o pastoreio. E as domesticamos um pouco — diz ele. — Mas elas não abrem mão do pasto.

Penso em perguntar sobre esse nós, mas Toby se aproxima e digo:
— É a Toby, lembra dela?
— Não acredito! — diz Croze. — A Toby dos jardineiros?
Toby o cumprimenta com um dos seus acenos ligeiramente secos, dizendo:
— Crozier. Sem dúvida alguma você cresceu.
É como se estivéssemos em reunião escolar. É quase impossível tirá-la do equilíbrio. Ela estende a mão e Croze a cumprimenta. Ele está muito estranho de robe, parecido com Jesus, se bem que com uma barba diferente, e tanto eu como Toby estamos com o guarda-pó cor-de-rosa que estampa um olho piscando e uma boca pintada, e ainda por cima três pernas de cabra escapolem para fora da mochila de Toby.
— Cadê a Amanda? — pergunta ele.
— Ela não está morta — respondo prontamente. — Sei muito bem disso. — Croze e Toby se entreolham, como se não querendo me dizer que meu coelhinho de estimação morreu. — E o Shackleton? — pergunto.
— Ele está bem — diz Croze. — Vamos para um lugar.
— Que lugar? — pergunta Toby.
— A cabana. A cabana da Árvore da Vida que a gente usava na época da feirinha. Lembra? — diz ele para mim. — Não é longe daqui.
As cabras já seguem para lá. Parecem conhecer o caminho. Nós as seguimos.

A essa altura o sol esquentou tanto que praticamente derretemos debaixo do guarda-pó. Croze tem a cabeça coberta pelo capuz do robe; parece estar bem mais arejado que eu.
Ao meio-dia chegamos ao pátio da velha Árvore da Vida. Os balanços de plástico já não existem, mas a cabana é a mesma, com as pichações de sempre, exceto por algumas modificações que fizeram. Há uma cerca de estacas e tábuas com arame farpado e muita fita adesiva. Croze abre o portão e as cabras entram em fileira no curral improvisado dentro do pátio.
— Cheguei com o rebanho — grita Croze, e um homem com uma pistola de spray surge à porta, acompanhado por mais dois

homens. Em seguida aparecem quatro mulheres – duas mais jovens, uma com mais idade e a outra aparentando a mesma idade de Toby. Não vestem as roupas dos jardineiros, mas suas roupas não são nem novas nem bonitas. Dois homens estão vestidos de robe, e o terceiro, de bermuda e camiseta. As mulheres estão em trajes compridos que parecem guarda-pós.

Eles nos olham de um jeito nada amistoso: ansiosos. Croze nos apresenta.

– Você tem certeza que elas não estão infectadas? – pergunta o primeiro homem, o que tem uma pistola de spray na mão.

– Absoluta – diz Croze. – Elas ficaram isoladas o tempo todo. – Ele nos olha à espera de uma confirmação, e Toby faz que sim com a cabeça. – Elas são amigas do Zeb – acrescenta. – Toby e Ren. – E depois se dirige para nós. – MaddAddão é isto aqui.

– O que restou de nós – diz o homem mais baixo enquanto apresenta o grupo: este é o Beluga, e os outros três são Ivory Bill, Manatee e Zunzuncito. As mulheres são Lotis Blue, Swift Fox, White Sedge e Tamaraw. – Não apertamos a mão de ninguém: estão muito nervosos com nossa presença e nossos germes.

– MaddAddão – diz Toby. – Muito prazer em conhecê-los. Acompanhei um pouco o trabalho de vocês pela internet.

– Como você entrava? – pergunta Ivory Bill. – Na sala de chat? – Ele olha fixo para o rifle de Toby como se fosse de ouro.

– Eu era o Atalho Inacessível – diz ela.

Eles se entreolham.

– Quer dizer que você era a Inacessível! A dama secreta! – diz Lotis Blue, rindo. – Zeb nunca nos revelou sua identidade. Achávamos que era uma das gostosas que ele tinha.

Toby solta um sorrisinho.

– Mas ele dizia que você era durona – afirma Tamaraw. – Ele insistia nisso.

– Zeb? – repete Toby, como se fazendo uma pergunta a si mesma. Claro que ela quer saber dele, mas está com medo.

– MaddAddão foi uma baita estrepolia – diz Beluga. – Até pegarem a gente.

— Arrastados até a ReJoov para que todo mundo visse. Aquele bastardinho do Crake – diz White Sedge, a mulher mais jovem; é morena e tem um sotaque inglês que torna engraçado o bastardinho.

Depois que Toby se apresenta, eles se mostram bem mais amistosos.

Olho para Croze confusa e ele explica:

— É aquele negócio que a gente fazia, a biorresistência. Foi isso que nos colocou na Painball. Esses são os cientistas que eles recolheram. Lembra que uma vez contei pra você? Lá na Scales?

— Ah, sim – digo, mas ainda confusa. Por que a ReJoov os recolheria? Será que tinha sido um sequestro de cérebros, igual ao do meu pai?

— Nós tivemos visitas – diz Ivory Bill para Croze. – Depois que você saiu para pastorear as cabras. Dois sujeitos com uma pistola de spray, uma mulher e uma guaxitaca morta.

— Isso é realmente importante – diz Croze.

— Disseram que eram da Painball e que devíamos respeitar isso – diz Beluga. – Eles queriam trocar a mulher por células de pistola de spray e carne de cabra... a mulher e a guaxitaca.

— Aposto que foram eles que levaram nossa cabra roxa – comenta Croze. – A Toby encontrou as pernas.

— Guaxitaca! Por que faríamos essa troca? – diz White Sedge, indignado. – Ninguém aqui é morto de fome!

— Nós devíamos ter atirado neles – diz Manatee. – Mas eles usavam a mulher como escudo.

— Como ela estava vestida? – pergunto, mas eles me ignoram.

— Dissemos que não haveria troca nenhuma – explica Ivory Bill. – Foi duro para a garota. Mas eles estavam desesperados pelas células, e isso significa que ainda estão por perto. Assim talvez a gente negocie com eles mais tarde.

— É a Amanda – digo. Ela podia ter sido salva por eles. Se bem que não os culpo por não terem efetuado a troca; você não pode dar células de pistola de spray a quem poderá usá-las contra você mesmo. – E a Amanda? Não devemos resgatá-la? – pergunto.

— Devemos, sim... precisamos nos reunir, agora que o dilúvio passou — diz Croze. — A gente já falou sobre isso. — Ele está me provocando.

— E depois a gente poderá, você sabe, reconstruir a raça humana — digo. Sei que isso pode parecer estúpido, mas é a única ideia que me passa pela cabeça. — Amanda poderá nos ajudar muito... ela é boa em tudo. — Eles se limitam a sorrir com tristeza para mim, como se não houvesse mais esperança.

Croze me pega pela mão e me leva para longe.

— O que você está querendo dizer? — pergunta. — Sobre a raça humana? — Sorri. — Você terá que ter bebês.

— Talvez, mas não agora — digo.

— Vem — diz ele. — Vamos ver a horta.

Eles têm uma cozinha e algumas violetas porta-bioletas em um canto, e estão instalando placas para energia solar. Não há escassez de peças porque tudo é obtido nas ruas da plebelândia, se bem que é sempre bom prestar atenção às construções demolidas.

A horta está lá nos fundos, não há muito plantado.

— Nós sofremos ataques dos porcos — explica ele. — Eles cavam por baixo da cerca. Já atingimos um deles com um tiro, e talvez os outros tenham recebido o aviso. Zeb diz que são superporcos porque foram desenvolvidos geneticamente com tecido de cérebro humano.

— Zeb? — repito. — O Zeb está vivo? — De repente me sinto atordoada. Todos meus mortos de volta à vida... é esmagador.

— Claro — responde Croze. — Você está bem? — Ele me abraça para que eu não caia no chão.

72

TOBY. SANTA RACHEL E TODOS OS PÁSSAROS

ANO 25

Ren e Crozier foram passear atrás da cabana. Não há perigo, pensa Toby. Amor de jovens, sem dúvida. Ela está falando a respeito do terceiro homem para Ivory Bill – o que morreu. Blanco. Ele a ouve atentamente.

– Peste? – pergunta ele.

Ela explica que a morte foi provocada por um ferimento infeccionado. Não menciona o chá de papoula e os anjos da morte.

Enquanto conversam, outra mulher se aproxima por detrás da casa.

– Oi, Toby – diz. É Rebecca. Mais velha, menos roliça, mas ainda Rebecca. Sólida. Apalpa os ombros de Toby. – Você está muito magra, querida. Ah, deixa pra lá. Nós temos bacon. Você vai engordar, pode crer.

A essa altura a última coisa que passa pela cabeça de Toby é bacon.

– Rebecca. – Ela pensa em acrescentar "como você sobreviveu?", mas isso se torna... cada vez mais... uma pergunta sem importância. Como eles sobreviveram? Assim, prefere dizer: – Maravilha.

– Zeb sempre disse que você conseguiria. Ele sempre disse isso. E aí, não vai me dar um sorriso?

Toby não gosta do verbo no passado. Isso tem cheiro de morte.

– Quando ele disse isso? – pergunta.

– Que saco! Ele diz isso quase todo dia. Agora vamos lá na cozinha pra você comer alguma coisa. E me contar por onde tem andado.

Quer dizer que Zeb está vivo, pensa Toby. Agora ela confirma aquilo que sempre soube. Mas também duvida – isso só será realmente verdade quando puder vê-lo. Tocá-lo.

Elas tomam um café – Rebecca diz toda orgulhosa que o fez torrando e moendo raízes de dente-de-leão – com um pouco de bardana assada e algumas ervas, e uma fatia de... algo que talvez seja carne de porco?

– Esses porcos são um tremendo transtorno – diz Rebecca. – Um lado deles é muito inteligente. – Olha para Toby de maneira desafiadora. – Quando o diabo está no comando, ele dita as necessidades. Mas pelo menos sabemos o que estamos comendo... ao contrário de um SecretBurger.

– Está delicioso – diz Toby, com sinceridade.

Após o lanche, ela pega as três pernas de cabra restantes e entrega a Rebecca, que por sua vez não acha que estejam frescas, mas poderão ser estocadas. Depois, ambas passam a narrar suas próprias histórias. Toby fala da passagem pelo AnooYoo Spa e da chegada de Ren; Rebecca conta que plantava bioformas produzidas pelo MaddAddão em comunidades fechadas do oeste com uma identidade falsa de vendedora de seguros, e que depois pegou o último trem-bala para o leste – um risco, porque havia muita gente tossindo, se bem que estava com máscara nasal e luvas – e foi se esconder na Clínica do Bem-estar, junto com Zeb e Katuro.

– Naquela velha sala de reunião, lembra? – acrescenta. – O Ararat com nossos suprimentos ainda estava de pé.

– E Katuro? – pergunta Toby.

– Ele está bem. Contraiu um germe, um tipo ruim, mas agora está curado. Saiu com Zeb, Shackleton e Black Rhino. Estão procurando Adão Um e o resto do pessoal. Zeb diz que se alguns se salvaram, eles também podem ter se salvado.

– É mesmo? Há uma chance? – diz Toby. Ele procurou por mim?, pensa em perguntar. Provavelmente, não. Ele deve ter achado que ela daria um jeito de ficar bem. E ela fez isso, não fez?

– Nós tentamos nos comunicar pelo rádio, ondas curtas, todos os dias, o tempo todo. E alguns dias atrás alguém respondeu – diz Rebecca.

– Era ele? – Toby está preparada para acreditar em qualquer coisa. – Adão Um?

— Só ouvimos uma voz. Estou aqui, estou aqui. A voz só disse isso.

— Vamos torcer — diz Toby. E ela está esperançosa, pelo menos tenta ficar.

Lá fora os cães estão latindo em meio a uma confusão de gritos.

— Que merda. Ataque de cães — diz Rebecca. — Traz essa arma.

Munidos de pistolas de spray, os MaddAddão já se encontram na cerca. Grandes e pequenos cães, talvez quinze, investem contra o grupo de caudas agitadas. Os atiradores começam a atirar. Antes que Toby tenha tempo de atirar, sete cães já estão mortos e o restante foge.

— Experiência genética do Watson-Crick — diz Ivory Bill. — Na verdade, nem cachorros são, só se parecem com cachorros. Eles estraçalham sua garganta. Vigiavam os fossos das prisões e lugares parecidos... você não pode desativá-los, como desativa um sistema de alarme... e eles acabaram se soltando durante o dilúvio.

— Já estão procriando? — pergunta Toby. Será que teriam que combater uma onda após outra desses arremedos de cães ou eles eram reduzidos em número?

— Só Deus sabe — responde Ivory Bill.

Lotis Blue e White Sedge saem para ver se os cães estão realmente mortos. Logo Tamaraw, Swift Fox, Rebecca e Toby se juntam a eles; e elas esfolam e cortam os animais enquanto os atiradores montam guarda para o caso de um possível retorno dos cães. As mãos de Toby ainda sabem como fazer isso. O cheiro também é o mesmo. Cheiro de infância.

As peles são deixadas de lado e a carne é cortada e colocada dentro de uma panela. Toby se sente um pouco enjoada. Mas também está com fome.

73

REN. SANTA RACHEL E TODOS OS PÁSSAROS

ANO 25

Pergunto a Croze se devo ajudar a esfolar os cães, e ele diz que tem muita gente fazendo isso. Além do mais, que estou com uma aparência muito abatida e que seria melhor que me deitasse na cama lá na cabana. O quarto é arejado e tem o cheiro da cabana de minhas lembranças, e por isso me sinto segura. A cama de Croze é um simples estrado, mas com uma coberta de cabra angorá prateada e um lençol. Ele me deseja um bom sono e se retira. Tiro as roupas do AnooYoo porque está fazendo muito calor, e adormeço em cima de um pelo de cabra macio e seguro.

Acordo com a tempestade da tarde. Croze se encolhe atrás de mim e sinto que está preocupado e triste, então me viro e nos abraçamos e ele quer fazer sexo. Mas de repente me dou conta de que não quero fazer sexo sem amor e que na realidade não amei ninguém depois de Jimmy. Certamente não na Scales, onde o sexo não passava de uma atuação com roteiros bizarros dos parceiros.

Isso sem falar no lugar escuro dentro de mim, uma espécie de borrão de tinta em meu cérebro – e nesse lugar não há como pensar em sexo. Nesse lugar só há amoras negras e um pouco de Amanda, e não quero estar nele. Então, digo:

– Ainda não.

E se no passado Croze era meio tosco, agora ele parece entender e apenas nos abraçamos e conversamos.

Ele está cheio de planos. Construir isso, construir aquilo; se livrar dos porcos, ou domesticá-los. Depois que aqueles dois painballers estiverem mortos – cuidará disso pessoalmente –, irá comigo, Amanda e Shackie à praia para pescar. Quanto ao grupo MaddAddão – Bill, Sedge, Tamaraw, Rhino e os demais –, são muito inteligentes e logo restabelecerão o sistema de comunicação.

– E vamos nos comunicar com quem? – pergunto, e Croze diz que deve haver mais gente em algum lugar. Depois fala dos Madd-Addão, de como trabalhavam com Zeb até que a CorpSeCorps os rastreou por intermédio de um MaddAddão de codinome Crake e de como terminaram escravos cerebrais, em uma edificação chamada Projeto Paradice. A escolha era entre viver ou morrer, e eles então assumiram os trabalhos. Por fim, quando o dilúvio chegou e os guardas fugiram, desativaram o sistema de segurança da edificação e escaparam, o que não foi nem um pouco difícil, porque eles são verdadeiros gênios.

Ele já tinha dito alguma coisa a respeito, mas sem citar os nomes *Projeto Paradice ou Crake.*

– Espere um pouco – digo. – Qual era o trabalho deles nessa edificação? Imortalidade?

Croze confirma minha suspeita, acrescentando que todos ajudavam Crake em sua grande experiência: um tipo de cruzamento genético de beleza perfeita que poderia viver para sempre. E eles também haviam desenvolvido a pílula BlyssPluss, mas sem permissão para experimentá-la. Isso não quer dizer que não se sentiam tentados: a pílula proporcionava um sexo inimaginável, mas com sérios efeitos colaterais como, por exemplo, a morte.

– E foi assim que a pandemia começou – completa. – Eles disseram que Crake ordenou que introduzissem o vírus na pílula do supersexo.

Mais uma vez achei que tive muita sorte pelo fato de que estava na zona de segurança, pois do contrário teria ingerido a BlyssPluss sem que ninguém visse, já que Mordis não permitia que as garotas da Scales consumissem drogas. Tudo isso me soou tão incrível quanto outra realidade completamente diferente.

– Quem faria uma coisa dessas? – pergunto. – Uma pílula erótica venenosa? – Só podia ser obra de Glenn. Comentara alguma coisa parecida com o sr. Bigs na Scales. Claro que omitindo a parte do veneno. Lembrei dos codinomes Oryx e Crake. Na ocasião, achei que eram apenas apelidos eróticos usados por Glenn e seu principal financiador, muita gente usava nomes de animais em tais circunstâncias. Pantera, Tigre, Carcaju, Gatinha, Cachorrinho. Então quer dizer que não tinha nada a ver com apelidos eróticos: eram codinomes. Ou talvez ambos.

Por um segundo penso em dizer isso a Croze – o quanto sabia de Crake desde a adolescência. Mas se fizer isso também terei que contar o que estava fazendo na Scales – a dança do trapézio e que Glenn nos fazia ronronar e trinar como pássaros, sem falar em tudo mais que acontecia naquele quarto com teto emplumado.

É claro que Croze não gostará de ouvir essas coisas, os homens odeiam imaginar outros homens fazendo sexo com as garotas que eles desejam.

Então, prefiro perguntar:
– E essas pessoas que resultaram do cruzamento genético? As tais perfeitas? Eles conseguiram mesmo criá-las? – Glenn sempre buscou a perfeição.

– Conseguiram, sim – responde Croze, como se a criação de seres humanos fosse a coisa mais corriqueira do mundo.

– Desconfio que essa gente morreu como a maioria dos outros – digo.

– Eles não morreram, não – retruca Croze. – Estão vivendo no litoral. Não precisam de roupas, alimentam-se de folhas e ronronam como gatos. Isso está bem longe de ser minha ideia de perfeição. – Ri. – A perfeição é você!

Finjo que não entendo.
– Você está exagerando – digo.
– Juro que não – diz Croze. – Eles têm aqueles gigantescos... pênis azuis. E fazem sexo grupal com mulheres de bundas azuis. É repulsivo!

– Isso é piada, não é?
– Eu vi – afirma. – Não podemos nos aproximar deles. Mas Zeb garante que podemos olhá-los a distância, como no zoológico. Ele diz que não são perigosos... nós é que somos um perigo para eles.

– Quando poderei vê-los?

– Depois que cuidarmos daqueles tipos da Painball – diz Croze. – Mas irei com você. Outro cara vive por lá... um cara que dorme nas árvores e fala sozinho, é louco como um saco de cobras, sem querer ofender as cobras, é claro. Nós o deixamos em paz... sabe-se lá se está contaminado. Não quero que ele aborreça você.

– Obrigada – digo. – Esse tal Crake, esse da edificação do Projeto Paradice. Como ele era?

– Nunca o vi. Ninguém dizia nada.

– Ele tinha algum amigo? – pergunto. – Lá naquele lugar? – Na ocasião em que Glenn levou Jimmy à Scales, os dois pareciam muito próximos.

– Rhino diz que aquele tipo não era de muitos amigos. Mas tinha um amigo lá, além de uma namorada... parece que os dois eram encarregados do marketing. Segundo Rhino esse tal amigo era um imprestável que só sabia contar piadas idiotas e encher a cara.

Isso é a cara do Jimmy, penso.

– Será que ele saiu? – pergunto. – Lá da edificação? Junto com o povo azul?

– Como é que vou saber? De qualquer forma, quem se importaria?

Eu. Não quero Jimmy morto.

– Isso é cruel – digo.

– Ei, não esquenta. – Croze me abraça e desliza a mão pelo meu seio, como se por acidente. Afasto a mão dele. – Está bem – diz com um tom decepcionado. E beija minha orelha.

A próxima coisa que me vem à mente é Croze me acordando.

– Eles estão de volta – diz e sai apressado.

Eu me visto, saio lá fora e topo com Zeb e Toby abraçados no quintal. Katuro está por perto, e também o homem que chamam de Black Rhino porque tem a pele escura. Eles ainda não contaram a Zeb sobre os dois sujeitos da Painball e Amanda. Croze vai contar. Se eu contar, ele me fará perguntas e só tenho respostas ruins.

Caminho lentamente na direção de Zeb – eu me sinto envergonhada –, e Toby se solta do abraço. Ela está sorrindo – não é um sorriso tímido, é um sorriso aberto, penso comigo. Às vezes ela pode ser muito bonita!

– Pequena Ren. Você cresceu – diz Zeb. Ele está mais grisalho do que na última vez que o vi. Sorri e aperta meu ombro por alguns segundos. Lembro dele cantando no chuveiro no tempo dos jardineiros, e lembro das vezes em que era bom comigo. Tomara que se orgulhe de mim por eu ter sobrevivido, se bem que foi pura sorte. Eu queria tanto que se sentisse mais surpreso e mais feliz por me ver viva. Mas deve estar com milhões de coisas na cabeça.

Zeb, Shackie e Black Rhino estão com pistolas de spray e mochilas, e agora abrem as mochilas e começam a tirar coisas de dentro. Latas de petiscos de soja, algumas garrafas, talvez de bebida alcoólica, e um punhado de Joltbars. E ainda três pacotes de células para pistolas de spray.

– Foi dos condomínios – diz Katuro. – Encontramos muitos dos portões escancarados. Os saqueadores já tinham passado por lá.

– O condomínio da CryoJeenyus estava fortemente trancado – diz Zeb. – Acho que eles acharam que podiam resistir lá dentro.

– Eles e todas as cabeças congeladas de lá – diz Shackie.

– Duvido que alguém tenha escapado – diz Black Rhino.

Fico triste ao ouvir isso porque Lucerne devia estar naquele condomínio e, mesmo tendo agido como agiu, ainda era a mãe que amei um dia. Olho para Zeb porque talvez ele esteja sentindo o mesmo.

– Vocês encontraram Adão Um? – pergunta Ivory Bill.

Zeb balança a cabeça em negativa.

– Procuramos lá no Buenavista – diz. – Devem ter ficado lá por algum tempo... ele e os outros. Havia sinais disso. Depois saímos em busca de algum outro Ararat, mas não encontramos nada. Eles devem ter se mudado.

– Contou a ele que tinha gente vivendo na Clínica do Bem-estar? – pergunto para Croze. – Naquela salinha atrás dos barris de vinagre? A salinha com o laptop?

— Contei, sim – diz Croze. – Era ele, junto com Rebecca e Katuro.

— Nós vimos aquele sujeito maluco cambaleando por aí e falando sozinho – comenta Shackie. – O que mora em uma árvore lá na praia. Mas ele não nos viu.

— Você atirou nele? – pergunta Ivory Bill. – Talvez esteja contaminado, não é?

— Pra que desperdiçar munição? – diz Black Rhino. – O cara não vai durar muito.

Ao pôr do sol fazemos uma fogueira fora da cabana e tomamos uma sopa de urtiga com pedaços de carne – não sei ao certo que tipo de carne – e bardana e queijo de cabra angorá. Presumo que só vamos comer depois que disserem "caros amigos, somos os únicos que restaram na Terra e agradecemos por este alimento", ou outras palavras típicas dos jardineiros, mas ninguém diz nada e começamos a jantar.

Depois do jantar a conversa gira em torno dos próximos passos. Zeb diz que eles precisam encontrar Adão Um e os jardineiros antes que alguém ou outra coisa qualquer os peguem. E acrescenta que amanhã irá até Sinkhole para checar o terraço do Edencliff, algumas casas de trufas e outros lugares onde eles possam ter se abrigado. Shackie diz que irá junto com ele, e Black e Katuro o acompanham. Os outros precisam ficar para defender a cabana dos ataques de porcos e cães, e dos homens da Painball, caso voltem.

Em seguida, Ivory Bill conta a Zeb o que aconteceu com Toby e menciona a morte de Blanco, e Zeb se volta para Toby e diz:

— Você fez bem, gatinha.

Eu me espanto um pouco ao ouvir Toby sendo chamada assim, é mais ou menos como chamar Deus de gatinho.

Então, me encho de coragem e digo que precisamos encontrar Amanda e resgatá-la dos dois Painballers. Shackie concorda comigo e acho que está sendo sincero. Zeb diz que sente muito, mas devemos entender que é uma escolha ou outra. Amanda é uma única pessoa enquanto Adão Um e os jardineiros são muitos; e a própria Amanda decidiria o mesmo.

— Está bem, irei sozinha — digo.

— Não seja boba — diz Zeb, como se eu ainda tivesse onze anos.

Então, Croze diz que irá comigo, e aperto a mão dele em agradecimento. Mas Zeb argumenta que ele é necessário na cabana para ajudar os outros. Diz que se eu esperar até a chegada do grupo dele, irei junto com três outros rapazes munidos de pistolas de spray, o que será bem melhor para todos.

Mas digo que o tempo urge e que os homens da Painball querem negociar Amanda, e que isso significa que já estão fartos dela e poderão matá-la a qualquer momento. Digo que sei como funciona a coisa. Da mesma forma que acontecia na Scales com as garotas temporárias — elas eram descartáveis. Digo que por isso preciso encontrá-la o quanto antes; sei que é perigoso, mas não me importo. Depois começo a chorar.

Todos se calam. Então, Toby diz que irá comigo. Levará seu próprio rifle — alega que não é má atiradora e que talvez aqueles homens já tenham gastado a última célula da pistola de spray, o que aumenta nossas chances.

— Isso não é uma boa ideia — diz Zeb.

Toby dá uma pausa e argumenta que é a melhor ideia a ter porque não pode me deixar vagando a esmo pela mata, isso seria como um assassinato. Zeb balança a cabeça, concordando.

— Tenham muito cuidado — diz.

E assim fica decidido.

Os MaddAddão armam redes feitas de fita adesiva resistente no cômodo principal para mim e Toby. Ela continua conversando com Zeb e os outros, de modo que vou me deitar primeiro. O forro da rede com um tapete de pelo de cabra angorá é bem confortável e, embora ainda esteja preocupada em achar Amanda e com o que poderá acontecer depois, caio no sono na mesma hora.

Acordamos na manhã seguinte e Zeb, Shackie, Katuro e Black Rhino já tinham partido, mas Rebecca diz a Toby que Zeb fez um mapa na velha caixa de areia das crianças, com marcas na cabana e na praia, para que possa se direcionar. Toby estuda o mapa por um longo tempo com uma expressão estranha, como um riso triste. Mas talvez só esteja memorizando o mapa. Por fim, ela o apaga.

Após o café da manhã, Rebecca nos dá um pouco de alimento desidratado e Ivory Bill nos entrega duas redes leves porque não é seguro dormir no chão, e nós enchemos as garrafas de água lá no poço que eles mesmos cavaram. Toby deixa algumas coisas para trás – vidros de tintura de papoula, cogumelos, lata de larvas e todo o material médico. Mas ela carrega panela, faca, fósforos e corda porque não sabemos quanto tempo ficaremos fora.

– Cuide de seu traseiro, querida – diz Rebecca, abraçando-a, e saímos em seguida.

Nós andamos e andamos, e ao meio-dia paramos para comer. Toby o tempo todo está atenta aos ruídos: inúmeros chamados de aves de rapina como os corvos, por exemplo, ou então um silêncio absoluto das aves – isso significa *atenção*, ela diz. Mas tudo o que ouvimos são trinados e gorjeios ao fundo.

– Revestimento de passarinho – comenta.

Continuamos a caminhada e nos detemos mais uma vez, e caminhamos um pouco mais. São tantas ramagens que nos roubam o ar. E me abalam muito porque na última vez em que caminhamos pelo bosque encontramos Oates dependurado e enforcado.

Ao escurecer armamos as redes em árvores fortes, e nos deitamos. Mas é difícil dormir. Então, ouço um canto. Um canto maravilhoso, nada comum – é claro como um vidro, mas em camadas. Parecem sinos.

O canto desvanece e penso que devo estar imaginando coisas. E depois penso que o canto deve ter vindo do povo azul, e que eles devem mesmo cantar dessa maneira. Imagino Amanda sendo alimentada, cuidada, curada e confortada por eles.

Pura imaginação. Um desejo, e sei que não devo acalentá-lo. É melhor encarar a realidade. Mas a realidade é muito sombria. Cheia de corvos.

Os Adãos e as Evas sempre diziam que *somos o que comemos*, mas prefiro dizer que *somos o que desejamos*. Pois se você não pode desejar, por que, então, se incomodar?

SANTO TERRY E TODOS OS CAMINHANTES

෴ SANTO TERRY E TODOS OS CAMINHANTES

ANO 25

DA ERRÂNCIA.
DITO POR ADÃO UM.

Queridos amigos, queridas criaturas companheiras. Queridos companheiros andarilhos dessa estrada que agora é nossa vereda pela vida:

Já se passou muito tempo desde nosso último Dia de Santo Terry no amado jardim no terraço do Edencliff! Na ocasião não tínhamos consciência de como nossa vida era boa, ainda mais comparada aos dias sombrios que hoje vivemos. Nós nos sentíamos felizes com a paisagem de nosso pacífico jardim, que mesmo em meio à miséria e ao crime, era um espaço de restauração e renascimento que florescia com plantas inocentes e abelhas engenhosas. Cantávamos alto, seguros de nossa vitória porque nossas intenções eram preciosas e nossos métodos eram desprovidos de malícia. Acreditávamos então em nossa inocência. E depois disso muitas coisas terríveis aconteceram, mas o espírito que nos guiava naquele tempo continua presente.

O Dia de Santo Terry é dedicado a todos os caminhantes – entre eles, em primeiro lugar o próprio santo Terry Fox, o santo que chegou longe com uma perna mecânica e que deu um exemplo brilhante de coragem diante dos obstáculos, o santo que mostrou o que o corpo humano é capaz de fazer para se locomover até mesmo em condições adversas, o santo que enfrentou a mortalidade e que no fim deixou para trás sua própria morte, vivendo agora em nossa memória.

Neste dia lembramos também de santa Sojourner Truth, guia de uma fuga de escravos há dois séculos que caminhou milhas e milhas, orientando-se apenas pelas estrelas; e lembramos dos santos Shackleton e Crozier, exploradores da Antártica e do Ártico, e do santo Laurence "Titus" Oates, da Expedição Scott, que caminhou em terrenos jamais caminhados por homem algum e sacrificou-se durante uma nevasca para salvar os companheiros. Que as palavras imortais que ele disse em seu derradeiro momento nos inspirem em nossa jornada: "Eu só estou partindo, e talvez por algum tempo."

Todos os santos deste dia são peregrinos. Santos que tinham plena consciência de que a jornada é mais importante que a chegada quando se caminha com fé e sem objetivos fúteis. Que tal pensamento inunde nossos corações, meus amigos e companheiros de viagem.

Para nós é essencial recordar aqueles que perdemos em nossa jornada. Darren e Quill, que sucumbiram doentes e cujos primeiros sintomas nos causaram tanta apreensão. Eles próprios pediram para que fossem deixados para trás. Agradecemos por terem mostrado tanta consideração por nós, que continuávamos saudáveis.

Philo entrou em estado de alheamento e está em paz no topo de uma garagem, um lugar que talvez o faça relembrar nosso querido terraço.

Não devíamos ter permitido que Melissa ficasse tanto para trás. Uma matilha de cães selvagens fez dela nossa última dádiva para as criaturas que nos são semelhantes, transformando-a em parte da grande dança de proteínas de Deus.

Que nossos corações a envolvam em luz.

Cantemos.

A MAIS LONGA MILHA

A derradeira milha é a mais comprida –
Nós enfraquecemos;
Perdemos as forças para a corrida,
E um farol nós já não vemos.

Deveríamos sair dessa estrada escura,
De pés feridos e agonizantes,
Quando a fé é drenada pela amargura,
E tudo parece tão fatigante?

Deveríamos desistir do estreito caminho,
O atalho da exaustão –
Trocar pelo transporte rápido e a falsa alegria
Das estradas de destruição?

Deveriam os inimigos apagar nossa vida,
Enterrar nossa mensagem?
Extinguir por meios bélicos
A tocha que carregamos com tanta coragem?

Acreditem, oh, empoeirados viajantes:
Embora vocês possam vacilar,
Embora possam tombar ao longo do caminho,
Depois da errância virá o altar.

Continuem em frente, embora os olhos só vejam escuridão,
E a torcida esmoreça;
Deus nos dá os aplausos verdes da natureza –
Aplausos que nos restaurarão.

Pois no esforço está a meta,
E pelo esforço seremos avaliados:
Ele conhece nossa alma peregrina –
E por essa alma seremos avaliados.

do *Hinário Oral dos Jardineiros de Deus*

74

REN. SANTO TERRY E TODOS OS CAMINHANTES

ANO 25

Eu acordo e Toby já está sentada na rede, alongando os braços. Ela sorri para mim, ultimamente tem sorrido mais. Talvez esteja sorrindo agora para me encorajar.
– Que dia é hoje? – pergunta.
Penso por um instante.
– Dia de santo Terry, de santa Sojourner – respondo. – E de todos os caminhantes.
Toby assente com a cabeça.
– Vamos fazer uma meditação – diz. – Hoje atravessaremos um caminho perigoso e vamos precisar de paz interior.
Quando um Adão ou uma Eva lhe chama para fazer uma meditação, você não pode se negar. Toby sai da rede e me ponho em guarda para o caso de alguma surpresa enquanto ela se põe na posição de lótus. Toby é incrivelmente flexível para alguém de sua idade. Mas em minha vez me dobro como um elástico e não consigo meditar apropriadamente. Não consigo realizar as três primeiras partes: a Desculpa, a Gratidão e o Perdão... sobretudo o perdão, porque sinceramente não sei a quem preciso perdoar. Adão Um sempre dizia que eu era muito medrosa e raivosa.
Então, me lembro de Amanda e de tudo que fez por mim e do nada que fiz por ela. Em vez de fazer alguma coisa por ela, senti ciúmes dela com Jimmy, mesmo sabendo que era inocente. Isso foi uma grande injustiça. Tenho que encontrá-la e salvá-la. Embora talvez esteja enforcada em alguma árvore, da mesma forma que Oates.
Mas não quero pensar nisso, e então me imagino indo ao encontro dela, porque esse é meu dever.

Adão Um sempre dizia que não é só o corpo que viaja, mas também a alma. E o final de uma jornada é o início de outra.
– Já estou pronta – digo a Toby.

Comemos carne-seca de cabra angorá com alguns goles de água, e escondemos as redes atrás de um arbusto para não termos que carregá-las. Mas Toby diz que temos que levar as mochilas com alimentos e utensílios. Olhamos ao redor para ver se não deixamos pistas. Ela examina o rifle.
– Só vou precisar de duas balas – diz.
– Se você não errar – digo. Uma para cada painballer. Imagino as balas cruzando o ar, direto... até o quê? Olho? Coração? A visão me arrepia.
– Não posso me dar ao luxo de errar – retruca ela. – Eles têm uma pistola de spray.
Pegamos o caminho e seguimos em direção ao mar, em direção ao lugar onde ouvi aquelas vozes à noite.

Algum tempo depois ouvimos vozes, mas não estão cantando e sim conversando. Em seguida, um cheiro de fumaça – uma fogueira – e risadas de crianças. É o povo sonhado por Glenn. Só pode ser.
– Ande devagar – diz Toby, baixinho. – A mesma regra que temos para os animais. Com toda calma possível. Se tivermos que sair, recuamos. Sem dar as costas a eles nem correr.
Não sei o que estou esperando, mas seja o que for não é o que vejo. Uma clareira, e na clareira, uma fogueira, e em volta da fogueira, gente, talvez umas trinta pessoas. De diferentes cores – negras, marrons, amarelas e brancas –, mas nenhum ali é velho. E nenhum está vestido.
Uma colônia nudista, penso. Mas é apenas uma piada que conto para mim mesma. Eles também são muito atraentes – de uma beleza perfeita. São como os cartazes do AnooYoo. Harmoniosos e completamente lisos – nada de pelos no corpo. Revestidos. Vaporizados.

Às vezes você só acredita em determinada coisa quando vê com os próprios olhos, e essas pessoas são um exemplo disso. Eu não acreditava que Glenn tinha feito tudo aquilo, não acreditava em tudo aquilo que ouvi de Croze, mesmo ele tendo visto com os próprios olhos. Mas essas pessoas estão aqui na minha frente. É como ver unicórnios. Quero ouvir o trinado que fazem.

Eles nos avistam – primeiro, uma das crianças, depois, uma mulher, e logo todos deixam de fazer o que estão fazendo e se viram para nos olhar. Eles não parecem assustados nem ameaçados, parecem serenamente curiosos. Minha sensação é de que estou sendo observada por cabras angorá, e eles também mastigam como cabras angorá. Seja lá o que estiverem mastigando, é alguma coisa verde. Alguns garotos se impressionam tanto com a gente que ficam de boca cheia e aberta.

– Olá – diz Toby, dizendo-me em seguida. – Fique aqui.

Ela dá um passo à frente. Um dos homens acocorados ao lado da fogueira se levanta e se coloca à frente dos outros.

– Bem-vinda – diz. – Você é amiga do Homem das Neves?

Imagino que Toby esteja ponderando as opções: quem é o Homem das Neves? Será tida como uma inimiga se responder afirmativamente? E se responder negativamente?

– O Homem das Neves é bom? – pergunta ela.

– É, sim – responde o homem. É mais alto que os outros e parece ser o porta-voz deles. – O Homem das Neves é muito bom. Ele é nosso amigo. – O resto do grupo balança a cabeça em assentimento, sem parar de mastigar.

– Então nós também somos amigas dele – diz Toby. – E também somos amigas de vocês.

– Você é como ele – diz o homem. – Tem pele extra, como ele. Mas você não tem penas. Você vive em alguma árvore?

– Penas? – pergunta Toby. – Na pele extra?

– Não, no rosto. Aqui já veio outro como o Homem das Neves. Com penas. E outro com ele, mas com poucas penas. E uma mulher que cheirava a azul, mas não agia como azul. A mulher que está com você é como ela?

Toby faz que sim com a cabeça, como se estivesse entendendo tudo isso. Talvez esteja. Nunca pude entender exatamente o que ela entende.

– Ela cheira a azul – diz outro homem. – Essa mulher aí com você.

Agora todos os homens fungam em minha direção, como se eu fosse uma flor ou um queijo. Alguns com ereções gigantescas. Croze bem que me avisou, mas nunca tinha visto uma coisa assim, nem na Scales, onde alguns clientes gostavam de ser pintados. Alguns desses homens emitem uma espécie de zumbido, igual ao que se faz quando se corre o dedo na beira de um copo de cristal.

– Mas a outra mulher que veio aqui se assustou quando cantamos e oferecemos flores, mostrando o pênis a ela – diz o homem que aparentemente é o chefe.

– Foi, sim. E os dois homens também se assustaram. Eles fugiram.

– Qual era a altura dela? – pergunta Toby. – A mulher. Era mais alta que essa? – Aponta para mim.

– Era mais alta, sim. Ela não se sentia bem. E ainda por cima estava triste. A gente podia ter trinado para fazê-la melhorar. E depois acasalava com ela.

Só pode ser Amanda, penso. Então, ainda está viva, ainda não foi morta por eles. Vamos logo com isso!, quero gritar. Mas Toby ainda não encerrou a conversa.

– A gente queria que ela escolhesse quatro de nós para copular – diz o homem principal. – Talvez essa mulher aí possa escolher. Ela cheira bastante a azul! – Todos os homens sorriem ao ouvir isso, com os dentes brancos e brilhantes e os pênis apontados para mim, balançando como rabos de cachorros felizes.

Quatro? Todos de uma vez? Não quero que Toby atire em nenhum desses homens que se mostram tão gentis e são tão bonitos, mas também não quero que nenhum pênis azul e brilhante se aproxime de mim.

– Minha amiga não é realmente azul – diz Toby. – Isso é só a pele extra. Ela ganhou de presente de uma pessoa azul. Por isso ela cheira a azul. Para onde eles foram? Os dois homens e a mulher?

– Foram ao longo da praia – diz o principal. – E hoje de manhã o Homem das Neves saiu atrás deles.

– Podemos olhar debaixo da pele extra e ver o quanto ela é azul?

– O Homem das Neves está com um pé ferido. Nós trinamos para ele, mas o ferimento precisa de mais trinado.

– O Homem das Neves teria mais o que dizer sobre o azul se estivesse aqui. Ele poderia nos dizer como agir.

– O azul não pode ser desperdiçado. É uma dádiva do Crake.

– A gente quis ir junto com ele. Mas ele disse que a gente teria que ficar aqui.

– O Homem das Neves sabe das coisas – diz uma das mulheres.

As mulheres, que até agora não haviam participado da conversa, balançam a cabeça e sorriem.

– Nós temos que sair para ajudar o Homem das Neves – diz Toby. – Ele é nosso amigo.

– Nós também vamos – diz um homem mais baixo de cor amarela e olhos verdes. – Nós também vamos ajudar o Homem das Neves.

Só agora me dou conta de que todos têm olhos verdes. Eles exalam um odor de frutas cítricas.

– O Homem das Neves sempre precisa de nossa ajuda – diz o homem alto. – Ele tem um olfato fraco. E não tem poder. E dessa vez ele está doente. O pé dele está doente. Ele está mancando.

– Se o Homem das Neves disse a vocês para ficarem aqui, devem ficar aqui – diz Toby.

Eles se entreolham, preocupados com alguma coisa.

– Então ficaremos aqui – diz o homem alto. – Mas vocês precisam voltar logo.

– E trazendo o Homem das Neves – diz uma das mulheres. – Para que a gente o ajude. Para que volte a viver na árvore dele.

– E vamos lhe dar um peixe. Ele gosta de peixe.

– Ele come todinho – diz uma das crianças, fazendo careta. – Mastiga tudo. E depois engole. Crake diz que ele tem que fazer isso.

– Crake mora no céu. Ele nos ama – diz uma mulher baixinha.

Eles devem achar que Crake é Deus. Agora Glenn é Deus, de camiseta preta – é muito engraçado, ainda mais levando em conta o que ele realmente era. Mas reprimo o riso.

– A gente também pode dar um peixe a você – diz a mulher. – Você quer um peixe?

– Isso mesmo – diz o homem alto. – Tragam o Homem das Neves. E aí pegaremos dois peixes. Três. Um para você, um para o Homem das Neves e um para a mulher que cheira a azul.

– Faremos o melhor possível – diz Toby.

Isso parece intrigá-los.

– O que é "melhor"? – pergunta o homem.

Nós saímos do bosque para o sol aberto e o barulho das ondas, atravessamos uma areia macia e seca e atingimos a faixa de areia molhada à beira do mar. As ondas arrebentam na praia e retrocedem com um suave silvo, como a respiração de uma serpente gigantesca. Na areia jaz um lixo brilhante: pedaços de plástico, latas vazias e cacos de vidro.

– Cheguei a pensar que eles iam pular em cima de mim – digo.

– Eles sentiram seu cheiro – diz Toby. – Sentiram o cheiro do estrogênio. Acharam que você estava ovulando. Eles só copulam quando ficam azuis. São como os babuínos.

– Como sabe disso? – pergunto. Croze me falou sobre os pênis azuis, mas não falou nada sobre o estrogênio.

– Ivory Bill me disse. Os MaddAddão ajudaram a desenvolver essa característica. Era para facilitar a vida. Para facilitar a seleção de pares e assim eliminar o sofrimento romântico. Agora é melhor não fazer barulho.

Sofrimento romântico, repito para mim mesma. O que Toby sabe sobre isso?

Pelo mar adentro uma linha de arranha-céus desertos, e lembro desses arranha-céus, de quando fazíamos excursões na praia do parque Heritage no tempo dos jardineiros. Ali era terra firme

antes das marés altas do mar e dos furacões, aprendíamos isso na escola. As gaivotas planam e pousam nos telhados lisos.
   Talvez a gente encontre ovos por ali, penso. E peixe. Com candeio. Zeb nos ensinou a pescar dessa maneira, em casos desesperadores. É só acender uma tocha que o peixe nada na direção da luz. Na areia, alguns buracos de siris, buracos pequenos. As urtigas brotam para além da praia. Você também pode se alimentar de algas. Aquelas coisas todas do santo Euell.
   De novo me flagro em devaneios, planejando almoçar quando o medo ronda minha cabeça. Não vamos conseguir. Não vamos trazer Amanda de volta. Seremos mortas.

Toby encontra pegadas na areia molhada – de gente com sapatos ou botas, e o lugar onde os descalçaram, talvez para limpar os pés, e adiante o lugar onde os calçaram novamente para entrar no bosque.
   A essa altura podem estar no meio das árvores, espionando. Talvez estejam nos espionando. E talvez estejam planejando.
   Por cima dessas pegadas, outras pegadas. De pés descalços.
   – Alguém mancando – sussurra Toby, e penso comigo que deve ser o Homem das Neves. O maluco que mora numa árvore.
   Deixamos as mochilas no limite entre a areia e a vegetação, debaixo das primeiras árvores. Toby diz que não podemos carregar peso: vamos precisar de braços livres.

75

TOBY. SANTO TERRY E TODOS OS CAMINHANTES

ANO 25

E aí, Deus?, pensa Toby. O que o senhor acha? Suponho que o senhor exista. Então, diga agora, por favor, porque talvez isso seja o fim. Não teremos a menor chance quando toparmos com os dois sujeitos da Painball, é assim que vejo.

Esse novo tipo de gente é sua ideia de um modelo aperfeiçoado? Isso é o que Adão Um esperava? É essa gente que vai nos substituir? Ou o senhor pretende dar de ombros e seguir com a raça humana de sempre? Neste caso, escolheu modelos estranhos: um bando de velhos cientistas, um punhado de jardineiros renegados e dois psicóticos perdidos por aí com uma mulher quase morta. É difícil sobreviver, menos para Zeb, mas até ele está exausto.

E agora, Ren. O senhor não podia ter escolhido alguém menos frágil? Menos inocente? Um pouco mais valente? Que animal ela seria se fosse um animal? Camundongo? Tordo? Cervo de estrada? Ela vai pular fora no momento crucial. Eu devia tê-la deixado na praia. Mas isso só prolongaria o inevitável, porque se eu cair, ela cai também. E se tentar correr, a distância até a cabana é muito grande. Não vai conseguir, e se escapar, se perderá. E quem a protegerá dos cães e dos porcos nesse bosque selvagem? Não serão os camaradas azuis. Não se aqueles sujeitos da Painball estiverem com a pistola de spray funcionando. Se ela não morrer logo será bem pior.

O teclado da moral humana é limitado, dizia Adão Um: não há nada onde você possa tocar que já não tenha sido tocado. E, queridos amigos, lamento dizer que esse teclado tem suas notas baixas.

Toby se detém, examina o rifle. Claro, desengatilhado.

* * *

Pé direito, pé esquerdo, em marcha silenciosa. Os débeis ruídos dos pés sobre as folhas ecoam nos ouvidos como gritos. Estou visível demais, audível demais, pensa. O bosque inteiro observa. Eles estão famintos de sangue, eles podem farejá-lo, eles podem ouvi-lo enquanto correm em minhas veias, *katoush*. Lá em cima, no topo das árvores, os corvos se apinham traiçoeiramente: *hawhawhaw!* Esses corvos querem os olhos dela.

Cada flor, cada galho, cada seixo, porém, brilha como se iluminado por dentro, exatamente o que ela sentiu no primeiro dia com os jardineiros. São o estresse, a adrenalina, o efeito químico: ela os conhece muito bem. Mas qual é a razão de tudo isso?, é o que se pergunta. Por que somos feitos para ver o mundo como extremamente belo e justo quando estamos prestes a sucumbir? Será que os coelhos também sentem isso quando a raposa enterra os dentes em seu pescoço? Será isso clemência?

Toby dá uma pausa, se volta e sorri para Ren. E se pergunta: será que estou parecendo confiante? Não sirvo para isso. Não sou suficientemente rápida, estou velha e enferrujada, meus reflexos já não são como antes e sucumbi ao peso dos escrúpulos. Desculpe-me, Ren. Eu a estou levando para a morte. E rezo para que a gente morra rapidamente se isso acontecer. Dessa vez não há abelhas para nos salvar.

A qual santo devo pedir proteção? Quem tem resolução e habilidade? Dureza. Discernimento. Precisão.

Querido leopardo, querido lobo, querido leocarneiro, me emprestem seus espíritos nesta hora.

76

REN. SANTO TERRY E TODOS OS CAMINHANTES

ANO 25

Escutamos vozes e logo seguimos em frente em silêncio. Com o calcanhar, diz Toby, depois gire o pé para frente e ponha o outro calcanhar no chão. Assim não há estalos. São vozes masculinas. Sentimos o cheiro de fogueira, e o outro cheiro de carne grelhada. E me dou conta do quanto estou faminta, com água na boca. Concentro-me na fome para espantar o medo. Espionamos por entre a folhagem. Eles estão lá, um sujeito de barba escura e comprida e outro de barba rala e cabeça raspada, com pequenos fios de cabelo. Eu me lembro deles e sinto vontade de vomitar. Ódio e medo apertam e reviram meu estômago, tomando meu corpo todo.

Mas agora vejo Amanda e de repente me sinto leve. Como se pudesse voar.

Ela está com as mãos livres, mas com uma corda em volta do pescoço cuja extremidade está amarrada à perna do homem de barba escura. Ela ainda está vestida com a roupa cáqui, agora em farrapos. Tem o rosto sujo e o cabelo todo desgrenhado. Tem uma mancha roxa no olho e outras manchas nas partes visíveis do braço. Nas unhas, vestígios do esmalte cor de laranja da Scales. É uma cena que me dá vontade de chorar.

Amanda está pele e osso. Mas os outros dois também não estão robustos.

Minha respiração acelera. Toby me pega pelo braço e me aperta. Isso significa "fique calma". Vira o rosto moreno para mim com um sorriso consolador, as pontas dos dentes brilham dentro da boca, os músculos da mandíbula se contraem e de repente sinto pena daqueles dois homens. Solta meu braço e ergue o rifle bem devagar.

Os dois homens estão sentados de pernas cruzadas, assando espetos de carne nas brasas. Carne de guaxitaca. O rabo preto e branco está jogado no chão. A pistola de spray também está jogada no chão. Toby deve ter visto. Posso ouvi-la pensando: atiro em um deles e terei tempo de atirar no outro antes que atire em mim?

– Isso deve ser coisa de selvagens – diz o homem de barba negra.
– Tinta azul.
– Que nada. Tatuagem – diz o de cabelo espetado.
– Quem é que faria uma tatuagem no próprio pau? – diz o barbudo.
– Os selvagens tatuam qualquer coisa – diz o outro. – É coisa de canibal.
– Você tem visto muitos filmes vagabundos. Aposto que eles a sacrificariam em dois minutos – diz o barbudo. – Depois que todos tivessem feito sexo com ela.

Eles olham para Amanda, mas ela está com os olhos fixos no chão.
– Ei, sua vadia, nós estamos falando com você – diz o barbudo, puxando a corda. Ela ergue a cabeça.
– Um brinquedo erótico comestível – diz o de cabelo espetado e os dois caem na risada. – Você viu os peitões bioimplantados daquelas cachorras?
– Não são artificiais, são verdadeiros. Isso só se vê quando se corta. Os falsos têm uma espécie de gel lá dentro. Talvez a gente possa voltar lá pra negociar – diz o barbudo. – Com os selvagens. Eles ficam com essa, já que se interessaram nela, e que enfiem os paus azuis nela enquanto ficamos com algumas daquelas belezinhas. É um puta negócio!

Eles olham para Amanda enquanto a observo: usada, rota. Inútil.
– Por que negociar? – pergunta o de cabelo espetado. – Por que não vamos até lá e atiramos neles?

– Não há solúvel suficiente para atirar em todos. A munição de células está no finzinho. Se sacarem isso, caem em cima da gente, nos retalham e nos comem.

– Temos que dar no pé – diz o de cabelo espetado, agora visivelmente assustado. – Nós somos dois e eles são trinta. E se nos atacarem no escuro?

Faz-se uma pausa enquanto pensam no assunto. Meu corpo treme, odeio tanto esses homens. Eu me pergunto por que Toby está esperando tanto. Por que não os mata logo? Lembro que ela é uma jardineira das antigas – não pode fazer isso de qualquer maneira, não a sangue-frio. É contra a religião dela.

– Até que não ficou ruim – diz o barbudo, tirando o espeto de carne de cima das brasas. – Amanhã pegamos outro desses pequenos e saborosos sugadores.

– Damos comida a ela? – pergunta o de cabelo espetado, lambendo os dedos.

– Dê um pouco de sua porção – diz o barbudo. – Será inútil pra nós se estiver morta.

– Pra mim ela será inútil se estiver morta – diz o de cabelo espetado. – Mas você é tão pervertido que é capaz de foder com um cadáver.

– Por falar nisso, você é o primeiro. Pegue a bomba hidráulica. Detesto uma foda seca.

– Ontem fui o primeiro.

– Então vamos decidir no braço?

De repente, uma quarta pessoa na clareira – um homem nu, mas não daqueles tipos lindos de olhos verdes. Esse é macilento e cheio de escaras. Ele tem uma barba longa revolta e parece totalmente pirado. Mas o conheço. Ou acho que o conheço. É o Jimmy?

Apontando uma pistola de spray para os dois homens. Vai atirar neles. Ele está com aquele olhar maníaco.

Mas também vai atirar em Amanda porque o sujeito de barba negra o vê e cai de joelhos, puxando-a para frente, em seguida dá uma gravata nela e se esconde atrás. O de cabelo espetado se espreme atrás dos dois. Jimmy hesita, mas sem abaixar a pistola.

– Jimmy! – grito de dentro da moita. – Não faça isso! Essa é a Amanda!

Ele parece pensar que o mato está falando com ele. Vira o rosto. Saio da moita.

– Ótimo! Outra vadia – diz o barbudo. – Agora cada um terá uma! – Ri escancaradamente.

O de cabelo espetado se arrasta para a frente na tentativa de alcançar a pistola.

Toby entra na clareira. Aponta o rifle.

– Não toque nisso – diz ao sujeito de cabelo espetado, com a voz firme, clara e mortífera. É como uma aparição pavorosa... esquálida, em andrajos, somente dentes. Como um espectro da TV, como um esqueleto ambulante, como alguém sem nada a perder.

O sujeito de cabelo espetado congela de terror. O que agarra Amanda não sabe para qual lado se virar: Jimmy na frente, Toby na lateral.

– Para trás, ou quebro o pescoço dela – diz ele em alto e bom tom, o que significa que está com medo.

– Eu até posso me preocupar com isso, mas ele não está nem aí – diz Toby, apontando para Jimmy. – Pegue aquela pistola. Não se deixe agarrar – diz para mim. – Deitado – diz para o de cabelo espetado. – Cuidado com os tornozelos – diz para mim. – Solte-a – diz para o barbudo.

Tudo é muito rápido, e ao mesmo tempo muito lento. As vozes se tornam distantes, o brilho excessivo do sol me fere, a luz bate em nosso rosto e todos brilhamos e cintilamos, como se a eletricidade fluísse como água em nós. Quase enxergo dentro dos corpos – o corpo de cada um de nós. As veias, os tendões, o fluxo sanguíneo. Ouço os corações como trovões cada vez mais próximos.

Acho que vou desmaiar. Mas não posso porque preciso ajudar Toby. Não sei como, mas me apresso. Chego tão perto que sinto o cheiro deles. Ranço de suor, gordura de cabelo. Agarro a arma.

– Fique atrás dele – diz Toby para mim. – Mãos atrás da cabeça – diz ela ao sujeito da Painball. – Atire nas costas dele se ele tirar as mãos rapidamente – diz para mim como se eu soubesse lidar com essa coisa. – Tranquilo – diz para Jimmy como se ele fosse um animal assustado.

Durante todo o tempo Amanda se mantém quieta, mas se move como uma serpente logo que o barbudo a deixa livre. Desamarra a corda, tira do pescoço e açoita a cara dele. Depois, chuta os testículos. Não sei de onde tira forças, mas usa toda a força que tem e, quando ele se dobra no chão, começa a chutar o outro homem. Em seguida pega uma pedra e bate na cabeça de ambos, e o sangue jorra. Larga a pedra e se joga em meus braços. Chorando, soluçando, e sei que esses dias que passou sozinha com eles devem ter sido terríveis porque é preciso muita coisa para fazê-la chorar.

– Oh, Amanda – digo. – Lamento tanto.

Jimmy oscila sobre os pés.

– Você é real? – pergunta a Toby. Parece atordoado. Esfrega os olhos.

– Tão real quanto você – responde ela. – É melhor amarrar os dois – diz para mim. – Faça um bom trabalho. Quando se recobrarem, ficarão furiosos.

Amanda enxuga o rosto na manga. E começamos a amarrar os dois homens, as mãos para trás e uma laçada em volta do pescoço. Não foi nem preciso usar muita corda.

– É você? – pergunta Jimmy. – Acho que já vi você antes.

Caminho na direção dele, lentamente e com muito cuidado porque ainda está com a arma.

– Jimmy. Sou eu, Ren. Lembra? Pode abaixar a arma. Está tudo bem agora – digo como se conversasse com uma criança.

Ele abaixa a pistola de spray e lhe dou um abraço apertado. Ele treme, mas arde em febre.

– Ren? – diz. – Você está morta?

– Não, Jimmy. Estou viva, e você também está vivo. – Afago o cabelo dele.

– Estou confuso – diz ele. – Às vezes acho que todo mundo está morto.

SANTA JULIANA
E TODAS AS ALMAS

∾ SANTA JULIANA E TODAS AS ALMAS

ANO 25

DA FRAGILIDADE DO UNIVERSO.
DITO POR ADÃO UM.

Meus queridos amigos, os poucos que sobraram. Muito pouco tempo nos sobrou. Gastamos parte desse tempo para chegar até aqui, neste abundante jardim em nosso terraço do Edencliff de outrora, onde em outra era mais alvissareira compartilhamos dias felizes.
 Vamos aproveitar para desfrutar a Luz por um último instante. Pois a lua nova está surgindo, assinalando o início de santa Juliana e todas as almas. Este dia não se restringe às almas humanas. Para nós, abraça as almas de todas as criaturas vivas que passaram pela vida e operaram a Grande Transformação, e que depois fizeram a passagem que se costuma chamar de Morte e que é mais adequadamente conhecida como Vida Renovada. Uma vez que neste nosso mundo, e aos olhos de Deus, nem mesmo um simples átomo antes existente é realmente perdido.
 Querido diplódoco, querido pterossauro, querido trilobita, querido mastodonte, querido dodô, querida torda-mergulhadora, querido pombo selvagem, querido panda, querido grou; e todos vocês, incontáveis, que um dia desfrutaram este jardim, estejam conosco neste tempo de julgamento e fortaleçam nossa decisão. Como vocês, usufruímos o ar e a luz do sol e do luar sobre as águas. Como vocês, ouvimos o chamado das estações e respondemos a esse chamado. Como vocês, povoamos a Terra. E como vocês, agora precisamos testemunhar o final de nossa espécie e nos retirarmos da paisagem terrena.
 Como de costume, neste dia as palavras de santa Juliana de Norwich, a generosa santa do século catorze, nos faz relembrar a

fragilidade do cosmos – uma fragilidade reafirmada pelos físicos do século vinte, quando a ciência descobriu os vastos espaços vazios que existem não apenas no interior dos átomos, mas também entre os astros. O que é nosso cosmos senão um floco de neve? O que é o cosmos senão um ponto de um rendado? Como disse nossa santa Juliana, com palavras tão belas e ternas que ecoaram pelos séculos:

... Deus mostrou-me, na palma de minha mão, uma coisa pequenina, do tamanho de uma avelã, redonda como uma bola. Olhei, pensando: o que será isto? E logo obtive a resposta: a imagem de tudo quanto foi criado. Estranhei que isto pudesse subsistir. Pois pensei que, de repente, sem quê nem para quê, isto podia cair; e então compreendi: subsiste, sim, e subsistirá para sempre porque Deus o ama. Tudo o que existe deve sua existência ao amor de Deus.

Nós merecemos o amor pelo qual Deus sustenta nosso cosmos? Nós o merecemos enquanto espécie? Destruímos sem dó nem piedade a tessitura e as criaturas do mundo que Deus nos deu. Algumas religiões ensinam que este mundo é para ser enrolado como um rolo de pergaminho e depois queimado sem quê nem para quê, e que um novo Paraíso e uma nova Terra surgiriam em seguida. Mas por que Deus nos ofereceria uma nova Terra, se cuidamos tão mal da nossa Terra?

Não, meus amigos. Não é esta Terra que deve ser devastada: é a espécie humana. Talvez Deus crie outra raça mais generosa para substituir a nossa.

Pois o Dilúvio Seco não desabou sobre nós como um gigantesco furacão, nem como uma avalanche de cometas, nem como uma nuvem de gases venenosos. Não, ele desabou, como suspeitamos por tanto tempo, como uma peste – uma peste que infecta não apenas as outras espécies, mas também a espécie humana, uma peste que será deixada para todas as criaturas ainda sadias. Nossas cidades estão às escuras, nossos canais de comunicação não existem mais. As pragas e a ruína de nosso jardim refletem agora a praga e a ruína que esvaziaram as ruas lá embaixo. Já não precisamos ter medo de sermos descobertos, nossos velhos inimigos não podem mais nos perseguir, ocupados como devem estar com os terríveis tormentos de sua própria dissolução física, isso caso ainda não estejam mortos.

Na verdade, não devemos, não podemos nos alegrar por isso. Pois ontem a peste levou três de nós. Já sinto dentro de mim as mudanças que vejo refletidas nos olhos de vocês. Sabemos muito bem o que nos aguarda.

Mas sejamos bravos e felizes! Vamos encerrar com uma prece para todas as almas. Entre elas as almas daqueles que nos perseguiram, daqueles que assassinaram as criaturas e extinguiram as espécies de Deus, daqueles que torturaram em nome da lei, daqueles que nada cultuaram senão o dinheiro e daqueles que provocaram dor e morte para obter riqueza e poder mundano.

Perdoemos os assassinos dos elefantes e os exterminadores dos tigres. Perdoemos aqueles que retalharam os ursos para extrair a vesícula biliar. Perdoemos os que destroçaram os tubarões pela cartilagem, e os rinocerontes, pelo chifre. E os perdoemos de coração, assim como esperamos ser perdoados por Deus, que ampara nosso frágil cosmos na mão e nos salva com infinito amor.

Tal perdão é a tarefa mais penosa que já nos foi imposta. Que tenhamos força para isso.

E agora que todos deem as mãos.

Cantemos.

A TERRA PERDOA

Do minerador a Terra perdoa a explosão
Que destroça sua crosta e queima sua pele;
Os séculos outras árvores trarão,
E água e peixes para esse lugar.

O cervo perdoa o lobo incondicionalmente
Que dilacera sua garganta e bebe seu sangue;
Seus ossos retornam ao solo e alimentam
As árvores que dão flor, fruto e semente.
E debaixo dessas árvores frondosas
Seus últimos dias o lobo passará;
E depois que o lobo fenecer,
Em grama se tornará e o cervo se alimentará.

Todas as criaturas sabem que algumas devem morrer
Para que as outras possam pegar e comer;
Cedo ou tarde ocorre a transformação
O sangue se torna vinho e a carne, refeição.

Mas só o homem a vingança procura,
E abstratas leis na pedra ele escreve;
Para a falsa justiça por ele criada,
Ele se vale de violência e tortura.

É isso a imagem de Deus?
Olho por olho, dente por dente?
Se os astros fossem movidos pela vingança
     e não pelo amor,
Eles não brilhariam com esplendor.

Oscilamos em tênue fio,
Nossa vida um grão de areia é;
O cosmos é uma pequenina esfera
Que Deus segura na mão.

Desista do ódio e da maldade,
E siga o exemplo do cervo e da árvore;
No doce perdão encontre a felicidade,
Pois só ele traz a liberdade.

do *Hinário Oral dos Jardineiros de Deus*

77

REN. SANTA JULIANA E TODAS AS ALMAS

ANO 25

A lua nova desponta acima do mar: Dia de s santa Juliana e todas as almas. É o início.
Desde pequena adoro o dia de santa Juliana. Todas as crianças criavam seu próprio cosmos com as coisas que catavam na rua. Depois, colocávamos coisinhas brilhantes em cima e o prendíamos com um barbante suspenso. O banquete da noite era farto de rabanetes e abóboras e nossos mundos cintilantes decoravam o jardim e a horta. Um ano armamos bolas de arame com cotos de vela lá dentro que ficaram lindas. Outro ano fizemos mãos para Deus segurar as bolas, mas as luvas de plástico amarelas ficaram muito estranhas porque pareciam mãos de zumbis. De qualquer forma, ninguém imagina Deus com luvas, não é mesmo?
Nós estamos sentadas em volta da fogueira – Toby, Amanda e eu. E Jimmy. E os dois sujeitos do time dourado da Painball que não devem ser esquecidos. A luz tremeluzente nos torna mais suaves e mais bonitos do que realmente somos. Mas às vezes a escuridão apaga os rostos, só deixando à vista a cavidade dos olhos, e isso nos torna mais sombrios e assustadores. Um poço de escuridão jorra de nossa cabeça.
Meu corpo está todo doído, mas ao mesmo tempo estou feliz. Temos muita sorte, penso. Muita sorte por estarmos vivos. Todos nós, inclusive esses homens da Painball.

Depois do sol escaldante do meio-dia e da tempestade, retornei à praia, peguei as mochilas e trouxe-as até a clareira junto com folhas de mostarda que encontrei pelo caminho. Toby pega panela, canecas, faca e uma colher comprida. Depois, prepara uma sopa com restos de guaxitaca e da carne-seca de Rebecca e algumas ervas secas. Ao adicionar os ossos da guaxitaca à água, pede perdão ao animal.

– Mas não foi você que a matou – digo.

– Eu sei. Mas não me sentiria em paz se ninguém fizesse isso – retruca ela.

Os homens da Painball estão amarrados em uma árvore perto da gente, com corda e tiras de pano do guarda-pó em frangalhos de Toby. Eu mesma trancei as tiras: se há uma coisa que os jardineiros ensinam, é a arte de manipular materiais reciclados.

Eles estão mudos. Não devem estar se sentindo bem, não depois de terem sido golpeados por Amanda. E também devem estar se sentindo estúpidos. Eu estaria, se fosse eles. Estúpida como uma caixa de cabelo, como diria Zeb, por ter sido pega do jeito que eles foram.

Parece que Amanda ainda está em estado de choque. Não para de chorar baixinho, enrolando as pontas dos cabelos. Toby lhe deu uma xícara de água morna com mel e um tiquinho de lombo de carneiro em pó para combater a desidratação depois que amarramos os dois homens bem amarrados.

– Não beba tudo de uma vez – disse ela. – Beba aos pouquinhos.

Disse ainda que trataria dos outros ferimentos, começando pelos cortes e as manchas roxas, depois que os níveis de eletrólitos de Amanda estivessem equilibrados.

Jimmy está mal, com um febrão e uma ferida feia no pé. Toby diz que poderia tratá-lo com as larvas se pudéssemos levá-lo de volta à cabana – as larvas necessitam de tempo para funcionar.

Por enquanto ela espalha mel no pé dele e o obriga a tomar uma colherada. Não pode tratá-lo com salgueiro e papoula porque os deixou na cabana. Nós o cobrimos com o que resta do guarda-pó de Toby, mas ele insiste em se descobrir.

– Temos que arrumar um lençol ou algo parecido para ele – diz Toby. – E pensar em alguma forma de mantê-lo coberto amanhã, ou morrerá torrado pelo sol.

Jimmy não reconhece nem a mim nem a Amanda. Ele não para de falar de outra mulher, uma mulher que parece que está perto da fogueira.

– Canta coruja. Não fuja. – A voz dele soa com saudade e desejo por ela.

Sinto ciúme, mas como posso sentir ciúme de uma mulher invisível?

– Com quem está falando? – pergunto.

– Com uma coruja – responde ele. – Está cantando. Bem perto daqui.

Mas não ouço coruja alguma.

– Jimmy, olhe para mim – digo.

– Lá tem música tocando. Sei lá o quê – diz ele, olhando para dentro do bosque.

Oh, Jimmy, penso, onde você está?

A lua se move rumo oeste. Toby diz que a sopa de ossos já está fervida. Acrescenta as folhas de mostarda, espera um minuto, e serve a sopa. Só temos duas canecas, teremos que tomá-la em rodadas, ela diz.

– Eles também? – pergunta Amanda, sem olhar para os homens da Painball.

– Claro – diz Toby. – Eles também. Hoje é dia de santa Juliana e todas as almas.

– O que vamos fazer com eles? – diz Amanda. – Amanhã? – Pelo menos demonstra interesse por alguma coisa.

– Você não pode soltá-los – digo. – Eles nos matarão. Já mataram o Oates. E olhe só o que fizeram com Amanda!

– Vou pensar no assunto mais tarde – diz Toby. – Hoje é o dia do banquete. – Despeja a sopa nas canecas, passando os olhos pelo círculo em torno da fogueira. – Um pouquinho do banquete – acrescenta com uma voz de bruxa seca, esboçando um riso. – Mas ainda não estamos acabados! Não é mesmo? – diz isso a Amanda.

– Kaputt – diz Amanda, baixinho.

– Não pensa nisso – digo, mas ela começa a chorar novamente, bem baixinho. Entrou em estado de alheamento. Envolvo-a pelo ombro e sussurro. – Eu estou aqui, você está aqui e está tudo bem.

– Pra quê? – pergunta ela a Toby, não para mim.

– Agora não é hora de discorrer sobre os propósitos finais – diz Toby, com a voz antiga de Eva. – Sugiro que todos esqueçam o passado. Amanda. Ren. Jimmy. Vamos agradecer por este alimento que nos foi dado. E vocês também, se puderem – diz a última frase aos dois homens da Painball.

Um deles resmunga foda-se, mas de modo contido. Ele quer um pouco de sopa.

Toby continua como se não tivesse ouvido.

– E também sugiro que lembremos daqueles que se foram deste mundo, especialmente nossos amigos. Queridos Adãos e queridas Evas, queridos mamíferos e queridas criaturas, todos agora em espírito... Velem por nós e nos deem força, porque precisamos muito disso.

Ela bebe um gole da sopa e passa a caneca para Amanda. Estende a outra caneca para Jimmy, que não consegue segurá-la direito e derruba metade da sopa no chão. Agacho ao lado e o ajudo a tomar a sopa. Talvez esteja morrendo, penso. Talvez amanhã de manhã já esteja morto.

– Eu sabia que você voltaria – diz ele, dessa vez para mim. – Eu sabia. Não vire uma coruja.

– Eu não sou uma coruja – digo. – Você está fora de si. Eu sou a Ren... lembra? Só quero que saiba que você partiu meu coração. Mas de um jeito ou de outro estou feliz porque você está vivo. – Depois disso é como se um peso saísse de mim e me sinto realmente feliz.

Ele sorri para mim ou para quem acha que eu sou. Um sorriso tímido, com os lábios cheios de bolhas.

– Aqui estamos outra vez – diz ele ao pé ferido. – Só escute a música. – Inclina a cabeça para o lado, com uma expressão de puro êxtase. – Ninguém pode matar a música. Ninguém pode!

– Que música? – digo, sem ouvir nada.

– Silêncio – diz Toby.

Ouvimos. Jimmy está certo. Música. Quase inaudível, longínqua, mas se aproxima. Música de muitas vozes cantando. Agora enxergamos o tremeluzir das tochas atravessando o bosque em nossa direção.

AGRADECIMENTOS

O ano do dilúvio é uma ficção, mas o tema e muitos detalhes da narrativa gritam bem próximos da realidade. O culto dos Jardineiros de Deus aparece no romance *Oryx e Crake*, bem como os personagens Amanda Payne, Brenda (Ren), Bernice, Jimmy (o Homem das Neves), Glenn (vulgo Crake) e o grupo MaddAddão. Os próprios jardineiros não se moldam nas religiões existentes, embora sejam conhecidas um pouco da teologia e da prática exercidas por eles. A opção pelos santos mencionados se deve às contribuições trazidas para aspectos importantes da vida dos jardineiros, os quais cultuam um número maior de santos que não constam neste livro. As letras dos hinos dos jardineiros são inspiradas em William Blake, com ajuda de John Bunyan e também do *Livro dos Hinos da Igreja Anglicana e da Igreja Unida do Canadá*. Os hinos dos jardineiros, como acontece em outros hinários, vez por outra correm o risco de não serem completamente entendidos pelos incrédulos.

As canções dos hinos originaram-se de uma feliz coincidência. Orville Stoeber, cantor e músico de Venice, Califórnia, começou a compô-las apenas para ver no que dava e acabou se entusiasmando. Os extraordinários resultados podem ser ouvidos no CD *Hymns of the God's Gardeners*. Quem quiser utilizar qualquer desses hinos para propósitos de devoção ou ecologia é mais do que bem-vindo para tal. Os hinos estão disponíveis nos seguintes sites: www.yearoftheflood.com – www.yearoftheflood.co.uk – www.yearoftheflood.ca.

O nome Amanda Payne surgiu inicialmente como um personagem de *Oryx e Crake*, cortesia de um leilão para a Medical Foundation for the Care of Victims of Torture (Reino Unido). Santo Allan Sparrow do Ar Puro teve o patrocínio de um leilão realizado pela CAIR (CommunityAIR, Toronto). O nome Rebecca Eckler é um agradecimento ao leilão beneficente da revista *The Walrus* (Canadá). Meus agradecimentos, então, a todos que doaram nomes.

Meu eterno agradecimento a meus entusiásticos e leais editores, Ellen Seligman, da McClelland & Stewart (Canadá), Nan Talese, da Doubleday (Estados Unidos) e Alexandra Pringle e Liz Calder, da Bloomsbury (Inglaterra), bem como a Louise Dennys, da Vintage/Knopf Canada, LuAnn Walther, da Anchor (Estados Unidos), Lennie Goodings, da Virago (Inglaterra) e Maya Mavjee, da Doubleday Canada. Agradeço a meus agentes Phoebe Larmore (América do Norte), Vivienne Schuster e Betsy Robbins, da Curtis Brown (Inglaterra); e a Ron Bernstein e todos os meus agentes e editores do mundo inteiro. Agradeço ainda a Heather Sangster, por seu trabalho heroico de revisão, e ao excepcional apoio de toda a minha equipe, Sarah Webster, Anne Joldersma, Laura Stenberg e Penny Kavanaugh, e a Shannon Shields, que também ajudou muito. Meus agradecimentos a Joel Rubinovitch e Sheldon Shoib, e a Michael Bradley e Sarah Cooper. Também agradeço a Coleen Quinn e Xiaolan Zhang, que mantiveram meu braço em forma para que eu escrevesse.

    Devo especiais agradecimentos aos intrépidos primeiros leitores deste livro: Jess Atwood Gibson, Eleanor e Ramsay Cook, Rosalie Abella, Valerie Martin, John Cullen e Xandra Bingley. Vocês são extremamente valorosos.

    Por fim, um agradecimento especial a Graeme Gibson, pelas muitas datas que temos celebrado juntos, tais como Peixe de Abril, Serpente da Sabedoria e Todos os Caminhantes. Uma jornada que tem sido longa e feliz.

Impressão e Acabamento:
LIS GRÁFICA E EDITORA LTDA.